KB242205

편지 개통 재개

충북소설-2015-18호

충북소설-2015-18호

편지 개통 재개

박희팔 외

15人
단편소설 選

문상오 / 김창식 / 박희팔
안수길 / 최창중 / 송재용
전영학 / 이귀란 / 김홍숙
강순희 / 김승일 / 이항복
김미정 / 오계자 / 이종태

충북 청소년
소설문학상 당선작

「울림」, 김소연

생각나눔

우문현답

자네 요즘 뭐 하고 지내는가? 밥 먹고 지내지 뭐. 여기는 어떻게 왔는가? 버스 타고 왔네. 아니 이 사람 보게 자네 도대체 왜 사는가? 죽지 않으니 사는 거지 뭐. 자네 지금 나하고 뭐 하고 있는가? 말하고 있잖은가? 자네두 참 한심하이. 내가 할 소리 대신해주는구먼. 건 뭔 소리여? 자네 질문에 대답하는 소리여.

요새 세상 왜 이렇게 시끄러워? 하도 이러니 신경질만 나고 살맛이 안 나 안 그런가? 그러게요. 무슨 대답이 그래 난 심각하게 묻고 있는데? 그러게요. 도대체 자네완 더 말을 못 하겠네 그려. 안 그려……? 왜 말이 없어? 나완 말을 못하겠다고 해서요. 자네가 하도 답답하니까 그랬지. 답답하긴 피차일반이네요.

전화했으면 얼른 받아야지 뭘 그렇게 꾸무럭거리고 있어? 그건 그렇구, 자네 지금 뭐하는가? 자네 전화받고 있네. 이 사람이 시방 나하구 농담 따먹기 하나? 자네 시방 무슨 일 하고 있냐구? 글쎄 자네 전화받는 일 하구 있다니까! 지금 바쁘냐 이 말여. 안 바쁘면 빨리 당장 나와! 지금 전화받고 있어서 당장 못 가겠는걸. 왜 이렇게 말꼬리 잡구 늘어져? 자네가 전활 끊어야 나가든 말든 하지.

비행기는 누가 만들었는지 학생 알아요? 사람이요. 어떤 사람요? 남자요. 아니, 그 만든 사람 이름이 뭐냐구요? 선생님은 아셔요? 알지요. 누구예요? 라이트형제잖아 라이트형제! 맞아요. 지금 도대체 누가 묻고 누가 대답하는 거야? 이 학생이 묻고 선생님이 대답하셨잖아요. 세상 거꾸로 됐지 원! 그걸 인제 아셨어요? 그래그래 인마!

왜 소설 쓰십니까? 쓰고 싶어서 쓰지요. 그 길고 복잡한 걸 왜 택하셨냐구요? 쓰고 싶어서요. 아무리 그래도 누가 그 고충을 알아줍니까? 내가 알지요. 남이 알아주어야 보람이 있을 텐데요? 글쎄요. 난 아무리 쓰고 싶어도 생각이 나지 않아 영 못 쓰겠더라구요. 무슨 비법이라도 있나요? 책상 앞에 쪼그리고 앉아있는 거지요. 종일 앉아 있어도 안 되던 걸요? 될 때까지 앉아 있어야지요. 글 쓰는 사람들이 다 그러합니까? 전 그래요.

2015년 11월

충북소설가협회 회장 박희팔

충북소설-2015-18호
15人 소설 選

책머리에

우문현답_ 박희팔

15人
소설

15人 소설

사문의 늙은 고목도 꿈을 꾸는가

문 상 오

믿기지 않는다는 듯, 마당쇠를 닦달해대던 사내가 별당으로 뛰어들었다.

"시님, 시님! 소문났네요. 소문났어."

구부정하게 해바라기 하고 있던, 또래의 사내가 고개를 들었다. 삭발한 머리가 파랗게 빛났다. 까까머리만으로도 어색할 판에 고개를 든 얼굴은 더욱 남달랐다. 얼굴빛이 검었다. 타고난 피부 색깔이 그랬던지, 볕에 그을린 것 같지는 않았다. 거기에다 옥을 박아놓은 것 같은 눈알은 희끄무레하니 영 어울리지 않았다. 말투조차 투박한 것이, 아무리 봐도 이곳 사람은 아니었다.

뛰어들어온 사내는 이 집 주인 털내였는데 이름 그대로 털북숭이였다. 구레나룻은 물론 광대뼈에까지 숭숭 난 털은 꼭 원숭이를 방불케 했다.

올해 서른두 살로, 시님이라 불린 검은 얼굴 사내와는 같은 나이였다. 한가할 땐 공대를 하다가도 사세가 급박하다 싶으면 말끝을 잘라먹기 일쑤였다.

"소문이라면 무슨 소문입니까?"

덜컥 겁부터 나는 그였다. 밀정으로 오해받을 수도 있었다. 팽팽한 삼국의 정세 앞에서 대놓고 살아갈 타국 사람은 없었다. 아무리 신라와 고구려 사이가 평온하다고는 하나, 언제 어긋날지 모를 일이었다. 숨어 지내는 처지이기도 했다. 떳떳이 부처님의 가르침을 베풀 날이 올 때까지는, 그때까지는 은인자중해야 했다. 더구나 금년은 유례없는 가뭄으로 온 나라 민심이 흉흉할 때였다.

"가야 군사들이 쳐들어오기라도 했답니까?"

"그게 아니라. 내 해괴하기는. 허어…… 참."

"무슨 얘긴데 그렇게 뜸을 들이시오. 보아하니 난이 일어난 것 같진 않고. 나라에 무슨 변고라도 있다는 말이오?"

털내가 마당쇠를 족쳐 알아냈다는 소문인즉, 중국 사신이 갖다 바친 나무토막 얘기라며 기가 막혀 했다. 그도 그럴 것이, 온 삼한 땅에 지천으로 널려진 것이 나무토막인데 괴상한 냄새가 좀 난다고 해서 무슨 호들갑인지 모르겠노라고. 거기다 공주는 또 어떻고? 호사가 지나쳐 머리에 바람 좀 든 걸 가지고 허구한 날 공주 약방문 타령이라며 시큰둥했다.

청솔가지에 불씨 살리듯 씨광한 털내와는 달리, 묵묵히 듣고만 있던 검은 얼굴이 몸을 일으켜 세웠다. 그리곤 말 붙일 새도 없이 짐을 싸는 게 아닌가. 짐이랄 것도 없었다. 회색 마고자 한 벌에 발우 한 짝, 그리고 갓난애 몸통만 한 목조 불상이 전부였다. 마지막으로 염주와 목탁까지 챙겨 든 그가 바람처럼 나섰다.

멀어지는 묵호자를 보며 털내가 망연자실했다. 왜 아니 그러겠나. 그가 자신의 집에 와 머문 나날이 얼마인데. 바람처럼 왔다가 바람처럼 가고 있는 저 아리송한 괴짜와의 인연이, 벌써 3년여 세월로 흘러가고 있던 것을.

소쩍새 늘어지던 날 밤. 어쩌자고 별 섬섬한 하늘에 벼락불이 휜했다. 마당에 놓인 겻불이 피시식 타들어 갈 때쯤 우레가 지축을 흔들었다. 한밤중에, 여우비도 아니고.

장대비를 헤집고 한 무리가 들이닥쳤다. 무리 앞으로 건장한 사내가 모습을 드러냈다.

서라벌 궁에서 나왔다 했다.

자신을 일러 말하기를, 각간 대서지를 모시던 종자인데, 지금은 그분의 아들 되시는 이사금의 부림으로 있노라고. 털내가 의아해하자 그 부친을 뵙겠다고 했다. 고령이었지만 사람은 알아볼 수 있는 나이였다.

관솔불에 얼굴을 들이대자 늙은이가 넙죽 절을 했다.

성산가야를 들이칠 때, 장수로 나선 분이 바로 돌아가신 대서지 어른이며, 그때 자신은, 부장이신 이분을 따라 수기(帥旗)를 호위했노라며 감격해 했다. 그리고 그 전공에 힘입어 지금의 촌장으로 뽑히게 되었다고. 성산가야는 그 후 쪼그라들기 시작해 대가야에 묻히게 되었다며 묻지 않는 말까지 덧붙였다.

이쯤이면 신분은 분명했다. 그렇다고 의심까지 거둘 수는 없었다.

한밤중 몰래 찾아온 것도 그렇거니와 군병들, 그것도 살기가 뚝뚝 흐르는 야차들 아닌가.

들여놓기를 꺼려하자 부장이란 자가 패를 내밀었다.

"이사금께서 내리신 신물일세. 딱 하룻밤이네. 내일 밤엔 떠날 테니 요기나 시켜주고 잠잘 데나 좀 알아봐 주면 하네. 발고하거나 발설했다간 자네는 물론 집안 식구, 강아지 한 마리까지 온전치 못하리란 건 명심하고."

이사금의 신물패가 아니더라도 거절할 수가 없었다. 그러잖아도 모기에 물려 따끔거리는 목덜미를 쓰다듬으며 털내가 은밀히 별당으로 향했다. 누이 사시를 내실로 보내고 그 자리에 군병들을 들였다. 마구간이나 사랑채가 있긴 했지만, 별채만큼 안전한 곳은 없었다.

이튿날 밤, 다들 떠날 채비를 하고 있는데도 가부좌를 한 사람이 있었다.

부장이란 자가 다가왔다.

차마 못 할 말이라도 있던지 헛기침을 몇 번 헛헛하더니 대뜸, "저분이 뉘신지 아는가?" 하고 물었다. 아닌 밤중에 홍두깨도 유분수지. 딱 벌리고 있는 털내 입으로 어젯밤 우레보다 더 큰 소리가 떨어졌다.

대사님이시네. 부처님 불법을 수호하시는 금강역사 대사님이란 말일세. 우리가 모시러 올 때까지 공손하게 '시님'이라고 부르면 되네.

그리곤 털내의 의중쯤은 알아볼 것도 없다는 듯, 대사란 사람에게만 깍듯이 군례를 올린 다음 횅하니 나가는 게 아닌가.

기가 막혔다. 앞으로 어찌하리란 당부야 그렇다 쳐도 잘 있다 간다는 인사치레 한마디도 없다니. 괘씸하기에 앞서 어이가 없었다. 이러지도 저러지도 못한 채 어정쩡하게 서 있는 그를 향해 목소리가 건너왔다. 투박하고 거칠기가 투가리 깨지는 소리였다.

"너무 걱정하지 마십시오. 시주님이 자시는 대로 밥이면 밥, 죽이면 죽, 괘념치 않으셔도 됩니다. 거처 또한 마구간도 좋고 행랑채라도 상관없습니다. 나무 관세음보살……!"

입이 하나 늘었으니 가용에 보태라며 꾸러미 하날 내밀었다. 보기에도 묵직해 보이는 덩이쇠였는데 다섯 매짜리 두 묶음이었다. 엄청났다. 이 정도 가치라면 동네 농토를 다 사고도 남을 액수였다. 손사래를 내치며 황감해하자 그냥 넣어두라는 듯 빙긋이 웃어 보였다.

그가 그렇게 별당에 머문 지 열흘이나 지났을까? 변고가 날아들었다.

임금이 바뀌었다는 것이다. 임금 자리에 있던 실성이사금이, 실성을 했던지 큰 조카 되는 태자를 암살하려다 되레 자신이 피살되었다는 것이다. 무언가 짚이는 게 있어 시님에게 물어봤지만 딱 한 마디, 아니 한 마디도 아니고 묵묵히 고개만 내저었다.

더욱 이상한 것은 그날 이후, 모시러 오겠다는 자 중 누구 하나 찾아온 사람이 없다는 거였다. 그런 그가 이제 지평선 너머 한 점으로 사라져 가고 있는 것이다.

＊

신라국에서 밀사가 도착했다. 실성이사금의 친서를 가지고 왔는데, 태자 눌지를 귀국에 유배코자 하니 호송에 필요한 병력을 지원해 달라는 내용이었다. 실성이 볼모로 잡혀 와 있을 때 몇 번 만났던 적이 있어 누구보다 그를 잘 아는 장수왕이었다. 그의 성정으로 보아, 유배는 명목일 뿐 태자 제거가 속셈일 것이다.

고구려의 입장에선 나쁠 게 없었다. 밀파란 형식을 띠었지만, 공식적인 출병이나 마찬가지였다. 차도지계! 실성이사금은 장수왕의 군사를 빌어, 또 장수왕은 실성이사금이 내준 길을 빌어 각자의 실리를 취할 셈이었다.

그렇다고 해도……, 장수왕은 거듭 고개를 흔들었다.

고종사촌 형님 되는 아도 스님이, 군병들 틈에 끼어 신라로 가겠단다.

아도가 태어난 것은 장수왕보다 5년 앞섰다.

광개토대제의 여동생이었던 고도령은 위나라에서 사신이 오자 영접 책임을 맡았다.

사신 중에 아굴마라고 하는 걸출한 인재가 있었다. 인품으로나 학식으로나 군계일학이라 할 만했다.

당시의 삼한 여인들이 그렇듯, 고도령 또한 여장부로서 손색이 없었다. 학식은 물론 무예에도 출중해, 선봉장으로 나선다 해도 어색할 것이 없을 정도였다.

남녀 간 애정이 자유분방할 때였다. 둘의 사랑이 깊어질 즈음, 아굴마는 위나라로 떠나갔다.

다음 해 정월. 고도령이 아이를 낳았다. 아비의 성을 따 아도라고 이름 지었다.

예나 지금이나 아비 없는 자식의 설움은 어지간했던가 보았다. 다섯 살이 되던 해 출가를 했으니 어찌 그것이 어린 아도의 뜻이었으랴. 다행히 출가는 했어도 반승반속의 신분으로 성 안에서 지내는 날이 더 많았다. 온전히 사문의 길로 들어선 것은 군정이 부여되는 정남, 즉 열다섯 살이 되던 해였다.

다음 해, 그는 위나라에 있을 아버지를 찾아 길을 떠났다. 그러나 그 아비 아굴마는 이미 죽고 없었다. 비보를 전해 들은 그는 현창(玄彰) 화상 문하로 들어갔다. 3년을 공부하고 난 후 다시 고구려로 돌아온 그는 공부에만 매진했다. 순도 화상이 전진으로부터 불교를 들인 지도 반세기가 지난 때여서 공부하는 데 지장은 없었다.

이러저러 10년이 흘렀고, 이제 운명처럼 서라벌의 길이 열리고 있는 것이다.

부처님이 주신 천재일우의 이런 기회를 어찌 놓친단 말인가?

어머니가 말씀했다. 조선의 동녘, 해가 뜨는 거기로 가서 부처님의 가르침을 전하라고. 거기 땅도 조선 땅이요 거기 백성도 다 같은 조선 백성이니, 전란을 막고 기근에서 구제해내라고. 부처님의 가피가 있을 것이니 가람을 짓되, 흥륭하게 하여 팔만구(八萬九)암자를 채우라고. 팔만구암자라……, 생각만 해도 가슴이 벅찼다. 그렇기만 하다면 부처님의 가르침이 꽃비처럼 날리는, 거기가 바로 연화장세계 불국정토일 것을!

왕이 형의 손을 꼭 잡았다.

왕 역시 평온치 못한 어린 시절을 보냈다.

그의 어미는 사생아였다. 낙랑의 작은 나라 태평국의 왕녀였던 그의 외할머니가 사내를 네 번이나 바꾸는 바람에, 그의 어미 백산은 아비가 누군지도 몰랐다. 그런 어머니였던지라 왕자를 낳자 훈육에 전력했다. 어린 장수왕으로서는 감옥이 따로 없었다. 만만한 게 다섯 살 위인 아도였다. 반짝반짝 빛나던 까까머리가 부럽기만 하던 시절이었다. 고모 역시 살풍경스럽다가도 어린 조카만 찾아오면 새끼처럼 살갑게 대했다. 눈밭에 강아지처럼 뛰놀던 어린 날이 삼삼했다.

이제 떠나면 언제 얼굴이나 다시 볼 수 있을까.

"길을 봐가면서 이게 아니다 싶으면 미련 두지 않을 테니 너무 걱정 마십시오. 다행히 폐하께서는 전쟁보다는 화친을 좋아하시니 부처님께서도 보우하실 겁니다."

더는 어떻게 해볼 도리도 없다는 듯 왕이 고개를 끄덕였다.

"가시더라도 그럼, 정국이 안정되는 걸 봐 가면서 서라벌엘 들어가십시오. 형님!"

아도 화상이 허리 깊숙이 합장을 했다. 이것이 하직 인사라는 걸, 그리고 다음 만남 같은 건 속절없다는 걸, 굳이 말할 필요도 없었다.

아도 화상이 신라 밀사 몰래 당주를 불러냈다.

당주란 지금의 사단장쯤 되는 장수로, 일군을 이끄는 우두머리였다. 길 안내는 어쩔 수 없이 신라 밀사에게 의지하고 있었지만, 군의 통솔은 당주가 맡고 있었다. 당주란 높은 직책이 말해주듯 지금의 이 일군은 막강했다. 대왕의 친위대 중에서 고르고 골라 뽑은 최정예였다. 당주 1명에 부당주 2명, 그 예하 2개 조로 편성된 병력은 총 15명. 부월과 환도는 기본이고 단궁에 수리검이며, 표창 등 치명적인 살상무기로 무장된 가공할 위력은 일당백이 무색했다.

대왕께 달리 복명 받은 게 있느냐고 물었더니 '없다'고 했다. 태자 눌지를 본국까지 안전하게 호송해 오는 임무가 전부라는 거였다. 달리 없냐고 재차 닦달하자, 그래도 '없다'고 했다.

하긴 출정하는 장수에게 이것저것 지시한다는 것이 얼마나 무모한 것임을, 전장에서 잔뼈가 굵은 왕 자신이 누구보다 더 잘 알 것이다. 전장의 상황은 종잡을 수 없다. 임기응변의 전술은 장수가 그때그때 알아서 판단할 일이다.

그제야 아도 화상이 합장하며 말했다. 은근하긴 했지만 다분히 명령조였다.

"어떠한 경우든 태자를 위험에 빠뜨려서는 안 되네. 자네들이 해야 할 일은 첫 번째도, 두 번째도 눌지 님의 구원이란 걸 명심하게. 그것만이 아국의 장래나 불법을 위함이니."

어느 명이라고 감히 어길 것인가? 대왕이 그렇게도 끔찍이 위하는 사촌 형이자, 국사에 버금가는 대화상 아닌가. 막리지라 해도 그 앞에선 먼저 허리를 굽히고 들었다. 검은 얼굴에, 좀 못 생기고 말이 없다고 해서 그 명까지 거역할 장사는 고구려 하늘 아래 그 어디에도 없을 것이다. 당주의 뇌리엔 태자 눌지란 이름만 맴돌았다. 어찌 아도 화상의 말이겠는가? 대왕께서 지시하지 않았다면 화상께서 이렇게 나설 리도 없을 것을. 당주는 아도의 말을, 대왕의 지시일 거라고 믿었다.

염려했던 일이 터졌다. 솔개가 사라진 것이다. 독수리처럼 빠르다 해서 붙여진 군호이자 별명이었다. 부당주인 조장에게 알아보라 했더니 이사금이 불러서 갔다는 거였다. 해괴했다. 사령관격인 자신 몰래 부하 장졸을 빼돌리다니. 머리끝이 곤두섰다. 어떤 일이 있어도 태자 눌지를 구원하라는 아도 화상의 말이 떠올랐던 것이다.

뛰었다. 솔개 같은 자의 실력이라면 태자 정도는 출수하기도 전에 목숨을 잃을 것이다.

길이 익어서 다행이었다. 아도 화상의 당부도 있고 해서 오자마자 태자 주변부터 파악해둔 덕이었다. 더욱 다행인 것은 초병이 눈에 띄지 않았다.

간발의 차이로 솔개를 제지하고 보니 더 큰 문제가 봉착했다.

태자가 역제의를 해온 것이다. 고구려에서 원하는 것이면 뭐든지 들어줄 테니 실성 폐위에 협조해 달라고 했다. 안 된다고 했다. 명령에도 없을뿐더러 작전에도 없었다.

눈물을 뚝뚝 흘리던 눌지가 칼을 빼 들더니 자신의 목에 걸었다. 이렇게 구차하게 연명하느니 자진하는 게 낫다고. 지금의 이사금 밑에 있는 한에는 언제 죽어도 죽을 목숨, 한시라도 일찍 죽는 게 낫다고. 난감했다. 그때 또 한마디 말이 우레처럼 스쳤다.

첫째도 눌지 님 구원이요, 둘째도 눌지 님 구원이란 걸 명심하게!

아도 화상의 그 말 한마디가 눌지 자신은 물론 두 나라의 운명을 송두리째 바꿔놓았으니.

'신라국은 고구려국과 세세연년 화평하기를 맹약한다'는 서약을 받은 후 병력을 내주었다.

결과는 뻔했다. 기습전이라면 귀신도 항복할 고구려 정병들이었다. 병력의 숫자가 문제가 아니었다. 기습전의 성패는 여하한 경로를 통해, 적의 주력에, 누가 먼저 신속히 닿느냐에 달렸다. 단병접전에 능한 고구려 군이 궁실을 장악하고 이사금 실성을 체포하는 데 걸린 시간은 채 일각도 걸리지 않았다. 그래도 일국의 왕인데 목숨까지 거두는 건 지나치다고 생각했다. 그러나 그건 당주 자신의 생각일 뿐으로, 상황은 이미 태자 측에 의해 종료된 다음이었다.

※

눌지 마립간이 아도 화상을 기쁘게 맞았다. 자신을 도운 것이 고구려라는 것을, 그보다도 아도 화상의 각별한 배려가 아니었다면 목숨까지는 아니라 해도, 지금쯤 고구려에 잡혀 가 있을 것이란 것을 모를 리 없는 눌지였다.

"고구려에 다녀온 사신들로부터 대사께서 귀환하지 않고 우리 땅 어디엔가 계신다고는 들었습니다만, 인근 일선군에 상주하리라고야……. 허어! 이런 불찰이 또 있을꼬?"

수인사도 끝나고 다과도 식어갈 무렵, 눌지 마립간이 크흠 하고는 천정을 올려다봤다. 수심이 깊을 때 늘 하는 버릇이었으므로 바라지하고 있던 시녀가 안절부절못했다.

내 그럴 줄 알았다는 듯 묵호자가 다시 반 배 합장을 했다.

"외국에서 보내온 선물 때문에 심려 크시다고 들었습니다만, 소승에게도 견식을 넓힐 기회를 주시지 않겠습니까?"

중국 사신이 가져왔다는 보따리를 풀자 나무토막이 나왔다. 발그레한 것이, 신령스럽기도 하거니와 풍겨 나오는 냄새는 더없이 맑고 고왔다.

"이것은…… 향이라고 하는 신물이옵니다. 부처님이 계신 천축이란 나라에서 나는 나무이온데 그 냄새가 오묘하다 하여 향이라 부르옵니다. 속이 하얀 것을 백단향 또는 백목향이라 하고, 이렇게 붉은 자색을 띤 것을 전단향이라고 하는데, 향 중에서도 최고 상품으로 칩니다. 몸에 지내면 화기도 범치 못할 정도로 신령스러워 세존께서 아수라와 대적할 때도 이 향을 사용했다고 합니다."

"호오라……! 그래 그 정도로 귀한 물건이란 말이오? 향이란 것이."

"어디 그뿐이겠사옵니까? 이 향나무를 가늘게 잘라 태우면 연기가 나는데 혼령을 정화시키고 사귀(邪鬼)를 물러가게 한다 하옵니다. 일식(一

息) 흠향하는 것만으로도 십년 두통이 소멸되고 백년 우환이 사라질 정
도로 영묘한 신물인 줄 아옵니다. 이러한 연유로 불가에서는 부처님 전
에 올리는 육법공양 중에서도 향 공양을 으뜸으로 쳐, 예불 때면 빠지는
법이 없는데 이를 오분향례라하옵니다.”

“귀한 것인 줄은 알았지만 그렇게까지 영험할 줄은 몰랐구려. 그래, 이
향이란 것을 피우기만 하면 어떤 사귀도 물러간다, 이 말 아니오? 우환
이 눈 녹듯 사라지고!”

“어디 그뿐이겠습니까? 피부병이 있거나 등창에도 이 향을 푹 고아 바
르거나 목욕하면 씻은 듯이 낫는다 하옵고 지혈에도 탁월하다 하니 그
용처 이루 다 헤아릴 수 없을 정도라 하겠습니다.”

“그렇구료, 그래요! 내 대사님의 말씀을 듣고 보니 큰 근심 하나 없어
진 듯하오. 먼 길에 염치없으나 우리 공주께 한번 가봅시다. 숙질로 고
생하는 우리 공주만 생각하면 잠이 오질 않는다오. 이토록 영험한 향이
라면 우리 공주에게도 차도가 있을 것인즉, 이걸로 부족하다면 천축인
가 하는 데라도 내 손수 다녀오리다.”

마립간의 요청이 어찌나 간절했던지 시녀가 소매에 눈물을 찍었다.

18세의 공주는 바삭바삭했다. 한눈에 보아도 병색이 완연했다.

담장 밑 풀벌레 소리로 이불 홑청을 쓰다듬던 성국 공주가 힘겹게 일
어났다.

나무 관세음보살……!

불호를 왼 아도 화상이 공주에게 합장을 했다.

신기한 듯 한편으론 좀 무서운 듯, 자라목으로 쏙 들이민 눈빛엔 호기
심이 역력했다. 고구려에서 유명한 대사님이 온다는 전갈은 들었지만, 저
리도 괴상할 줄은 몰랐다. 이불에 얼굴만 빠꼼이 내민 공주 곁으로 마

립간이 다가갔다. 어깨를 다독이며 아도 화상을 소개했다. 아버지 마립간의 말이 다 끝나기도 전에 공주가 쿡, 웃었다.

아도 화상의 머리 주변으로 나나니벌이 앵앵, 맴돌았다. 내려앉으려다 미끄러지고 내려앉으려다 미끄러지고 하는 나나니를 아무렇지도 않다는 듯 장삼 자락으로 슬쩍 밀어낸 화상이 허허 웃었다. 얼굴이 검어서 그렇던지 드러난 이빨이 유난히 희게 보였다. 땟물 꾀죄죄 흐르는 회색 장삼이 아무래도 헐렁해 보였다.

"이 녀석이 왕검성에서 예까지 따라오느라 힘이 부쳐서 그러니 공주님께서 이해를 하소서. 이래 봬도 사람 말은 귀신같이 알아듣는 놈이옵니다. 허허……."

"어어! 정말?"

"정말이지 말구요. 어디 한번 공주님께서 이놈에게 말을 한번 걸어보시겠습니까?"

그사이 나나니벌이 또 미끄러졌다.

"키히힛……. 설마……?"

"소승이 어찌 처음 뵙는 공주님께 거짓을 아뢰겠사옵니까? 어려워 마시고 종자 부르듯 한 번 불러보십시오."

호기심 어린 눈으로 공주가 침을 삼키며

"나나니야 나나니야, 대사님 그만 괴롭히고 이리 오렴." 하자 나나니벌이 알아들었던지 부웅 하고 날았다.

정말로 자신에게 날아오는 줄로 알았던지, 공주가 "어매야!" 하고는 이불을 뒤집어썼다. 그 틈에 나나니벌은 창문 밖으로 사라졌다.

"허허허……! 어떠십니까? 소승의 말이 거짓이 아닙지요?"

여전히 자라목으로 움츠러든 공주를 향해 아도 화상이 너털웃음을 지었다. 반신반의하던 공주도 까르르 웃었다.

그러나 그들보다 더 즐겁게 웃는 사람이 있었으니 아버지 되는 마립간이었다. 왜 아니 그렇겠는가? 공주의 방에서 웃음소리가 들리다니. 십여 년쯤으로 돌아가 어린 공주와 그림자놀이를 하던 때이듯 더없이 좋아했다. 무엇보다 공주가 웃는 모습이 기꺼웠다. 허어, 살다 보니 이런 날도 다 있다니!

주발 복개 두 개를 겹쳐 향로로 썼다. 향을 피우자 온 방 안이, 좀 전의 웃음꽃보다 더 환하게 밝아졌다. 석양이었음에도 노을빛은 처량하지가 않았다. 사귀조차 물러갔는지 방안은 온통 명랑하고 쾌활해졌다.

그날 이후로 공주의 병은 씻은 듯이 나았다.

마립간이, 향의 효험이 이렇게까지 영험할 줄 몰랐다며 아도를 치하하자, 아도가 고개를 절레절레 흔들었다. 부처님의 공덕이라고 했다. 가없는 부처님의 가피가 아니고는 불가능한 일이라 했다. 불상에 삼배를 하고는 경을 염송했다. 더없이 경건해 보였다.

공주를 고쳐준 것만도 고마운 일인데 외교적 수완까지 발휘해 고구려에 볼모로 잡혀있던 동생 복호의 귀환까지 이뤄냈다. 장수왕에게 보낸 아도 화상의 친필 서한이 결정적 역할을 했던 것이다.

마립간으로선 그냥 있을 수가 없었다. 너무도 고맙고 감사할 따름이었다. 부족한 것이 무엇이냐고, 원하는 것이라면 뭐든 말해보라고. 그러나 화상은 불호만 외웠다. 곁에서 보기 딱했던지 성국 공주가 대신 거들었다. 고구려나 백제 같은 나라엔 부처님을 모시는 절이란 곳이 있다는데, 그런 집 한 채 지어달라고.

마립간이 손뼉을 딱 쳤다.

그러마 그러냐고. 절이란 것이 뭔지는 모르지만, 그깟 집 한 채야 못 지어주겠냐고.

부녀의 말을 다 듣고 난 화상이 감사를 표했다. 정이 그렇다면 작은 초가집이나 한 칸 지어달라며 마립간에게 배례했다. 며칠 후 왕궁에서 멀리 떨어지지 않은 아늑한 곳에 초가 한 채가 들어섰다. 답례치고는 부족하지 않나 싶었으나 당호만큼은 넉넉했다.

흥륜사! 이렇게 해서 신라 최초의 절이 세워졌다. 어머니 고도령의 소원이자 아도 화상 자신의 염원인 팔만구암자의 첫 탄생이기도 했다.

✳

근심이 없을 것 같았다. 성국 공주의 건강도 언제 그랬냐 싶게 좋아졌다. 향 때문인지, 아도 화상의 말대로 부처님의 가피를 입어서인지 공주의 병이 나은 것만은 틀림없었다. 지끈거리던 두통도 사라졌다. 답답하던 가슴도 뻥 뚫린 것 같고 무엇보다 잠을 편히 잘 수 있었다.

흥륜사에서 늘 살다시피 하는 화상이 보고 싶은 것 말고는 태평스런 공주였다.

아도 화상, 아니 이제는 묵호자 스님으로 더 이름난 그 역시 태평스럽긴 마찬가지였다.

절이 있고 법당이 있었다. 보잘것없는 초가에 불과했지만 성역이었다.

계명성 돋기도 전에 예불 올린다. 백팔 배 정근을 하고 아침 공양을 들고, 사시 예불까지 올리고 나면 오후 내내 여유롭다. 아이들 만나 놀아주고 가난한 집을 돌며 병구완도 해주고, 전장에서 떠돌고 있을 원령도 위로해주고. 돌아올 때쯤이면 육신은 땅거미처럼 늘어졌지만, 그래도 중생구제의 부처님 가르침을 다했다는 자부심에 더없이 편안했다.

그런데 재앙이 덮쳤다. 믿음에는 시련이 따르는 것인지, 시련을 겪어야 믿음이 강건해지는 것인지는 몰라도, 날벼락 하나가 떨어졌다.

공주가 임신을 한 것이다.

아무도 모르는 일을, 마립간까지도 모르는 일을 화상 자신이 알고 있다는 것이 더 큰 문제였다. 사세의 심각성도 아랑곳하지 않은 채 공주는 그저 좋아할 뿐이었다.

흉사는 붙어 다닌다 했던가!

일이 꼬이느라 그런지 화평스러울 것만 같던 신라 고구려 사이가 급속히 냉랭해졌다. 장수왕이 수도를 평양으로 이전하고 본격적인 남진정책을 쓰자 궁지에 몰린 것은 백제였다. 평양성과 한성은 지척이었다. 위기의식을 느낀 백제의 비유왕이 신라에 동맹을 청한 것이다.

눌지로선 이러지도 저러지도 못할 형편이었다. 자신을 죽을 고비에서 구해주고 마립간 자리에 오르게 한 장본인은 장수왕이었다. 그렇다고 비유왕을 적으로 돌릴 수도 없는 입장이었다. 백제의 미추홀 일대 한성이 무너지면 다음은 신라 본토임을 어찌 모르겠는가? 순망치한이라고 했다. 고구려의 평양성 이전이 현실이 된 마당에, 나라의 백년대계를 위해선 백제와의 동맹은 선택의 여지가 없는 셈이었다.

한편, 신라 내정을 한눈에 보듯 꿰뚫고 있는 장수왕으로서는, 눌지 마립간의 어정쩡한 태도가 크게 불쾌했다. 그렇다고 무력을 동원할 수도 없는 노릇이었다. 턱밑의 백제도 그렇거니와, 서라벌에서 포교에 여념 없을 사촌 형 아도의 안위를 생각하지 않을 수도 없었다.

신라 왕실로서도 아도 화상만큼은 소홀히 대할 수 없는 처지였다. 성국 공주를 비롯한 왕실의 안녕을 가져다준 일은 사적인 것이라 쳐도, 살얼음판 같은 작금의 고구려와의 역학관계를 생각할 때, 화상의 존재가치는 그 어느 때보다 무겁게 보였다.

그러나 우호적인 왕실과는 달리 일반 백성들의 눈초리는 그게 아니었다. 고구려에서 온 얼굴 검은 이방인. 부처인지 뭔지 하는 해괴한 형상을 모시고, 알아듣지도 못할 말로 정신을 혼미하게 하질 않나, 할 일도 없으면서 이집저집 들락거리기나 하고. 애들이나 시켜 해괴한 노래나 퍼뜨리는, 일종의 정신병자쯤으로 취급받았다. 그 정도만 해도 참고 넘기겠는데, 어떨 땐 아예 고구려에서 온 첩자쯤으로 몰아붙이기 일쑤였다.

산달이 다가오자 공주는 종적도 모르는 제 어미를 찾겠다고 일어섰다. 뜬금이 없어도 유분수지, 아니 된다고 마립간이 손사래를 내저었다. 그러잖아도 흉흉한 민심 한복판에다 공주를 들여보낼 순 없었다. 그런데 이상했다. 요즘 들어, 눈꺼풀이 무겁다며 침상에만 누워 살다시피 하는 공주도 공주지만, 더욱 이해가 안 되는 쪽은 아도 화상이었다. 공주의 출궁을 당연히 말릴 줄 알았는데, 바람이라도 쐬러 한번 나갔다 오는 게 어떻겠냐며, 공주 편을 들고 나서는 게 아닌가. 하는 수없이 열흘이란 말미를 주고는 출궁을 허락했다.

공주가 궁으로 돌아온 후, 우연이었을까? 강보에 쌓인 갓난아이가 궁문 앞에서 발견되었다. 공주 일행이 흥륜사에 가는 길이었다. 길 앞에서 아이를 얻은 공주는 부처님께서 보내신 아이라고 이름을 '부들'이라고 지었다. 그러고는 생각하고 자시고 할 것도 없이 그날로 양녀로 삼았다.

그 일이 있은 지 얼마 후, 성국 공주에 대한 추문이 돌았다. 아이를 얻었는데 그 아비가 묵호자라는 거였다. 다들 쉬쉬하며 했지만 기정사실인 양 여겼다. 그러잖아도 고구려와의 갈등으로 입지가 좁아져 있던 판이었다.

위기가 현실로 다가왔다.

불이 난 것이다. 흥륜사가 서까래 하나 남김없이 전소하였다. 방화라고밖에 할 수 없는 것이, 불이 붙은 곳은 법당 안 처마에서였다. 굴뚝도 없고, 아궁이도 없는 곳에서 불이 날 일이란, 누가 일부러 놓지 않고서야 불가능했다. 더욱 안타까운 것은 법당을 다 태운 불길이 관음전 지붕에서 춤을 추고 있는데도 누구 하나 나서는 사람이 없었다. 묵호자 스님 혼자 발을 동동 굴렀지만 역부족이었다.

잿더미 위로 태양이 솟았다. 그림자를 등에 짊어진 그가 힘없이 걸었다. 그러잖아도 까맣던 얼굴이 숯검뎅이가 되어 있었다. 그의 발길이 향한 곳은 왕궁이 아니라 그 전에 있던 곳, 털내가 살고 있는 일선군 쪽이었다.

숨이라도 돌렸다 가라는 털내의 손길도 뿌리치고는 건너편 냉산으로 들어갔다. 한겨울인데도 복숭아꽃이 피었다. 거기에다 띳집을 지었다. 조그맣게 편액을 내 거니, 도리사였다.

평복차림으로 지냈다. 머리도 길렀다. 사람들의 눈을 피하자니 어쩔 수 없었다.

그러저러 지낼 즈음, 공주의 병환 소식이 들렸다.

어찌 아니 그럴 것인가?

자신의 손으로 지은 것이나 마찬가지인 흥륜사가 하루아침에 불타버렸다. 그뿐인가? 세상에서 하나뿐인 의지처가 사라졌다. 향을 피워줄 사람도, 터놓고 얘기할 사람도 없어진 것이다. 다시 찾아온 고독은 예전에 겪었던 그 어떤 고통보다 질기고 암담했다. 그래도 부들이가 있었다. 아마 그 아이마저 없었다면 공주는 이미 다른 세상을 걷고 있었으리라.

✳

공주의 병환 소식을 들은 묵호자 스님이 도연을 불러 세웠다. 도연은 털내의 아들로, 묵호자 밑에서 불도를 닦는 중이었다.

평양성엘 다녀와야겠다고 말했다. 그 멀고 험한 길을 대사님 혼자 보낼 수 없다며 따라나섰다. 법당은 누가 지키고 부처님은 누가 모시느냐?

이 가람마저 잘못되기라도 한다면 그 죄를 무슨 수로 씻으려느냐? 두 사제가 간다 못 간다 옥신각신하는 사이 사시가 찾아왔다. 별당지기 털내누이였다. 내가 남아서 부처님 공양도 올리고 법당도 쓸고 할 테니 여기 일은 걱정하지 말라는 거였다.

평양성으로 가는 길은 쉬웠다. 고국(故國)이었고 사촌 동생이 왕으로 있는 나라 아닌가. 몇 군데 나루에서 검문이 있었지만 능숙한 평양 말씨에 트집 잡힐 일이 없었다.

오래 걸릴 일도 아니었다. 향만 구하면 되었다. 향나무도 향나무였지만 무엇보다 그 씨앗이 필요했다. 씨앗을 틔워 향나무만 자라게 할 수 있다면 이런 번거로운 길은 왕래하지 않아도 될 일이었다. 그런데 그게 그렇게 간단하지만 않은 것이, 향은 국가의 엄격한 통제하에 관리되고 있었다. 사찰이나 왕궁에서만 사용하는 것으로, 최고 지위에 있지 않고는 구경도 할 수 없는 신물이었다.

당시 평양에는 아홉 개의 사찰이 있었다. 그중에서도 동명성제를 모신 영명사가 가장 컸다. 향은 말할 것도 없고 씨앗까지 구할 수 있는 절은 거기뿐이었다. 마침 도림 화상이 주지로 있었다. 도림 역시 현창 스님 문하에 들었으나, 잡기인 수담을 즐긴다 하여 산문에서 쫓겨난 경력이 있었다. 그렇거나 말거나 둘은 사형제지간으로 더없이 돈독하게 지냈다. 배분으로는 묵호자 스님이 사형뻘이었으니 만만하기도 했다. 저간의 사정을 얘기하자, 불법을 널리 하는 일인데 무얼 주저하겠느냐며 선뜻 내주었다. 말이 선뜻이지, 나중에 탄로라도 난다면 목숨까지 내놓아야 할 엄청난 일이었다. 왕궁엔 기별도 하지 않고 곧바로 영명사부터 찾아온 이유가 나름 있었던 것이다.

문제는 귀로에서 일어났다. 국원성을 거쳐 아단성으로 거슬러 오르는 뱃길이었다. 정확히 말하자면 적성현에서 을아단현으로 배를 움직여 갈 때, 초계병으로 보이는 일군의 무리가 배를 세웠다. 평양성에 머무르는 사이, 고구려와 신라는 일촉즉발의 전시상태로 빠져든 것이다.

그 당시 삼국의 전선은 아리수를 경계로 대치하고 있는 형국이었다. 한성 유역은 고구려와 백제가, 국원성 일대는 고구려와 신라의 군사력이 그물망처럼 몰려 있었다. 아단성 일대 역시 고구려 땅이긴 했지만, 언제 신라의 침공이 있을지 모를 최접경 전선 중 하나였다.

처음부터 귀족행세를 한 게 그나마 다행이었다. 근엄하게 차려입은 복색에, 딸린 종자 역시 범상치 않아 보였던지 검문은 심하지 않았다. 물론, 대장군의 이름까지 거명하며 찔러준 덩이쇠가 그들의 행로를 덮어 두긴 했을 것이다.

코앞이긴 했으나 아단성까지 가기엔 너무 위험했다. 배 위에서였으니 말 몇 마디로 고비를 넘겼지만, 검문소에서는 이 향이 어디서 났느냐, 어디서 훔쳐 온 것은 아니냐, 이 잡듯 할 게 뻔했다.

버들가지 늘어진 하구에 제법 큰 촌락이 보였다. 뒷날 향산이라 이름 지어진 이곳은, 모래벌판을 앞에 두고 있다고 해서 모랫말로 불렸다. 아단성까지는 지척이었으나 거기서 내리기로 했다. 나이가 있어 그런지 몸도 편치 않았다.

유난히 일찍 찾아온 겨울이었다. 노잣돈이야 넉넉했으니 묵을 데는 걱정하지 않아도 되었다.

그런데 겨울을 나는 동안 묵호자 자신이 병을 얻고 말았다. 먼 길에 무리한 탓도 있겠고, 무엇보다 팔만구암자의 꿈이 멀어지는 것 같았다. 사문의 늙은 고목도 꿈을 꾸는가? 성국공주가 나타났다. 부들이도 보였다. 정신이 쇠하고 몸이 약해진 탓이리라. 이 구차한 몸뚱이도 벗어놓을 때가 되긴 되었구나.

그 어느 때보다 깊숙이 불호를 왼 스님이 일어섰다. 바랑을 뒤적이더니 향합을 꺼냈다. 오돌토돌한 향나무 씨앗이 손에 잡혔다. 아늑하고 따뜻하고, 강바람까지 있어 통풍도 그만이니 향나무 자라기엔 더없이 좋은 곳이다. 다 불연인 게지. 생향 냄새 가득할 이곳이 정토일 것이고.

묵호자 스님이 문을 열었다. 곁을 따르던 도연에게 향합을 내밀었다. 포실포실 잘 여문 향나무 씨앗이 여의주를 닮은 듯했다.

"예가 그곳인가 하구나. 때도 되었고."

도연이 영문을 몰라 하자 타이르듯 부연했다.

"내다 심거라. 너무 기름지지도 척박하지도 않은 양지바른 곳에다 뿌리거라. 가끔 물도 주고……. 어린아이 돌보듯 정성을 쏟다 보면 연화장 세계가 함께 열리리니."

숨이 가빴던지 묵호자 스님이 마른침을 꿀꺽 삼켰다. 부쩍 쇠잔해진 기력이었다.

"대사님, 여긴……, 여긴, 고구려 땅이 아닙니까? 서라벌에다 심는다고 하시지 않으셨습니까? 하온데 어찌……?"

"허어! 삼한의 하늘 아래 어찌 이 땅 저 땅 경계가 있더란 말이냐? 고구려가 신라이고 신라가 곧 고구려인 것을. 어디를 가나 조선 백성이니 분별심일랑 버리고, 너의 그 때 묻은 탐착도 버리고, 그저 일심으로 키우거라. 마음 밖에 있는 것은 모두 헛것이니, 알겠느냐? 그리고."

예전 같지 않게 말씀이 길었다. 그 어느 때보다 엄숙했다.

"그리고, 서라벌 가는 길이 트이거든 공주님께는 이것을 갖다 드려라, 만다라를 새긴 금강저니라. 말씀드리도록 해라. 불연 퍼질 날도 얼마 남지 않았다고. 이 씨앗이 자라나 다시 열매를 맺는 날 그날, 흥륜사는 다시 일어날 것이니 너무 상심치 마시라고. 날이 참 좋구나……!"

그리곤 잠을 자듯 눈을 감았다.

서라벌로도 가고 평양성으로도 가는 뱃길이 보이는, 하양 나비가 날
아오르는 따뜻한 봄날이었다. 좌탈입망한 스님의 모습은 참으로 평온
해 보였다.

문상오

충청일보 신춘문예 단편소설 당선, 새농민 창간기념공모 단편소설 당선

소설집 『소무지』 외, 칼럼집 『도화원별기』

010-5460-6678, m6678@hanmail.net

27000 충북 단양군 적성면 적성로 174-54

블랙홀

김 창 식

　　버드나무 그늘이 드리운 저수지에서 T가 발견되었다. 저수지는 둘레가 4킬로미터였다. T가 사는 아파트의 탁월한 조망인 저수지는 새벽과 저녁에 걷기 운동 장소였다. 출발점에서 백 미터마다 하얀 페인트로 표시하였는데, 출발점으로부터 2킬로미터 지점에서 발견되었다. T의 아파트에서 가장 먼 곳으로. T의 아파트에서는 잘 보였다.

　T는 늘 국방색 점퍼를 입고 다녔다. 여름에는 소매를 걷어서 입었고, 겨울에는 목깃을 세웠다. 국방색 점퍼로 발견되었을 때 T는 물에 잠긴 벤치에 걸터앉아서 오수에 빠져 있었다. 행인이 없는 한낮의 벤치에 햇살이 조물조물 놀고 있었다. 물속은 더욱 평온했다. 집에서 나간 지 십오 일이 지났고, 실종 신고 후 칠일이 되는 날이었다. 실종 신고가 있기 전 팔일 동안 T는 세상에서 지워진 존재가 되었다. 새치가 희끗한 마흔다섯 살. 국방색 점퍼를 가족이 확인했다. 저수지 둑에 조팝꽃이 하얗게 피었다. 조팝꽃 독한 향이 발견을 방해하였다고 구경꾼 틈에서 말했다. 고개를 끄덕이면서도 허튼소리라는 표정을 지었다. 춘추복을 입은 고등학생 딸이 택시에서 내렸다. 구급차에 실리는 T를 보고 자리에 푹 쓰러졌다. 교실에서 책갈피를 넘겨야 할 손으로 입을 틀어막고 울었다. 끄덕이던 얼굴들의 눈시울이 젖었다.

　십오일 전. T와 술을 마셨다. T가 비둘기 굵은 눈알을 굴리며 게슴츠레한 눈으로 말했다.

"너도 내 입술 갖고 싶니?"

T에게 쓰고 있는 편지를 계속 써야 하는가?

아홉 편의 단편을 묶은 창작집 출간기념식이 사월의 토요일 오후 다섯 시? 그 흥분이 여진으로 잔물결 치고 있겠군. 편지를 써야 한다는 통증에 시달리다가 아스피린을 복용하듯 펜을 들었네. 전자메일이나 카카오톡이 아닌 편지지라며 고리타분하다 비웃어도 괜찮네.

스마트폰으로 세상의 모든 것을 보고 듣고 체험한다고 해서 사람까지 디지털화되어야 한다는 당연성은 없지 않은가? 이윤과 손실의 셈은 디지털화됨이 효율적이겠지. 0이 아니면 1이라는. 이진법이 되어서는 안 되는 남편과 아내의 관계처럼 세상 누구와도 아날로그 관계를 고집하고 싶네. 0과 1 사이에 만리장성보다 더 무한한 관계가 가능한 것이 사람과 사람의 관계가 아닌가? 당신의 소설이 아날로그 신호의 범주를 벗어나지 못한 것처럼. 이제부터는 당신이 아닌 모든 사람에게 편지를 쓰기로 했네. 전자메일이 꼭 필요할 때는 어쩔 수 없지만, 당신이 아닌 다른 사람에게도 봉투에 담긴 흰 종이에 주장과 포용을 담아 보내기로 하였네. 디지털의 급류에 허우적대는 것이 요즘 세대가 부르짖는 행복의 보편이라고 하지만, 아날로그를 고집하려네.

자네는 소설을 쓰고 있잖은가. 노트북에다 글 문서로 소설을 쓴다고 해서 그것이 디지털일까?

T가 잠적하던 날, 햇빛이 T의 뇌에서 잔주름으로 출렁였다. 주름은 이랑을 만들었다. 현란한 녹색의 싹이 와드득 와드득 돋았다. 싹은 통제할 수 없는 방향과 줄기로 엉금엉금 자랐다. 싹을 비집고 들어온 햇빛은 가시엉겅퀴 몸피로 사마귀 앞다리로 T의 의식 세포를 갉았다. T는 어지

러워 비틀거렸다. 시력이 초췌해졌다. 햇빛은 칼 든 어린 미친년이었다. 미친년이 봄 들녘으로 비칠비칠 뛰어다녔다. 칼날이 번득였다. T의 뇌리 모서리가 마모되고 시선이 칼부림에 싹둑싹둑 잘렸다. 토막 난 시선이 허공에서 빛 여울로 반들거렸다. 사월 햇빛은 감당할 수 없는 점령군이었다. 빛을 과식한 개나리가 노랗게 짓밟히더니 태도를 새파랗게 바꾸어 저항했다. 조팝꽃은 더미로 뭉쳐서 빛을 오물오물 삼켰다. 삼켜진 햇빛은 향기로 지독하게 피어났다.

"세상이 간지러워."

T가 갈퀴 손으로 허공을 긁었다.

"눈동자가 빙빙 돌아. 추락하고 있어."

T가 미친듯이 웃었다. 이십 층 아파트 옥상에서 떨어지는 순간에 눈은 뜨고 있을까? 죽었어도 부릅뜬 비둘기 굵은 눈이 떠올랐다. T가 눈을 찡그렸다. 허공을 바라보았지만, 시선이 닿는 목표점이 없었다. 그래도 T는 허공을 계속 바라보았다.

T는 눈을 깜박일 수도 감을 수도 없게 되었다. 시선의 끝점에 사물을 달고 있는 것이 아니라, 사물이 T의 동공으로 박쥐 떼가 되어 들어왔다. T가 비틀거렸다. 소주병으로 누구에게 보내는지 모르는 수신호를 휘저었다. 뭉툭한 소주병으로 허공에 칼질했다. 햇빛은 조금도 놀라지 않았고, 오히려 T의 몸이 기우뚱거렸다. 빛이나 하늘은 상처가 나는 존재가 아니었다. 무적의 존재에 칼질하는 무모함에서 상처는 비롯되는 것이었다. T의 어리 미친 광기도 같은 맥락이었다. 오월 햇빛으로 더욱 드러난 T의 상처는 T가 만든 것이었다.

"조팝꽃 향에 취했어."

조팝꽃 향기 때문에 버티고 있다고 말해야 옳았다.

"술이 너를 먹은 거야. 네가 술에 먹혔어."

T를 바라보는 망막에 어물어물 이물감이 느껴졌다.

"술이 사람을 어떻게 먹니?"

T가 히죽 웃었다. 진짜 병신처럼. 정신이 적어도 육십 퍼센트쯤 이탈된 모습이었다. 바람이 녹색 잎을 흔들었다. 조팝꽃 향이 코로 아득하게 들어왔다. 꽃 향에 취했다는 T의 말은 과장이 아니었다. 놓아버린 정신의 절반은 꽃향기가 역할을 했다고 나름 판단했다. 소주 한 병으로 비틀거릴 T가 아니었다. 옆구리에 둘러맨 가방에 소주가 두 병이나 아직 남아 있었다. 노을이 깔리려면 아직 네 시간은 더 있어야 할 오후 한낮이었기 때문에 알코올과 생체리듬이 엇물린 탓도 있어 보였다. 노을이 깔리기 전에 가방 지퍼를 열고 머리를 삐죽인 소주 두 병을 마저 비울 것이고, 때맞추어 어두워지면 약간 비틀거리는 정도의 취기로 회복되리라 예측되었다. 술과 어둠이 동시에 어울리면 T는 취기를 지연시키며 즐길 수 있는 섭생을 터득했다.

T는 내장이 환히 드러난 빙어처럼 파닥거렸다. T를 조립하고 있는 나사가 헐거워졌다. 이죽이죽 웃으며 햇빛을 감히 쳐다보지 못하면서 T의 몸이 해체되고 있었다. 이때 어둠이 왔어야 했다. 어두우면 헐거워진 부품이 조립되었고. T는 죽지 않았다.

"술이 너의 몸속에서 꿈틀거리고 있어."

"술이 기생충이니? 어정어정 걸어가면 항문으로 몸통 흔들며 나오겠네?"

"너를 조종하고 있어."

"조종? 너나 나나 조종당하며 살아왔는데 새삼스러울 게 무어 있니?"

T가 시무룩해졌다. 조종당하며 살았다는 말을 뱉고서 혀에 이물질이 버석거렸다. 카악! 침을 뱉었다. 끝맺지 못한 편지가 떠올랐다. 곧 T가 조종당할 것임을 어떻게 알았을까?

"세상이 주술을 읊고 있어. 와글와글 광신도들의 주절 주절거림."

꽃의 흐드러지기가 닭 벼슬 같으니 모르는 사람이 없을 것이며, 더구나 학창시절 화단에 꼭 있어야 할 화훼가 봉선화와 맨드라미와 국화와 채송화가 아니었던가? 꽃을 본 적은 있지만, 씨를 보지 못했다면 지금 화단에 나가서 눈으로 확인하는 것도 색다른 느낌의 시발점이 될 것이네. 갑자기 씨를 눈으로 확인하라니 생뚱맞다고 생각하겠지. 씨를 본 사실이 없다면 이 편지로 주장하는 것을 포용할 수 없네.

씨앗은 왜 있는 것일까? 물론 본능의 소산이지. 수컷이 암컷을 만나 교미하는 것은 종족 보존 본능이라는 것쯤은 다 아는 사실이지. 사람은 영악하고 간사하고 동물을 압도하는 능력을 보유해서인지 종족 보존 본능보다 쾌락과 사기와 처세의 방편으로 섹스를 한다네. 그런 범상치 않은 현상을 탐닉하는 일도 당신 같은 소설가가 아닌가? 동물 세계에서 강간은 존재하지 않지만, 인간을 그렇지 못하네. 늙은 나무를 톱으로 절단하면 겉은 연륜과 웅장함과 괴력이 멋들었지만, 속의 절반은 썩었어. 영험의 이면에 추악함을 감춘 인간이 얼마나 많은가? 문득 소설은 톱날이며 소설가는 인간을 감히 재단하려 톱니를 휘두르는 집행자라는 섬뜩함이 감도네.

알갱이가 작은 곡물을 좁쌀이라고 말하지만, 맨드라미 씨앗에 비하면 거대한 존재라네. 좁쌀에 비할 수 없을 만큼 작은 알갱이라는 뜻이지. 닭 벼슬처럼 흐드러진 꽃잎 아래 손바닥 펴고 꽃대를 가볍게 흔들어 보게. 여름 한낮 오수를 훼방하듯 기척만 주어도 되네. 꽃잎 깊숙이 숨은 씨앗이 손바닥에 비로소 모습을 보일 것이네. 좁쌀은 손바닥에 닿는 느낌이 있지만, 씨앗은 촉감마저 만들어 낼 수 없는, 어찌 보면 존재라는 단어를 부여하기가 무색하다네.

　좁쌀보다 깨알보다 그 어떤 존재보다 작은 본능의 소산. 시력을 돋구어 자세히 보게. 까만빛이 영롱할 것이네. 여름날 무더위가 압축된 광채. 요망하게 육감적인 꽃잎으로 팔월의 긴 한낮을 버티며 영글어낸 소산이지. 그 작은 개체가 발아하여 일 미터는 족히 넘는 줄기를 만들고 흐드러진 꽃을 피울 수 있다니. 맨드라미 씨앗을 처음 보았을 때 불가능과 가능의 경계에 홀로 선 느낌이었다네. 그때의 내 기분을 지금 느낄 수 있다면 뇌리에 영롱한 광채가 생겨나고 결코 지울 수도, 외면할 수도 없는 평생의 반려자를 얻을 것이네.

　햇빛이 T의 볼에서 꼼지락거렸다.
　"내숭 떨 거 없어. 소설 쓰면 다 젠틀맨이니?"
　알코올 삭는 얼굴에 햇빛이 이글이글 끓었다.
　T는 십일 년 전에도 저수지에 빠졌다. T는 시를 쓰다가 저수지에서 실족하였다. 지방의 일간지에서 목요일에 독자의 시를 게재하였는데, T가 투고를 하였고 다섯 차례 선택되었다. T를 아는 문학회 총무가 입회를 권유했다. T의 시가 주옥같아서일까? T의 입회비와 연회비를 얻고자 함이었을까? 삼 년 후 총무의 안내로 서울 계간 문예지 신인상에 당선되었다. 백일장 예심도 하였다. 지방 일간지의 청탁으로 시가 게재되었다. 신춘문예와 상금이 걸린 신인문학상에 칠 년 동안 투고하였는데, 단 한 번의 예심도 통과하지 못했다. T는 자신의 시가 심사장 쓰레기통을 채우는 한낱 종잇장임을 자각했다. 어제의 시를 이튿날 읽자 시가 아니었다. 이미 뱉어버린 말처럼 거두어들일 수 없는 단어가 수만 마리 허리 잘록한 개미가 되었다. 저항도 변명도 못하는 자신을 깨닫게 되었다. 자각의 모서리에 이마를 찧는 그즈음, 사십 대 주부 신입 회원이 T에게 적극적이었다. 신입은 모임을 마치고 노래방 가는 소수에 낄 수 있

음이 긍지와 기쁨이었다. T가 노래방에서 신입과 만취가 되었다. 신입은 T를 노래방에 버려둘 수 없었다. 자정이 넘은 시각에 모텔로 갔다. 신입은 얼굴이 작은데 몸이 오동통해서 귀여웠다. 마주 앉아 조곤조곤 대화를 나누면 만두가 생각나 침이 저절로 고였다. 침대에 흐트러진 신입의 알몸은 겉과 확연히 달랐다. 뽀얀 살에 검은 것이 뚜렷하게 도드라져서 침대에 놓인 전등처럼 눈부셨다. 마흔 살이 넘은 몸인데 방금 바람을 넣은 풍선처럼 매끄럽고 탄력 있었다. T는 취중에 겁이 났다. 감당해야 할 것이 갑자기 커져서 자신감이 작아졌다. 새로운 자각의 모서리가 생겼다. 이튿날 술에서 깬 T는 자신이 총체적으로 부실함을 알았다. 시를 쓰지 않기로 했다.

할미꽃 만발한 묘지에 걸터앉아 시집 한 권 분량의 시를 가방에서 꺼냈다. 가방 바닥에서 맑은 액체가 찰랑이는 소주병이 뒹굴었다. T는 시뭉치를 가방에 넣고 소주를 꺼냈다. 정오를 지나는 햇살이 정수리에 죽창으로 꽂혔다. 소주를 마시고 덤불 꽃다지를 바라보았다. T는 속과 겉이 다른 조립용 장난감 로봇이었음을 깨달았다. 시를 불태웠다.

저녁노을이 엄지손톱만 한 살구를 붉게 물들였다. 신입은 아침이면 파랗게 매달려 있을 살구였다. T와의 만남은 밤이기 때문에 징검돌에서나 마주친 오발탄이었다. 시를 태운 T는 홰를 치며 기지개를 틀었다. 그건 위세였다.

이듬해 신년 아침. 조간신문에 T와 모텔에서 지냈던 신입의 시가 당선작으로 게재되었다. 당선작은 방금 바람을 넣은 풍선처럼 매끄럽고 탄력이 있었다.

아홉 편의 단편을 묶은 창작집을 출간했던 유월의 토요일 오후 다섯 시. 출판기념식 자리에서의 그 흥분이 아직도 가슴에 남아 있는가? 시선이 집중된 얼굴이 맨드라미 꽃잎처럼 흐드러지게 상기되었지. 입문 과정을 보아온 나로서 식이 진행되는 동안 소설집을 펼쳐보았네. 작가의 표정을 살피는 것도 게을리하지 않았네. 평을 쓴 선배소설가의 축사를 들을 때와 문학회에서 주는 축하 패를 받을 때와 교회 중창단이 축가를 부를 때와 마지막으로 하객에게 답사를 할 때는 이 나라의 대표 소설가가 된 모습이었지.

사회를 맡은 L 시인이 약력을 간단히 소개할 때는 좀 어색한 표정이었음을 부인하지는 못할 것일세. 단편소설로 지방신문에서 공모한 문학상을 받았음이 전부였으니 사회를 맡은 L 시인도 어쩔 수 없는 상황이 아닌가. 축사에서 돈이 되는 장편소설에 주력해야 한다는 말이 터져 나왔을 때 어금니를 물었어. 장편소설이 베스트셀러에 오르고 서점마다 다투어 상단에 진열하고 문화부 기자가 취재를 구걸하는 광경을 상상했겠지.

표정이 갑자기 돌조각처럼 굳어버린 것을 놓치지 않았다네. 돈이 되는 장편소설을 말하는 순간 가족석에 앉은 아내를 바라보았고, 아내도 약속이나 한 듯 바라보았지. 부부의 시선이 맞닿는 그 순간, 재빨리 두 표정을 주시하였네. 응고되는 파라핀처럼 경직되는 순간을 놓치지 않았어. 예상이 빗나가지 않았다는 확신을 잡고 잠깐의 환희에 젖었네. 아내에게는 결코 달갑지 않은 환희였네. 중학생을 집으로 불러서 과외를 하며 생계를 꾸리는 아내, 소설을 써서 가족을 부양하겠다며 선언한 전업 작가, 둘 사이의 드러내놓지 못하는 갈등이 교차하는 그 순간을 외발 든 고양이 시선으로 놓치지 않았네. 단편소설 아홉 편을 묶은 창작집 출판기념회를 거행하는 의도에 아내도 기꺼이 동참하였을까?

여하튼, 오월의 토요일 오후 다섯 시부터 일곱 시 사이에 최고의 소설가가 된 황홀감에 젖었음은 분명하네. 아내의 눈초리를 애써 외면하면서. 실망스럽겠지만 출간기념회에 다녀온 후로 한동안 언짢아지는 심정을 어찌할 수 없었네. 술에 취하면 입버릇처럼 말하는 사랑의 대상에 대한 의구심을 떨치기 어려웠거든.

T가 블랙홀에 함몰되었다. 문학회 총무가 T에게 고민의 고깃덩어리를 던져 주었다. T보다 고깃덩어리로 살이 통통해진 애완견이 육 개월마다 고정적으로 순산하는 연회비가 필요했다. 시를 죽인 T에게 시의 부활을 말할 수 없었다.

T는 백일장 예심원이 되어 어린 학생의 이십 퍼센트가 산문을 선택하는 것에 나름 생채기가 생겼다. 산문의 탄탄하고 너른 바다에 그물을 치고, 잔챙이는 걸러내고 씨알 굵은 황금 잉어를 건져 올린 것이 운문이며, 운문만이 세상이라는 바지랑대에 자신을 넣어 말려야 독자의 군소리와 불평과 과도한 요구가 없다고 믿었다. 칼날에 맨발로 올라선 심장이 미세하지만 절박한 고동을 낼 것이며, 날숨마다 향기가 나올 것이라고 믿었다.

T가 치유되지 않는 변비를 털어놨다. 믿었던 출판사에서 출판을 꺼려 애물단지가 된 원고를 서랍에 넣지도 못하고 책상에 펼쳐두지도 못하고 있다고. 도무지 시집을 가지 않으려는 혼기 훨씬 지난 딸을 곁에 두고 사는 느낌이라고. 애물단지를 넘겨다보는 아내의 시선에 자존심의 뿌리까지 흔들리고 있다는 것도. 출판사가 괘씸했다고. 시간이 지나면서 괘씸해야 할 이유가 성큼성큼 밝아지는 아침처럼 없어지더라고. 새로운 괘씸한 상대를 찾기로 했다고.

"변비 특효약이 세상에 왜 없는 거야?"

T의 인내심이 짤똑짤똑 깎이는 몽당연필로 작아졌다. 며칠 전에 썼을 소설의 부분을 소주병에 주절주절 낭독했다. 끝머리를 기억하지 못한 T가 눈을 부릅떴다.

"소설이 열등감에서 시작된다는 말을 어떻게 생각하는가?"

겨울비가 추적추적 내리는 이월의 토요일 오전, 출판사가 거부한 애물단지를 꺼내 주절주절 읽으면서. 스토리가 뒤죽박죽 헝클어진 것을 새삼 깨닫고서. 일부러 쓰기도 어려운 애물단지를 창조하였다는

"자괴감을 느껴본 적은 없…었…는…가? 한 편의 소설을 탈고하고서."

T와 모텔에 간 사실이 있는 신입은 방금 바람을 넣은 풍선처럼 매끄럽고 탄력 있는 시를 연달아 내놓았다. 더 이상 신입이 아니었다. 모텔에 알몸으로 함께 누웠던 사실은 비밀이 되어야 한다는 눈빛으로 T를 바라보았다. 후로 T는 모임에 나가지 않게 되었다.

둥글고 화려하였으며, 더구나 정신까지 초췌하게 하는 빛을 쏘아내기 때문에 블랙홀의 존재를 목격할 수 없을 뿐, 검은 숯덩이에서 이글이글 환희와 광란이 춤을 추듯 자근자근 한 숨소리로 다가오는 자의 뒷모서리에 블랙홀은 존재하였다.

빛의 소리를 듣고 산다. 이렇게 말하면 미쳤거나 좀 모자란 사람으로 치부하겠지. 분명히 빛의 소리가 들려. 빛을 구성하는 입자인 빛 알갱이가 굴러다니거나 엄청난 속도로 날아가는 소리가 낚싯줄처럼 팽팽해. 장난기 잔뜩 머금고서 바닥에 앉아 조물조물 놀고 있을 때의 소리는 은은하기도 하지.

빛은 발성도 하고 장난기를 머금는 혀가 있음을 아는가? 심지어 표정도 있으니 살면서 보아 온 존재 중에 영악하기로 으뜸이 아닐 수 없지. 빛이 그렇게 한 곳에서 조물거릴 때 시간은 둥글기도 하다는 여유로움. 여울에 씻기는 자갈처럼 모서리를 깎아내며 하루를 소진해 내는 힘찬 파동. 헬륨이 가득 들어차는 것처럼 팽배해지는 생기. 기막힌 순간의 감지가 부럽지 않은가?

빛의 알갱이가 만드는 소리를 청각으로 감지할 수 있다는 것은 눈으로 빛을 볼 수 있는 감각을 소유하고 있다는 의미가 아닐까? 노랗게 흩뿌린 점으로 산수유가 꽃 피었을 때 영암 월출산을 횡단하였네. 해발 팔백구십 미터 천왕봉에서 구정봉에 이르는 줄기에서 바람은 살인적이었고. 영암에서 불어오는 바람은 육십칠 킬로그램의 몸을 강진 방향으로 마치 싹둑 벤 나락처럼 꺾어 뉘려 했으니 걸음마다 사투였지.

바람을 눈으로 본 후 시력이 급격하게 좋아지더군. 물론 수정체의 탄력이 떨어져 눈 가까이 있는 아주 작은 물체나 글씨를 보려면 돋보기가 여전히 필요하지만, 갓 따낸 천혜향을 베어 물었을 때 입안에 퍼지는 향처럼 시력에도 비슷한 것이 생겼으니, 그것을 뭐라 할까? 세상에 말로 표현하기 어려운 것이 도처에 널려 있으니, 요즘에 새롭게 생긴 그것을 표현하지 못하고 있네. 갖가지 단어를 조합하여 비슷하게 얼버무리는 정도로 표현할 수도 있지만, 뜻밖에 찾아온 그것을 무의미하게 정리하고 싶지는 않다네. 빛의 소리를 듣는 신의 감각 기능이 있음을 깨닫게 한 그것을 간단히 얼버무리고 싶지 않아. 흠집 없이 동그란 것을 찌그러진 모습으로 왜곡하고 싶지 않아.

횡재하려는 놈과 이에 대항하는 자가 불행의 늪으로 동반 추락하는 주말 드라마를 보고 잠든 자정이 넘은 시각, T로부터 느닷없이 전화가 왔다. 소풍 날 달 뜬 소년의 또박또박한 목소리가 전해왔다.

"빙어 인간 사냥 가자."

짜증이 났다. 잠자다가 전두엽에 우박이 우두둑 떨어졌냐고 핀잔을 주었다.

"산 채로 포획해야 해."

햇살이 저렇게 세상을 도드라지게 밝히고 있어도 숨어 있을 것은 꼭 숨어 있다고. 햇살에 내장까지 적나라하게 드러난 빙어 인간을 뒤집으면 숨겨 놓은 것이 있더라고. T가 캄캄한 밤에 햇빛과 도드라진 세상을 들먹였다. 깊은 밤중에 T는 오월 환한 세상을 켜 놓고 허공의 파란 캔버스에 조팝꽃을 피우고 소주병을 휘저었다. T의 전두엽은 저수지로 걸어가던 오월 한낮이었다.

"거칠게 다루어서 뇌를 다치거나 입술이 찢어지면 안 돼."

빙어, 빙어 인간. T가 돌팔매로 던진 지느러미가 파닥거려 밤새 잠을 설쳤다. 날이 밝고서 초췌해진 눈을 간신히 뜨는 중에 T가 찾아왔다. T는 정신이 또렷했다. 소주에 취해서 전화했을 것이라는 짐작은 옳지 않았다. 술에 취한 것이 아니라 빙어 인간 사냥을 위한 철저한 준비로 밤을 보냈다고 말했다. 손에는 돋보기가 들려있었다.

"빙어 인간, 그게 로또야. 조합만 잘하면 횡재하는 게야."

T의 마른 입술이 버석거렸다.

"무엇이 로또인데?"

침을 입술에 바르며 물었다.

"문학상."

짧게 뱉은 T는 흥분을 억제하지 못해 혀가 말렸고 음색에 쇳소리가 묻어났다. 어젯밤에는 빙어 인간을 말하더니 문학상을 로또라고 말했다. 흥분의 열기가 내장에서 뭉글뭉글 뭉쳐 전두엽이 바글바글 끓고 있는 것이 아닌가, 생각의 타래가 엉클어진 것이 아닌가, 의심이 들었다.

"빙어 인간의 내장 새긴 부호를 풀어야 해."

빙어 인간을 사냥해서 해부라도 하잔 말이냐? 핀잔을 주고 싶었지만, T의 형언하기 어려운 표정 때문에 참았다. 핀잔을 주었다면 즉시 미쳐서 정신병원으로 후송해야 할지도 모른다는 생각이 들었다. 전두엽에 엉클린 타래를 풀려면 그의 뜻에 동조하는 척해야 한다고 판단했다.

차라리 미쳐라. 미쳐야 문학상을 탈 것이라는, 어젯밤에 급조된 T의 신념이 옳은 것인지도 몰라. T의 미친 의도에 동조해주기로 했다.

빙어 인간을 인정할 수 없기 때문에 T의 의도에 동조하지 않았다. 빙어 인간 사냥을 가자는 T와 동행할 수 없었다. 문학상을 해독하는 부호가 빙어 내장에 있다는 말을 믿을 수 없었다.

횡재의 사전적 의미로는 뜻밖에 재물을 얻음이다.

아홉 개의 트집일지, 아홉 번의 간섭일지, 아홉 작품에 대한 평일지, 분간하기 어렵네. 평이라는 말에 기분 나쁘게 생각하지 말게. 평론가에게서 평론을 얻는다는 것, 우리 수준의 소설에서 쉽지 않음은 동감하겠지? 김윤식, 홍기삼, 유종호, 정호웅, 김화영, 쟁쟁한 평론가의 눈독을 받아본 작품이 이 나라 소설가의 몇 퍼센트나 될까? 트집이든, 간섭이든 내가 관심을 가졌다는 자체에 고마워해야 하지 않을까?

문득 소설집을 읽기로 했네. 읽어야 한다고 나를 읽았다고나 할까? 읽지도 않고 트집 잡는다는 것은 사람을 뜨문뜨문 봄이 아니겠는가? 최근 오 년 넘게 동인지에 나란히 소설을 발표하지 않았는가? 고백하건대 자네 소설 읽지 않았네. 매월 쏟아져 나오는 월간지 계간지를 모두 탐독하기도 어려운데 동급이거나 하급의 소설을 읽어줄 마음이 애초에 없었지. 소설가는 이기적인 존재이고 나 역시 그런 부류라고 생각하네. 동인지에 발표된 소설을 모두가 당연하게 읽었다는, 중생대 암모나이트 화석처럼 고로하고 딱딱한 생각에 갇혀 살고 있다는 자괴감이 들지만, 우리만 그런 것은 아니지 않은가.

무엇을 말하고자 함인가? 이런 스토리를 왜 만들었는가? 물음표를 찍어놓고 읽었네. 스토리와는 곁도는 문장이 페이지 도처에 발목지뢰로 묻혀 있기를 내심 바라고 있었음은 부인하지 않겠네. 이런 면에서 아홉 편에 대한 평 보다는 아홉 개의 트집이라는 것이 자연스럽게 정돈되더군.

예감대로 실망시키지 않았어. 줄거리만 간신히 이어가는 초보 번역가의 번역소설처럼 매끄럽지 못한 문장들이 누덕누덕한 어설픔, 자신의 글을 쓰면서 어찌하여 다른 사람의 말을 옮기는 비루함을 자초하였을까?

누덕누덕한 어설픔도 삶의 한 조각임에는 분명하지. 허술한 옷을 입으려는 자 과연 몇이나 될까?

T가 서점에서 문학상 수상 작품집을 사왔다. 산 채로 잡아서 해부하지 않아도 파닥이며 내장을 들어내는 빙어 인간이 어디쯤 서식하는 것일까? 서점에서 사오지 않아도 T의 책장에는 이미 문학상 작품이 꾸러미로 꽂혀 있었다. 신인상부터 문학 본상에 이르기까지 작품집이 분류되어 있었는데 T의 눈빛이 덕지덕지 묻어 있었다.

친구와의 여행길에서 들었던 말이 가물가물할 때 기억을 되살리며 적었더니 신춘문예에 당선이 되었다고. 기억이 생생한 상태에서 썼더라면 소설이 아니라 기사가 되었을 텐데. 사실을 왜곡하는 기법을 터득했기 때문에 당선되었다고. T는 당선작의 뒷얘기도 줄줄이 꿰고 있었다.

T의 책장에서 서성거리다가 빙어 인간의 서식처를 어슴푸레하게 짐작해냈다.

"해독된 부호는 가치가 없어."

창밖으로 폐지를 수집하는 허리 꼬부랑한 노인이 지나갔다. 책은 나름의 두께로 꽂혀 있었다. T는 책을 마구 뽑아서 버릴 태세였다. 곧 버림당하는 순간이 온다 해도 책장에 온순히 갇힌 채로 책들은 나름의 글자와 색깔로 부릅뜬 눈을 깜박이지 못했다.

신입에서 완전히 탈피한 그녀가 문학회 총무가 되었다. 저수지가 내려다보이는 찻집에서 총무와 모임에 나오지 않는 T가 마주 앉았다. 눈이 오지 않은 이월 초입의 한낮이었다. 사과 과수원의 검붉은 땅으로 메마른 바람이 지나갔다. 바람은 어디에서도 습기를 얻지 못했다. 저수지 얼음에서 서릿발처럼 얼어붙은 눈을 훑어도 메마르기는 마찬가지였다. 실내 가운데 피워 놓은 난로에서 주전자의 수증기가 곤두섰다.

올이 보송보송한 셔츠의 총무는 바라만 보아도 따뜻해 보였다. 얼굴도 온기를 가둔 풍선처럼 팽팽했다. 국방색 점퍼를 입은 T가 총무의 포동포동하고 말갛던 몸을 잠깐 생각했다.

"어쩔 수 없는 벽이라며 바라만 보고 있을 때 담쟁이는 말없이 오르고 있대요."

T의 생각을 쥐어뜯으며 총무가 말했다.

T는 도종환의 시 담쟁이를 떠올렸다. '시인이 되기 위해서 시인의 속을 해부하였구나.' T가 속으로 중얼거렸다. 시인을 빙어로 볼 수 있는 마술이 있어야 시인인 것.

둘이 마주 앉았지만, 지난날 비밀의 껍질이 깨진다는 각자의 의미는 달랐다. 총무에게 비밀은 뿌리가 뽑히지 않는 종기가 되었다. 의식할 때마다 통증이 도졌다. 총무는 T가 껍질을 없애겠다고 선언할까 봐 조바심이 돋았다. 시종 부드럽게 웃어 주었다.

"한 뼘이라도 꼭 여럿이 함께 손을 잡고 올라간다. 푸르게 절망을 다 덮을 때까지."

T가 화답했다. 총무는 조바심을 조금 거두었다.

총무는 T처럼 잠적한 회비를 거두어들이는 첫 번째 시도에 성공했다. 지난날 알몸을 드러냈던 총무는 빙어가 된 기분에 사로잡혔다. 회오리가 느닷없이 불어와서 총무를 불끈 들어 올리는 충격이었다. 총무는 찻집에서 나오다 저릿한 가슴에 손바닥을 얹었다. 올가미에 걸린 것처럼 목덜미가 가려웠다. 덜 녹은 눈을 버석버석 밟는 T의 주먹을 바라보았다.

먹고 사는 돈이 간절히 필요하다고 토로하게나. 아내의 경직된 눈빛에서 해방되어야 한다고 부르짖게나. 왜 맨드라미 씨앗을 손바닥에 얹어 보라고 하였을까? 맨드라미 씨앗을 보아야 편지지에 담긴 주장을 깨닫고 포용할 수 있다는 괴설을 풀어놓고. 무엇을 주장했고 무엇을 포용하란 말인가? 소설은 허구의 세계이니 있음직한 사실의 전달까지 영역을 확장할 수 있어 이야기꾼의 입담이 더 자유로운 게 사실이지. 세상의 사실이 좀 많은가? 평생 귀를 열고 듣고 혀가 닳도록 말해도 그 끝을 다할 수 없는 것이 세상일. 이보다 더한 영역을 가지고 있는데 쓰기가 쉽지 않음은 무슨 궤변이란 말인가?

인간을 심심해서 못 견디는 존재라고 하였더군. 심심해서 못 견디는 존재라니. 원시시대 모닥불 곁에서도 그랬고, 유비쿼터스 시대인 지금도 그러하다고. 인간은 심심하면 소멸하는 존재라고.

생계수단으로 삼고 있는 소설 쓰기란 무슨 행위인가? 원시시대 모닥불 오두방정을 책갈피에다 차곡차곡 숨겨두는 암호화 작업일까? 암호를 해독하는 과정에서 독자의 오두방정을 돌아보게 하여 자존심을 해부하게 하고 행동 일부를 변모시키는 작업일까? 거짓말과 과대포장과 악의의 음모와 반역을 서슴지 않는 상상의 창조일까? 소설가를 신과 같은 존재로 여겨도 무리가 없을까? 생각의 모서리에서 불면증이 모락모락 타오르더군.

소설이 입술이 되어서는, 난봉꾼의 음경이 되어서는, 청첩장이 되어서는 아니 된다는 것. 아니 된다는 것을 잘 알지만, 처음에는 아니 된다는 것을 하루나 닷새쯤 망설이고 양심의 가책을 생각하고. 한 번이라는, 한 번쯤이라는 자기와 타협이라는 어불성설을 용납하고. 나는 타인이 아니야. 나는 영혼의 세계를 창조하는 예술가야. 내가 하는 것은 괜찮아. 그렇게 한번 저질러지면 뻔뻔한 일상이 되고 정의가 되는 것이 사람이니까. 소설을 입술로도 읊고 음경으로도 휘갈긴다는, 쌀량한 변신이 당신 자신의 판단으로는 가능은 하지만.

소설이 바람둥이의 혀에서 줄기로 술술 풀려나 러브체인이 되고, 난봉꾼의 음경에서 끈적끈적 분출되어서는 아니 된다는 것. 축하객에 둘러싸인 순간은 모든 것을 망각하고 싶을 게야. 소설가는 소설로 말하고, 소설로 고백하고, 소설로 사랑하고, 소설로 교감한다고? 축하의 패를 주던 소설가나 답례 인사도 그렇게 요약되었어. 혀가 아니라 거짓말이고, 고백이 아니라 사기이며, 사랑이 아니라 간통이며, 교감이 아니라 쾌락과 맥이 닿아 있다는 것을 부인할 수 없음이네.

소설은 신체기관이 될 수 없어. 먹고 배설하고 늙고 죽는 유기체가 아니야. 유기체는 분해될 수 있어. 소설은 일단 세상에 놓으면 불사조보다 더한 영원을 부여받는 것이야. 죽어도 오늘 출판된 소설집 갈피에 촘촘하게 박힌 것은 남아 있어. 독자들이 외면하고 있다는 서글픈 사연도 행간에 기록되어 있지만. 소설은 소설가를 흥분하게 하고, 서럽게 하고, 아프게 하고, 자포자기로 이끄는 것도 사실이고. 독자에게 아픔과 서글픔과 기쁨과 심지어 자포자기의 쇼킹을 주어야 할 소설이 부메랑이 되어 소설가의 목을 조이고 있지 않은가.

맨드라미 씨앗. 좁쌀보다 깨알보다 그 어떤 존재보다 작은 본능의 소산. 까만빛의 영롱함. 압축된 광채. 요망하게 육감적인 꽃잎. 긴 한낮을 버티며 영글어낸 소산. 그 작은 개체가 발아하여 일 미터는 족히 넘는 줄기를 만들고 흐드러진 꽃을 피울 수 있다니. 맨드라미 씨앗을 처음 보았을 때 불가능과 가능의 경계에 홀로 선 느낌이었다고 말했지?

단어를 조합하여 비슷하게 얼버무리는 비루함, 타인의 말이나 주워 꿰는 비루함에서 벗어나기에는 너무 왜소해졌어. 세상일 뭐든 가리지 않고 하마처럼 먹어대는 식성이 있다면 배설도 엄청나게 쏟아내며 다시 눈을 뜰 텐데. 경계에서 홀로 선 자존심.

빛이 내는 소리를 듣기 전에 빛의 알갱이를 눈으로 보았던 기억은 없을까? 물체가 눈앞에 없어도 그 모습을 표현할 수 있는 능력인 표상능력이 생겨난 다섯 살쯤부터 요즘까지의 기나긴 기억을 더듬었네. 빛의 알갱이를 보여 준 기억의 회상이 가능할까? 기억이 내림차순으로 줄줄이 떠올랐고, 어떤 기억은 오 분 전에 있었던 상황처럼 생경하더군. 생경할수록 배경이나 사물은 빛이 바랬어. 스펀지에 먹물이 퍼진 것처럼 회색이었고, 사물과 나무와 사람은 흙바닥에 터진 홍시처럼 선명했다네.

T가 저수지에서 발견되었다. 소식이 없는 하루 만에 가족이 찾아냈다. 저수지에서 발견된 이력이 있기 때문에 가족은 쉽게 찾았다. 오월이 아니었고, 조팝꽃 더미가 화사한 것도 아니었다. 폐부로 아뜩하던 꽃향도 없었다.

T가 발견된 저수지 나무는 거친 바람에 허리를 꺾지 않았다. 조팝꽃향기가 그윽하던 날, 햇살이 어리 미친년으로 세상을 할퀴던 순간에 허리를 굽혔던 것들은 이미 쓰러졌다.

T가 다시 왔다. 오월에 쓰러지지 못한 T가 호수로 어정어정 걸어갔다. 바람이 T를 밀었고, T는 이제 존재도 아니었다. T를 바라보거나 환영의 손짓이거나 바람에 흔들리며 시선을 보내거나 하던 봄날이 아니었다. 언 손은 흔들리지 않았으며, 눈들은 감겼거나 외돌아 있었다. T가 걸어가며 보낸 시선은 차디차게 되돌아왔다. 그동안 누군가로 또는 어딘가로 보냈던 것들은 결국은 자신이 감내해야 할 것임을 깨달았다. 저수지에서 T는 혼자가 아니었다. 어느 날, 바람 몹시 부는 날 T는 자신은 자신뿐이었다. 독자에게 주어야 할 아픔과 서글픔과 기쁨과 심지어 자포자기의 쇼킹이 부메랑으로 돌아왔다.

"입술이 얼었어."

T가 갈퀴 손으로 허공을 긁었다.

"나를 보는 눈동자가 없어."

T가 미친듯이 소리 질렀다.

김창식

서울신문 신춘문예 단편소설 당선, 충청일보 신춘문예 단편소설 당선

소설집 『아내는 지금 서울에 있습니다』

장편소설 『벚꽃이 정말 여렸을까』 외, 직지소설문학상, 현대문학사조 문학상

010-4812-7793, dmr818@naver.com

28774 충북 청주시 상당구 중흥로 70. 302동 1402호

편지 개통 재개

박 희 팔

수학 시간이다. 나는 주눅이 들어 선생님의 얼굴을 바로 볼 수가 없었다. 틀림없이 또 나를 불러내어 문제를 풀게 할 것이다.

"자! 그럼 약속한 대로 한대수 나와서 풀어볼까?"

선생님은 출석부를 덮자마자 책도 펴보지 않고 직바로 내 이름을 불렀다. 이미 예상한 대로이건만 가슴이 철렁 내려앉는다. 차라리 느닷없이 당한 일이라면 이토록 마음이 무겁진 않을 터이다. 더욱 내 이름이 불리자마자 교실 안 분위기가 일시에 적막으로 휩싸이는 것은 무엇을 예고하는 것일까? 그것이 잔뜩 움츠러든 몸에서 힘까지 빼간다.

"이 정도를 못 풀다니 너답지 않아. 내일은 삼, 사, 오 번 문제를 풀어 오도록 해!"

어제 1, 2번 문제를 못 풀자 내려진 단호한 명령이었다. 이 명령을 어길 시 일어날 일, 그건 아무도 모른다. 다만, 수학 선생님의 그 단호한 어조와 성격으로 보아 그냥 넘어가진 않을 터인데, 내가 과연 문제를 풀 것인가의 앞에서 학생들은 숨을 죽이고 있는 것이다. 이는 이미 저 녀석이라면 너끈히 풀 수 있을 거라는 나에 대한 녀석들의 기대가 허물어져 있다는 증거다.

그렇다면 요즈음 내 모습 내 행동 어딘가에서 그 연유가 될 만한 낌새를 발견이라도 한 것일까?

나는 사실 어젯밤에도 자위행위를 두 번이나 했다. 수학 선생님에게서 부여받은 과제를 풀어본답시고 책상 앞에서 책상다리를 하고 앉아 3번 문제부터 시작하려고 연필을 들었다. 문제가 그리 어려운 것은 아니었다. 한데 3번 문제 하나를 푸는 데 족히 세 시간은 걸렸을 것이다. 정작 문제 풀이에 소요된 시간만을 따진다면 20여 분에 불과하다. 그렇다면 이 20여 분을 제외한 160여 분의 시간은 들러리인 셈이다. 남들이 언뜻 생각하기엔 그럴 것이다. 하지만 이 160여 분은 20여 분을 위해 도움을 주는 그런 역할의 들러리가 아니다. 들러리는커녕 오히려 방해자들이다. 도움은커녕 오히려 해를 주는 훼방꾼. 이 훼방꾼들 때문에 그 간단하다면 간단한 3번 문제 하나 푸는 데 3시간여가 걸린 것이다.

연필을 잡고 문제를 응시하는데, 머릿속에는 스커트 아래의 하얀 다리가 벌써 자리를 잡고 있는 것이다. 날마다 우리 집 앞을 지나 등하교하는 여학생이다. 그쪽도 올해 고등학교에 들어간 모양이다. 교복이 바뀌고 머리형이 달라졌다. 초등학교와 중학교에 다닐 때는 그냥 가까운 데 사는 아이려니 했는데, 딱 잡아 언제부터라고는 할 수 없으나, 얼마 전 그러니까 내가 고등학교에 입학하고부터는 어느 날 갑자기 그 아이의 하나하나에 관심이 가기 시작했다. 제일 먼저 달라 보이는 건 그 아이의 몸매다. 나는 날마다 그 애가 지나가기를 기다려 가슴이며 엉덩이, 다리에 시선을 보낸다. 그중에서도 맨살로 드러나 보이는 스커트 아래의 하얀 다리를 보이지 않을 때까지 훔쳐보는 것이다. 그런데 그 애가 사라져 보이지 않으면 그때부터는 그 하얀 다리가 머릿속에 그대로 각인되어 계속하여 남아 맴돌고, 어떤 땐 꿈속까지 이어지기도 한다. 스커트 아래의 하얀 다리라고 했지만, 실은 하얀 다리 위의 스커트 속 연장지점에 깊숙이 자리 잡고 있을, 그 비밀의 영역 언저리를 헤매면서 온몸으로 짜릿한 전율을 느끼는 것이다.

그런데 어느 날, 나는 이 몸의 전율을 해소하는 방법을 알게 되었다.

이게 바로 자위행위다. 현실 같은 꿈이라고 할까, 꿈같은 현실이라고 할까? 비몽사몽이라는 말이 이럴 때 적합한 말일까? 여하튼, 나는 너무도 생생하게 그 애와 포옹하는 달콤한 꿈을 꾸었는데, 너무도 황홀하여 숨을 가쁘게 쉬다가 깨고 보니 사타구니가 흠뻑 젖어 있었다. 생전 처음으로 경험하는 기분이었다.

이 단 한 번의 경험으로 나는 꿈속이 아닌 현실에서 그 황홀한 기분을 재현하는 데 성공했다. 그 애의 영상으로 하여 온몸에 전율을 느끼면 아랫도리로 손을 뻗어 아주 자연스럽게 해소하는 방법인 것이다. 이건 누가 가르쳐준 것도 아니요, 순전히 나 혼자서 내 경험으로 터득한 방법이다. 굳이 가르쳐준 실체가 있다면 그 행위의 빌미를 제공해주는 그 애일 수밖에 없다.

나는 어젯밤에도 수학의 3번 문제를 앞에 놓고 그 애의 영상이 아른거려 끝내 온몸의 전율을 이겨내지 못하고 첫 번째 자위행위를 한 것이다.

이 행위가 끝나면 급박하게 치오르던 맥박이 수그러들어 가슴이 진정되면서 주위를 의식하게 되고 정신을 가다듬게 된다. 첫 번째 행위를 끝내고 나는 제정신으로 돌아왔다. 아차, 3번 문제를 풀어야지. 수학 선생님의 음성이 들려오고 얼굴이 떠올랐다. 그래도 아직 나를 믿는 선생님이다. 나는 다시 연필을 들었다. 그리고 한 10분 동안 3번 문제와 실랑이를 하니 답으로 가는 길이 부유스름히 보인다. 옳다 됐다. 이제 답을 내는 건 시간문제다. 나는 속으로 쾌재를 불렀다. 동시에 연필을 책상 위에 동댕이치듯 내려놓았다. 서두를 게 없는 것이다.

이번엔 나는 책상 위 정면에 놓여 있는 손바닥만 한 쪽거울로 시선을 보냈다. 여드름을 정리하기 위해서다. 여드름이 청춘의 심벌이라고 하지만, 여드름 없이 만질만질한 얼굴들이 얼마나 많은가. 거울에 비친 얼굴만 보면 자신이 그렇게 보기 싫을 수가 없다. 게다가 하필이면 그 애에게 눈을 뜰 때 얼굴이 이렇게 엉망이 되다니. 얼굴 전체에 빼곡히 들어찬 화농(化膿)을 대할 때마다 그야말로 죽고 싶은 심정이 된다.

하루는 이발을 할 때 주인아저씨와 여드름에 대해 대화한 적이 있다. 거울에 비친 내 얼굴을 보더니 한마디 하는 거였다.

"학생 얼굴 참 볼 만하네. 꽃이 환하게 만발했구먼. 부럽군, 부러워."

"아저씨, 놀리는 거예요? 그렇지 않아도 남부끄러워 죽겠는데."

"남부끄럽다니, 자랑스럽지. 나도 한때는 학생보다 더 많이 피었었지. 그때가 그래도 좋았던 때였거든."

"그런데 이런 건 도대체 왜 나는 거예요?"

"허허! 그거 아무나 나나? 사춘기 남녀한테나 나지. 잘 들어두게. 여드름은 말이야, 조그만 종기의 한 가진데, 털구멍에 지방이 차서 그게 굳어지거나 곪거나 한 것이거든. 그러니까 지방질이 많은 음식은 되도록이면 삼가는 게 좋지."

"전 네발짐승 고기는 입에도 안 대고, 생선 같은 것도 좋아하지 않는데요?"

"글쎄. 그건 잘 모르겠는걸. 하여튼, 그런 것 조심하고 피부를 늘 깨끗이 하고 곪은 것이 있으면 꼬옥 짜야 돼. 절대로 곪지도 않은 걸 보기 싫다고 긁거나 잡아떼면 안 돼. 당장은 잘 안 나타나지만, 얼마 지나면 그게 흉으로 나타나는 거야. 귤껍질처럼 얼금얼금해지고 피부색도 거무죽죽해지지 한평생 한이 되거든. 내말 명심해!"

"언제 가야 수그러드나요?"

"사춘기가 지나야지. 어른이 되면 저절로 없어져."

이발을 끝내고 나올 때 보니 그 아저씨의 양쪽 광대뼈 언저리가 귤껍질처럼 얼금얼금한 흔적이 보였다.

그때부터 나는 하루에도 몇 번씩 세수를 했다. 그리고 거울 조각을 하나 얻어다 책상 위에 놓고 틈나는 대로 여드름을 짰다. 정말 목숨을 걸고 열심히 공들여 이 일을 꾸준히 계속했다. 하지만 공들인 만큼의 결과가 나오지 않았다. 오히려 여드름 수는 점점 더 늘어나는 것 같았고, 두 엄지손가락으로 짓눌러 자주 짜대니 더욱 성이 나서 울그락불그락, 붉으죽죽, 거무틱틱, 그야말로 가관이 되어 내 얼굴 내가 보기가 겁이 날 정도였다. 그래도 어떡하랴! 내 얼굴 내가 꾸준히 다스릴 수밖에.

나는 책상 위의 쪽거울을 앞으로 바짝 끌어다 놓고 본격적으로 여드름을 정리하기 시작했다. 어쩌다 이런 얼굴이 되었는가? 하릴없이 허공에 대고 푸념을 늘어놓다가 문득 의구심이 생겼다.

가만있자. 그 애에 대한 관심이 먼저였던가, 여드름이 먼저였던가? 다시 말해서 여드름이 나고부터 그 애의 하얀 다리가 눈에 띄었던 걸까, 그 애의 하얀 다리를 보니 여드름이 나기 시작했던 걸까? 어쩌면 상관관계가 있을 것도 같고, 없을 것도 같고. 하지만 아무리 거슬러 따져보아도 앞뒤를 가릴 수 없었다.

이런 생각 자체가 부질없다는 생각이 들자 다시 여드름 정리에 정성을 쏟았다.

그런데 이상하게도 이번에는 그 여드름 하나하나가 그 애의 얼굴로 나타나는 것이었다. 그 애가 얼굴 전체의 여드름 수만큼 떠올라 얼굴 가득히 꽃을 피우고 있는 것이다. 그러니까 쪽거울 속에는 무수하게 다리 하얀 그 애로 가득 차 있었다. 나는 또 온몸에 전율을 느꼈다. 그리하여 결국 참지 못하고 두 번째 자위행위를 하고 말았던 것이다.

자위행위를 하여 다시 진정을 찾은 나는 다시 연필을 들었다. 이제 수학 3번 문제의 나머지를 풀기 위해서다. 그리고 10여 분만에 완결시켜 놓았다. 그러니까 3번 문제 하나 푸는 데만 소요된 시간은 아까 시작할 때 써먹은 10여 분에다 이번 완결시키는 데 쓴 10여 분을 합쳐 20여 분이다. 그런데 처음 수학 문제를 풀려고 책상 앞에 앉고부터 완결될 때까지 걸린 시간을 보니 3시간여가 지났다. 그러니 20여 분을 뺀 160여 분은 다리 하얀 그 애와 여드름으로 허비한 것이다. 수학 문제 편에서 보면 그렇다. 다시 말해서, 수학 문제를 푸는 데 있어 그 애와 여드름은 들러리는커녕 시간만 지연시킨 방해자, 훼방꾼에 지나지 않았다는 말이다.

하지만 그 애는 수학 문제를 푸는 데는 훼방꾼이지만, 자위행위를 유도하는 데는 일등공신인 셈이다.

3번 문제만을 푸는 데 세 시간이 걸리고 보니 새벽 한 시가 넘었다. 아직 4, 5번 문제가 남았지만 더 이상 풀 시간도, 기력도 없다. 나른한 졸음만 엄습해 올 뿐이다. 나는 그만 책을 덮어버렸다. 이게 어젯밤의 일이다.

선생님의 지명을 받은 이상 칠판 앞으로 나가야 했다. 이 뒤에 일어날 일은 그것이 비록 하늘이 무너지는 일이라 할지라도 감수해야 한다. 자업자득이 아닌가. 그 애와 여드름의 탓으로 돌릴 마음은 추호도 없다. 그들이 무슨 죄가 있는가? 다 이 사춘기를 별나게 맞이한 나 때문이지.

나는 벌떡 일어났다. 그걸 보고 아이들이 더 놀라는 표정들이었다. 그건 어쩌면 안도하는 표정일 것이다. '그러면 그렇지. 저 녀석이 못 풀 리가 있어?'하는 나에 대한 신뢰감의 표정 같기도 했다.

나는 뚜벅뚜벅 칠판을 향해 걸었다. 손에는 어젯밤 3번 문제를 풀어 놓은 공책이 들려 있었다. 이것이 없었던들 나는 이 알량한 용기를 보일 수 없을 터이다. 적어도 이 시각에서만은 나를 나락으로 떨어뜨리지 않고 지탱케 해주는 나의 유일한 빽이요, 지주이다.

나는 일사천리로 어젯밤 장장 세 시간에 걸쳐 풀어놓은 3번 문제 풀이를 단 3분 만에 칠판으로 옮겨 놓았다.

그리고 내 자리로 돌아왔다.

이걸 보고 있던 선생님이 머리를 끄덕이며 회심의 미소를 띠더니 내가 자리에 앉기를 기다려 물어 왔다.

"사, 오 번 문제는?"

이때를 대비해 나는 자리로 들어오면서 머릿속에 준비해둔 대로 아주 쾌활하게 낭랑한 어조로 대답했다.

"요즘 제 일신상에 문제가 있어 삼 번 문제 하나만 푸는 데도 세 시간이나 걸렸습니다. 수학 선생님다운 관용이 있으시기 바랍니다."

이건 완전히 아부 발언이다. 사람이 궁지에 몰리면 이렇게 치사하게 변할 수 있다는 걸 깨닫는 순간이다.

그러나 나는 당당한 태도로 선생님을 바라보았다. 이건 일종의 위장이요 위선이다. 치부를 가려보려는 안간힘에 불과하다. 내심 서글픔을 맛보는 순간이다.

그때 교실 안 분위기가 일시에 반전되었다. 그 폭풍전야같이 무거운 침묵으로 휩싸였던 교실 안이 박장대소하는 아이들의 웃음 폭풍으로 요동을 치는 거였다. 하지만 나는 놀라지 않았다. 놀라기는커녕 오히려 담담해 보이는 여유까지 보였다. 이것 역시 계산된 시나리오였기 때문이다. 돌발적으로 좀 썰렁한 발언을 함으로써 아이들의 웃음을 유도하려는 저의가 다분히 있었던 것이다. 그러면 궁극적으로 선생님의 마음도 누그러뜨릴지 모른다는 계산도 깔렸다. 사람이 떳떳지 못하면 이렇게 잔머리만 굴리게 된다는 걸 또한 실감하는 순간이다.

아니나 다를까? 선생님이 어이없어하는 표정으로 나를 한참 동안 바라만 보는 것이었다. 이건 전무후무한 파격적인 대우다. 이런 식으로 그냥 넘어가 버린 일이 일찍이 없었던 것이다.

나는 선생님의 이러한 반응은 평소 내가 선생님의 학과에 남달리 열중했기 때문이라고 생각했다. 그 애나 여드름 이전에는 한 번도 이런 실망스런 일은 없었으며 수학 시간만 되면 내가 앞장서서 신 나게 시간을 주도했던 것이다. 그러하니 이건 그간 선생님이 나에게 품고 있던 신뢰감의 소산일 것이었다. 참으로 고마운 일이다.

그런데 한참을 바라보고만 있던 선생님이 입을 열었다.

"야 인마, 너의 일신상의 문제라는 게 뭐냐, 여드름이냐? 세 시간 동안 날이 새도록 여드름을 짜면서 눈앞에 아른아른하는 여학생하고 연애하느라고 못 풀었냐? 그 녀석 차암."

'뭐라고? 이게 어찌 된 일인가?'

나의 비밀이 선생님 앞에서 고스란히 노출되고 있는 것이다.

"와아!"

나의 발언 때보다 더 큰 아이들의 함성이 교실 안을 뒤덮고 있는데도 나 혼자만 고개를 숙이고 있었다.

내가 선생님의 이 발언을 곰곰이 분석해본 것은 집으로 돌아와 쪽거울이 놓여 있는 책상 앞에서였다.

선생님은 어떻게 내가 어젯밤에 여드름을 정리하고 그 애를 연모하고, 자위행위를 한 것을 알고 있는 것일까? 귀신도 놀랄 일이다. 아니야, 알리가 없어. 해도, 달도 모르는 나만의 비밀이 아닌가. 그렇다면 도대체 어찌된 일인가?

나는 문득 선생님이 발언 전에 내 얼굴을 한참 쳐다본 것을 기억해냈다. 내 얼굴이라면 여드름을 빼면 공간이 없는 얼굴이다. 그 숱한 여드름을 정리하자면 시간이 꽤 걸리리라는 건 경험자라면 쉽게 알 수 있을 것이다. 그러고 보니 선생님의 왼쪽 이마 아래쪽에 굳껍질 흔적이 있는 것 같았다.

그런데 또 여드름과 여학생이 무슨 관계가 있는 것일까? 그렇지 않고서야 여드름 얘기에 여학생을 끌어넣을 리가 없지 않은가?

나는 이 대목에서 내가 어젯밤에 의구심으로 거론했던 '여드름이 먼저냐, 그 애의 하얀 다리가 먼저냐?'를 다시 떠올리고, 여드름과 이성과는 표리관계를 형성하고 있는 것이로구나 하는 생각을 했다.

나는 이 둘이 표리관계라는 것을 입증할 만한, 아주 그럴싸한 한 사건을 떠올렸다. 어느 날인가 짝꿍인 창길이와 하학 길에 여드름에 관한 대화를 주고받은 적이 있다.

"요새 남드름 박사도 많더라."

"뭐가 많아?"

"남드름 박사 인마. 넌 아냐. 넌 여드름 박사니까."

"남드름?"

"그래 인마. 여자한테 나는 건 남드름 아냐. 넌 남자니까 여드름이구."

"무슨 소리야 인마."

"짜식! 이거 공부만 잘하지, 영 그 방면엔 형광등이구만. 문법적으로 설명해 줄까? 남자 얼굴에 나는 걸 '여드름'이라고 하는 것은 '여자가 들다'라는 말을 줄여서 명사형으로 만든 '여들음'을 소리 나는 대로 적어 '여드름'이라고 한 거야. 알았어?"

그러니까 '남드름'은 '남자가 들다 〉 남자가 들음 〉 남들음 〉 남드름'이라는 학설이다. 따라서 여자 얼굴에 나는 것은 어디까지나 '남드름'이라고 해야 마땅하다는 것이다.

창길인 또 계속했다.

"여드름, 남드름은 말야, 이성을 막연히 그리워하는 사춘기 때 그 사모의 마음이 가슴속을 채우고도 남아 외부로 돌출하는 현상이거든. 그러니까 그 여드름, 남드름 속에는 사모하고 그리워하는 이성들이 가득가득 들어 있다는 얘기야. 남자에게는 그리워하는 여자가, 여자에게는 사모하는 남자가 말이지. 이로 볼진대 그 수가 많다는 것은, 즉 무허가

건축(여드름·남드름)이 빽빽히 들어차 있다는 것은 이성을 그리워하고 사모하는 마음이 그만큼 깊고 절실하다는 말씀이야.”

그러고는 내 얼굴을 빤히 쳐다보는 거였다. 마치 본보기가 바로 너라는 듯이.

“짜식, 너 여드름은 하나도 안 난 놈이 언제부터 그렇게 연구를 많이 했냐? 여드름 박사는 바로 너다 너.”

“야 인마. 박사면 똑같은 박사냐? 난 여드름 연구한 박사지만, 넌 여드름 많이 난 박사 아니냐.”

오히려 그냥 있음만 못했다.

창길이와의 이러한 대화는 그 당시는 그냥 놈의 장난기로 치부해버렸던 것인데, 수학 선생님의 발언 내용과 일맥상통하는 거였다.

여하튼, 나는 그 수학 시간의 충격 이후에도 계속 그 다리 하얀 애로 온통 가슴을 태웠고, 그래서 그런지 내 얼굴에는 여드름이 날로 번성하여 화려하게 잔치를 벌였다.

창길이는 그때 이런 말도 했다.

“야. 여드름도 자리 잡은 위치에 따라 그 성격이 다르다, 너. 여드름이 눈썹 위 이마 부분에 집중적으로 자리 잡으면 그건 어떤 여자의 사랑을 받는 것이고, 눈썹 아랫부분에 집중적으로 위치하면 그건 어떤 여자를 사모하는 것이래.”

그리고는 내 얼굴을 또 쳐다보는 거였다. 어느 쪽인가를 확인하려는 듯했다. 그러나 내 여드름은 위아래 가릴 것 없이 얼굴 전체를 휩싸고 있었다. 굳이 가려내자면 아래쪽이 더 극성을 부리고 있는 편이라 할 수 있다.

“너 그 얘기 신빙성 있는 얘기야?”

“저명한 선배한테 들은 거야. 넌 보아하니 받기도 하고 주기도 하는 종

합형이니 얼마나 행복하냐? 얼굴에 신경 쓸 것 없이 당당하게 살아라.”

날 위로하는 건지, 놀리는 건지 헷갈렸다. 그런데 끝말이 나를 우울하게 했다. ‘얼굴에 신경 쓸 것 없이 당당하게 살라’니.

내 얼굴은 그만큼 여드름으로 하여 엉망이었던 것이다.

이렇듯 내 마음이며 얼굴이 한창 사춘기의 막바지에서 뒤범벅이 되어 있을 무렵, 창봉이 형이 우리 집엘 왔다.

창봉이 형네와 우리는 남남이지만, 사촌 이상으로 각별한 인연을 맺고 있는 사이이다. 6·25전쟁 당시 1·4후퇴로 피난을 갔을 때 그의 어머니가 오갈 데 없어 망연자실하고 있는 우리 식구들을 보고 자기 집의 윗방을 내주었다. 1952년 여름 장마 때였다. 그때의 처절했던 상황이 지금도 생생하다.

9년 홍수에 볕 안 드는 날 없다더니, 두어 달을 두고 여름 하늘은 거의 나날 햇빛을 보이면서도 질기게 장대비를 내리고 있었다. 대전 아래 남녘땅 사금이 마을에 폭격 맞아 폐가가 된 흙담집을 대강 얽어 의지하고 지내던 우리는 쏟아지는 장대비를 감내하면서 공포의 나날을 지내다 급기야는 일을 당하고 말았다. 지붕이 허술한 흙으로 된 담이 비에 젖어 맥없이 허물어진 것이다. 더욱이 한밤중에 일어난 일이니 난감한 일이었다. 당시 열 살 남짓했던 우리 삼 남매는 그 공포에 질려 울음도 내지 못한 채 어머니 옷깃에만 매달려 있을 뿐이었다. 하지만 어머닌 달랐다. 매달린 세 자식들을 옷깃에 매달고 아직은 건재한 모서리에 비에 젖어 폭삭 짜부라진 이엉을 거둬 올려 지붕을 만들고, 그리고 자식들을 몰아들였다. 그러면서도 한마디 말이 없었다. 다만, 이엉을 올릴 때의 그 잽손놀림과 칠흑 속에서도 번쩍번쩍 빛나던 눈빛만이 지금까지도 내 동공에 각인되어 남아 있다.

이튿날, 어머니는 날이 새자 재실 옆에 있는 향나무 밑 샘으로 물동이를 이고 가더니, 잠시 후 돌아와서 우리 삼 남매를 이끌고 향나무 밑 샘 바로 위쪽에 자리하고 있는 창봉이네 집으로 가는 거였다. 창봉이는 나보다 두 살 아래의 내 동생과 동갑인 초등학교 3학년 아이다.

그 집에 들어가 살면서 나중에 안 일이지만, 그때 흙담집이 무너지던 날, 이엉을 대강 얹어놓고 온 식구가 한데 엉겨 밤을 지새울 때 어머니가 설핏 잠이 드는가 했는데 돌아가신 아버지가 꿈에 보이더라는 것이다.

어머니는 그때의 상황을 이렇게 들려주었다.

"아버지가 내 손을 잡은 적이 한 번도 없었는데, 그때는 내 손을 꼭 잡고 날 따라오라면서 이 집으로 데리고 오더니 들어가라며 등을 떠밀고는 돌아서 가시는 거야. 아주 잠깐이었지. 설핏 잠이 드는가 했으니까. 하도 꿈이 이상해서 날이 새자마자 물동이를 이고 샘으로 가봤지. 그런데 말이다. 비는 아직도 계속 오고 주위는 아직도 어둑어둑한데, 창봉이 어머니가 삽짝을 바시시 열면서 나오는 거야. 그러더니 나를 보자마자 정색을 하면서 다짜고짜로, 간밤 비에 집이 괜찮으냐구, 비가 억수로 쏟아졌는데 별일 없냐구 하는 게 아니냐? 그래서 내가 그랬지. 집이 다 무너졌다구. 그래서 큰일났다구. 그랬더니, '아이구 저걸 어쩌! 저걸 어쩌! 아주머니 좀 이리 들어와 보셔유. 여기서 사실 수 있을란지 모르겠네유. 방이 워낙 쪼끄만해서유.'하는데 이건 미리 작정하구 기다리기라도 한 것처럼 하는 게 아니겠냐? 그런데 샘을 오가며 보아왔으니까 집이야 방 두 칸짜리 오두막집이란 건 알고 있었지만, 요렇게 쪼끄만 방이 그때는 눈이 번한 게 대궐같이 보이드라. 그때 판에 또 싫구좋구가 어디 해당했겠냐? 그저 황송하기만 해서, '좁은 게 다 뭡니까? 고마울 뿐이지요, 고마울 뿐이지요.'하면서 창봉이 어머니 손을 덥석 잡았지. 창봉이 어머니가 부처님으로 보이드라."

어머니는 그날 밤 아버지의 현몽을 희한하게 여기고 있다.

그런데 이것도 후에 안 일이지만, 그날 밤 창봉이 어머니도 꿈을 꾸었다는 것이다. 죽은 남편과 밥상을 같이 하고 있는데, 남편이 수저를 들다 말고 삽짝 쪽에 귀를 기울이더니 샘에 손님 오셨다고 빨리 나가보라고 하더라는 것이다. 그리곤 잠이 깼는데 하도 이상해서 그 길로 일어나 밖으로 나와 보니 서울 아주머니가 물을 긷고 있더라나? 그런데 또 이상한 것은 어떻게 새벽인데 만나자마자 사람 안부는 묻지 않고 집의 안전 여부부터 물었는지 모르겠다는 것이다.

나는 이 두 분의 그야말로 꿈같은 꿈의 이야기를 놓고 지금도 갈등을 떨치지 못한다. 나는 나 자신의 꿈을 믿지 못한다. 한 번도 꿈이 맞아본 적이 없음이다. 오히려 반대현상으로 나타나는 일이 더 많다. 가령, 꿈에는 시험에 합격을 했는데 실제로는 떨어졌다든가, 꿈에는 학질이 다 나았는데 깨고 보니 열이 더 오르고 있어 사경을 헤맨다든가 등등.

두 분의 만남이 이러한데다, 둘 다 남편을 일찍 여의었고, 큰아들끼리는 동갑이면서 둘 다 군에 입대해 있다는 공통점이 있어서인지는 몰라도 두 분은 친자매 이상으로 끈끈한 관계를 이루었다. 그러니 자연 자식들끼리도 형제와 다름없이 지내는 사이가 됐다.

창봉이넨 여든이 넘은 할머니가 계신데, 허리가 착 꼬부라지고 백발이 성성하지만 눈귀가 밝고 며느리가 출타 시에는 부엌일을 할 정도로 근력이 정정했다. 우리 형제를 ‘도령’으로, 나보다 네 살 위인 누나에게는 ‘츠자(처녀)’로 호칭하면서 절대로 해라체는 쓰지 않았다.

“큰 도령, 여기 나 좀 볼까? 창봉이 성한테서 왜 이리 소식이 없을꼬? 나 핀지 좀 써줘.”

외아들 앞세우고 장손을 죽음의 전장으로 내보낸 할머닌 마음 편할 날이 없다. 한집에 살면서부터 나는 할머니의 편지 대필을 도맡았다. 전쟁이 일어나 한 해를 꿇어 초등학교 5학년이던 나는 동네 편지를 많이 썼다. 편지 쓸 줄 아는 사람이 왜 나밖에 없을까마는 대필 부탁을 하면 자신이 없다거나 핑계를 대면서 기피하는 것이어서 흔쾌히 받아주는 나에게로 몰려오는 것이었다. 마을 집집이 거의 군대 안 간 집이 없고, 언문 깨친 어머니 할머니들이 거의 없는데다 나날이 치열해져 가고 있는 전쟁은 속속 전사통지를 보내오고, 살아있다 해도 소식이 두절이니 애가 타지 않을 수 없었다.

처음엔 나는 의뢰인이 불러주는 대로 대필만 했는데, 다 쓰고 나서 다시 읽어보면 내용이 중구난방으로 조리가 없어서 마음에 들지 않아 방법을 고쳤다. 먼저 하고 싶은 내용의 핵심을 구두로 하게 한 뒤 그것을 다시 내 머릿속에서 재구성하고 정리하여 편지지에 옮기면서, 내가 알고 있는 그 집안의 대소사며 식구들의 근황까지 비교적 상세히 적었다. 그러니 내용이 길어져 양면 괘지 다섯 장이 훌쩍훌쩍 넘어갔다.

다 쓰고 나서 이 장편을 읽어 주노라면, 옳지 옳지, 무릎을 탁탁 치는 소리, 호호호호 재밌어 죽겠다는 호들갑 소리, 훌쩍훌쩍 콧물 들이마시는 소리가 범벅이 된다.

"아유, 꼬마 총각! 내 속이 다 후련해. 어쩌면 이렇게 자상할까? 고마워 고마워."

다 읽고 나면 내 머리를 쓸고 등을 다독이며 흐뭇해한다. 그리고는 편지를 몇 번이고 정성스레 접어 군대 간 자식 먹였을, 이제는 앙상해진 젖가슴에 꼬옥 품고 가는 것이다.

이 소문이 동네에 퍼져 우리 집은 양면 괘지를 들고 찾아드는 손님들로, 말 그대로 문전성시를 이루었다. 어떤 이는 인근 타 동네 것을 맡아 오는 일도 있었다. 나는 한없이 기뻤다. 보낸 편지에 답장이 오면 그것을 들고 나에게로 먼저 달려와 읽어주면 또 그렇게 좋아하고 만족해하는 얼굴들이 나를 기쁘게 했다. 나는 이에 고무되어 자꾸자꾸 더 연구하고 많이 썼다. 객기를 좀 부리면 편지 대필에 관한 한 나는 나만의 노하우를 확립하기에까지 이르렀다.

편지를 가지고 간 사람들 중에는 고구마나 감자 따위를 조금씩 갖다주는 일은 있었으나, 현금을 주는 사람은 한 사람도 없었다. 이건 여담이지만 만일 현금을 가지고 왔다면 받았을지 안 받았을지는 잘 모르겠으나, 받았다면 아마 나는 가장 연소한 나이로 원고료를 받은 세계 최초의 사람이 되어 기네스북에 올랐을지 모를 일이다.

창봉이 할머니는 내가 한집에 같이 살면서 편지를 대필해주고 오는 답장을 읽어주면서부터 마음이 편안해져 웃음을 되찾았다고, 나를 친손자처럼 사랑스럽게 대해주었다.

창봉이는 순해 터진 전형적인 시골 애였다. 우리 형제가 말을 걸면 쑥스러워 몸을 비비 꼬면서 뒤를 뺀다. 밖에 나가는 일 없이 종일이면 종일 할머니와 방에서만 지내면서 형 돌아올 날만 기다린다. 그런데 실은 제 형을 그렇게 어려워한단다. 형이 입대하기 전 같이 있을 때엔 형에게 말도 잘 못 걸고 형의 말이라면 무서워 어쩔 줄을 몰라 했다고 한다. 둘 사이의 터울이 12년여나 나니 그럴 법도 할 일이다.

전쟁이 끝나면 형이 곧 올지 모르고, 아니면 휴가라도 올지 모른다며 늘 방을 깨끗이 쓸고 닦고 형의 물건을 다독다독 정리한다. 하루는 바람벽에 칠갑이 돼 있는 빈대 핏자국을 걸레로 열심히 지우고 있었다. 할머니에게 물으니 제 형이 오면 더럽게 보일까 봐 닦아야 한다고 오늘부터 시작했다는 것이다. 그때만 해도 시골에 빈대가 얼마나 많았는가. 한창 번창기에는 방구석이며 바람벽 모서리에서 야밤을 틈타 독일군 탱크 떼처럼 밀고 내려와 덤벼들면 엄지손가락으로 아무리 썩썩 문질러 죽여도 당해내지 못할 정도였으니, 하루 이틀 아니고 그 핏자국으로 하여 도배지에 새 무늬가 형성되는 판이었다. 그러니 그 핏자국을 없앤다는 것은 그 발상 자체에 문제가 있는 것으로, 도저히 상상할 수도 없고 용이한 일도 아니다. 그런데도 창봉이는 그 일을 착수한 것이다. 저 혼자 세월이 좀먹으랴, 서두르지 않고 묵묵히 진행해 갔다. 형맞이 때문이다.

우리 식구들이 떠나온 서울집이며 서울 생활을 이야기하고 있으면 창봉이는 신기해하고 호기심을 보이면서 경청을 하곤 하는데, 한번은 그 묵묵이가 그 무거운 입을 열었던 일이 있다. 우리 식구들은 그 일을 하나의 사건으로 부르고 있다. 이건 실로 사건인 것이다. 눈을 말똥이며 듣고 있더니 혼잣말로 중얼거리는 것이었다.

"서울이 여기 읍내만 한가?"

그때 우리는 와아 웃었지만, 우리 방으로 돌아온 어머니는 서울로 올라가면 창봉이 서울 구경 좀 시켜줘야겠다고 안쓰럽게 여겼다. 그 후 창봉이는 우리 식구들에겐 '읍내만'이란 약칭으로 통했다.

창봉이 형이 휴가를 온 것은 그해 겨울이 다 갈 무렵이었다. 어머니를 닮았는지 허우대가 크고 이목구비도 번듯한 것이 아주 장골이었다. 말로만 듣고, 머릿속으로만 상상해 보았던 모습보다 훨씬 호감이 가는 형으로, 우리 형을 본 것처럼 반갑고 기뻤다. 그 형은 나를 보자 대뜸,

"야! 니가 편지 써 보내는 애냐?"

하며 관심을 보여 왔다.

"야, 똑똑하게 생겼다. 서울 사람이라 그런지 살결도 곱고 예쁘장한 게 꼭 계집애 같구나."

기분이 나쁠 리가 없었다.

"네가 5학년이라구. 근데 너 국민학교 애가 어떻게 편지를 그렇게 잘 쓰냐? 니 요량대루 쓰는 거냐, 어디서 베끼는 거냐? 나보다두 더 잘 쓰니 놀랐다 놀랐어. 우리 소대원들이 전부 돌려 봤다. 너 나중에 그걸루

만 벌어 먹어두 되겠다, 야.”

말수가 많고 씨억씨억한 것이 같은 형제라도 창봉이하고는 아주 딴판이었다.

창봉이는 그렇게도 형 맞을 준비를 하고 기다리더니, 듣던 대로 형 앞엔 나서지도 못하고 할머니 등 뒤에서만 제 형을 훔쳐보고 있었다.

“자, 창봉이 주려고 이거 가져왔지. 싫건 먹어봐라. 할머니, 어머이 말씀은 잘 들었어?”

권투 샌드백만 한 큰 백에 건빵이며 비스킷이 가득했다.

“자, 우리 편지 선생님두.”

그 형은 백을 열더니 두 손으로 덥석 움켜내어 내 앞에도, 동생 앞에도 안겨 주었다. 장정의 손으로 움켜내었으니 수북한 것이 솔찮았다.

어머니는 그것을 윗목에 있는 고구마 통가리 속에 넣어두고는 하나씩 하나씩 우리 삼 남매에게 배급해주었다. 배급이 떨어지고 나서부터는 창봉이 할머니가 나를 불러 우리 삼 남매 수대로 손안에 쥐여주면 그것을 하나씩 나누어 먹고, 창봉이도 짬짬이 제가 먹을 때면 우리 형제에게도 주곤 했다.

그해 겨울은 이렇게 건빵과 비스킷이 있어 고구마로만 연명해야 했던 우리를 즐겁게 했,고 그 약효는 해동하고도 나무에 새잎이 날 때까지 연장됐다.

창봉이 형은 귀대할 때,

“자, 내 얼굴 똑똑히 봐뒀다가 나중에 내가 서울 니네 집에 가면 모른 척하지 마! 알았지?” 하고는 내 등을 어루만지며 씨익 웃어 보였다.

그 창봉이 형이 온 것이다. 우리가 서울로 올라온 지가 벌써 5년이 되었다. 그때 전쟁은 끝났지만, 창봉이 형은 아직 제대를 하지 못해서 못 본 채 올라왔다. 내가 국민학교(초등학교) 6학년을 졸업하고 올라왔으니,

창봉이 형이 휴가 왔다 귀대하고 1년이 넘은 해이다.

우리가 창봉이네 윗방에서 피난 생활을 끝내고 올라오던 날은 이산가족의 생이별을 방불케 했다. 백발 성성한 할머니가 삽짝문을 의지하고 맨손으로 눈물을 찍어내고 입술을 꼬옥 악문 채, 금방이라도 터질 것 같은 울음을 감내하는 창봉 어머니, 할머니 등 뒤에서 얼굴만 빠끔히 내밀고 눈물을 글썽이는 창봉이…….

서울에 한 번 올라오라는 얘기, 서울구경 시켜주겠다는 말은 같이 살고 있을 때 자주 해왔던 터라 이날은 꼭 할 필요가 없었던 것일까? 이별의 아픔을 억누르고 있는 눈물이 그 말들을 대신하고 있었다.

그렇게 떠나온 후 내가 고등학교 학생이 되기까지 간간이 편지만 했을 뿐 서로 왕래는 없었다. 양쪽이 전후의 각박한 세상을 살아가기에 급급했을 터이다.

"아주머니, 저 알아보시겠어요? 저 사금이 마을 창봉이 형입니다, 군인 가 있었던."

"사금이 창봉이 형, 창봉이 형이라구? 어디 어디, 오라 맞네. 알지 알어. 모습이 아슴하게 떠오르네."

창봉이 형이라는 말을 들었는데 내 가슴이 갑자기 덜컹 내려앉았다. 동시에 얼른 방문을 닫았다. 이건 만나서는 안 된다는 신호탄이었다. 나는 얼굴을 확 감싸 쥐었다.

'하필이면 왜 이럴 때 와, 이럴 때.'

나는 거울 앞으로 가서 얼굴 감싼 손을 풀었다. 그러나 나는 이내 다시 얼굴을 감싸 쥐고 말았다.'안 돼, 안 돼!'

도저히 이 얼굴로는 안 된다는 확인을 한 것이다.

이 여드름 범벅의 얼굴, 이 흉측한 얼굴을 창봉이 형에게 보일 수는 없다. 지금의 나는 5년 전 창봉이 형이 보았던 그 얼굴의 내가 아닌 것이다.'살결도 곱고 예쁘장한 게 꼭 계집애 같구나'의 그 내가 아니다. 본다한들 나를 알아볼 수나 있을지 모른다. 내 얼굴을 보고 어리둥절해하는, 그리고 그게 바로 나라는 걸 알고 그간 그가 품고 있던 5년 전의 내 이미지가 송두리째 무너져 실망하는 그의 얼굴을 차마 볼 수가 없었다.

나는 아예 방문을 안에서 걸어 잠가버렸다.

"할머니요? 아주 정정하시지요. 백수도 넘기실 걸요. 어머닌 그 소가리병 때문에 늘 그러시구요. 아주머니 말씀 아주 입에 달구 계셔요. 창봉이 그 녀석은 이제 중학생인데 아직도 암사내 그대롭니다. 참, 편지 선생 잘 있어요? 이제 키두 컸겠구 고등학생쯤 됐지요? 공부두 잘할 겁니다. 인물두 더 훤해졌을 테구요. 일요일이라 학굔 안 갔을 텐데 어디 나 갔습니까?"

나는 더 난감해졌다. 방안을 휘휘 둘러보았다. 도망갈 구멍이 있었으면 좋겠다.

"방에 있을 텐데, 자나? 애 자니? 여기 귀한 손님 오셨다. 나와 봐!"

이거 큰일 났다. 꼼짝없이 들킬 모양이다. 그 찰라 내 머리에 번뜩 떠오르는 광채가 있었다.'아차, 그렇지! 참 우리 방 구조를 내가 몰랐다니'

부엌으로 통하는 쪽문을 생각해냈다.

"애 뭐하는 거야. 방에 없니?"

급기야 어머니가 방문 쪽으로 오는 기척이 나고 뒤이어 방문 흔드는 소리가 덜컹거린다.

순간 나는 다급하게 후다닥 쪽문을 밀어 제치고 빠져나갔다. 그리고는 부엌문을 열고 앞마당으로 나왔다. 대문 밖으로 나가자면 마당을 가로지르는 수밖에 없다. 얼핏 마루 쪽을 보니 어머니와 창봉이 형이 내가 있던 방문 쪽을 향해 시선을 보내고 있었다. 그 틈을 타 나는 모르는 척 반대 방향으로 얼굴을 돌리곤 잰걸음으로 마당을 빠져나왔다. 그때 뒤에서 창봉이 형 소리가 들려왔다.

"쟤 아닌가? 쟤 같은데 어이, 편지 선생!"

그래도 나는 못 들은 척했다. 나는 생전 처음 죄를 지은 기분이 되어 가슴이 두근거리고 숨소리가 거칠어져 있었다.

내가 문밖으로 빠져나와 집이 안 보이는 골목 어귀로 들어설 때까지는 나의 이 결정 이외에는 내 머리에 끼어들어 갈등을 갖게 한 것이 아무것도 없었다. 가령, 내가 이래도 되는가, 안 되는가로 망설이지 않았다는 얘기다. 나의 이 행위는 참으로 내가 좋아하는 창봉이 형한테는 더욱 이런 몰골을 보여서는 안 된다는 처절한 절규의 반영이었을 뿐 그것이 배신의 행위가 된다고는 내 생각 어느 한구석에도 없었다. 그만큼 나는 여드름으로 인한 추한 내 얼굴에 골몰해 있었던 것이다.

그런데 집에서 빠져나와 집이 안 보이는 골목 어귀로 들어서면서 가쁜 숨을 몰아쉬고 났을 때 불현듯 5년 전 휴가 때의 창봉이 형의 얼굴이 내 눈앞에 클로즈업되면서 그가 했던 말이 이명으로 울려왔다.

"서울 니네 집에 가면 모르는 척하지 마!"

역시 나는 내 사춘기의 이 행위에 가책을 느끼는 것이다. 결국, 나는 이 행위가 일생일대의 씻어버릴 수 없는 크나큰 과오라는 걸 곧 깨달았다.

창봉이 형이 다녀간 뒤로는 나는 창봉이네로 편지 쓰는 일을 중단했다. 명분이 서지 않았다. 찾아온 사람 외면해 버렸으니 무슨 면목으로 계속할 수 있으랴 해서다. 하지만 일시 중단하는 것이라고 생각했다. 내가 창봉이 형을 외면하긴 했으나, 내 얼굴의 여드름이 정리되고 예전처럼 깨끗한 얼굴로 돌아갈 때 그때는 내가 스스로 창봉이 형을 찾아가 그때의 상황이 본의 아니었음을 정중히 사과하고 용서를 빌어 본연의 관계로 회복시킬 생각이었으니까, 그때까지만 중단한다는 잠정적인 결정이었다. 그 중단의 시기가 그리 오래일 것이라고는 생각지 않았다. 사춘기 여드름이라는 것이 반짝 때가 있어 특별체질이 아니면 그리 오래가지 않는다는 그 방면 선배들의 말이 있어서 한 1년쯤으로 잡았다.

그런데 한 6개월 만에 나는 동생으로부터 충격적인 말을 들었다. 그해 겨울방학에 사금이 부락을 다녀온 동생이 나에게 다가와 어두운 표정으로 심각하게 말하는 것이었다.

"형, 창봉이 형이 우리 집에 왔을 때 형이 못 본 척했어? 그 녀석 사람 달라졌다구 아주 서운해하던데? 식구들한테두 다 얘기한 모양이야. 그리고 형한테 전하래. 인제 우리 집에 와두 형 있으면 안 들어 온다구."

나는 이 말을 전해 듣고 한참 동안 숨을 쉬지 못했다. 얼마나 서운했으면…….

그가 먼젓번에 왔다 갔을 때 어머니 말씀이 살아난다.

"일자리 일로 한 이틀 묵어갈 심이었던 모양인데 갑작스레 간다고 일어서더라. 일이 잘 안됐던지 심란해하면서."

결자해지라고, 내가 덧내 놓은 상처, 내가 아물려야 한다는 생각으로 창봉이 형을 곧 한 번 만나볼까도 했지만, 한편 나에 대한 서운함의 골이 이렇듯 깊어 있는 사람을 만날 용기가 나지 않았다. 더 솔직하게 말하면 만나기가 무섭고 겁이 났다.

그렇다면 얼굴을 대하지 않는 편지로 해명할까도 생각해 보았으나, 이제 와서 이런 수법을 쓴다는 것은 속 들여다보이는 변명으로 치부될 것 같아 그만두었다.

그러니 1년쯤으로 잡았던 편지 중단의 기한은 차질이 생겨 내 사춘기가 종말을 맺고 내 얼굴에서 여드름이 완전히 사라져 귤껍질 흔적만 남게 된 현재까지도 아직 유효하며 언제 재개될지도 미지수다.

사람이 나이가 들면 들수록 지난날에 더욱 연연해 한다더니, 이제 나도 직장에서 물러난 걸 보면 세월을 먹을 만큼 먹었나 보다. 지난 일들이 새록새록 떠오르는데 그중에서도 6 25전쟁 당시 피난으로 인연을 맺었던 창봉이네와의 추억이 더욱 새로워진다. 10년 전 86세로 돌아가신 어머니도 말년까지 창봉이네를 잊지 못했다. 가끔 문득문득 생각나시는지,

"창봉이네가 어떻게 됐을까? 할머니는 돌아가셨을 테고, 어디로 이사했다더니 살림은 좀 일었는지 원."

하며 쯧쯧 혀를 차곤 했다.

창봉이네가 살던 집에서 타곳으로 자리를 떴다는 건, 동생이 고등학교에 입학한 봄에 사금이 부락을 갔다 와 전해주어 알았다. 거기서는 내 밭떼기 하나 없어 살기가 어려워 창봉이 형이 막노동이라도 해야겠다며 식구들을 모두 데리고 떠났다는 것이다. 동생은 그냥 이렇게만 전달했고, 그때부터 그 뒤 소식이 두절되었다. 어머니는 우리 형제에게 특히 나에게 그들의 소재를 찾아 편지 연락이라도 하라고 했지만, 사금이 사람들도 그들이 떠날 때 행선지도 일러주지 않은데다 한번 떠나곤 통 발길이 없어 모르겠다며, 아마 아랫녘 도회지가 아닐까 하는 정도로만 일러주니 별도리가 없었다. 어머니는 또,

"다 소용없어 내남 할 것 없이 아쉬울 때 어쩌고저쩌고 하고, 있을 때 입에 발린 말 하지 떠나믄 고만이야. 우리를 얼마나 원망했을꼬! 창봉이 서울 구경시켜 준다구 우리 입으로 자진해서 말해놓구 입때까지 그만이니 원 죄진 것 같아서……."

하며 한탄 어린 자책을 하기도 했다.

우리 형제도 창봉이네를 떠올릴 때면 읍내만(창봉이)을 화제로 서울 구경 못 시켜준 것을 안타까워했다.

이제 내가 세월을 먹을 만큼 먹은 나이가 되어 창봉이네와의 추억이 새로워진다고 했거니와 아직도 해결이 안 된 창봉이 형과의 그 사건이 되살아나 한으로 다가오는 것이다.

'한을 풀어야 한다. 어떻게든지 만나서 본의 아니게 얽혀버린 우리 둘 사이의 매듭을 풀어야 한다.'

나는 요즘 들어 마음속으로 이렇게 부르짖는다.

나는 서울에 살고 있는 옛날 사금이 지역 사람들의 모임이 결성되어 있어 정기적으로 모이고 있다는 말을 역시 동생으로부터 듣고 모인다는 날 찾아갔다. 어쩌면 창봉이네 소식을 들을 수 있지 않을까 해서였다. 거기에는 내 또래나 동생 또래 되는 사람들이 많았다. 나는 더러 그들을 알아보겠는데 나를 알아보는 사람들은 없었다. 나는 그들의 기억을 돕기 위해 앞에 나가 초등학교 4학년부터 6학년까지의 피난생활을 비교적 자세히 얘기했다. 그랬더니 그제야 몇 사람이 고개를 몇 번 끄덕였다. 나는 그들을 붙잡고 창봉이네 소식을 물었더니 그중 한 사람이 창봉이 외사촌 되는 사람을 소개해줬다. 사금이 마을 사람은 아니지만, 같은 면 지역 사람이라 모임을 같이하고 있었던 것이다.

"우리 그 사돈 할머니는요, 백수 하셨지요. 작고하는 날까지 정정했구 말구요. 우리 고모님은 예순넷에 돌아가셨습니다. 위암으로요. 고생 면하시나 했더니 일찍 가시더라구요. 창현이 형님(창봉이 형)은 지금 부산에 계십니다. 소유하고 있는 건물세만 받아먹어도 그걸 다 먹습니까? 갑붑니다, 갑부. 그렇지만 갑부면 뭐합니까? 날을 받아 놨는데."

"예? 날을 받아 놓으셨다니요?"

"간암이랍니다. 고생 오랫동안 하고 계시지요. 일흔이 넘은 양반이시라 병원에선 세전 나시기가 어렵다고 하더랍니다."

"세전이라면?"

"뭐 이 해도 얼마 남았습니까? 한 두어 달 남짓하지요."

"창봉이는요?"

"창봉이 그 아우는 서울에 있습니다."

"서울요?"

"예 도목수 아닙니까, 도목수. 아파트 붐 때 돈 좀 벌었습니다. 워낙 깡 아닙니까, 깡."

"깡요?"

"예, 노가다판이 어떤 뎁니까? 창봉이 아우나 하니까 데리구 있는 사람들 휘어잡고 배겨나지요. 애들 시집 장가 다 보내구 인제 만고 땡이지요."

그러면서 오늘은 부산 형님한테 병문안 가느라고 창봉이가 모임에 못 나왔다면서 그는 내가 부탁한 창봉의 전화번호를 적어 주었다.

'읍내만이 서울에 있다구? 깡이라구?'

나는 묘한 감정에 사로잡혔다.'서울에 살고 있다면 이제 서울 구경은 필요 없게 됐잖아. 그렇다면 한 가지 문제는 해결되지 않았는가 허허, 그런데 왜 내 마음이 이렇게 허탈할까?'

나는 이튿날 창봉이에게 전화를 걸었다.

"아아 알지요, 알아. 편지 형을 왜 몰라요. 그렇지 않아도 어저께 부산 형님한테 갔다 왔는데 형 주소를 알았으면 하시던데요. 그런데 어떻게 요렇게 때가 맞는지 모르겠네. 참 희한하네. 우리 뒷집이 뭐가 있는가 보네……."

사람은 열 번 된다고 어머니가 말씀하시더니, 이렇게 너스레를 떠는 이 창봉이는 도저히 피난시절의 암사내, 읍내만, 창봉이라 할 수 없었다. 나는 전화를 끊고 한참 동안 상념에 젖었다.

'창봉이 형이 내 주소를 알고 싶어한다고?'

나는 몇 번이고 몇 번이고 되씹었다. 그리고 책상 앞으로 갔다. 이제 편지 중단은 오늘로써 끝이다. 다시 재개할 때가 왔다. 오늘을 얼마나 기다렸던가!

나는 펜을 들었다. 실로 얼마 만인가? 눈물이 흘렀다. 어머니가 돌아가셨을 때도 이만큼 눈물을 흘렸던가? 늙어지면 눈물도 마른다는데 이게 어인 일인가. 이다지도 회한이 깊었던 것일까?

하지만 나는 편지에 그 깊은 사연을 해명하는 내용은 쓰지 않았다. 이미 매듭은 풀렸는데 무슨 소용이랴!..

피난시절의 장맛비를 얘기하고, 양가 어머니들의 꿈의 인연을 적었다. 할머니의 장손자에 대한 깊은 정을 말해주고, 창봉이의 형맞이 빈대피 제거건도 상기시켰다. 휴가 왔을 때 첫 대면의 인상이며 건빵 비스킷 이야기도 덧붙였다.

나는 사실 이러한 추억들이 그리웠고, 이러한 끈끈했던 정을 길이 간직하고 싶었다. 그리고 그건 어머니를 되살려내는 도구이기도 하다. 그때 거기에는 어머니가 늘 함께 계셨기 때문이다. 그건 또한 창봉이네와의 인연을 더욱 돈독히 하는 매개체 노릇도 할 것이었다.

나는 이튿날 창봉이에게 물어 알아놓은 창봉이 형네 주소로 이 편지를 아침 일찍 부쳤다. 그리고 이것으로써 그간의 모든 문제가 끝났다고 생각했다.

그런데 며칠 후, 소포가 왔다. 발신자를 보니 앗 '정창현'이다. 창봉이 형인 것이다. 보따리를 끌러 보곤 다시 놀랐다. 편지들이었다. 그 편지들을 살펴보곤 더욱 놀랐다. 전부 내가 쓴 편지들이다. 내가 그 옛날 사금이에서 전장에 있는 창봉이 형한테 할머니 청에 따라 대필해준 것들이었다.

아하! 나는 만감이 교차하여 눈을 감았다. 한참 마음을 진정시키곤 그 자리에서 한 통 한 통 그 긴긴 사연들을 전부 읽었다. 아아, 감개가 이렇게 무량할 수가! 다시 그 시절 그 식구들 얼굴이 하나하나 떠오르고 그 얼굴 위로 내 눈물이 흘러내렸다.

나는 그러다 말고 깜짝 놀라 소포에 동봉해 온 편지를 찾았다. 깜박 잊고 있었던 것이다. 아주 간단한, 그러나 의미심장한 문구가 나왔다.

"우리 다시 편지 개통해 보세."

이는 무엇을 의미하는 것일까? 나는 또다시 눈을 감고 상념에 빠졌다.

그날 저녁때 부산이라며 전화가 걸려왔다

"저는 예 정 짜 창 짜 현 짜 씨의 큰아덜입니더. 소포는 받았습니꺼? 아버지께서 펜찮으시서 가실 수 없다꼬, 펜지 선생님께 한 번 내려오시라 카데예. 모르는 척하지 않을 테니 마음 놓고 오시랍니더. 안녕히 기시소."

나는 통화가 끝나자마자 곧바로 장롱을 열고 정장으로 옷을 갈아입었다. 그리고 거울 앞에 서서 귤껍질 흔적으로 아직도 남아있는 관자놀이께의 여드름 자국을 어루어루 쓸어보다가 한 번 씨익 웃곤 집을 나섰다.

박희팔

교육신보 공모 소설 당선, 청주예술상, 청주문학상

소설집 『바람 타고 가는 노래』, 장편소설 『동천이』 외

꽁트집 『시간관계상 생략』, 엽편소설집 『향촌삽화』, 컬럼집 『풀쳐 생각』

010-5324-3780, palwu@hanmail.net

27734 충북 음성군 맹동면 덕금로 2-65

불청객

안 수 길

노인이 눈을 떠 보니 어느새 날이 훤히 밝아 있다. 밖은 조용하다. 어제 밤늦게까지 퍼붓던 비는 그친 모양이다.

노인이 누워있는 맞은편 벽 쪽에는 어젯밤의 불청객이 몸을 잔뜩 웅크린 채 색색 고른 숨을 내 쉬며 자고 있다. 열두 살쯤 됐을까? 햴쑥하게 야위고 꾀죄죄한 얼굴이지만 잠든 모습은 어젯밤 촛불에 비춰 보이던 모습보다 더 평화롭다.

노인은 그런 소년의 모습에 애처로운 생각이 들어 자는 얼굴을 쓰다듬으려다 손을 거뒀다. 소리 안 나게 조심조심 잠자리를 치우고 밖으로 나왔다.

다른 사람과 잠자리를 같이 해보기는, 이곳 철거지역으로 옮겨 온 이후 처음이다. 낯선 불청객을 한 방에 들인 후, 잠시 뒤척이다 늦잠이 들긴 했어도 중간에 잠이 깨는 일 없이 새벽까지 잘 잤다. 어린 소년인데다 비록 수척하고 남루한 모습이지만, 나쁜 일 같은 건 마음에 두지도 않을 것 같은 맑은 인상 때문이었는지도 모른다.

다만 며칠간이었지만, 찜질방에서 잠을 잘 때는 수시로 잠이 깼었다. 늦도록 신세타령을 하거나 주사(酒邪)를 늘어놓는 사람들 때문이기도 했지만, 잠들거나 한눈파는 사람들의 소지품에 손을 대는 사람들이 있기 때문이었다. 어쩌다 들켜서 소란을 일으키는 그들은 신수가 멀쩡해 보이지만, 뜯어보면 어른이나 아이 구별 없이 얼굴이나 눈빛에 그런 이력(履歷)을 담고 있었다.

하지만 비에 흠씬 젖어 촛불 앞에서 떨고 있던 소년의 얼굴은 그냥 맑았다. 노인이 모처럼 낯선 불청객을 옆에 두고도 의심이나 불안감 없이 잘 잘 수 있었던 건 소년의 맑은 얼굴, 그 눈빛 때문이었다. 비록 낯선 불청객이지만, 오랜만에 살 냄새 나는 사람과 함께 잠을 잤다는 사실에 노인의 마음이 뿌듯하다. 게다가 날씨도 화창하게 개어 있다.

안 채 지붕 위로는 먼동이 붉은데, 중천 높은 하늘은 씻은 듯 부신 듯 맑다.

밤새 억센 빗줄기를 뿌리며 낮게 가라앉았던 짙은 구름은 어디로 몰려갔는지 맑게 씻긴 하늘이 한껏 높아졌다. 심술쟁이들의 돌팔매라도 맞으면 '쨍그렁' 소리를 내며 깨질 듯이, 그렇게 파랗다.

드물게 남은 별들이 도심의 가로등과 함께 두꺼운 비구름 아래위에서 각기 어둠을 밝히느라 밤을 꼴딱 새운 탓인지, 졸리는 듯 여린 빛을 발하고 있다.

노인은 하늘을 올려다보던 시선을 거두고 기지개를 켠다. 손을 비비고 팔을 휘젓고, 몸통을 돌려 잠자는 사이에 굳었던 몸을 푼다. 삭신 곳곳에 저릿저릿하게, 가볍고 상쾌한 통증이 지나간다.

전에는 새벽에 잠이 깨면 찾아오는 온몸의 통증이 견디기 어려울 만큼 심했었다. 그러나 이제는 그 통증이 밤새 뭉치고 굳었던 몸을 풀고 새 기운을 솟게 하는 신호처럼 상쾌하게 느껴진다. 관절과 근육, 온몸의 신경이 새로 밝는 날 감당해야 할 노동을 기억하고 준비를 하나 보다. 그만큼 노인의 몸이 변화된 생활에 적응해가고 있는 것일 것이다.

이 도시에 처음 발을 내디뎠을 때 품고 있던 분노도, 막막함도 웬만큼 풀렸다. 밤마다 어둠의 바다에 묻히는 외로운 섬처럼, 인적 없이 허술한 폐가에서의 홀로 자는 잠도 천국의 안식(安息)처럼 익숙해졌다.

온몸 곳곳에 몇 장씩 붙이던 파스도 필요 없게 됐고, 잠결에 저절로 새어나오던 신음도 사라졌다. 가슴에 쌓였던 앙금을 털어내고 나니 몸에 붙어있던 고통도 떨어져 나간 것인가, 노인은 얼결에 종씨가 되고 단짝이 된 벽돌공 김 씨에게 둘러댄 거짓 나이만큼 젊어진 느낌이다. 다섯 살을 줄여 대답한 거짓 나이에 아무도 의심을 하지 않는다.

노인은 페트병에 담긴 물을 따라 세수를 한 뒤에, 부스터 위에 냄비를 올려놓고 불을 붙인다. 아침 끼니로 라면을 끓일 참이다.

일 나가는 날은 공사장 가까운 식당에서 3천 원짜리 해장국을 먹거나, 아니면 천5백 원짜리 김밥 한 줄과 뜨거운 국물로 아침을 때우지만, 오늘은 사정이 다르다. 어제부터 시작된 거푸집 작업이 끝날 때까지는 노인의 일거리가 없기 때문에 공사장은 나갈 필요가 없고, 한밤중에 들이닥친 불청객일망정 손님이 있으니 아침을 숙소에서 해결해야 한다.

냄비 물이 끓자 노인은 라면 두 개를 넣는다. 노인과 불청객 두 사람 몫이다. 뚜껑을 덮고 돌아서다 멈칫 선 노인은 라면 하나를 더 넣는다. 노인 혼자라면 라면 한 개로 족하지만, 불청객 몫은 하나로 부족할 듯해서다.

불청객은 노인의 둘째 손자와 동갑쯤 돼 보인다. 중학교 1학년인 녀석의 식욕은 아무도 못 말릴 만큼 어기차다. 제 아버지의 실패로 호구가 어려워진 판이라 식욕을 다 채워주지 못해 늘 허기진 얼굴이지만, 양껏 먹게 놓아두면 어른 몫 두 곱도 모자랄 형편이다. 그 녀석 아래위로 하나씩 붙은 손자들이 둘이나 더 있지만, 역시 늘 허기진 얼굴들이다.

처음 두어 달 동안 큰아들 집에 머물던 노인은 실심한 아들 보기가 괴로웠지만, 파리한 얼굴에 허기져 하는 손주들 보는 것도 괴로웠다. 노인이 끼니마다 밥그릇을 비우지 않고 남겨놓지만, 그 몫은 허기진 큰 손주들 입에 들어가기 전에 떼쓰는 막냇손자 차지가 되곤 했다.

비좁은 방에서 머리 큰 두 손자가 불편해할 잠자리도 그랬지만, 끼니마다 밥그릇에 수저를 대기 민망할 만큼 큰아들 집에 머무는 게 고통스러웠다. 잠잘 때나 끼니때나, 활개 펴고 자고 맘껏 먹고 자랄 손자들 몫을 축내는 불청객 같아서 잠자리도 가시방석이려니와 음식도 가시 씹는 맛이었다.

생각 끝에 작은아들 집으로 거처를 옮겼지만, 거기서는 노인 자신이 아들과 며느리 손주들의 눈엣가시가 되었다.

아들에게도, 며느리에게도 거추장스러운 존재였다. 이전엔 다투어 손을 잡고 안겨오던 손자들도 '할아버지' 한 번 찾는 일 없이 눈을 피하고 외돌았다.

"할아버지, 안녕히 주무셨어요?"

노인은 깜짝 놀랐다. 오랜만에 들어보는 낯선 소리였기 때문이다. 돌아보니 지난밤 함께 잔 불청객이 문 앞에 서 있다. 잠시 소년의 존재를 잊고 있었던 것이다. 눈을 비비고 서 있는 소년이 흡사 논 가운데 세워 놓은 허수아비 모습이다. 어젯밤, 비에 흠씬 젖은 소년의 옷을 벗기고 대신 입혀준 노인의 옷이 소년에게 너무 크기 때문이다.

비가 주룩주룩 퍼붓는 한밤중에 마당에서 철벅 철벅 빗물 밟는 소리가 나더니, 누군가가 문을 두드렸다. 촛불을 끄고 일찍 누워있던 노인은 벌떡 일어났다.

"이 밤중에 누구요?"

긴장한 노인이 목소리를 낮춰 묻자 앳된 목소리가 들려왔다.

"저기요, 춥고 무서워서 그러는데요. 저 좀 재워주시면 안 되나요?"

철거구역에 머무는 동안 몇 번쯤 방범순찰대원이 찾아와서 사고위험지역이니 거처를 옮기라고 채근했었다. 그들은 멀리서부터 손전등으로 이곳저곳 골목을 비추며 다가왔었다. 그러나 요즘은 아무도 밤중에 갑자기 나타나 문을 두드리는 일은 없다.

앳된 목소리에 긴장을 푼 노인은 촛불을 다시 켜고 문을 열었다.

흠뻑 젖은 소년이 촛불 빛 속에서 오들오들 떨고 있었다. 노인은 다른 말 더 묻지 않고 손짓으로 소년을 불러들였다.

"아저씨, 죄송해요."

소년은 물이 줄줄 흐르는 몸을 오들오들 떨면서 허리를 굽실했다.

"그 옷 벗어야겠다."

노인이 말했으나 소년은 그냥 서 있기만 했다.

"벗으래도."

"괜찮아요. 조금 있으면 저절로 마를 거예요."

아무리 옷이 흠씬 젖어도 마를 때까지 입은 채 견디는 게 소년의 일상인지도 모른다. 여전히 물이 줄줄 흐르는 옷이 마를 때까지 기다릴 참인 양, 그냥 버티고 서있다.

"마르는 건 둘째 치고 방바닥이 한강 되겠다. 벗어라."

소년은 마지못해 한 겹뿐인 윗옷을 벗어 문밖에 대고 짰다.

"바지도 벗어야겠다."

"괜찮아요."

소년은 대충 짠 윗옷을 한 손에 쥐고 다른 손으로 바지 허리춤을 잡았다. 바지만은 안 벗겠다는 강한 의사표시였다.

"이걸로 갈아입어라."

노인은 어제 빨아서 방안에 널어놓았던 자신의 반바지와 러닝셔츠를 소년에게 내주었다. 소년의 아랫도리도 위와 마찬가지로 바지 한 겹뿐이었다. 허리춤을 쥐고 벗지 않으려고 버틴 것은 팬티를 입지 않은 때문이었을 것이다.

돌아서서 노인의 반바지를 입는 소년의 등짝이 앙상했다. 살집이 없는 엉덩짝 밑으로 살짝 보이는 고추는 그래도 튼실했다.

"그 녀석, 고추 떼어 갈까 봐 버텼구나."

노인은 웃었다. 소년도 계면쩍게 따라 웃었다.

가끔 손주들 중에 하나를 데리고 목욕탕에 가면 노인은 기분이 매우 좋았다. 손자를 앉혀놓고 때를 씻길 때는 여리기만 하던 작은 몸뚱이가 하루가 다르게 자라가는 모습이 신기하고 대견했다. 자신의 분신(分身)이라는 걸 실감할 수 있는 시간이기도 했다.

노인은 간지럽다고 몸을 웅크리고 낄낄거리는 손주를 억지로 붙잡아 세워놓고 온몸을 씻기고, 번데기같이 매달린 고추와 그 아래 호두도 오래 씻겼다.

"이 고추 안에 아주 소중한 씨가 들어 있으니, 이걸 함부로 하면 큰일 난다."

그러나 어리던 손주들이 고추를 부끄러워할 나이가 되면 노인과 함께 목욕 가는 걸 한사코 마다했다. 그러면 아직 어린 다른 손주가 노인과 목욕탕 동무가 돼주었다.

하지만 지금은 손주와 동행으로 목욕탕을 가 본지가 언제인지 모르게 까마득하다. 손주들의 고추를 본지도 그만큼 까마득하고, 안겨드는 손주를 끌어안고 '내 새끼'에 대한 전율 같은 기쁨을 느껴본 것도 역시 까마득하다.

"몸집은 없는 녀석이 고추는 실하구나."

노인은 웃지도 않고 혼자 중얼거렸다.

날렵하게 바지를 꿰입은 소년도 웃지 않고 뒤통수를 긁었다.

"저녁은 먹었니?"

물이 줄줄 흐르는 소년의 바지를 비틀어 짜서 방안에 널고 난 노인이 물었다.

소년은 말없이 고개만 끄덕였다.

노인은 소녀의 행색으로 보아 짐작 가는 바가 있으므로 다른 말은 묻지 않았다.

가출해 노숙하는 어른들이 숱한데, 아이들이라고 가출, 노숙하지 말란 법이 없지 않은가? 보아하니 소년도 가출했을 터이고, 이 철거구역 어딘가 헐리다 남은 담장 밑이나 지붕 아래서 쭈그려 앉아 잠을 청하다가 들이치는 빗줄기에 쫓겨났겠지. 그리고 잠깐 켰던 촛불 빛을 보고 더듬어 찾아왔겠지. 노인은 그렇게 생각했다.

소년의 얼굴에도 말투에도 불량기가 있어 보이지 않았다. 핼쑥하게 야윈 얼굴이지만 선량해 보였다.

"오래 불 켜 놓을 수 없으니 자거라."

"아저씨 재워줘서 고마워요."

소년은 몸을 작게 웅크린 채 팔베개를 하고 모로 누웠다.

노인도 불을 끄고 누웠으나 잠이 오지 않았다. 금세 잠이 든 소년의 고른 숨소리가 색색 들려왔다.

자식들을 등지고 나온 자신과 부모를 등지거나 버림당했을 소년의 처지가, 마치 노인에게 일자리를 마련해준 벽돌공 김 씨의 말대로 '거기가 거기'인 셈이다.

노인에겐 고만고만한 손주들이 여섯이다. 큰아들 슬하에 셋, 작은아들 슬하에 하나, 출가한 큰딸 슬하에 둘, 세 살부터 열네 살까지이니, 말 그대로 고만고만한데다가, 어쩌다 한 곳에 어울리는 모습을 보면 아롱이다롱이다.

그 손자 손녀들이 고물고물 자라는 모습을 보는 건, 아들딸 키울 때보다도 더 즐거웠다. 지금도 밉고 고운 재롱들이 눈에 삼삼 밟히지만 가까이할 수가 없다. 아득한 옛일처럼 느껴진다.

퇴직 전, 아니 큰아들 사업이 넘격박히기 전까지 주머니에 돈지갑을 넣고 있을 때는 아들딸, 며느리는 물론, 손주들까지 모두 품 안에 있었다. 그렇게 믿고 있었다.

그러나 큰아들의 사업실패와 함께, 거기 퇴직금까지 몰아주었던 노인의 처지까지 바뀌자, 품 안에 있다고 생각했던 모든 자식들은 비눗방울처럼 날아가 버렸다. 아니, 영원히 자신의 품에 안겨 있으리라 여겼던 그 믿음이 비눗방울처럼 꺼져버린 것이다.

아들딸, 며느리뿐만 아니라, 머리가 커지고 눈치가 늘어난 손주들까지 그랬다.

노인에게 먼저 달려와 안기거나 살갑게 말을 붙이던 아이들이 안기기는커녕, 불러도 대답을 꺼리고 외면하는 지경이 되었다. 노인을 대하는 저희 부모를 빼 박듯이 닮아갔다.

손주들의 그런 변화에 노인은 더 크게 마음을 다쳤다.

결국, 노인 자신도 손주들에게까지 마음을 닫고 입을 닫은 채 지냈었다.

'할아버지! 안녕히 주무셨어요?' 불청객 소년의 그 소리가 낯설 수밖에 없고 아득한 옛일처럼 느껴질 수밖에 없었다.

"푹 잤니?"

노인은 허수아비 모양을 하고 선 소년의 모습을 보고 웃으면서 물었다.

"예, 할아버지?"

소년이 대답했다.

"할아버지? 이 녀석아, 어제는 아저씨라고 하더니, 밤새 내가 그렇게 늙었다는 거냐, 아니면 잠 잘 자고 나서 맘이 변한 거냐?"

노인은 모처럼 웃었으나 소년은 웃지 않았다. 대답도 하지 않았다.

"녀석, 꿀 먹은 벙어리가 됐나?"

노인이 혼잣말처럼 중얼거리자 소년은 비로소 계면쩍은 듯 말했다.

"밤에 봤을 때는 젊은 아저씨인 줄 알았는데, 지금 보니까……."

"늙은이란 말이지?"

소년은 말없이 입가에 엷은 미소만 지었다.

"세수하고 아침 먹자."

노인이 말했으나 소년은 말없이, 자신의 물 젖은 낡은 운동화를 벽에 대고 털었다.

"참, 그걸 말릴 걸 그랬구나."

노인은 소년의 운동화를 부스터 옆에 나란히 세워 놓았다.

"아! 라면이다."

소년은 부스터 위에서 뚜껑을 들썩이며 끓고 있는 냄비를 보고 작은 탄성을 발했다. 침을 꿀꺽 삼켰다. 소년의 뱃속에서 나는 '꼬르륵' 소리가 노인의 귀에까지 들렸다.

"너 이 녀석, 어제 거짓말했구나!"

소년은 노인의 얼굴을 힐끗 쳐다보고 고개를 숙였다.

"저녁을 못 먹었으면 그렇다고 말할 것이지. 바보 같은 녀석, 주제에 체면을 차렸던 게로구나."

노인은 서둘러 라면 냄비를 들고 방안으로 들어갔다.

소년은 노인이 덜어주는 뜨거운 라면 가닥을 후후 불면서 허겁지겁 입안으로 걷어 넣었다.

"입 데겠다."

물끄러미 쳐다보던 노인이, 소년이 들고 있는 라면 그릇에 찬물을 붓고 휘저어주었다. 맛이야 덜 하겠지만, 허기가 심할 때는 맛이고 멋이고 가릴 여유가 없다는 걸 노인은 안다.

뱃가죽이 등짝에 붙을 지경이 되면 아무것도 보이지 않고, 아무 말도 들리지 않는다. 노인은 그런 지경을 수없이 겪었다. 소년에게 식혀가며 천천히 먹으란다고, 그게 귀에 들릴 리 없을 것이다. 노인은 냄비뚜껑에 걸어 올린 라면을 뒤적이며 후후 불어 식힌 뒤, 순식간에 비어버린 소년의 그릇에 그것을 쏟아주었다.

소년은 젓가락질을 멈추고 비로소 노인의 얼굴을 쳐다보았다.

"뭘 봐? 이 녀석아. 쳐다봐야 그 얼굴인걸. 웬만큼 식혔으니 어서 먹기나 해."

"고마워요. 할아버지."

소년의 목소리가 푹 잠겼다. 눈물도 그렁했다. 그 모습을 보고 있던 노인도 가슴에도 무언가가 울컥 치밀었다.

큰아들네 집에 머물 때 늘 허기져 하던 머리 큰 손주의 얼굴이 떠올랐다.

저희 아버지나 노인이 남긴 밥을 놓고 어린 막내가 떼를 쓰지 않는 날은 머리 큰 두 손주가 숟가락 싸움을 벌였다. 그럴 때마다 며느리의 호통이 떨어졌다.

'그만 좀 껄덕거려. 이것들이 언제 철이 드나?'

며느리는 그래 놓고 부엌에 가서 혼자 울었다. 자식들 배를 못 채워주는 어미 속이 얼마나 아프면 저럴까! 노인도 가시를 삼킨 듯 속이 아팠다.

그 후, 노인은 작은 아들네 집으로 옮겼다. 반길 턱이 없다는 걸 뻔히 알지만, 홀몸 붙일 데가 따로 없었다. 빚덩이 안겨준 친정아버지에게 원망이 가득한 큰딸은 체머리부터 흔들 것이다. 그렇다고 남의 집 옥탑방에서 자취를 하며 직장에 다니는 막내딸에게 의탁할 처지도 못 된다.

결국, 작은 아들네 집으로 옮겼지만, 예상대로 눕고 앉는 자리는 가시방석이고 먹는 음식도 가시 씹는 거나 마찬가지였다. 결국, 노인은 가는 데마다 불청객 신세가 되고 눈엣가시가 된 것이다.

아침마다 아들네 식구들이 휘젓다 남긴 반찬에, 식은 밥 한술 뜬 후에 노인은 집을 나선다. 아들이 출근하고 손주가 등교한 후에, 며느리와 한 지붕 아래 있는 것조차 견디기 어려워 노인은 늘 그렇게 집을 나왔다. 딱히 할 일도 갈 곳도 없는지라, 인근 산을 오르거나 아는 사람 만날 염려가 적은 곳을 찾아 한낮을 보냈다. 점심을 거르고 보내는 시간은 더디 가지만, 시장기는 때 없이 빨리 찾아왔다.

하루는 정오가 한참 지난 때에, 더운 김 나는 따뜻한 밥 한 그릇이 유난히 간절했다.

막내딸이 가끔 주머니에 넣어주는 용돈이 있긴 하지만, 그걸 자신의 목에 넘길 밥값으로 없앨 수는 없었다. 다만, 조금이라도 목돈이 되면 몸, 마음이 다 부서져 폐인이 되다시피 한 큰아들을 대신해서 마른일 궂은일 가리지 않고 나대면서도, 아이들 허기를 채워주지 못해 애닳아 하는 큰며느리에게 포장마차 밑천이라도 마련해주리라는 계획 때문이다.

'어디 빚 얻을 구멍이라도 있어야 손수레 한 대 장만해서 빈대떡이라도 구워 팔 텐데…….'

노인은 남편 따라 실심해서 나자빠지지 않고 살기 위해 발버둥 치는 큰며느리가 대견했지만, 그 작은 소원이나마 들어줄 수가 없는 게 안타까웠다. 그러니 자신의 목에 따뜻한 밥 넘기자고 허투루 돈을 축낼 수는 없었다.

그날따라 유난히 심한 허기에 따뜻한 밥 생각을 버릴 수가 없었던 노인은 염치 불고하고 큰 딸네 집을 찾아갔다. 융자금 보증으로 빚을 떠안게 된 후, 거의 왕래가 끊긴 터였다.

'참 별일이네요. 아버지가 우리 집을 다 오시고…….'

큰딸은 예상대로 시큰둥했다. 노인은 작은아들 집에서와 마찬가지로, 딸네 집에서도 역시 불청객인 셈이었다.

노인은 말없이 거실에 앉았다. 팔짱을 낀 채 말없이 노인을 지켜보던 딸은 벌 먹은 소리로 말했다.

'장남 말에 홀려서 있는 재산 다 털어먹더니, 이젠 열흘 굶은 귀신에게 홀렸나, 안색이 왜 그래요?'

'점심을 걸렀더니 시장하다.'

노인은 차마 따뜻한 밥이 먹고 싶다는 말은 못했다.

'빌어먹을 여편네, 아무리 밉기로서니 시아버지 끼니까지 굶겨? 하기야 그 여편네 나무랄 것도 없지. 둘째 자식도 자식인데, 그 자식 말은 콧방 귀도 안 뀌고 장남만 천하에 없는 자식인 줄 알았으니, 노인네가 자기 팔 자 스스로 망쳤지. 자업자득이지 뭐.'

큰딸은 혼자 중얼거리다가 전화로 자장면을 주문했다.

딸은 배달된 자장면을 노인 앞에다 신문지를 깔고 차려 놓았다. 노인 은 쭈그려 앉은 채 말없이 자장면 그릇을 깨끗이 비웠다. 간절하던 밥 생각도 잊고, 들으란 듯이 계속 지껄이는 딸의 말도 귀에 들어오지 않을 만큼 오직 자장면을 먹는 데만 열중했다. 허기가 그만큼 심했던 탓이다.

'내 얘기 듣기나 한 거유?'

딸은 노인에게 퉁명스럽게 물었다. 묻는 뜻을 알 수 없었던 노인은 그 냥 고개만 끄덕였다.

'아이구, 속 터져. 한 달에 생돈 오십여 만 원이 들어가도 이자로 다 까 먹고, 원금은 쥐꼬리만큼밖에 줄지 않는다구요. 내가 친정에 무슨 죄진 게 있다고 그 덤터기를 써야 하는 건지……'

결국, 그 얘기였구나. 허기 때문에 막혔던 노인의 귀가 비로소 뚫린 듯했다.

'너한테나 양 서방한테 할 말이 없다. 나도 사는 게 아니다. 힘들다. 사는 게 참 힘들어.'

노인이 말하는 사이에 중학교에 다니는 외손녀가 들어왔다. 비록 외손녀지만, 노인이 생애 두 번째로 본 손녀라, 그 아래로 줄줄이 태어난 다른 손자 손녀들보다 유난히 기쁨을 준 아이다.

노인에게 인사를 하고, 신문지 위에 놓인 자장면 그릇을 잠시 쳐다보던 손녀는 제 방으로 들어가며 '엄마'를 큰 소리로 불렀다.

곧이어 모녀의 심상찮은 목소리가 새어나왔다. 서로 목소리를 낮추려고 애쓰는 듯했으나, 노인의 귀에까지 들렸다.

'엄마, 우리 집엔 밥상도 없어?'

'밥상? 밥상이 왜 없어.'

'그런데 저게 뭐야? 외할아버지한테 그래도 되는 거야? 마룻바닥, 신문지에다……, 외할아버지가 거지야?'

'짜장면 한 그릇 먹는데 상 차릴 게 뭐 있어. 설거지하기만 귀찮지……'

'나중에 엄마나 아버지가 우리 집에 왔을 때, 내가 그렇게 해도 괜찮겠어?'

'얘가 지금 무슨 소리를 하는 거야?'

'엄마, 엄마가 외할아버지 진짜 딸인 거 맞아?'

'떠들 거 없어. 싸가지 없는 계집애. 빨리 학원에나 가!'

문밖으로 새어나오는 모녀의 얘기를 듣고 있던 노인은 외손녀의 말이 눈물겹기도 했지만, 자신의 비참한 모습을 외손녀에게까지 들킨 듯해서 얼굴이 뜨거워졌다.

외손녀 방을 나온 큰딸이 노인이 먹고 난 빈 그릇을 신문지와 함께 휘잡아 싸서 현관 밖으로 내놓고, 휴지를 뜯어 노인의 무릎 밑까지 썩썩 닦았다.

노인은 아무 말도 못 들은 척 일어섰다.

김이 오르는 따뜻한 밥 대신 자장면 한 그릇을 얻어먹고 딸네 집을 나선 노인은 견뎌내지 못한 허기, 염치없는 자신의 식욕이 원망스러웠다. 신문지 위에 놓였던 자장면 그릇을 걷어차고 나오지 못한 자신이 딸보다 더 미웠다. 누구에게도 환영받지 못하는 자신의 비참한 모습을 보아버린 외손녀와 다시 눈을 마주칠 용기조차 없었다.

'이러고 살면 뭐 하나? 이건 사는 게 아닌데…….'

노인은 문득 죽어야겠다는 생각을 했다. 딸에게조차 걸인취급을 당하는 처지, 얼마를 더 살아야 할지 막막하기만 한데, 남은 세월 이 지경으로 살아간들 무슨 소용인가!

허기보다 더 다급하고 절박한 게 없다는 걸 새삼스레 느끼면서, 이미 마음이 떠난 딸 앞에서조차 구차해지는 자신이 진저리나게 싫어졌다. 그런 구차한 삶이 싫어졌다.

한 끼 시장기가 염치 체면 다 내버리게 할 만큼 그렇게 절박한 건가? 노인은 누구에겐지 모를 분노에 떨면서 죽을 각오를 했었다.

살 만큼 살아온 늙은이가 그럴진대, 한창 자라는 시기, 먹고 돌아앉으면 금세 뱃구레가 헐렁해질 나이에, 어른들이 남긴 밥을 놓고 숟가락 싸움을 하던 머리 큰 손주들이나 눈앞에 앉아있는 소년의 심정이야 오죽할까? 세상엔 이지가지 서러움 중에 배고픈 서러움보다 더한 게 없다는데……. 노인은 라면을 입에 대지도 않은 채, 여전히 먹기에 바쁜 소년을 물끄러미 바라보았다.

"할아버지는 왜 안 잡수세요?"

소년이 라면 가닥을 걷어 올리던 젓가락질을 잠시 멈추고 말했다.

"음, 나도 먹을 테니, 천천히 먹고 더 먹어라."

노인의 말에 소년은 또 노인의 얼굴을 쳐다보았다.

'어서 먹고 더 먹어라. 그래야 쑥쑥 크지.'

소년의 할머니가 밥상 앞에 앉아서 늘 하던 말도 노인이 방금 한 말과 똑같았다.

　소년은 할머니와 둘이 살았었다. 할머니는 일흔 살이 넘은 데다가 허리마저 꼬부라진, 불편한 몸이었다. 그런데도 할머니는 비나 눈이 오는 날 말고는 하루도 쉬지 않고 무거운 손수레를 끌고 다니며 폐지를 모았다.

　할머니가 하루에 버는 돈은 사천 원쯤 되었다. 폐지를 많이 줍는 날은 오천 원이나 육천 원을 벌기도 했지만, 그 대신 이천 원도 못 버는 날이 더 많았다.

　할머니 말고도 폐지 줍는 사람들은 많기 때문이었다. 그들은 대부분 날이 새기 전, 어둠이 가시지 않은 새벽부터 큰길과 골목 곳곳을 훑고 다니면서 폐지를 줍는다. 그러나 할머니는 그럴 수가 없다. 늙고 기운 없는 데다가 허리마저 꼬부라진 할머니는 소년의 아침밥을 해준 뒤에야 손수레를 끌고 나갈 수 있다.

　남들보다 뒤늦게 손수레를 끌고 나서는 할머니는 힘마저 달려서 아주 천천히 다녀야 한다. 줍는 폐지도 그만큼 적을 수밖에 없었다.

　방학 때는 물론, 토요일이나 일요일마다 소년도 할머니 손수레를 밀며 폐지를 줍지만, 그래도 평소 보다 줍는 폐지가 많아지는 경우는 별로 없다.

　"네 친구들 보면 안 좋을 텐데, 집에서 공부나 하렴."

　할머니가 만류해도 소년은 등교하지 않는 날은 어김없이 할머니를 따라 나섰다.

　소년은 할머니의 손수레 뒤를 밀면서 늘 고개를 어깨 밑으로 숙인다. 할머니 말대로 같은 학교에 다니는 아이들 눈에 뜨이는 것이 싫기 때문이다.

그러나 소년의 모습을 본 누군가가 소문을 퍼뜨렸다.

반 아이들은 때때로 소년을 심심풀이 놀림감으로 삼았다.

"야, 저기 고물 있다. 고물 주워다 니네 할머니 갖다 줘라."

소년은 그럴 때마다 못 들은 체 외면했다. 시비를 걸어도 몸을 피했다. 화를 내거나 대거리를 하면 아이들은 더 재미있어하거나 싸움이 되기 때문이다. 아이들 놀림 때문에 폐지를 줍지 못하게 되는 건 아니니까, 소년이 화가 나거나 창피해도 참으면 되었다.

그러나 때로는 소년이 참을 수 없는 일이 종종 일어난다. 상점 앞에 놓여있는 폐지가 버린 것인 줄 알고 주우려는 할머니에게 막말을 하거나 아예 거지취급을 하는 사람들이 있기 때문이다.

그날은 일요일이었다, 소년은 아침부터 할머니의 고물수레를 밀었다.

다른 날보다 조금 일찍 나왔는데도 정오가 지나도록 주운 폐지는 아주 조금뿐이었다.

전자제품 상점 앞에 흩어진 여러 개의 큰 박스를 보고 할머니는 손수레를 세웠다. 허리가 거의 'ㄱ' 자로 굽은 할머니는 한 손으로 무릎을 짚고 소년보다 빠른 걸음으로 다가가 박스를 하나씩 접어서 포개놓았다. 상점에서 나온 중년 남자가 할머니에게 소리를 질렀다.

'할멈, 놔둬. 그거 임자 있어.'

할머니는 그래도 박스 챙기는 손을 멈추지 않았다.

'거 늙은이가 되게 말 안 듣네.'

중년 남자는 할머니를 밀쳐냈다. 할머니는 맥없이 옆으로 쓰러졌다.

달려간 소년이 할머니를 부축해 일으키며 남자를 흘겨보았다.

'뭘 봐? 이 자식아.'

남자가 소리를 꽥 질렀다.

'왜 밀쳐요? 시!'

소년은 작게 말했으나, 눈은 여전히 남자를 흘겨보았다.

'뭐, 씨팔? 이런 버르장머리 없는 놈, 어따 대고 욕이야?'

소년보다 오히려 더 '버르장머리'가 없는 중년 남자는 소년의 뺨을 오지게 때렸다.

'왜 때려요?'

남자가 다시 손을 을러메었으나, 소년은 시선을 피하지 않고 남자를 똑바로 쳐다보았다.

할머니가 한쪽 팔로 소년을 끌어안고 다른 팔을 내저으며 소리를 질렀다.

'얘가 뭔 죄가 있다고 손찌검을 해요? 남의 귀한 자손한테 왜 함부루 손을 대?'

'주제에, 귀한 자손 좋아하네!'

남자는 담배를 뽑아 물며, 소년과 할머니를 외면한 채 중얼거렸다.

'사장님, 전화 받으세요.'

뛰쳐나온 젊은 청년의 말을 듣고, 사장은 상점 안으로 들어가면서도 소리를 질렀다.

'인마, 여긴 다시 오지 마. 임자가 따로 있어.'

'할머니, 미안해요. 너한테도 미안하다. 사장님 대신 내가 사과할 테니 할머니 모시고 가라.'

젊은 청년은 천 원짜리 지폐 두어 장을 할머니의 손에 쥐여주며 말했다.

할머니는 그 돈을 황송한 듯 두 손으로 받으며 '아이구, 고마워라' 했고, 소년은 할머니를 향해 '받지 마요'라고 소리 질렀다.

그러나 할머니는 손에 쥐었던 돈을 재빨리 주머니에 넣고 소년의 손을 잡아끌었다.

'가자. 저거 다 팔아도 천 원도 안 된다.'

할머니는 자신이 쓰러졌던 것도, 소년이 뺨을 맞을 때 화를 냈던 일도 다 잊은 듯했다.

'야! 너 지금 뭐 하는 거야? 알바 주제에 자선사업 하냐? 주접떨지 말고 손님한테나 잘해, 짜식아.'

어느새 다시 밖으로 나온 중년 남자가 청년을 향해 소리를 질렀다.

청년은 입을 굳게 다문 채, 손수레를 끌고 가는 할머니와 소년을 바라보며 깊은 한숨을 쉬었다.

그날 수집상에 넘긴 폐지 값은 3천 원을 조금 넘었다.

상점 앞에서 승강이를 벌인 후, 내내 입을 닫고 있던 소년은 집에 돌아온 뒤에야 비로소 할머니에게 말했다.

'할머니, 내일부터 일 나가지 마세요.'

'안 나가면 어떻게 사니? 너 뺨 맞은 것 땜에 그러냐? 그러게 할미 따라 나서지 말고 집에서 공부나 할 것이지. 고약한 사람. 어디다 손을 대? 손을 대긴……'

'그게 아녀요.'

'그럼? 나 넘어진 것 가지고 그러냐? 그까짓 게 무슨 대수여. 내버리는 고물도 워낙 주인이 많으니께 늘 그런걸.'

'그래도 나가지 마세요.'

'일을 안 나가면 어떻게 살라고. 살 수가 없는걸……'

할머니의 말은 맞았다. 할머니가 폐지를 줍지 않으면 할머니와 소년은 지금처럼이라도 살 수가 없다. 동 자치센터에서 주는 돈은 방세를 내고 할머니 약값과 소년의 학용품을 사는 데도 모자랐다. 쌀과 연탄을 살 돈은 아예 없다. 할머니가 폐지를 줍지 않으면 할머니 말대로 살 수가 없다.

　그러나 고물도 각자 단골 구역이 있거나 힘세고 약빠른 사람들의 차지였다. 힘이 없고 남들보다 늦게 나올 수밖에 없는 할머니는 낡은 수레를 힘겹게 끌면서 여기저기 먼 거리를 돌아다녀도 남들의 절반도 모으지 못했다. 그게 소년과 할머니가 먹고사는 양식이나 연탄값이 되는 셈이었다.

　그날, 쓰러진 할머니를 위해 아무것도 할 수 없었던 자신의 무력함이 중년 남자에게 뺨을 맞은 아픔보다 더 크게 소년의 마음을 아프게 했다.

　‘할머니 일 안 나가면 안 돼요?’

　전에도 가끔 아이들에게 놀림 받는 게 너무 힘들거나 밤마다 신음을 내는 할머니가 안타까워 보일 때는 폐지 줍는 일을 말리기도 했지만, 그럴 수 없다는 걸 소년도 안다.

　‘이거라도 안 하면 어떻게 사니?’

　할머니의 대답도 뻔했다.

　그러나 이번엔 달랐다. 소년은 더 크게 화난 소리로 말했다.

　‘그래도 나가지 말라구.’

　생전 처음 소년의 화난 모습을 본 할머니는 금세 말을 바꿨다.

　‘그래. 알았다. 니가 나가지 말라면 안 나갈게. 할미가 우리 손주 말 들어야지. 암!’

　그러나 할머니는 그날 하루만 소년의 말을 들어주고 이튿날부터 또 수레를 끌고 나갔다. 할머니가 폐지 줍기를 정말 그만둔다면, 살아갈 수가 없기 때문이었다.

　소년은 다섯 식구가 함께 살았었다. 비록 셋집에 살았지만, 할머니와 아버지, 어머니, 그리고 여동생과 소년, 그렇게 오붓하게 살았다.

어느 날부턴가, 아버지와 어머니의 다툼이 잦아졌다.

몇 달 후에는 다툼이 큰 싸움이 되었다. 어머니는 아버지의 다리를 끌어안고 '차라리 날 죽여라.' 하고 울부짖고, 아버지는 그런 어머니를 주먹으로 때리고 발로 찼다. 할머니는 '천하에 몹쓸 인간'이라고 아버지를 꾸짖었다.

그날 집을 나간 아버지는 다시 돌아오지 않았다.

매일 손수레를 끌고 거리에 나가 붕어빵 장사를 하던 어머니는 사흘 동안을 앓아누웠다. 겨우 일어난 어머니는 며칠간 아버지를 찾는다며 온종일 돌아다니다가 저녁 늦게야 지친 모습으로 돌아왔다. 그리고 '지 년 놈들이 잘 사나 두고 보자'고 소리 지르며 울었다.

'지 놈이 부모 처자식 버리고 엉뚱한 년하고 붙어사는 데, 내가 뭘 바라고 이 집구석을 지키고 살아?'

마침내 소년의 어머니도 소년의 여동생을 업고 집을 나갔다.

집에는 할머니와 소년, 둘만 남았다. 할머니는 며칠간이나 자리에서 일어나지 못했다.

소년이 죽을 끓이거나 라면을 삶아 할머니 앞에 차려 놓으면 그걸 먹기 전에 소년의 손을 잡고 말했다.

'이걸 혼자 놔두고 내가 어찌 죽나? 살아야지, 이게 사람 노릇 할 때까지는 내라도 살아야지.'

마침내 할머니는 어머니가 붕어빵 장사 할 때 쓰던 손수레를 끌고 거리로 나섰다. 남들보다 절반만큼의 폐지를 싣고도 힘겨워하는 할머니와 손수레의 거리순례는 2년이 넘도록 계속되었다. 물론 아버지도, 어머니도 돌아오지 않았다. 소식도 없었다.

소년은 반년이 지날 때까지는 어머니와 아버지와 여동생이 보고 싶고, 그리고 돌아오리라고 믿었다. 그 후부터는 돌아와도 나가라고 소리치를 지르리라 마음먹었다. 어머니 아버지라고 부르지도 않겠다고 결심했다. 다만, 보고 싶은 건 어리던 여동생뿐이었다.

아버지는 다른 여자와 딴살림을 차렸다고 했다. 어머니는 어디서 어떻게 살고 있는지 아무도 모른다고 했다. 알고 지내던 이웃 사람들은 물론, 소년의 외가에서도 모른다고 했다.

소년은 아무리 마음을 모질게 먹고 있어도, 해 질 무렵이 되면 담장 밖 먼 길을 바라보는 버릇이 생겼다. 어쩌다 늦게 돌아오는 할머니를 기다리는 것이라고 했지만, 할머니가 일찍 들어오는 날도 소년의 먼 길 바라기는 멈추지 않았다.

드러내지 않는 소년의 깊은 속마음을 알고 있는 할머니는 그런 소년을 보다 못해 가끔씩 말했다.

'안 온다. 기다리지 마라. 할미하고 그냥 살자.'

그때마다 소년은 말없이 할머니를 끌어안고 온몸을 부르르 떨었다. 그 것은 어머니나 아버지, 그리고 여동생에 대한 그리움 때문인지, 아니면 버림당한 분노 때문인지 소년 자신도 알 수가 없었다.

'이 어린 걸 늙은이한테 떠넘기고 이것들은 어디 가서 뭘 하는지? 세상에 모진 것들……'

할머니는 탄식 끝에, 메말라 눈물도 없는 눈을 손등으로 씻었다. 그런 날은 소년의 밥그릇에 유난히 밥을 많이 담았다. 그리고 소년의 등을 어루만지며 말했다.

'어서 먹고 더 먹어라. 그래야 쑥쑥 크지.'

할머니의 소원은, 자신이 죽기 전에 소년이 빨리 커서 어른이 되는 것이었다. 그래서 소년의 등을 쓰다듬으며 하는 할머니의 말은 하나님과 부처님과 칠성님, 그리고 다른 모든 신(神)들에게 드리는 간절한 기도이기도 했다.

그러나 할머니의 기도에 어느 신도 응답을 보내주지 않았다. 할머니는 결국 소원을 이루지 못한 채 세상을 떠났다.

폐지가 실린 무거운 손수레를 끌고 건널목을 건너던 할머니는 적색신호등을 무시하고 달려오던 승용차와 부딪혔다. 병원으로 실려간 할머니는 잠시 의식을 회복해 '재준아, 재준아!'를 몇 번 부르다가 숨을 거뒀다.

소년은 침대 위에 반듯하게 누워있는 할머니를 멍하니 바라보았다. 흰 머리카락만 헝클어졌을 뿐, 할머니 얼굴엔 아무 상처도 없었다. 소년은 갑자기 생각난 듯 물었다.

'할머니, 어디가 아파요? 아픈 데 없어요?'

'돌아가셨다.'

청색 가운을 입은 여자가 천장을 쳐다보고 말했다.

'아니요. 주무시는데요.'

소년은 할머니의 손을 잡았다. 얼음처럼 차가웠다.

'돌아가셨어.'

가운 입은 여자가 할머니의 손을 잡은 소년의 손을 떼어냈다.

'얘, 네 엄마나 아버지 연락했니? 빨리 오시라고 해.'

새로 들어온 남자들 둘이, 할머니가 누워있는 침대를 밀고 나가며 말했다.

소년은 침대 난간을 잡고 따라가며 '할머니'를 불렀으나, 누군가가 소년을 떼어놓았다.

침대가 빠져나간 빈자리에 혼자서 우두커니 서 있던 소년은 바닥에 엎어져 있는 할머니의 신발 한 짝을 멍하니 쳐다보았다. 할머니 신발이 왜 한 짝만 있을까? 한 짝은 어디 갔지? 두리번거리던 소년은 할머니 신발을 집어 들었다. 뒤축이 삐딱하게 닳은, 플라스틱 신발은 본래의 분홍색을 몰라볼 만큼 꼬질꼬질한 얼룩으로 덮였다. 그 심한 얼룩 위로 소년의 굵은 눈물이 비로소, 뚝 뚝 뚝 쉴 새 없이 떨어졌다.

어떻게 알았는지, 이튿날 달려온 아버지는 할머니와 부딪힌 승용차 운전자의 멱살을 잡고 '내 어머니 살려내라'고 소리를 지르고, 훨씬 늦게 나타난 어머니는 '생떼 같은 노인을 누가 죽였느냐'고 병원 복도바닥을 치면서 통곡했다.

그러나 보험사 직원과 한참 동안 얘기를 나눈 뒤, 서류를 받아든 아버지는 금세 순한 양처럼 변했다. 어머니의 통곡도 뚝 그쳤다.

소년은 모처럼 어머니, 아버지와 함께 영안실 옆 넓은 방에서 하룻밤을 잤다. 그러나 벙어리처럼 입을 닫았다. 어머니나 아버지가 말을 걸어도 아예 외면했다.

다음 날, 할머니는 한 줌 재가 되어 화장장 뒷산에 뿌려졌다.

이제 소년이 쑥쑥 자라서 빨리 어른이 되기를 바라던 할머니의 소원은 물거품처럼 사라졌다. 밤낮으로 전신이 쑤시고 걸리는 통증도 화로 속의 불꽃에 녹아 사라졌을 것이다. 하지만 소년이 어른이 되기 전에 자신이 죽으면 어쩌나 하는 걱정은, 저승으로 간 할머니의 가슴에 한(恨)이 되어 남아 있을지도 모른다.

'넌 이제 엄마한테 가거라.'

할머니의 장례가 끝난 후, 아버지가 소년에게 말했다.

'왜 나한테 떠넘겨? 보상금은 자기가 다 받아 챙길 거면서.'

어머니가 아버지에게 소리를 질렀다.

'수령인을 내 이름으로 했지만, 돈 들어오면 보내줄 테니까 애 데리고 가.'

'그 말 누가 믿어? 보상금도 반씩 나누고, 애도 하나씩 맡아.'

소년은 다투고 있는 어머니와 아버지를 외면한 채, 할머니의 혼이 떠돌고 있을 화장장 뒷산을 바라보았다.

‘엄마 따라 가거라.’

그 말을 남기고 아버지는 휘청휘청 걸어갔다.

‘저런 꺼꾸러질 인간, 얘 데리고 가라고?’

어머니가 소리쳤으나, 아버지는 뒤도 돌아보지 않고 멀어져 갔다.

‘이 등신아, 왜 그렇게 뻗지르고 서 있어? 니 애비 따라가라니까.’

소년은 어머니의 고함을 못 들은 체, 방금 내려온 산으로 올라갔다. 소년의 손 안에서 흩어져 나간 할머니의 흔적은 아무 데도 없었다. 사방을 두리번거리다 제자리에 털썩 주저앉은 소년은 이내 무릎과 양팔로 머리를 감싸 안고 흐느꼈다. 산잔등을 거슬러온 바람이 소년의 귀 곁을 스치며 속삭였다.

‘재준아, 그만 집에 가거라.’

그건 할머니 목소리였다.

‘어서 먹고 더 먹어라. 많이 먹고 쑥쑥 커야지.’

그러나 이제 집에 돌아가도 할머니의 그 목소리는 다시 들을 수 없게 되었다.

소년이 산에서 내려왔을 때, 어머니는 이미 어디론가 가버리고 없었다.

할머니가 죽어 외톨이가 된 소년은 이제 어머니도, 아버지도 원하지 않는 가욋사람, 외톨이 불청객이 된 셈이었다.

“그 후엔 어머니, 아버지를 다시 못 만난 게로구나.”

노인이 묻자 소년은 그냥 고개만 끄덕였다. 노인은 눈을 지그시 감은 채 아무 말도 하지 않았다.

자식을 내버린 소년의 부모들은 지금 어디서, 어떤 심정으로 살고 있을까? 그리고 자신은 소년과 어떻게 다른 처지인가, 아니 소년의 부모와 자신과는 어떻게 다른 처지인가?

　가족이나 가정이라는 울타리 밖에 놓여있는 현실은 같지만, 자신과 소년이 선택한 길도 같다고 할 수 있을까?

　소년이 어른이 될 때까지 살아서 돌볼 수 있기를 간절히 소원하던 소년의 할머니처럼, 자신은 왜 막내가 한 가정을 꾸려 독립할 때까지 돌봐야 한다는 생각을 않았을까?

　자신과 소년의 처지가 뭐가 같고, 자신과 소년의 부모들과 뭐가 다른가?

　노인은 소년이 더욱 애처로워 보이면서도 머리가 혼란스러웠다.

　"그때 어머니를 놔두고 산엔 왜 올라갔어? 할머니는 이미 돌아가셨는데."

　한참 뒤에 노인이 침묵을 깨고 무겁게 입을 열었다.

　"그래도 할머니가 보고 싶어서요."

　소년은 무표정하게 말했다.

　"산에 올라가지 말고 어머니 옆에 있다가 따라갔어야지."

　"엄마한테도, 아버지한테도 가기 싫었어요."

　"왜?"

　"쫓겨날걸요, 뭐. 나를 아들이라고 생각 안 하나 봐요. 엄마도, 아버지도 그전에 할머니랑 저를 내버리고 집을 나갔걸랑요."

　"그래도 너 혼자 어쩌려고? 아버지나 어머니 누구든 따라갔어야지."

　"혼자 살 거예요. 엄마도 아버지도 다 싫어요. 다 싫어요."

　소년은 '싫어요'를 반복하면서 결연하게 말했다.

　"너 혼자? 네가 어떻게 혼자 살아? 이 녀석아."

　"그래도 혼자 살 거예요. 그리고 나중에 커서 돈 벌면 복수할 거예요."

　"복수를 하다니, 누구한테?"

　"엄마하고 아버지한테요. 그리고 가난한 사람 무시하는 부자들한테요."

소년의 눈엔 이제까지와 다른 분노가 맺혔다.

"그리고 고아원 만들어가지고 부모한테 버림받은 아이들이 형제끼리 헤어지지 않고 행복하게 살게 하고, 양로원도 세워가지고 우리 할머니처럼 힘없고 무시당하는 노인들을 편하게 모실 거예요. 진짜로 그렇게 할 거예요."

노인은 대꾸할 말을 잃고 깊은 한숨을 쉬었다. 이 조그만 몸뚱이에 누가 저렇게 큰 분노를 심어 주었나? 자신이 집을 나와 막된 생각을 했을 때 가슴에 끓고 있던 분노는 누구를 향한 것이었던가? 그리고 자신의 죽음을 복수의 수단으로 생각했던 건 아닌가?

노인은 작은 몸뚱이에 견디기 어려운 분노와 당찬 결심을 품고 있는 소년을 한참이나 물끄러미 쳐다보았다. 한밤중 빗속을 더듬어온, 야위고 조그만 불청객 앞에서 갑자기 자신이 작아지는 듯한 생각이 들었다.

정오가 되기 전에, 마르지도 않은 옷을 걷어 입고 가겠다고 나서는 소년을 노인이 붙잡아 앉혔다. 그리고 급히 밥을 지어 그릇에 수북하게 담아주었다.

"먹고 가거라. 네 말대로 커서 돈 벌려면 많이 먹어야지."

소년은 잠시 노인의 얼굴을 쳐다보고 이내 게 눈 감추듯 밥그릇을 비웠다.

노인은 신발을 신고 나서는 소년의 손에 만원 지폐 한 장을 쥐여주었다.

"정 배고플 때 밥 사 먹어라."

"할아버지도 돈 없잖아요?"

소년은 그렇게 말하면서도 사양하지 않고 제 손에 쥐어진 돈을 물끄러미 바라보았다. 전자상가 앞에서 청년이 주는 돈을 받은 할머니에게 '받지 마요'라고 소리치던 소년이었다. 그러나 이번엔 아주 작은 소리로 말했다.

"할아버지 고맙습니다."

"밤에 잘 데 없으면 언제든 이리 오너라."

소년은 허리를 꺾어 인사를 한 뒤에, 햇빛을 등지고 어젯밤 비를 맞으며 올라왔던 좁은 고샅길을 내려갔다. 소년은 가던 길을 두 번 멈추고 뒤돌아서서, 그때까지 소년을 바라보고 서 있는 노인을 향해 아까처럼 넙죽 허리를 굽혔다.

다시 오면 소년은 불청객이 아닌 셈이다. 그러나 며칠이 지나도 소년은 다시 오지 않았다. 처음, 한밤중의 불청객으로 노인의 방문을 두드리던 날처럼 비가 주룩주룩 오는 날도 소년은 역시 오지 않았다.

'먹을 곳도, 잘 곳도 없는 녀석이 어디서 뭘 하고 지내기에…….'

노인은 해 질 녘이면, 소년이 올라올 만한 고샅길을 살피거나 밤중에 문 두드리는 소리가 나는지 귀를 기울이는 버릇이 생겼다. 비가 오는 날은 밤새도록 촛불을 끄지 않은 채, 토막잠을 자면서 새벽을 맞았다.

'고얀 녀석! 저나 나나 오라는 데 없는 불청객 주젠데, 어디 갈 데가 있다고. 무심한 녀석 같으니…….'

노인은 새벽마다 혼자 중얼거리는 것도 버릇이 되었다.

안수길

월간문학 등단, 충북예술상, 충북문학상

소설집 『세뿔알락하루살이의 사랑』 외, 장편소설 『잠행』 전 5권 외

칼럼 『비껴 보기 뒤집어 보기』 외

010-8344-3135, kwonsw44@dreamwiz.com

28701 충북 청주시 서원구 청남로 2005번길 45 우성2차A 201-306

숨은그림찾기

최 창 중

여자는 딸아이의 몸을 씻길 때면 시나브로 자신의 과거 속으로 들어갔다. 작고 아담한 체구, 우윳빛 피부, 맑은 눈자위, 검고 찰랑거리는 머릿결. 모습 하나하나에 제 어릴 적 모습이 점점이 박혀 있었다.

"아야!"

아이가 자지러지게 소리를 질렀다. 흐뭇한 미소로 분신의 하체를 씻기던 여자는 딸깍 놀랐다. 성기 부분이었다. 자세히 살피니 손톱에 긁힌 자국이 선명했고, 주변의 피부가 검붉었다.

"너, 이거, 어떻게 된 거니?"

아이는 쭈뼛쭈뼛했다.

"응, 그거……? 놀다가 부딪쳤어."

분명 그냥 부딪친 자국이 아니었다.

"거짓말하지 마. 부딪친 자국이 아닌데?"

아이의 눈빛에 고심의 흔적이 잠깐 스쳤다.

"사실은……."

아이는 목욕용 간이의자에 털썩 주저앉더니 울먹이며 말했다.

첫째 시간의 공부가 끝난 뒤 친구와 함께 화장실을 갔다. 서로 화장실의 문을 지키며 번갈아 소변을 보고 있는데, 아이의 차례일 때 어떤 오빠가 갑자기 뛰어들었다. 놀라 몸을 움츠린 사이 자신의 성기를 손바닥으로 조몰락거린 뒤 달아났다.

깜깜한 절망이 절벽처럼 여자의 눈앞을 막아섰다.

"친구가 문을 지켰다며? 그때 친구는 어디에 있었어?"

"나와 보니 없었어."

"뭐라고?"

모든 세상일의 틈바구니에 아이들의 바른 성장을 가로막는 악이 자릴 잡고 있다더니, 딸의 곁에도 그런 악의 씨앗이 자라고 있었구나 싶어 참담하고 놀라웠다. 열무 싹처럼 여리디여린 아이가 밀폐된 공간 속에서 얼마나 두려움에 떨었을까 생각하니 치가 떨렸다.

여자는, 벌어진 일을 앞에 두고, 일반적인 엄마라면 딸에게 생긴 일이어서 감추고 싶은 일일 텐데 싶어, 어찌할까 잠시 망설였다. 그러다 외출 중인 남편에게 전화를 넣었다.

아이의 소식을 전하자 남편은 어린 딸에게 일어난 기절할 만한 일인데도 심드렁하게 말했다.

"빨리 신고해."

"신고하면 남들에게 알려질 텐데?"

"그래? 그렇다면 어떻게 하는 게 좋겠어?"

적반하장이었다. 의견을 물었는데 외려 반문하고 있었다.

"왜 그래? 남의 일인 것처럼 관심이 없잖아?"

"아니야. 나도 크게 놀랐어."

보나 마나 당구장이었다. 당구알 부딪치는 소리가 배경음으로 들렸다. 자신의 차례가 되어 조바심을 치는 것이 눈에 선했다.

"암튼, 지금 빨리 집으로 와."

소릴 쳤으나, 말을 들을지 의문이었다.

남편에 이어 전화를 건 시아버지의 반응은 남편과 전혀 달랐다. 깜짝 놀라 손녀가 금방 유괴라도 당한 듯 조바심을 쳤다. 상태가 심하지는 않다고 하자 조금 마음을 가라앉히더니, 빨리 경찰에 전화하라고 일렀다.

경찰은 채 세 번의 전화벨이 울리지 않아 수화기를 들었다. 이쪽이 당황한 것을 알고는 침착하도록 이르더니 차분한 목소리로 일의 앞뒤를 챙겼다.

경찰에게는 흔한 일일 것이었다. 성(性)과 관련된 사건이 연일 언론을 도배하고 있으니, 그들 또한 비슷한 사건에 둘러싸여 있을 게 분명했다. 더욱이 이 도시가 최근에 이르러 전국 사건의 중심이 아니던가. 매일의 주요 뉴스에 이 고장에서 터지는 사건이 한두 건씩 예외 없이 자리했다.

육하원칙에 의거 질문을 던진 경찰은 마무리 부분에 이르자, 아이를 데리고 인근의 대학병원으로 가도록 안내했다. 병원에서 자신이 감당할 순서를 묻자, 담당 여형사가 병원에서 기다릴 것이라는 이야기가 덧붙었다. 저녁 8시가 넘은 시각인데 급히 달려와 줄 경찰을 생각하며 여자는 조금 마음의 안정을 얻었다.

병원으로 향하며 여자는 아 참, 싶어 담임교사에게도 연락을 취했다. 놀라기는 담임교사도 마찬가지였다. 바로 쫓아오겠다고 했다. 아이의 교육상담을 위해 두세 차례 만난 적이 있었다.

*

저녁 식사를 앞두고 교감의 전화를 받는 교장의 얼굴에 납덩이가 얹혔다. 경험으로 미루어 그 시각에 오는 전화는 좋은 소식이 아니었다. 아니나 다를까, 교감은 다급하게 말했다.

"심각한 사고입니다. 일 학년 여자 어린이가 교내에서 성추행을 당했답니다."

싸늘한 냉기가 등줄기를 훑고 지나갔다.

“언제요?”

“오늘 오전이랍니다.”

“그런데 어째서 이제?”

“지금 막 담임으로부터 전화가 왔습니다. 대학병원이래요.”

“알았습니다. 병원에서 만납시다.”

요즈음 들어 학교가 조용할 날이 하루도 없었다. 비정규직이 정규직에 버금가는 대우를 요구하며 전국적인 파업에 동참하는가 하면, 상한 우유가 배달돼 교내를 발칵 뒤집어놓았고, 배움터지킴이는 학부모와 멱살잡이를 하여 어수선한 분위기에 한 젓가락을 더했다.

서둘러 달려가자, 병원에는 한결같이 상기된 표정의 얼굴들이 옹기종기 모여 있었다. 아이의 부모, 아이의 조부모, 급히 달려온 경찰, 교감, 담임교사. 다가온 담임교사가 피해 어린이는 여형사와 함께 산부인과에서 검진을 받는 중이라 했다.

담임교사가 근처에 모여 있던 아이의 부모와 조부모를 소개했다. 약속이나 한 듯 모두가 평균 키에 이르지 못하고 작달막했다. 부모는 30대의 젊은 사람들이었고, 조부모는 칠십 가까운 나이였는데 첫눈에 보기에도 하이칼라 출신은 아니었다. 교장은 예의 바르게 고개를 숙였다.

“죄송합니다. 저희들의 불찰로 인해 소중한 자녀가 뜻밖의 일을 당해서 그만……”

머리를 박박 깎아 저돌적인 인상을 보이는 조부가 나섰다.

“학교가 무슨 잘못이 있나요? 요즘 아이들이 문제이지……”

교장은 담담한 조부의 태도에서 마음의 위안을 조금 얻었다. 펄펄 뛰며 소란을 피우리라 여겼던 불길한 생각에 안도의 마음을 살짝 얹었다.

응급실 앞이어서 앰뷸런스들이 쉴 새 없이 드나들었다. 번쩍거리는 경광등을 머리에 이고 굉음을 울리며 바삐 다가온 그것들은 현관에 이르러서는 숨을 죽였다.

막 도착한 피투성이 환자를 직원들이 바삐 옮기는 사이, 교장은 교감과 담임에게 눈짓을 하여 가족들로부터 멀찍이 떨어졌다. 사태의 전반을 정확히 파악할 의도였다. 아무래도 담임교사가 정확한 소식을 지니고 있겠지 싶었다.

"사건에 대해 자세한 이야기 좀 들었어요?"

담임교사는 아직도 손을 벌벌 떨었다. 교직 경력이 이제 고작 3년째인 햇병아리였다.

"대충 들었는데 사, 오 학년쯤 되어 보이는 남자아이가 손으로 성기를 만진 뒤 달아났대요."

"화장실 문을 잠그지 않았나요?"

"그랬는가 봐요."

"그래, 가해자의 얼굴을 보았대요?"

"여형사의 말로는 대충의 인상착의만 기억하는 모양이에요."

"화장실은…… 혼자 갔나요?"

"아니요. 친구와 둘이 갔대요."

고학년 남학생들의 호기심으로 인해 비슷한 사고가 인근 학교에서 빈번하게 일어나고 있다는 소식은 접했지만, 자신의 학교에서 그런 일이 일어나리라고는 예상조차 못했었다. 교장은 그나마 성폭행이 아닌 성추행 사건이어서 다행이라는 생각을 했다.

그러나저러나 이를 어쩐다? 쉽게 대하지 못하던 사건이어서 해결 방법이 찾아지질 않았다. 가해 아동을 찾는다고 해도 미성년자여서 처벌 방법이 없을 텐데……. 고작해야 학교폭력대책자치위원회를 열어 전학 조치를 취한다든가 일정 기간 근신 조치를 취하는 등의 징계밖에 생각나질 않았다.

어쨌거나 경찰이 나섰으니 그들의 의견을 따르자 마음먹었다. 조부의 이야기대로 학교 측의 잘못으로 인해 저질러진 일은 아니니, 도의적인 책임만 지면 그뿐이라는 위안도 잠시 했다.

서성거리는 시간이 제법 오래갔다. 산부인과 검진을 마친 아이가 여형사의 손에 이끌려 나타났다. 아이의 표정은 일상적인 표정 그 이상도, 이하도 아니었다. 상기된 표정 하나 없었다. 몰려있던 가족들에게 다가간 아이는 할머니의 팔짱을 꼈다.

담임교사가 여형사에게 다가갔다. 둘은 잠시 어둠 속으로 들어갔다. 저녁 식사를 하지 못했기에 허기가 머리와 어깨를 비롯해 온몸으로 내려앉았다.

잠시 후 돌아온 담임은 산부인과 의사의 의견을 전했다. 그리 우려할 만한 상황은 아니라고 했다. 성기에 전혀 무리가 가해지지 않았다는 것이었다. 병원에 올 정도의 피해가 아니라는 의견도 덧붙었다. 다행이다 싶었다.

밤 10시가 넘자 경찰은 학교 측 인사들의 귀가를 종용했다. 피해자의 심리적 불안을 가중시킨다는 것이 그 이유였다.

✳

이튿날.

밤새 뒤척거린 교장은 벌떼가 들어앉아 윙윙거리는 머릿속으로 출근했다. 서둘러 달려간 사고 현장 주변엔 아이들이 들끓었다. 아무 내용도 모르는 아이들은 현장 주변을 명절 전야의 시장바닥처럼 어수선하고 수선스럽게 만들며 밝고 천진난만한 얼굴로 뛰어놀았다.

쉬는 시간에 일이 벌어졌다는데 도무지 이해가 가질 않았다. 수업이 아직 시작되지 않은 아침 시각인데도 여섯 개 교실이 함께 쓰는 공간이기 때문에 아이들의 왕래는 물론이요, 드나듦이 무척이나 많았다.

그런 혼잡한 시각에 여자 화장실로 스며들어 그러한 짓을 저지르고 달아날 대담한 아이가 있을까 싶었다. 더욱이 저학년 아이들이기에 여자 화장실에 남자아이가 들렀을 경우 앞뒤 생각 없이 비명부터 지르기 마련이었다. 평소 자신의 학교 아이들이 도시 아이들답지 않게 착하고 예의 바르다며 대견하게 생각했던 교장으로서는 상실감이 컸다.

8시 20분. 매일 하던 일상대로 등교하는 아이들을 맞이하기 위해 정문으로 나갔다. 밝은 얼굴로 공손하게 인사하며 지나치는 아이들의 모습이 평소와는 달리 보였다. 특히, 고학년 남자아이들의 모습이 그러했다.

바라보는 교장의 시선 속에 성추행 사건의 가해자로서의 가능성이 없어졌다. 이래서는 안 되지 싶어 도리질을 했지만, 잠시 후면 머릿속은 다시 같은 생각으로 가득 찼다.

9시가 조금 넘자 교장실로 한 무리의 사복 경찰이 들이닥쳤다. 가장 상급자로 보이는 사람이 나섰다.

"지방경찰청 성폭력특별수사대에서 나왔습니다."

삐죽 내미는 명함을 보니 수사대장이었다. 경찰답게 눈매가 매서웠고, 행동 또한 조금은 오만했다. 교장은 모두를 응접세트에 나누어 앉게 한 뒤 수사대장의 맞은편에 앉았다. 대장은 지니고 온 수첩을 펼치더니 말했다.

"아침부터 몰려와 죄송합니다. 사안이 중요해서요. 청장님께서 저희들을 부르시더니 범인을 조속히 검거하라고 특별 지시를 내렸습니다. 다른 학교로 전파될까 봐 걱정하시는 것 같더라고요."

말을 마친 대장은 교장의 얼굴을 빤히 정시했다. 네게도 조금의 책임은 있지 않느냐는 무언의 압력이 느껴졌다. 교장은 조금 위축되었으나 자세를 고쳐 앉으며 의도적으로 어깨를 세웠다.

"적극 협조하겠습니다. 아무쪼록 빨리 가해자가 발견되어야 할 텐데……. 그나저나 가해자가 발견되면 어떠한 처벌을 받게 되나요?"

"그 부분이 골치 아픕니다. 가해자를 찾는다고 해도 만 열네 살이 되지 않아 형사미성년자이기 때문에 형사 처분을 할 수가 없습니다. 살인 같은 중대 범죄의 경우에도 마찬가지입니다."

교장은 내심으로 다행이라는 생각을 했다. 설사 가해자가 발견된다고 하더라도 치명적인 죗값을 치르지 않아도 되기 때문이었다.

"그렇다면?"

"뭐 방법이 있겠어요? 가해자를 데려다가 잘 타이르고 훈계해서 보호자에게 돌려보내야지요. 혹 보호자가 없다면 아동 보호 시설에 맡길 수도 있습니다."

미리 교장이 생각했던 처벌 수위와 비슷했다. 차를 한잔 마신 뒤 일을 시작하자고 하자 대장은 손사래를 쳤다.

"아닙니다. 바로 시작해야 합니다."

하지만 그는 그 후로도 한참 동안 자신들이 해야 할 일에 대해 수첩을 보며 일목요연하고 단호하게 늘어놓았다. 성 관련 사건은 상황 자체가 미묘해서 가해자를 찾기가 여간 어려운 것이 아니다, 피해자의 이야기를 근거로 양파 껍질 벗기듯 차근차근 더듬으며 접근해야 비로소 막다른 골목에 이르러 실마리를 드러낸다, 이번 사건은 시급히 해결해야 할 사건이니 학교가 다소 소란스럽더라도 이해를 바란다, 며칠 동안 피해자의 등교를 중지시키고 여형사가 아이를 돌보며 수사를 진행하겠다, 피해자로부터 우선 몇 가지의 진술을 받아왔는데 가해자가 줄무늬 상의와 특수한 문양이 새겨진 흰색 슬리퍼를 신고 있다고 한다, 그래서 우선 CCTV와 학생들의 실내화를 점검할 것이니 협조를 부탁한다는 등의 얘기를 빠르게 쏟아놓으며, 호박에 쐐기 박듯 단시간에 해결할 사안인 듯 자신감을 피력했다.

기본적인 예의는 차렸지만 분명한 우월감이 말이나 몸에서 배어났다. 점령군을 대하는 듯하여 기분을 구졌지만, 어쩔 수 없이 교장은 대장의 말 한 마디 한 마디에 친절하게 반응했다.

오후에 아이의 부모가 학교로 왔다. 부모의 모습은 조부의 모습과 많이 달랐다. 사건을 요즘 아이들의 잘못으로 돌리며 학교 측에 책임을 전가하지 않던 조부와 달리 집요하게 학교를 물고 늘어졌다. 특히 아이의 엄마가 그랬다. 여자는 먼저 CCTV를 가지고 시비를 걸었다.

"초등학교에서 가장 보호가 시급한 장소가 화장실 아닌가요? 그런데 그곳에는 왜 카메라가 없는 거지요?"

"아이들에게도 프라이버시라는 게 있는 겁니다. 인권 보호 차원에서 화장실에는 카메라의 설치가 불가능해요. 우리 학교만 그런 게 아니고 모든 학교의 사정이 다 그렇습니다."

사실이었다. 화장실은 사생활 보호 구역이었다.

"책임을 피하려고 그렇게 말씀하지 마세요. 저도 다 알아봤어요. 우리 고장만 그렇지, 경기도에 있는 학교들은 화장실에 카메라를 설치한 학교가 많더라고요."

"글쎄, 그쪽 지방의 사정은 잘 모르겠지만, 말씀드린 대로 아이들에게도 인격이라는 게 있는 겁니다."

여자의 시선이 잠시 탁자 위에 박혔다. 손자국이 어지럽게 찍힌 유리 아래에는 아침 햇살을 받아 밝게 빛나는 학교의 전경 사진이 있었다. 고개를 든 여자는 이번에 담임교사를 물고 늘어졌다.

"담임선생님도 그렇지, 화장실에서 그런 일이 일어났는데 어째 전혀 몰랐죠?"

억지였다. 담임이 쉬는 시간이라고 화장실까지 쫓아다니며 아이들의 생활지도에 신경을 써야 하는 것인지……. 하지만 대답은 필요했다.

"바쁘셨겠지요. 아이들이 사건에 대해 이야기를 하지 않았으니 알 방법도 없었을 테고."

"쉬는 시간에 아이들에게 무슨 일이 일어날지 몰라 여기저기를 둘러보아야 하는 것이 담임선생의 의무 아닌가요?"

짜증이 일었다. 무모한 시비가 분명했다. 하지만 냉정해야 했다.

"가슴 아픈 일을 당한 부모님의 마음은 잘 이해합니다. 우리로서도 죄송한 생각이 들어서 수사관들에게 적극 협조하는 중입니다. 우선 가해자를 잡은 뒤 교육적인 문제는 차후에 다시 논의했으면 좋겠습니다."

그 후로도 여자는 오랜 시간을 두고 보채다 돌아갔다. 여자의 말은 송곳처럼 신경을 자극했다. 딸아이의 상처 때문에 흥분을 한 것은 이해가 갔지만, 해도 너무했다.

여자는 연잎에서 굴러떨어지는 새벽 물방울처럼 차디차고 매몰찬 얼굴로 시종일관 학교를 물어뜯었다. 작은 키에 반들반들한 외모이기에 그런 느낌이 더했다. 바늘로 찔러도 피 한 방울 솟을 것 같지 않았다. 여자를 보며 교장은, 이번 사건이 사십여 년의 교직 생활 동안 겪었던 크고 작은 사건들 중 가장 맹랑한 사건임을 실감했다.

✳

이후, 수사는 피해자의 진술에 따라 일사천리로 진행이 되었다. 교장실이 수사본부가 되었다.

수사관들은 각개전투 형태로 수사를 진행했다. 피해자의 친구나 급우를 데리고 심문을 하는가 하면, 진술 속의 실내화를 찾기 위해 전교생이 실내화를 신발장에 가지런히 벗어둔 채 운동장으로 집합했고, 진술 속의 옷차림을 찾기 위해 학급별로 4명이나 5명으로 조를 편성해 사진 촬영을 했다. 그때마다 담임교사들은 학교의 이미지를 고려해 사건을 은폐해야 했으므로 학급의 아이들에게 적절한 변명을 대느라 노심초사했다.

그동안, 학교의 구성원들 모두는 사건에 대해 저마다 무슨 할 말인가를 지닌 듯한 표정이었지만, 고슴도치처럼 웅크린 채 침묵했다. 잘못 던진 말 한마디가 돌팔매가 되어 돌아올 것이 두려웠던 것이다.

그만큼 수사관들은 의도적으로 무표정한 얼굴과 절제된 발문으로 교정의 분위기를 무겁게 이끌었다. 그 때문에 불안의 그림자가 교정의 이곳저곳을 의기양양하게 돌아쳤고, 분위기는 계속 긴장의 벽을 오르락내리락했다.

모두에게 지루하고 답답한 시간이 똑딱똑딱 갔다. 무언가 걸리길 기대하는, 기다림의 연속인 시간이었지만, 건져지는 건더기는 아무것도 없었다.

수사관들은 격리된 피해자를 데리고 있는 여형사로부터 새로운 사실이 전해질 때마다 팽팽하게 신경줄을 곤두세우며 아연 새벽의 생선시장처럼 활기를 보였지만, 그때마다 소득은 없었다. 아이의 진술 내용은 계속 번복되었고, 사실로 확인되는 것은 티끌만큼도 없었다.

자연히 수사대장의 어깨도 늘어졌다. 단번에 가해자를 잡을 것처럼 등등하던 기세가 바람 빠진 풍선처럼 생기를 잃었다. 이틀째 상황을 보고하기 위해 청장실을 들렀을 때 청장은 소리부터 질렀다.

"아니, 초등학교에서 벌어진 일인데 가해자를 찾기가 그렇게 어려워요?"

사법고시 출신이었다. 법조계 대신 경찰을 택한 인텔리이기에 평소 인자하고 후덕한 사람인데, 이번 사건을 두고는 초등학교에서 벌어진 단순하고 사소한 사건이기에 범인 색출이 늦어지는 것에 대해 답답해하는 것이 어쩌면 당연했다.

"죄송합니다. 아시다시피 어린아이가 피해자라 진술에 일관성이 없습니다."

"진술에 일관성이 없어도 그렇지, 그까짓 병아리들이 저지른 일인데 두드려 맞추지도 못해요?"

퍼즐이 전혀 들어맞지를 않습니다, 하려다 볼멘소리만 더 얻어맞지 싶어 물러섰다.

"암튼, 가능한 한 빨리 처리하겠습니다."

"서두르세요. 밀린 사건이 많잖아요."

청장에게 보고했듯 애초부터 초등학교 저학년 여자아이가 피해자여서 수사의 어려움을 예견은 했었다. 경험으로 미루어 어린이들의 진술에는 신빙성이 없었다. 진술이 수시로 오락가락하는 것은 물론이요, 실제 상황과 상상 속의 상황을 들락날락하여 헤매기 일쑤였다.

대장의 마음도 볶이는 콩이었다. 특별수사대에 배당된 사건이 일곱 건이나 밀려 있었다. 여제자를 자신의 집으로 유인해 성추행한 대학교수 사건, 80대의 할아버지가 결손 가정의 동네 여자 어린이에게 용돈과 학용품을 건네면서 호의를 베풀어 일 년이 넘도록 성폭행을 일삼은 파렴치한 사건, 남자 고등학생들의 여중생 집단 성폭행 사건, 회사 상사가 노래방에서 부하 여직원을 성추행한 사건 등 이른바 '물총 사건'으로 통칭되는 사건이 줄줄이 밀려 있었다.

세상이 왜 이 지경인가 싶었다. 성(性)과 관련된 사건이 이틀이 멀다 하고 터졌다. 이 모든 것이 사회적 도덕 불감증 때문이지 싶었다. 국회의장, 검찰총장, 정부 부처의 차관 등을 지낸 사회 지도층 인사들까지 앞다투어 낯 뜨거운 사건을 일으키니 사회가 정제(精製)될 리 만무했다.

＊

일출과 일몰이 반복되며, 번잡하고 시끄럽고 신경 사나운 일주일이 날쌔게 지나갔다. 그 사이, 교장은 사건을 자나 깨나 옆구리에 끼고 살았다. 머릿속에 가시처럼 틀어박힌 그것은 속절없이 심사를 찔러대 밥맛을 잃게 한 것은 물론이요, 밤잠마저 설치게 만들었다.

그쯤 해서 교장은 고개를 갸웃했다. 무언가 이상했다. 혹 아이가 사건을 거짓으로 꾸민 게 아닐까 싶었다.

그런 생각이 드는 것이 피해자의 진술에 전혀 신빙성이 없었다. 피해자가 진술한 가해자의 복장을 직접 CCTV를 들여다보며 몇 번이고 자세히 살폈지만, 비슷한 모습조차 찾아지질 않았다.

교내에 설치된 카메라는 8대였다. 그 8대의 카메라를 번차례로 들여다보며 아이들의 등하교하는 모습, 쉬는 시간 중 몰려다니며 노는 모습, 체육 활동 모습을 세밀히 살폈지만 허사였다.

수사관들과 함께 전교의 슬리퍼 또한 면밀히 점검했지만, 피해자의 진술과 비슷한 문양조차 찾아지질 않았다.

담임교사의 설명도 그런 생각에 신빙성을 더했다. 답답해서 교실로 찾아갔더니 뜻밖의 이야기를 했다.

"워낙에 친구가 없이 혼자서 생활하는 아이입니다. 대부분의 시간을 아이들의 주변을 빙빙 돌며 혼자서 지내요."

"친구가 없어요? 그런데 사고가 난 날에는 친구와 같이 화장실을 갔다면서요?"

"마침 다음 시간이 체육 시간이어서 함께 나가던 아이가 서로를 지켜주자고 제의한 모양이에요."

"그래, 그 학생은 범인인 남학생의 모습을 보았대요?"

"글쎄, 그게 이상해요. 친구는 화장실에 들어온 남자아이를 전혀 보질 못했답니다.”

“문 앞을 지켰는데?”

“예.”

“친구가 똑똑한가요?”

“엄청 똑똑해요.”

담임도 사건에 시달리느라 밤잠을 제대로 못 자는 모양으로 수척했다.

“친구라는 아이도 경찰의 조사를 받았나요?”

“예. 경찰에게도 제게 말한 대로 진술했대요.”

“피해자는 성추행을 당했다고 주장하는데, 문을 지킨 친구는 남자아이를 보지 못했다?”

어딘가 잘못된 그림이었다.

“그래서…… 뭔가 좀 이상해요.”

담임도 의혹을 가지는 모양이었다. 하지만 성급한 의혹은 위험을 수반하기 때문에 못질이 필요했다.

“그런 생각하지 마세요. 아이를 믿어봅시다. 경찰의 수사 결과가 말해주겠지요.”

담임을 만난 이후, 교장은 아이가 어른들의 관심을 끌기 위해 거짓말을 했을 가능성이 높다고 생각했다. 하지만 그러한 생각은 생각일 뿐으로 밖으로 드러낼 수는 없는 노릇이었다. 정식으로 사건화가 된 문제를 심증만을 가지고 결론을 낼 수는 없는 일이기 때문이었다.

*

비슷한 시기에 수사대장도 교장과 비슷한 생각을 했다. 사건은 아이의 거짓말에서 비롯된 것이 분명했다. 진술이 전혀 사실로 입증되지 않았고, 신빙성 또한 없었다.

무엇보다 아이를 데리고 며칠 동안 박물관과 동물원을 돌아다니며 아이의 심리와 언행을 분석한 여형사의 전언에 의하면 아이에게서 진실성이 전혀 찾아지지 않는다고 했다. 결혼을 목전에 두고 있어서 시간이 없는데도 주말을 포함한 며칠을 통째로 아이에게 바친 여형사는 잘라 말했다.

"도대체가 믿을 수 없는 아이예요."

볼에 바람이 잔뜩 들어가 있었다.

"시간을 뺏겨 아이가 미운 거 아니야?"

"아니에요. 진정성이 없어요. 무얼 물어도 그냥 건성이에요."

"구체적으로 어떤 거?"

"부모가 너를 좋아하냐 물어도 성의 없이 예, 선생님이 너를 좋아하냐 물어도 건성으로 예, 친구들과의 사이가 좋은지 물어도 관심 없이 예."

그녀의 목소리에는 불만이 가득했다. 목적을 가지고 동행한 길인데 소득이 전혀 없이 시간만 뺏겼으니 울분이 이해가 갔다.

"그날의 사건에 대해 물었을 때에도 태도가 그랬어?"

"그럼요. 똑같았어요. 보고 드린 대로 수시로 빙 돌려 물었죠. 그때마다 덤덤하게 대답했어요, 남의 얘기하듯."

"말의 앞뒤는 잘 맞고?"

"성의 없이 대답해서 그렇지, 항상 일목요연했어요."

"그것참."

잠시의 침묵 뒤 여형사는 의외의 이야기를 했다.

"어찌 보면 상황을 즐기는 것 같았어요."

"어떤 상황?"

"학교에 안 가고 구경을 하는 것."

여형사는 함께 보낸 시간이 못내 지겨운 듯 쓴 입맛을 다시며 몸까지 부르르 떨었다. 시간을 뺏어 미안하다고 어깨를 두드리는 대장의 머릿속으로 암울함이 안개처럼 밀려들었다.

생각 같아서는 아이에게 거짓말을 했느냐고 추궁을 하고도 싶었다. 하지만 아이들이 개입된 사건은 아이들의 진술을 최우선으로 신뢰하는 것이 수사상의 불문율이기 때문에 신고된 사건을 허구라고 성급하게 결론을 내릴 수는 없는 일이었다. 아이의 진술을 사실로 인정하며 계속 수사를 진행할 수밖에 없는 것이 경찰의 답답한 입장이었다.

*

만져지는 알갱이 한 알 없이 허무하게 일주일이 지나자 아이의 엄마도 교장이나 수사대장과 비슷한 생각을 가졌다. 아무래도 아이가 수상했다. 진술의 앞뒤가 전혀 맞지 않았다.

이전에도 아이는 간혹 거짓말을 했었다. 어느 날인가는 이웃의 슈퍼마켓에서 물건을 훔쳤노라 했고, 어느 날인가는 극장엘 몰래 들어갔다고 했다.

현장을 확인하면 모두가 거짓이었다. 슈퍼마켓의 CCTV에서는 아이의 모습이 전혀 찾아지질 않았고, 극장에서는 아이의 이야기와는 전혀 다른 프로그램이 상영되고 있었다.

부모가 싸움을 하여 집안에 냉랭한 공기가 감돌 때면 아이는 어린이들로서는 생각할 수도 없는 그런 거짓말을 했다. 그래서 이번에도 아이가 거짓말을 했을 개연성이 높았다. 상의 없이 직장을 그만둔 남편 때문에 다툼을 벌인 것이 일주일을 넘겼던 것이다.

하지만 아이의 엄마는 얼굴에 철판을 깔자 했다. 아이가 거짓말을 했다고 시인하기엔 일이 너무도 멀리 와버린 것이다. 학교를 발칵 뒤집어 놓은 것이 벌써 몇 날인가. 이제 와서 아이가 거짓말을 했을 가능성이 크다고 인정한다면 자신이며 아이가 무슨 낯으로 고개를 들고 학교를 다니겠는가?

여자는 생각다 못해 다시금 교장을 찾아갔다. 교장의 반응은 당연히 냉랭했다. 또 무슨 일로 왔느냐는 표정이 역력했다.

일부러 맹랑하게 보일 필요성을 느꼈다. 그래서 다리를 꼰 뒤 팔로 턱을 괴었다.

"교장 선생님, 아이의 사건에 대한 수사가 지지부진하다 보니 저희 집이 말도 못하게 피해를 보고 있습니다."

"무슨 피해요?"

여자는 천연덕스럽게 거짓말을 늘어놓았다.

"남편은 남편대로 직장을 나가지 못해 파면을 당했고, 저는 저대로 아이를 데리고 심리 치료를 다니느라 집안이 엉망이고, 아이는 아이대로 이리 끌려다니고 저리 끌려다니느라 심신이 엉망입니다."

교장의 시선이 유리창 밖으로 돌았다. 감청색의 푸른 솔잎들이 싱그러움을 뽐내고 있었고, 그 뒤로 열린 하늘엔 하얀 비행운이 원호를 만들며 기다랗게 그어져 있었다.

교장은 짧은 시간에 많은 생각을 했다. 하지만 여자의 의도가 정확하게 잡히질 않았다. 때문에 한 발을 뒤로 물러서기로 했다.

"정말 죄송합니다. 저희의 불찰로 인해 그런 피해를 드려서. 하지만 아시다시피 학교에서는 어떠한 도움도 드릴 수가 없답니다. 아직 가해자가 드러난 것도 아니고……"

예상대로 여자는 팔짝 뛰었다.

"그렇게 말씀하시면 안 되지요. 도의적인 책임이라도 지셔야 되는 거 아닌가요?"

"도의적인 책임이요?"

"예. 이를테면 아이의 심리치료 경비를 담당한다든지……."

교장은 노골적으로 허, 참, 소리를 냈다. 억지도 보통 억지가 아니었다.

"그건 사건이 끝난 다음에나 찾을 방법이지요."

그때쯤 여자는 이만하면 됐다 생각했다. 학부모가 대화 내내 거친 반응을 보였으므로, 교장이 함부로 아이가 거짓말을 했다고 결론을 내릴 수는 없을 것으로 판단했던 것이다.

"암튼, 제가 말씀드린 보상비 문제는 염두에 두고 계세요. 나중에 다시 상의 드릴 테니."

끝까지 매몰차게 매듭을 톡 지은 여자는 인사도 하지 않은 채 교장실을 나왔다. 여자의 등 뒤에 교장의 경멸스러운 시선이 따갑게 꽂혔다.

✳

한편, 사건에 대한 수사가 진행되는 동안 피해자인 아이는 온통 즐거움의 연속이었다. 자신의 말 한 마디 한 마디에 어른들이 정어리 떼처럼 이리 몰리고 저리 몰리며 우왕좌왕하는 모습을 지켜보며 쾌감을 느꼈다. 자신에게 조금의 관심도 없었던 부모며 선생님이 세심하게 관심을 기울이는 것을 바라보면서 날아갈 듯한 기분이 되었다.

해서, 사건이 발생한 지 열흘쯤이 지난 어느 날, 돌봄 교실을 마치고 집으로 돌아오는 길에, 사건의 진실에 대해 고백을 하여 미리부터 사건의 내막을 자세히 알고 있는 이웃집 아이에게 낮은 목소리로 조심스럽게 물었다.

"내 연기 실력 어때? 죽이지?"

최창중

동양문학·자유문학 신인상, 대산문화재단 소설부문 창작기금 받음

소설집 『건배가 있는 삽화』, 『대설주의보』, 꽁트집 『우린 이렇게 산다우』

010-4739-9488, ks9488@hanmail.net

28667 충북 청주시 서원구 예체로 29번길 9, 103동 706호

며느리의 선물

송 재 용

하늘이 심통 사나운 시어머니처럼 얼굴을 잔뜩 찌푸리고 있더니 저녁나절부터 비를 좍좍 쏟아 부었다.

오창식은 집에서 혼자 밥을 먹으려니까 처량한 생각이 들어 우산을 펴들고 집을 나왔다. 오창식은 술 생각이 나 동네 입구에 있는 식당으로 발길을 옮기었다. 오창식은 제육볶음을 시켜놓고 식당 한쪽에 앉아 홀짝홀짝 소주를 마시기 시작했다. 식당 주인 순임이가 후줄근한 모습을 한 채 혼자 소주를 마시고 있는 오창식에게 다가가며 뜬금없이 여자 이야기를 꺼냈다.

"영감님, 내가 쓸 만한 여자 소개해 드릴 테니 만나보실래요?"

"눈이 삐지 않은 여자가 아니면 나 같은 늙은이를 거들떠보겠어?"

"영감님이 어때서요?"

"나이만 대추나무 연 걸리듯 오지게 주워 먹었을 뿐 내세울 거라고는 쥐뿔도 없잖남?"

"아직도 정정하시겠다, 논밭도 수월찮게 갖고 계시고, 아들이 사업해서 돈을 잘 벌고 있겠다, 내세울 게 왜 없어요?"

"고약한 여자 만나면 돈 뜯기고 속만 썩어. 몸 부실한 여자 만나면 병수발하느라 늦게 고생할지도 모르고……"

"건강하고 착한 여자를 만나면 될 거 아니에요?"

"요새 여자들은 내거는 조건이 많아 만나기가 겁난다고."

"영감님, 제가 보기에는 아직도 한 달에 둬서 번은 여자 살피듬을 만져야 할 거 같은데 그냥 해보는 소리 아니에요?"

"실없는 소리 그만하고 소주나 한 병 더 갖고 와."

순임은 입을 삐죽거리다가 냉장고에서 소주 한 병을 들고 왔다. 순임은 오창식 앞에 놓인 잔에 소주를 채우고는 다시 한 번 물었다.

"영감님, 죽을 때까지 정말 혼자 사실 작정이세요?"

"왜? 늙은이 혼자 사는 게 처량해 보이남?"

"나이 든 남자는 혼자 살면 아무래도 추해 보이더라고요."

"옷 자주 갈아입고, 몸뎅이 자주 씻으라고 앵앵거리는 소리 안 들으니까 세상 편하고 좋기만 하더구먼……."

"영감님도 아주머니가 돌아가시고 나더니, 수염도 제때 안 깎고 이발도 자주 안 하시는 거 같아요."

"밥 먹는 것도 귀찮을 때가 많은데 그냥저냥 살지 뭐……."

순임은 자리에서 일어나 주방으로 가더니 고춧가루를 푼 콩나물국을 들고 왔다. 순임은 자리에 앉더니 다시 한 번 오창식의 속마음을 떠보았다.

"영감님, 예순 갓 넘은 참하고 예쁘장한 여자 소개해 드릴 테니 만나 보실 의향 없으세요?"

오창식은 갓 육십 넘은 여자라는 말에 귀가 번쩍 뜨이는지 관심을 보이기 시작했다.

"그 여자 혼자 된 지는 얼마나 되었나?"

"아마 형부가 죽은 지 오 년 넘었지요."

"그러면 언니를 소개해주겠다는 거여?"

"친언니는 아니고 4촌 언니예요."

"그려? 그러면 한 번 만나볼까?"

요지부동이던 오창식은 소개해줄 여자가 순임이 사촌 언니라는 말을 들고 흔들리기 시작하였다. 수년 동안 순임을 겪어본 결과 인정도 많고, 순박해서 믿음이 갔기 때문이었다.

오창식은 4년 전에 마누라가 죽어 홀아비가 되었다. 오창식은 손수 밥을 지어먹고 빨래도 하면서 힘들게 혼자 살았다. 그리고 외로움을 잊으려고 농사일에 더 열심히 매달렸다. 비닐하우스에 오이, 고추, 도마도, 양파 등을 재배해서 읍내 장에 내다 팔기도 하였다. 그러나 아무리 열심히 일을 해도 외로움은 떨쳐버릴 수 없었다. 적적함을 달래기 위해 오창식은 집에 들어오면 으레 텔레비전을 켜놓았다. 텔레비전에서 나오는 뉴스나 연속극을 보려고 켜놓는 게 아니었다. 죽은 마누라 대신 텔레비전에 나오는 사람들의 목소리가 적적함을 다소나마 덜어주었기 때문이었다.

오창식 영감은 농업고등학교를 졸업한 뒤 면사무소에서 말단 서기로 오 년을 근무했다. 봉급도 적고 출세하기는 앵돌아진 거 같아 면서기를 그만두고 지금까지 농사만 짓고 살았다. 조상으로부터 물려받은 산이며 논밭이 많아 농사만 지어도 충분히 먹고 살 수 있는 형편이었다.

오창식은 슬하에 남매를 두었는데, 아들은 대기업에서 10여 년 근무하다가 튀어나와 조그만 회사를 경영하고, 딸은 결혼해 부산에서 조그만 음식점을 운영하고 있었다.

이틀 뒤 오창식은 오랜만에 이발을 한 뒤 신사복차림을 하고 10여 년이 넘은 짐차 포터를 몰고 읍내 솔 다방으로 나갔다. 다방 한쪽 구석에 자주색 바지와 알록달록한 셔츠 차림을 한 여자가 앉아 있었다. 오창식은 여자에게 다가가 "양순자 여사이신가요?" 하고 물었다.

"네, 제가 양순자입니다."

양순자는 엉덩이를 들썩하고 자리를 고쳐 앉았다.

"만나서 반갑습니다. 순임 씨가 소개한 오창식이라고 합니다."

양순자는 입술에 옅은 루지를 바르고 화장을 하여 나이보다 젊어 보였다. 염색을 했는지 새치가 하나도 없었다. 게다가 브래지어 안에 뽕을 넣었는지, 아니면 태어날 때부터 젖이 큰지 가슴이 동산만 하게 튀어나와 두 눈으로 똑바로 바라보기가 민망할 정도였다.

'저리 큰 젖가슴을 무거워서 어떻게 달고 다니나 모르겠네……. 하기는 바싹 말라붙어 있으나 마나 한 젖가슴 만지는 것보다는 백번 낫겠지…….'

인사를 나누고 오창식이 자리에 앉자마자 양순자 앞에 놓여 있는 스마트폰에서 '카톡' 하는 소리가 들려왔다. 오창식은 신기하다는 듯이 스마트 폰을 눈여겨보다가 양순자에게 물었다.

"무슨 차를 좋아하나요?"

"저는 블랙커피를 마실게요."

'얼씨구! 서양 사람도 아닌 주제에 쓴 커피를 좋아하는 거 보니 맨날 고기만 먹는 모양이구먼…….'

오창식은 물컵을 들고 온 마담에게 커피 두 잔을 주문했다.

양순자는 스마트폰을 만지작거리다가 입을 열었다.

"영감님은 스마트폰 안 쓰시나 보네요?"

"나는 전화만 걸고 받는 폰을 씁니다."

오창식은 양복 호주머니에서 폴더폰을 꺼내 탁자에 놓았다. 여기저기 긁히고 손때가 묻어 길에 버려도 아무도 거들떠보지 않을 고물 폰이었다.

"스마트폰으로 바꾸어야겠네요."

"아직도 전화 걸고 받기에 불편하지 않은데 천천히 바꾸지요."

‘아이구! 이 영감 말귀를 못 알아듣네…… 폰이 낡아서 바꾸라고 한 게 아닌데 동문서답을 하고 있잖아. 지금은 스마트 폰을 쓰는 영감들이 엄청 많은데 도대체 자식들은 뭐 하고 있는 거어…….’

“영감님, 요새 휴대폰으로 통화만 하는 게 아니고, 친구들하고 카톡도 하고, 놀러 가서 사진도 찍고, 연속극도 보고, 노래도 듣는 손안의 놀이 기구인 거 모르세요?”

“주워들어서 알고는 있지만, 비싼 전화요금 내면서 그런 거 할 필요 없지요.”

“영감님은 시간 때우고 갖고 놀 게 없어서 하루가 여삼추 같겠네요.”

“하우스며, 밭농사, 논농사 짓기 바빠 사시사철 낮잠 잘 겨를도 없구 면요.”

‘이 영감쟁이하고 만나봐야 재미라고는 눈곱만큼도 없겠구먼……. 스 마트폰이 없으니 나하고 카톡도 못할 거 아냐? 이따금 만나서 밥이나 먹자고 하고, 얼큰히 취하면 젖가슴이나 더듬으려고 덤빌 거 같은데 잘 못 소개받았구먼…….’

양순자는 가끔 맛있는 걸 먹고, 놀러 다니려면 승용차는 필수적으로 갖고 있어야 한다고 생각했다. 양순자는 마지막으로 승용차를 갖고 있 는지 궁금해 오창식에게 물었다.

“여기 올 때 승용차 몰고 오셨어요?”

“승용차가 없어서 1톤 화물차 몰고 왔지요.”

‘갈수록 첩첩산중이네……. 하기는 꿩 대신 닭이라고 화물차를 굴리니 승용차가 없어도 크게 불편하지는 않겠지…….’

“운전 배운 지는 얼마나 되었어요?”

“운전면허 딴 지가 하도 오래되어 기억이 가물가물하네요.”

‘음, 이 영감 자동차 운전은 잘하겠구먼……. 그런데 덜덜거리는 1톤

화물차를 타고 놀러 다닐 수는 없잖아……. 내가 콧바람 쐬러 여기저기 놀러 다니기를 좋아하는 거 빤히 알면서 순임이 그년은 옛날 고리짝 같은 영감쟁이를 왜 나한테 소개했는지 모르겠네. 하기는 세련되고 돈 많은 영감이면 나 같은 촌 여편네를 만나러 나올 리가 없지……. 보아하니 멋대가리는 없게 생겼어도 여자 말을 깔아뭉개거나 싹 무시하지는 않을 거 같은데 일단 사귀고 보자. 죽은 영감처럼 심심하면 젖퉁이를 주무르다가 속곳 벗기고 힘을 팍팍 쓰면 그게 남자로서 할 일을 다 한 것처럼 알거나, 내 말을 옆집 개가 짖는 소리처럼 한쪽 귀로 흘려버리거나, 먹다 말던 떡처럼 함부로 대하면 그때 가서 이 핑계 저 핑계 대고 안 만나면 되니까…….'

오창식은 다방 벽에 걸려 있는 시계를 쳐다보고는 양순자에게 물었다.
"순자 씨, 점심때가 다 되었는데 송어 회 먹으러 갈까요?"
"송어 회 좋지요."
양순자는 설렁탕이나 된장찌개를 먹으러 가자고 할 줄 알았다가 송어 회를 사준다고 하자, 찌그러진 얼굴이 약간 펴졌다.
오창식은 찻값을 치르고는 양순자를 앞세워 다방을 나왔다. 큰길가로 나와 택시를 타고 읍내 변두리에 있는 송어 횟집으로 달려갔다. 양순자는 택시에서 내리기 전에 백에서 돈을 얼른 꺼내 택시기사에게 주었다. 오창식은 지갑에서 돈을 꺼내다 말고 양순자를 나무랐다.
"아니, 내가 택시비 내려고 했는데 순자 씨가 왜 내는 거요?"
"밥값은 영감님이 내실 텐데, 택시비까지 부담시키면 제가 염치가 없지요."
양순자는 남자한테 마냥 신세 지는 걸 싫어한다는 투로 말했다.
오창식은 송어 회 1kg을 주문했다. 곁다리 음식이 먼저 나오고 한참 뒤에 회가 나왔다. 양순자는 초고추장에 채소와 회를 비빈 뒤 볼이 터지게 입안에 퍼 넣었다. 양순자의 콧잔등에 땀방울이 송골송골 맺히었다.

'이 여자 송어 회 안 사주었더라면 서운하다고 할 뻔했네……. 혹시 아침을 안 먹고 나온 거 아녀? 이 여자도 혼자 사는 처지이니 나처럼 끼니를 대충 때울 때가 많은 모양이구먼…….'

그들은 점심 식사를 마치고는 자판기에서 커피를 빼서 마당으로 나왔다. 오창식은 차를 보내달라고 읍내 택시회사로 전화를 걸고는 양순자와 나란히 마당 가 의자에 앉았다. 커피를 마시다가 오창식은 넌지시 양순자의 속마음을 떠보았다.

"순자 씨, 토종닭을 잡아 삼계탕을 끓여주고 싶은데 내 집에 한 번 오지요."

"고맙기는 한데, 영감님 집에 가기 전에 해결해야 할 게 있는데요."

"그게 뭐지요?"

"저하고 자주 만나려면 승용차가 있어야 하는데……."

양순자는 오창식이 기분 나빠할까 봐 눈치를 살피다가 말끝을 흐렸다. 양순자가 앞으로 계속 만날 뜻을 내비치자, 오창식은 거절하지 못하고 어정쩡하게 대꾸하였다.

"양 여사가 원한다면 승용차 살 수도 있지요."

"승용차 사면 저 만날 때마다 집으로 데리러 오실 거지요?"

"그거야, 그리 어려운 일은 아니지요."

"그러면 승용차 살 때 같이 가서 고르자고요."

그때 택시가 송어 횟집 마당으로 달려왔다. 오창식은 양순자와 함께 택시에 올랐다. 오창식은 읍내에 도착하자 집에까지 쭉 타고 가라고 양순자 손에 돈을 쥐여주고는 택시에서 내렸다.

오창식은 트럭을 몰고 집으로 돌아오다가 삼거리 식당에 들렀다. 순임은 기다렸다는 듯이 오창식에게 사촌 언니를 만나본 느낌부터 캐물었다.

"언니 첫인상이 어떻던가요?"

"건강미가 넘쳐나고 활달한 게 밉상은 아니더구먼."

오창식은 양순자를 만나는 동안 긴장한 탓인지 갈증이 났다. 오창식은 순임에게 물 한 컵을 달라고 하였다. 순임이 물을 갖다 주자 단숨에 들이키고는 후하고 깊은숨을 내쉬었다. 오창식은 숨을 돌리고는 고민거리를 털어놓았다.

"그런데 언니가 만나자마자 자기와 사귀려면 승용차가 있어야 한다고 미리 대못을 박더라고"

"이참에 승용차 한 대 장만하세요."

"요새 찻값이 보통 비싸야 말이지."

"큰돈 들이기 싫으면 중고차를 사시면 되잖아요."

"중고차는 잊을 만하면 고장 나고 애를 먹여 이왕 살려면 새 차를 사는 게 낫지."

"그러면 자식들보고 돈 보태달라고 해서 새 차를 사시든지……."

"이 나이에 승용차를 사겠다고 손을 내밀면 자식들이 선뜻 돈을 내놓을지 모르겠네……."

"혼자 된 아버지가 여자 만나 여생을 재미있게 보내겠다는데 못된 자식 아니면 모른 체하겠어요?"

"부모·자식 간에도 돈이 걸리면 죽기 살기로 싸우는 세상이라서 장담할 수 없구먼."

"자녀들 결혼한 뒤에도 이리저리 많이 도와주셨을 거 아니에요?"

"아들이 집 살 때 종중 산 팔아 나수 보태주었지."

"그러면 아버지가 차를 산다면 입 싹 씻지는 않겠네요?"

“순임이는 요새 자식들 사고방식을 모르고 있구먼? 부모가 자식 도와주는 건 당연한 걸로 여기고, 자식이 부모 도와줄 때는 있는 생색, 없는 생색 다 낸다는 말 못 들었어?”

“하긴, 재산 안 준다고 아들이 부모를 칼로 찔러 죽이기도 하는 세상이니 자식한테 함부로 손 벌리기가 쉽지는 않지요.”

“하여튼, 언니가 마음에 들기는 하는데, 조건이 까다로워 진퇴양난(進退兩難)이구먼…….”

“자식들이 돈 못 대주겠다고 잡아떼면 가진 땅 일부 팔아 차 사세요. 죽을 때 땅 등에 지고 가실 것도 아니잖아요?”

“정이 폭 들면 언니와 합솔할지 모르는데, 논밭은 갖고 있어야지 곶감 빼먹듯 야금야금 없앨 수는 없지. 내가 먼저 죽어서 언니가 홀로 되었을 때 손가락을 빨며 살 수는 없는 거 아녀?”

“두 양반 다 살 만큼 살았는데 하루하루 재미있게 사시면 그만이지, 먼 앞날까지 걱정하실 건 뭐래요?”

“남자는 여자를 자기 사람으로 만들었으면 죽을 때까지 책임을 져야지 무슨 소리를 하는 거여?”

“영감님은 너무 착해서 큰일이네요.”

오창식은 얼큰히 취할 때까지 소주를 마시고는 어스름이 내릴 무렵 사람들이 먹다가 남긴 돼지 갈비 조각을 비닐봉지에 싸갖고 집으로 향했다.

‘마누라는 어찌 일찍 죽어갖고 내 속을 왜 이리 복잡다단(複雜多端)하게 만드나 모르겠네. 마누라가 한 십 년만 더 살았더라면 다시 여자를 맞이할 생각은 하지 않을 텐데, 뭐가 그리 급하다고 저승으로 후딱 달려갔는지 몰라…….’

집 가까이 오자 삽살개 순돌이가 쪼르르 달려와 꼬리를 흔들며 오창식을 반기었다. 3년 전 새끼 때 동네 사람한테 얻어온 개인데, 무럭무럭 자라 절간 같은 집에 활기를 불어넣고, 또한 적적함을 덜어주었다. 순돌은 오창식이 논밭에 가면 졸졸 따라와 일하는 동안 주위에서 맴돌다 함께 집으로 돌아오곤 했다.

오창식은 개 밥그릇에 식당에서 챙겨온 갈비 조각을 쏟아놓고는 어서 먹으라고 순돌이 머리를 쓰다듬어 주었다. 순돌이는 꼬리를 흔들면서 정신없이 갈비 조각에 붙은 고깃살을 뜯어먹기 시작했다.

'아이구! 너도 혼자 된 영감쟁이 옆에 붙어살다 보니 끼니를 제때 못 찾아 먹고 참말로 안 되었다……'

오창식은 방에 들어와 불을 밝히고는 텔레비전을 켰다. 아랫목에 누워서 한 시간쯤 텔레비전을 보다 말다 하다가 스르르 잠들고 말았다.

이틀 뒤였다.

오창식이 점심때 된장에 찍어 먹으려고 고추를 따러 집 뒤 채소밭으로 가는데 휴대폰 벨이 울렸다. 오창식이 얼른 휴대폰을 귀에 갖다 대자 식당 순임이의 까랑까랑한 목소리가 울려왔다.

"순임 씨가 전화를 다 걸고 어쩐 일이여?"

"영감님이 승용차 언제쯤 살 건지 언니가 물어보라고 재촉해서 전화한 거요."

"장 여사, 성질 엄청 급하구먼. 잘하면 우물가에서 숭늉 내놓으라고 보채겠어?"

오창식이 투덜대자 순임이 은근히 겁을 주었다.

"그럼 영감님께서 승용차 살 마음 없다고 전해드릴까요?"

"그게 아니여! 사기는 살 건데 새 차로 살지, 중고차를 살지 아직 못 정했을 뿐이라고."

“그러면 언니한테 틀림없이 차 살 거라고 전해도 되지요?”

“알았어! 서둘러 차 살 테니 조금만 기다리라고 꼭 전해줘.”

순임이가 다그치는 바람에 오창식은 얼떨결에 차를 사겠다고 확약하고 말았다.

‘차를 사려면 적지 않은 돈을 마련해야 하는데 덜렁 대답부터 했으니 어쩌면 좋지? 땅 잡히고 농협에서 대출을 받을까? 2년 전에 대출받은 게 남았는데 또 빚내면 감당하기 힘들어서 안 되어. 아들보고 자초지종을 밝히고 차 살 돈을 보태달라고 하는 수밖에 없겠구먼. 딸은 먹고살기 빠듯하니까 알릴 거 없고……’

오창식은 점심을 먹고 잠시 눈을 붙인 뒤 아들한테 전화를 걸었다. 신호가 한참 동안 가도 전화를 받지 않고 지금은 고객의 사정으로 전화를 받을 수 없다는 음성만 들려왔다. 10분쯤 뒤에 다시 전화를 걸었지만, 아들은 여전히 전화를 받지 않았다.

오창식은 내키지 않았지만, 며느리한테 전화를 걸었다. 웬만한 일로는 전화를 걸지 않았던 터라 며느리는 전화를 받고 화들짝 놀랐다.

“아버님, 급한 일이라도 생겼나요?”

“그동안 잘 지냈냐?”

“아버님, 자주 못 찾아뵈어서 죄송해요.”

“살림하랴, 남편 사업 거들어 주랴, 바쁠 텐데 자주 안 오면 어떠하냐?”

아들이 일주일에 한 번 정도 안부 전화를 걸어오고, 며느리는 어쩌다 전화를 걸어왔다. 그런데 한 달 전부터는 아들하고 거의 통화를 할 수가 없었다.

“에미야! 여러 번 전화를 걸었지만 애비가 전화를 안 받더라.”

"요새 해외에 나가 있어서 전화받기가 어려울 거예요?"

오창식은 잠시 숨을 고르고는 전화를 건 이유를 며느리에게 밝히었다.

"다름이 아니라 너희들 내외하고 급히 상의할 일이 있는데, 주말에 잠시 촌에 다녀갈 수 있냐?"

"아버님, 무슨 일인데요?"

"전화로 밝히기 곤란하니까 시골에 오면 자세히 이야기하마."

"가능하면 주말에 찾아뵙도록 할게요."

"그럼 기다리마."

통화를 마치고 난 오창식의 목덜미가 땀으로 축축해졌다. 아들 내외한테 지금까지 아쉬운 소리를 한 적이 없는 터라, 차 사달라고 하기도 전에 가슴이 벌렁거리고 얼굴이 화끈거렸다.

사흘 뒤 금요일이었다.

점심때쯤 며느리 명희 혼자서 빨간 소형차를 몰고 오창식이 사는 시골 집에 들이닥쳤다. 명희는 차 트렁크에서 쇼핑백을 꺼내다 마루에 놓고는 이마에 흐른 땀을 손수건으로 훔쳐냈다. 오창식은 며느리 혼자 온 게 마뜩잖아 볼멘소리로 물었다.

"왜? 혼자 온 거여?"

"아직도 그이가 해외에서 안 돌아왔어요."

"젠장! 출장이 길어도 분수없이 길구먼."

명희는 쇼핑백에서 부스럭거리며 초밥을 꺼내놓았다.

"점심으로 드시게 초밥을 사왔는데 좋아하실지 모르겠네요."

"쌀 씻어서 밥 새로 지어놓았는데 그런 건 뭐하려고 사왔냐?"

"아버님 매일 채소만 드실 거 같아 못처럼 생선 좀 드시라고 초밥 사왔어요."

"잘 먹으마."

오창식은 냉장고에서 김치와 오이 무침을 꺼내다 식탁 위에 놓았다. 그리고 풋고추와 고추장을 내놓았다. 오창식은 며느리와 단둘이 마주앉아 밥을 먹으려니까 멋쩍었다. 지금까지 며느리와 둘이서만 밥을 먹은 적이 없어 낯모르는 사람과 밥을 먹는 거 같았다.

"아버님, 저희들하고 상의하실 일이 있다고 말씀하셨는데 무슨 일이세요?"

명희는 초밥을 서너 개 집어먹고는 오창식에게 물었다.

"얼마 전에 동네 입구 식당 주인 여자가 한 아주머니를 소개해줘서 만난 적이 있다……."

"집에 들이실 새 시어머니 감으로 만나신 거예요?"

명희는 눈을 깜박거리며 오창식 표정을 살피며 물었다.

"집에 당장 들이려고 만난 건 아니고, 우선은 둘이 맛있는 거나 먹고, 가끔 차를 몰고 놀러나 다닐 참이다."

"아버님, 그러면 연애 상대로 만나셨군요."

"이 나이에 연애는 무슨 연애냐?"

"그런데 아주머니 나이는 몇이나 되셨어요?"

"갓 예순 넘었다고 하더라."

"그러면 아직도 정정하시겠네요?"

"얼굴에는 아직 주름살이 많지 않고 피둥피둥하더라."

"열세 살이나 적은 여자를 만나시고 아버님 재주가 보통이 아니시네요?"

명희는 입가에 웃음을 물고 놀리듯 말했다. 오창식은 며느리가 폭삭 늙은 할아버지로 취급하는 거 같아 언짢았다.

"요새 아저씨 같은 할아버지가 얼마나 많은지 아냐? 나는 아직 동네 노인정에도 안 간다."

"그러나 저러나 상의하실 일이 뭔지 말씀하세요."

명희가 말머리를 돌리자 오창식은 드디어 본론으로 들어갔다.

"다름이 아니고 그 아주머니가 사귀려면 승용차가 있어야 한다고 까다로운 조건을 내걸더라."

"그 문제 때문에 여기까지 내려오라고 하셨어요?"

"차를 사려면 목돈이 필요한데 나 혼자 결정할 수 있는 게 아니라서 너희들 부른 거다."

명희는 잠시 생각에 잠겨 있다가 조심스럽게 물었다.

"그 아주머니 자기 차를 사 달고 하는 건 아니지요?"

"그런 염치없는 여자는 아니다."

"그러면 어떤 차를 원하세요?"

"나이가 들어 운전하기도 힘드니까 소형차를 사면 어떨까 한다."

"경차는 어떠세요?"

"여름에 에어컨 켠 채 고갯길 올라가면 빌빌거려 싫다."

명희는 난처한 얼굴을 하고 있다가 부채질을 하고 있는 시아버지에게 조심스럽게 말했다.

"아버님, 죄송한 말씀인데, 앞으로 사귀실 아주머니 잠깐 뵐 수 있을까요?"

"그 여자를 네가 왜 만나려고 하는 거냐?"

순간 오창식의 표정이 굳어졌다. 명희는 시아버지가 기분 나쁜 거 같아 차분한 목소리로 말하였다.

"잘하면 앞으로 시어머님이 되실 분인데, 미리 만나보는 게 좋을 거 같아서요."

"혹시 내 등이나 쳐먹을 여자가 아닌지 걱정돼서 만나보려고 하는 거 아니냐?”

오창식은 퉁명스럽게 쏘아붙였다. 명희는 오해를 풀어주려고 오창식을 설득하였다.

“아버님께 차를 사드릴 바에는 이왕이면 아주머니 마음에 드시는 차를 사는 게 나을 거 같아 뵙고 이것저것 여쭤보고 싶습니다.”

“그려? 그러면 내가 전화를 걸어 시간을 낼 수 있는지 물어보마.”

오창식은 휴대폰을 방에서 갖고 나와 양순자에게 전화를 걸었다. 신호가 가자 휴대폰을 타고 양순자의 상냥한 목소리가 울려왔다.

“서울에서 며느리가 왔는데 잠깐 시간 좀 낼 수 있소?”

“무슨 일로 날 만나려고 하는 거래요?”

“차를 사려면 이왕지사 양 여사 마음에 드는 차를 사주고 싶다는 거여?”

“그래요? 그러면 당장 만나야지요. 그전에 만났던 읍내 솔 다방으로 나가면 되지요?”

오창식은 통화를 마치고는 화장실로 들어갔다. 명희는 먼저 집 밖으로 나와 승용차 안에 널려 있는 물건들을 꺼내 쓰레기통에 버렸다. 그리고 에어컨을 미리 켜놓고 차 안의 열기를 식히며 오창식이 집에서 나오기를 기다렸다.

오창식은 전기면도기로 수염을 깎은 뒤 옷을 갈아입고 승용차 뒷자리에 탔다. 차가 큰길에 이르자 오창식은 며느리에게 물었다.

“읍내 가는 길 알지?”

“네……. 잘 알아요.”

“버스 정류소 옆에 솔 다방이라고 있는데 그리로 가면 된다.”

솔 다방 근처 길가에 차를 세우자마자 택시 한 대가 승용차 뒤에 와서 멈춰 섰다. 택시 뒷문이 열리더니 양순자가 양산을 펴며 택시 안에서 튀어나왔다. 양순자는 승용차에서 내리는 오창식에게 눈짓을 하고는 먼저 다방으로 들어갔다.

오창식과 명희도 양순자 뒤를 따라 다방으로 들어갔다. 세 사람은 에어컨 바람이 잘 불어오는 자리에 앉았다. 명희는 고개를 숙여 양순자에게 먼저 인사를 하였다.

"날씨도 더운데 갑자기 뵙자고 해서 죄송합니다. 강명희라고 합니다."

"만나서 반갑구먼."

명희는 오렌지 주스를 석 잔 주문하였다. 명희는 양순자 옷차림이며 얼굴을 살펴본 뒤 입을 열었다.

"아주머니께서는 남자분이 모는 승용차를 타고 놀러 다시는 걸 좋아하시는가 보죠?"

"나이 먹어서 크게 할 일도 없고, 집에 틀어박혀 있다가 답답하면 가끔 차를 타고 바람을 쐬러 다니고 싶을 때가 있더라고."

"그래서 아버님보고 승용차를 사시라고 하셨군요."

"꼭 놀러 다니는 거 좋아해서 차를 사라고 한 건 아녀?"

"그러면 다른 이유라도 있으세요?"

양순자는 찻잔을 만지작거리다가 뚱딴지같은 말을 내뱉었다.

"실은 오 영감님이 여자 말을 얼마나 잘 듣나 떠보려고 생떼를 써 본 거여."

"양 여사! 그럼 지금까지 나를 시험했단 말이여? 이제 보니 심보가 고약한 여자구먼."

오창식은 어이가 없는지 입을 씰룩거리다 목청을 높였다. 양순자는 겸연쩍은지 고개를 숙이고 있다가 한 맺힌 목소리로 말을 이었다.

"제 과거 이야기이지만, 죽은 영감은 나를 발톱의 때만큼도 안 여기고, 내 말을 콧등으로 흘려버리는 게 다반사여서 늘 서운하기도 했고, 내가 왜 사나 싶을 때가 한두 번이 아니었구먼요. 그래서 두 번째 영감은 나이가 많건 적건, 잘생겼건, 못생겼건 따지지 않고 제 말이라면 끔뻑 죽은 양반을 만나고 싶었구먼요."

"그런 가슴 아픈 사연이 있었군요. 듣고 보니 같은 여자로서 아주머니 심정 이해가 가네요."

명희는 고개를 끄덕이며 양순자의 말에 맞장구를 쳐주었다. 명희는 어색한 분위기를 바꾸려고 양순자에 물었다.

"아주머니, 그런데 차 색깔은 어떤 것을 좋아하세요?"

"며느님이 타고 온 차 색깔 곱고 새참하더구먼."

"차 크기는요?"

"기름값도 덜 들고 며느님이 모는 차 정도가 딱 좋아."

"그러세요?"

"실은 노인네들이 새 차 몰고 다니다 흠집이라도 내면 속상할 거 같아 중고차 타고 다니는 게 속은 편할지 몰라."

양순자는 며느리의 처분에 맡기겠다는 듯이 양보심을 최대한 발휘하였다.

"아주머니, 중고차 사 드려도 상관없으세요?"

"오래 탈 것도 아닌데 큰 돈 들여서 새 차 살 건 없지."

"그러면 제 차를 드릴 테니 두 분 타고 다니세요. 차 뺀 지 3년밖에 안 되어 고장 나거나 손볼 일은 거의 없을 거예요."

"뭐여? 네 차를 준다니 그게 무슨 말이냐?"

오창식은 자다가 홍두깨로 등짝을 얻어맞은 사람처럼 화들짝 놀랐다. 명희는 차를 넘겨줘도 크게 문제 될 게 없다고 차분한 목소리로 시아버지를 설득하였다.

"아버님, 이 차 말고 집에 그이가 모는 차가 한 대 있어요."

"어쨌든 안 된다! 우리가 네 차를 빼앗아 타다니 말도 안 된다."

오창식은 듣지 말아야 할 말을 들은 것처럼 펄펄 뛰었다.

"아버님, 중고차라 기분 나쁘세요?"

"새차고 중고차고 그게 문제가 아니다. 자식이 맛있게 먹던 밥을 뺏어 먹는 것처럼 염치없는 짓 하기는 싫다."

"아버님, 처음 부탁인데 새차를 사드리지 못해 정말로 죄송합니다. 실은……. 실은……."

명희는 말을 흐리다가 갑자기 고개를 숙이고는 손수건으로 눈가를 훔쳤다. 오창식은 의아한 표정을 짓고 넌지시 물어보았다.

"너, 갑자기 왜 눈물을 흘리는 거냐?"

"실은 그이가 지금 병원에 입원해 있습니다."

"아니, 애비가 병원에 입원해 있다니 그건 또 무슨 소리냐?"

갑자기 오창식의 얼굴이 굳어졌다. 명희는 손수건을 만지작거리다가 이실직고하였다.

"두 달 전에 회사가 부도 직전까지 몰려 그걸 수습하다가 과로로 쓰러져 병원에 입원했습니다."

"일찍 말하지 않고 지금에야 왜 그런 사정을 털어놓는 거냐?"

오창식은 화난 목소리로 며느리를 추궁하였다.

"아버님이 걱정하실 거 같아 말씀드리지 않았습니다. 정말 죄송합니다."

"그려서 애비한테 전화를 걸어도 통화가 안 되었구먼? 쯧쯧……."

오창식은 혀를 차다가 걱정되는 게 있어서 며느리에게 물었다.

"애비가 영영 못 일어나는 건 아니지?"

"의사가 일주일 뒤에는 퇴원할 수 있다고 하더군요."

"그럼 천만다행이다!"

오창식은 안도의 숨길을 내쉬었다. 명희는 백에서 자동차 키를 꺼내면서 사정조로 말했다.

"아버님, 내키지 않으시겠지만 제 차를 받아주세요."

"네 마음은 가상하다만, 회사 형편도 어려운데 네 차를 몰고 다닌들 내 마음이 편하겠냐?"

"회사가 아주 망한 게 아니니까 부담 갖지 마시고 제 차 받아주세요."

명희는 오창식 손에 자동차 키를 쥐여주고는 화장실에 다녀오겠다며 자리에서 일어났다. 오창식은 착잡한 얼굴을 하고 있다가 양순자의 의향을 물어보았다.

"양 여사, 며느리가 타던 차를 받아야 좋겠어? 안 받아야 좋겠어?"

"영감님한테 부담 안 주려고 내가 중고차도 일부러 좋다고 했으니까 못 이기는 체하고 받으세요."

"이제 보니 양 여사가 나한테 병 주고 약 주는구먼!"

오창식은 땡감 씹은 얼굴을 하고 볼멘소리를 내뱉었다. 양 여사는 입가에 웃음을 물고는 오창식을 살살 구슬리었다.

"영감님, 남자는 여자한테 지는 게 이기는 건 줄 아직도 모르세요? 고집 박박 세워 여자 눌러놔 봐야 얼마 안 가 후회한다고요."

"죽었다 깨어나도 나는 양 여사 말발은 못 당하겠구먼."

"차 생긴 기념으로 내일 영감님 집으로 삼계탕 먹으러 갈 테니, 며느리가 준 승용차 우리 집으로 몰고 올 생각이나 하세요."

"양 여사! 정말 삼계탕 먹으러 올 거여?"

"이 양순자 한 입 갖고 두 말하는 여자는 아니에요."

화장실에 다녀온 명희는 시아버지보고 다방에서 나가자고 재촉하였다.

"아버님, 바빠서 차 다루는 법을 간단히 가르쳐드리고 곧장 서울로 올라갈 테니 어서 나오세요."

명희가 서둘러 다방에서 나가자 오창식은 입을 쩝쩝거리며 양순자와 함께 며느리 뒤를 따랐다. 오창식은 다방에서 나오자마자 근처에 있는 농협 현금인출기 박스 안으로 들어갔다. 오창식은 현금카드로 인출기에서 5만 원권 20장을 빼냈다. 그리고는 은행 봉투에 돈을 담은 뒤 승용차를 세워놓은 곳으로 어정어정 걸어갔다. 오창식이 승용차 문을 열고 조수석에 앉자 명희는 시동 거는 요령이며 백미러 조정하는 방법 등을 오창식에게 자세하게 알려 주었다. 그런 다음 명희가 차에서 내리려고 하자 오창식은 돈 봉투를 내밀며 말했다.

"이거 애비 병원비에 보태 써라."

"아버님께서 무슨 돈이 있다고 이런 걸 주세요?"

명희는 돈을 받지 않고 사양하였다. 오창식은 정색하고 며느리를 꾸짖었다.

"적든 많든 어른이 주는 건 군말 없이 받는 거다."

"아버님, 무슨 말씀인지 잘 알았습니다."

명희는 두 손으로 돈 봉투를 받고는 승용차에서 내렸다. 오창식도 홀가분한 표정을 짓고 차에서 내렸다. 명희는 두 양반에게 공손히 인사를 올리고는 버스터미널로 향했다. 오창식과 양순자는 나란히 서서 멀어져 가는 며느리의 뒷모습을 바라보다가 승용차에 올랐다.

송재용

한길 문학동네 등단

소설집 『쓰다만 주례사』, 장편소설 『금강별곡』 외

중편 『쓰다만 주례사』 MBC 베스트 극장 방영

010-3355-8800, jysong8800@naver.com

28609 충북 청주시 서원구 경신로 67 주공 1단지 111-206

시인을 위하여

전 영 학

　　시인 박사묵 씨가 산으로 올라갔다. 높은 산이 아니라서 단조로운 등산로지만, 올라가지 않으면 안 된다는 결연한 표정으로 그는 등산용 스틱을 집어 들었다. 그래서 이번에야말로 그가 머리꼭지에만 매달고 있던 황홀한 영감을 이윽고 세상을 향해 내 풀지 않겠는가 기대할 수 있는 상황이었다.

　시란 모름지기 읽는 이의 가슴에 엑스터시를 불어넣는 마약 같은 것이어야 한다고 그는 말했었다. 그러므로 시를 쓰는 일은 즐겁고 행복하고 황홀해야 하는 것이었다.

　이런 그의 시 창작론을 듣다 보면 나도 은연중에 이 사람이 이 세상 누구보다 행복해 보이는 사람으로서, 그를 존경하고픈 염이 내심 몽글거리기도 했고, 더러는 나도 저토록 황홀한 시를 한 편 써보고 싶다는 막연한 소망이 생겨나기도 했다.

　하지만 정작 아무도 그의 시를 읽어 본 사람은 없다. 아니 시를 적어놓은 종이쪼가리 하나 본 바가 없다. 그 대신 나는, 좁장한 이마 위에 뻣뻣하고도 긴 머리카락, 언제고 눈알을 막고 있는 잉크병 마개만 한 까만 색안경, 그리고 짧은 인중과 빠른 하관에 듬성듬성 돋아난 누런 수염들을 그의 시 쪼가리로 연상해 낼 수밖에 없었다.

　그래서 그런지 그이 곁에 사람이 없었다. 아니 친구도 애인도 없어 보였다. 가족에게도 내침을 당했는지 집안 애기를 들어본 적이 없다. 그럼에도 그를 한 보름 못 만나면 여기저기 수소문하여 찾아 나서곤 하는 것이 스스로에게도 기이한 일이 아닐 수 없었다. 하지만 그것은 가식 없이 고백하건대, 그가 가지고 있는 묘한 매력 때문이었다.

그에게 매력 포인트를 발견하는 수위만큼 나는 내 직장 일에 지쳐가고 있음을 느끼고 있었다. 그를 세 번째 만나고부턴가 비유컨대, 내가 지하도 아래 어둠으로 곤두박질치듯 내려가는 중이라면 그는 내 앞에서 뚜벅뚜벅 계단을 올라 햇빛 쪽으로 나아가는 환상을 자주 갖게 하는 인물이었던 것이다. 이 묘한 망상이 그를 자주 찾아가야만 하는 요인이었겠지만, 그렇다고 내 삶이 활기를 찾는다거나 여건이 윤택해지는 건 아니었다. 오히려 점점 무기력해지고 혼미해 져 간다는 것을 스스로 느끼고 있었다. 이것은 어쩌면 일종의 중독이었다. 그를 만나고 나면 잠시나마 기분이 순연해지고 홀가분해지는 것이 꼭 그러했다. 중독이란 각자 개인 의지로 단절시키기에 역부족인 현상을 말한다면 나는 확실히 그에게 중독되어 있는 것이었다.

어떤 매력 때문에 그에게 중독까지 되고 만 것일까?

이런 자각이 부지불식 내 머리를 파고 들 때도 있었다. 그리고 그런 경우 대부분은 내가 그나마 내 주변에 손톱만 한 것일지라도, 무언가 유쾌한 일이 벌어졌을 경우였다. 오랜만에 만난 중학교 동창 녀석이 "너 옛날 그 실력, 그 포부 여전하구나." 하고 추켜 주었거나 대학 때 잠깐 사귀었던 여친이, "어머! 아직 멋져 보이시네요." 하고 호감을 보였을 때, 그것이 설령 립서비스에 불과할지라도 나는 그 순간 박사묵 씨를 지울 수 있었다. 또는 회사 부장이 불러, 이번에 성과가 괜찮았어, 얼마 안 되지만 격려금이야, 하면서 봉투를 내밀거나 로또 복권에 다섯 자리까지 맞아 백여 만 원을 챙겼을 때도 박사묵 씨는 잠시나마 내 머릿속에 묻어 있지 않았다.

그런데 이런 순간 내 머릿속을 떠난 박사묵 씨는 과연 어디를 떠돌고 있을까? 내 머릿속이 아니라면 아무 데도 가 머물 수 없을 것 같은 사람, 가여운 사람, 아니 나를 마약처럼 중독되게 한 사람, 그래서 나에겐 아주 대단한 사람.

　나는 그가 산을 향해 떠난 뒤, 무료한 시간을 꺾기 위해 평소 그가 신던 운동화를 꺼내 와 신고 다녔다. 그가 등산화를 신느라고 벗어놓은 이 운동화는 뒤축이 좀 닳긴 했지만, 그의 외양처럼 별나 보이진 않았다. 그는 평소 운동화만 신고 다녔다. 사람들은 자신의 품위를 드러내는 소지품으로 흔히 반지, 시계, 지갑 같은 것을 치지만 구두 또한 그 축에서 빠지지 않았다. 수백만 원, 아니 천만 원이 넘는 고급 구두가 아니더라도 얼굴이 비칠 정도로 구두코에 광을 내고 대리석 깔린 로비를 또각또각 걷는다는 것은 확실히 품격 높은 발걸음이 아닐 수 없었다. 하긴 운동화도, 특수 운동화로 치자면 수백만 원을 호가하는 것이 있다지만 박사묵 씨의 운동화는 그냥 일반적인, 그야말로 걷기에 발이 좀 편한 용도에 불과했다. 그런데 그럼에도 그가 시장 골목이나 보도블록 깔린 공원을 걸을 때면 무언가 모를 품격을 나는 느끼지 않을 수 없었다. 그만큼 그의 워킹 동작이 우아한 것도 아니었고, 걸을 때의 안색이 찬연한 것도 아닌데 말이다.

　그래서 나는 가만히 그의 보행의 품격을 생각해 보았었다. 그리고 그것이 그에 대한 분별없는 도취로 인해 나만이 느끼는 정상적이지 못한 판단 아닌지 의심도 해 보았었다. 하지만 품격과 별로 관련되지 않은 것이지만, 거부할 수 없는 사실은 그가 늘 걷는 행위를 즐겨한다는 사실이었다. 걸었다. 그는 무작정 걷는 사람처럼 보일 정도였다. 적어도 내 기억 속에 그가 정지해 있는 모습이라곤 각별한 상황 속에서 한두 번에 불과했다. 마치 강물을 거슬러 오르는 물고기가 지느러미를 멈추고 있으면 떠내려가듯이, 그는 떠내려가지 않기 위해 부단히 걷는 사람처럼 보였던 것이다. 나는 근면 성실하게도 그의 외형으로가 아니라, 걷기에 전념하는 내면을 보고 그를 매력 있는 사람으로 보았다고 할 수밖에 없었다.

사실 나도 걷는 일에는 이골이 나 있었다. 외판원이라는 직업상 매일 걷고 또 걸어야 했다. 어떤 날은 발이 부르트도록 아침부터 저녁까지 걸어야 할 때도 있었는데, 이 경우는 종교를 포교하는 자세로 회사 신상품을 홍보·판매해야 한다는 사시(社是)에 제대로 부합하지 못하고 있다는 상관의 질책을 만회하려 골몰할 때였다. 그럴 때 나의 발걸음은 천근만근 무거웠다. 내 쪼글쪼글한, 먼지 묻은 빛바랜 구두는 나의 걸음걸음을 감내할 힘조차 없어 보이기 마련이었다. 이 집 저 집, 이 사무실 저 사무실을 기웃거리다가 차라리 저 산속으로나 아니면 강물 속으로 홀연히 사라져 버릴까 하는 유혹도 여러 차례였다.

그런데 시인 박사묵 씨는 어쩌면 그렇게도 유연하고 표표히 걸을 수 있단 말인가. 나는 언제부턴가 외판 행각을 잠시 집어치우고 은밀히 그의 뒤를 밟는 일도 생겼다. 가만히 보니 내가 신상품을 홍보하고 팔러 다니는 데 비해 그는 시상(詩想)을 찾으러 다녔다. 그와 내가 다른 점이 있다면 나는 팔러 다니는 거였고, 그는 찾으러 다니는 것이었는데, 이 차이가 설마, 나를 묵자루처럼 처지게 하고 저쪽을 한 마리 나비처럼 사부랑 거리게 하는 것일까? 따지고 보면 파는 것이나 찾는 것이나 그 대상을 두고 내심 염원하는 목표의 질은 같은 것 아닌가.

그런데 굳이 차이라고 이름 붙이자면 하나가 있긴 했다. 이것은 내가 인정하고 싶지 않은 나름 구차한 것이지만, 그것 말고는 그 차이를 이해할 수 없는 것이기도 했다. 다시 말해, 나는 신상품을 취급하는 것이고, 그는 시상을 취급하는 것이다. 더 유식하게 말해, 내 것은 형이하학적인 것이고, 그의 것은 상학적인 것이다. 그러므로 시라는 것이 얼마나 위대하고 찬란한 것인가를 절감하게 되는데, 그렇다면 그것을 전혀 다룰 줄 모르는 내 머릿속은 그저 스스러울 수밖에 없었다.

내 일을 제쳐놓고 매일 그의 뒤를 밟은 건 아니지만, 그와 말벗이 된 얼마 후, 나는 내가 소유한 신상품, 내가 스스로 형이하학적인 것이라고 자괴하던 신상품이 그것을 구입해 사용해 본 사람들로부터 놀랍게도 호평을 받고 있는 걸 알았다. 그래서 나도 내 걸음걸이가 비록 비루하고 처절했지만, 제법 쓸모가 있는 거였구나 하는 자족감을 은연중 찾으면서, 시인 박사묵 씨 옆에서 그의 어깨와 내 어깨를 나란히 놓고 걸어 봤다. 내가 지금은 비록 호구를 위해 외판원 생활을 하지만 나도 대학 나오고, 교양 강좌에서 철학개론이라든가 심리학 같은 걸 들은 게 정녕 헛글은 아니었다 싶은 자신감도 그 저변에는 깔려있었다.

"제 걸음걸이가 그렇게도 가벼워 보이세요?"

그는 나의 한 달여 상상의 벽에 대고 뜻밖에 그렇게 반문했다.

그리고 또,

"저는 사장님의 발걸음이 그렇게 보였는데요."

라고도 했다. 그도 나를 어느 결엔가 눈여겨 보아왔음이 분명했다. 그리고 나를 사장님으로 호칭하는 데에 적이 당황하면서 그의 눈동자 깊은 곳을 잠깐이나마 또렷이 훔쳐볼 수 있었다. 우수랄까, 회한이랄까? 하여튼 발 걷는 품과는 전혀 다른 것이 그의 눈동자 속에는 아련히 박혀 있는 듯했다. 나는 용기를 내어 다시 말을 붙였다.

"나는 사장이 아니라 사원입니다. 그것도 외판."

"저도 시인이 아니라 수인입니다. 제 생각의 벽에 갇혀 있는."

그는 다시 '수인' 논거를 들고 나왔다. 내가 처음 그와 말을 섞었을 때, 그가 과감히 꺼낸 단어였고 그래서 우리가 말벗이 되었었다.

"이 세상 그 누가 신선 같은 '자유인'일 수 있겠어요? 가만히 따져 보면 나도 수인이지요."

"그건 아니에요. 생각의 벽에 갇힌 줄 모르는 사람은 얼마든지 자유인이지요. 요는 각자 자신의 분량과 수준에 따르는 것이니까요."

"그렇다면 그 수준과 분량을 낮추거나 줄이면 되는 거겠군요?"

나는 머릿속이 훤히 트이는 것을 느끼며 물었다.

"그게 어디 인위적으로 되나요?"

그는 가볍게 한숨을 날렸다. 내가, 그렇다면 시인은 운명적인 거로군요, 하는 표정을 짓자 그는,

"뚫고 나가기 위해선 내 영이 가볍고 투명해야 하는데, 그러자면 우선 몸을 가볍게 만들어야 하지요. 옛날 누구는 도를 깨쳐 하늘을 날았다고도 하지만, 지금의 나는 아직 그저 온종일 몸을 닦달이나 하고요. 이런 걸 해탈 또는 성화(聖化)를 향한 고행이라고 한다면 이게 고행 맞아요. 고행 끝에 혹 육신을 버려야 하는 상황이 온다면 기어이 버릴 수 있어야겠지요."

그의 두 눈은 어딘지 모르게 쓸쓸해 보였다.

우리 회사의 야심만만하던 신상품의 기세가 어쩐 일인지 졸지에 꺾이고 말았다. 워낙 부침이 심한 이 업계의 적나라한 현실이라고 해도, 우리 회사가 입은 타격은 엄청났다. 이 신상품으로, 그동안 피땀 흘리며 고생한 사장과 모든 사원이 충분한 보상은 물론, 새로운 차원의 도약을 의심치 않았기 때문이다.

하지만 먹고 사는, 땅 위에 발붙이고 부리나케 쏘다니지 않고는 그 경쟁을 이길 수 없는 이 판 위에서는 영원한 승자가 있을 수 없었다. 우리 회사 신상품이 조금 머리를 내미는가 싶자, 출처 불명의 짝퉁이 쏟아지

는데 가격마저 반값에 불과했다. 그 짝퉁을 경찰서에 고발하고 판로를 찾아 헤매는 등 부산을 떨었지만, 우리 제품이 소비자들에게 시들해질 때까지 속 시원한 해법이 나오지 못했다. 나는 그때 나의 사리 분별력을 몽롱하게 하는 부연 이물질이 내 머릿속에 구리 녹처럼 끼는 걸 느꼈다. 그래서 누구를 원망하거나, 누구에게 불평을 늘어놓는 것 따위가 허접한 쓰레기에 불과하다는 생각과 함께 방 안에 주질러 앉아 멍하니 색 바랜 바람벽만 바라봤다. 말이 없는 바람벽이 도리어 내 상대가 돼 줄 수 있다는 것을 처음으로 깨달았다. 이런 것을 도인(道人)들은 면벽구도라고 부를 것이었다. 그런데 그런 와중에 박사묵 씨가 꾸역꾸역 머릿속을 헤집고 들어오는 게 참으로 이상했다. 이런 걸 운명적인 관계라고 불러야 하나. 아니면 심리학적으로 데자뷔라는 것과 연관이 있는 건가.

전에도 무슨 일엔가 몰두할라치면, 즉 가가호호를 양치질하듯 방문하면서 신상품을 홍보·판매할라치면 불현듯 나도 모르게 머리를 파고드는, 내가 주체할 수도 없는 괴상한 잔상들에 나는 진저리를 칠 정도로 난감해하곤 했었다. 그 잔상들은 내 입장에서 아주 민망하거나 끔찍한 것들이어서, 만약 시간을 되돌릴 수 있다면 수만금을 들여서라도 정정해놓고 싶은 것들이었다. 그때 그 상황에서 나의 그 선택이 어쩔 수 없던 것인지는 모르겠으나, 지금 그것이 떠오르기만 하면 스스로 쪽이 팔려 얼굴이 붉어지는 내 머리 속에 침전된 불순물. 그런데 그게 왜, 무엇엔가 몰두하는 나에게 마치 유령처럼 현시하는 것일까? 나의 이 의문은 차츰, 내 진짜의 머릿속은 그 쪽팔리는 잔상들이 점령한 타락한 공간일지 모른다는 의구심을 불러일으켰다.

원래 사람의 유형을, 알트뤼스트과 에고이스트, 포지티브와 네거티브로 구분하는 기준이 있다면 나는 분명히 에고하면서도 네거티브한 쪽일 것이다. 나의 이런 성향을 나 스스로도 좋아하지 않았지만 민해는 더더욱 그러했다. 민해는 나를 사랑하게 되면서 나의 이런 성향을 고쳐보고자 면밀히 노력하기도 했다. 에고와 네거로 똘똘 말린 사람이 어떻게 타인과 어울리며 사람값을 할 수 있겠느냐는 것이었다. 그런데 희한한 것은 그녀가 내게 처음 시도한 것이 시를 읽게 하는 것이었다. 동서고금의 시에는 인간의 오욕칠정이 녹아 있고 정의와 사랑과 꿈과 지혜가 담겨 있다는 이유에서였다. 나는 유명 시인들의, 사람 입에 회자되는 시들을 읽고 외기 시작했다. 그리고 시인이 말하고자 하는 시어의 본질을 깨치려고 나름 노력을 해 봤다. 그러면서 시를 쓴 시인의 머릿속과 그의 입술을 종종 상상해 보았다. 하지만 나에게 시인은 확실히 위대했지만 사람 됨됨이가 명쾌해 보이지는 않았다. 달리 말하면 우유부단하거나 즉흥적이긴 했지만 현명하거나 절제가 있어 보이지는 않았다.

이런 나를 민해는 안타까워했다. 구제 불능의 심상치 않은 에고와 네거 소유자라는 것이었다. 시를 시답게 감상할 줄 모르는 사람의 뇌리에 끼어 있는 불순물을 제거하지 않고는 사람값도, 원활한 생업도 포기해야 할 것이라고 말했다.

하지만 나는 그녀의 말에 개의치 않았다. 시인이 위대하기는 하지만 그도 의식주를 해결해야 하는 유기체로서의 인간인 이상, 그 위대함이란 그 스스로 설정해놓고 마냥 뻐겨대는 환상의 성이거나 모래성이라고 나는 굳게 믿었다. 이 믿음이 되려 나를 불충분하나마 평안하게 했다. 하지만 민해에 의해 나는 완전히 구제불능이라고 판단되었고, 그는 미련 없이 내 곁을 떠났다.

나는 민해의 우려만큼 사람값을 못하는 것도 아니고 직장생활을 잘못하는 것도 아니었다. 내가 스스로 에고이스트라고 생각하는 것은 나 자신의 사람값이 미미하다는 판단의 결과이고, 그것은 또한 나를 지키기 위한 보호 본능의 한 방편일 뿐이었던 것이다. 아무도 나를 사랑해주지 않는데 나마저 나를 위해 기여하는 바가 없다면 나라는 개체는 생명을 영위해 나가기가 난감하지 않겠는가? 네거티브한 성향도 마찬가지다. 내가 내 주변에서 이름도 값어치도 없는 존재라는 건 의심의 여지가 없는데 그것조차 포기한다면 누가 나를 한순간이나마 눈여겨보겠는가 말이다. 더구나 의심과 의혹으로부터 새로운 것이 창조된다는 역사적 진화 과정을 도외시할 수 있단 말인가. 그래서 그것으로써 나는 나를 지키며 적절히 판매고를 유지하며 살아가고 있는 것이다.

민해의 오판과 달리, 나는 여럿이 섞여 사는 동네에서 잘 견디고 있고, 직장에서 외판원 업무도 누구 못지않게 수행해 나간다. 이것은 민해가 오로지 시에 눈이 멀었거나 시인의 감미로운 목소리에 청력을 도둑맞았기 때문이라고 나는 생각했다. 그러면서 내 주변에 시인의 이런 사술에 걸려들어 맥을 못 추는 사람들이 의외로 많다는 것을 알았다. 그리고 그 이유가, 현실적으로 우리네 삶이 너무 팍팍하거나, 또는 화장품을 민낯에 처바르듯 자신의 황량한 내면을 치장하고픈 열망 때문임도 알아냈다. 하지만 이러한 치장은 우리 삶을 그나마 윤기나게 해주는 필수 첨가물일 수도 있었다. 내가 시인을 주목하게 된 것도 이러한 연유였고, 그 무렵 내 눈에 띈 시인이 바로 박사묵 씨였던 것이다.

박사묵 씨를 처음 만났던 재작년 겨울에도 나는 구두 굽이 닳도록 가가호호를 방문하며 신상품을 홍보·판매하는 중이었고 그런 와중에 병적으로 되살려지는, 지금도 머리에 남아 무참히 나의 생기를 꺾어버리곤 하는, 어느 한 상황의 틈입으로 머릿속이 여간 불편하지 않던 날이었다. 딱 보아도 범상치 않은 얼굴 꾸밈새로, 팔이라고는 바지 주머니에 찔러 넣은 손을 몸통에 연결해주기 위해 달고 다니는 것 같은 사람이, 그

가느다란 팔과 갈비뼈 사이에 얄팍한 책 한 권을 끼고, 모래바람이 사나운 강기슭을 걸어가고 있는 모습을 뮤직비디오의 한 장면처럼 만나게 되었는데, 나는 직감적으로 그가 싯줄이나 쓰는 시인 나부랭이라는 걸 알아차렸다. 민해와의 설전과 반목 이후 시인에게서는 그 특유의 어떤 냄새가 난다고 생각해 오던 터였다.

그의 발걸음은 마치 세상의 모든 고통과 슬픔을 짊어지고 가는 듯한 양태라서 다소 역겹기도 했지만, 민해가 그토록 존중해 마지않던 시인 한 사람을 눈앞에서 찍었다는 나름의 뿌듯함도 없지 않았다. 나는 그가 강기슭 모래밭을 다 걸어갈 때까지 그의 휘청거리는 뒷모습을 지켜보았다. 저렇게, 융융거리는 된바람으로 나뭇가지가 꺾일 듯 춤출 때, 시인은 피 같은 시어를 짜내는 거라고 민해는 말했던 것이다.

지금 저 시인의 뇌리에는 어떤 시어들이 압착기 속 깨알들처럼 짜지고 있을까? 아니면 혹 나처럼, 내 쪽팔렸던 순간의, 무상으로 틈입하는 잔상 같은 것들에 시달리고 있는 건 아닐까? 예를 들어 내가 모처럼 만난, 옛날 어떤 여자 동창에게 "반갑군요!" 하면서 악수할 손을 내밀었을 때 "이건 아니지요." 하면서 그녀 얼굴에 그려진 막막하면서도 당찬 거부의 표정 앞에, 내민 손을 거두기 민망하여 어쩔 줄 몰랐던 기억이 오버랩되는 거, 이런 잔상들이 저 시인에게는 설마 없을까? 아니, 있었지만 다 승화시켰을지도 모르지. 그러니까 시인이지.

이윽고 그가 모래밭을 벗어나는 걸 확인하고 나는 부지런히 그의 뒤를 쫓았다. 그리고 그의 등 뒤에 이르러 말을 붙였다.

"실례합니다만, 시인이시죠?"

내 물음이 뜬금없었는지 아니면 무척 무례하지만 명쾌했는지 그는,

"저를 아십니까?"

하고 반문했다.

“모릅니다. 하지만 시인은 압니다. 댁의 발길이 세상을 다 짊어진 거 같았거든요.”

“틀렸습니다.”

그는 완강하게 거부의 뜻을 내질렀다.

“순전히 내 느낌이었습니다. 실례가 됐다면 용서하십시오.”

“나는 내 인생도 알지 못합니다.”

그의 좁은 얼굴이 더 작아 보였다. 나는 책에서 보던 시인과는 전혀 다른 일종의 파격, 아니 파괴력을 그 얼굴에서 읽었다. 그래서 지지 않고 말했다.

“시인이 아니면 누가 우리네 널브러진 인생을 위로해 줍니까?”

“시인은 신이 아닙니다.”

내뱉듯 지껄이고 그는 나를 거부하는 몸짓으로 표표히 사라졌다.

그리고 두어 주일 후 나는 상고대가 으깨지는 거친 들판 어느 밭두둑에서 그를 또 만났다. 그의 운동화에는 운두까지 진흙이 덕지덕지 붙어서 마치 옛날 죄수가 족쇄를 차고 걷는 것처럼 발걸음이 둔팍해 보였다. 나는 그의 뒤로 다가가 다시 물었다.

“발이 무거우실 텐데 왜 길도 아닌 좁고 질척한 밭두둑을 이렇게 걸어가십니까?”

“내겐 지금 이게 길입니다.”

“그렇다면 시인의 길이란 뜻입니까?”

“나는 시인이 아니라 수인입니다.”

그의 목소리가 순간적으로 갈라져 나왔다.

“수인이라면……? 짐승 같은 사람? 세상 법도에 갇혀 있는 사람?”

내가 그의 말꼬리를 잡고 되뇌자 박사묵 씨가 걸음을 멈추고 잠시 나를 뚫어지라 쳐다보더니,

"우리 앞으로 친구 합시다."

하고 손을 내밀었다. 그 손길은 마치 옛날 여자 동창의 막막하면서도 당찬 표정을 일거에 날려 버리는 파괴력이 있어서 나는 그의 손을 굳게 잡고 흔들었다.

박사묵 씨는 얕은 강을 찾아 죽음을 각오하는 자맥질로, 때로는 좁은 들판을 찾아 광야를 횡단하는 걸음새로 빈 강이나 외진 들판을 누볐다. 산을 찾을 때도 높지 않은 산 단조로운 등산로를 즐겼다. 그것이 결코 위장이거나 흉내내기식 기만이 아님을 나는 나중에 알게 되었다. 미안하지만, 시인은 탐험가가 아니라고 그가 말했던 것이다. 모름지기 시인이라면 범인이 행하는 수준의 상황에서, 어떻게 하면 범인들에게 활력과 기쁨과 감동을 주느냐에 초점을 맞춰야 한다고도 했다. 그래서 나는 점점 박사묵 씨에게 빠져들었다. 민해가 열거하던 동서고금의 그 많은 시인과는 딴판인, 내 눈으로 확인할 수 있는, 내 옆에 사는 시인을 만난 것이었다. 나는 종종 즐거이, 그가 허리를 눕히는 방을 찾아가기도 했다. 하늘을 날고 싶어 몸과 정신을 가볍게 하기 위해선지 그의 방은 항상 텅 비어 있었지만, 등산화와 스틱만은 언제나 방 입구에 자리 잡고 있었다. 좀 더 쉽게 날기 위해서는 산봉우리가 필요했을 것이다. 정녕 날아다닐 수 없음을 알지만, 그 꿈을 포기할 수도 없을 것이었다.

과연 그의 발걸음은, 일상에 지친 내 발걸음의 본이 되었다. 그를 보기만 해도 나는 충분히 활력소를 얻었다. 우리 모두, 너나없이 지구의 하찮은 일부일 뿐이지만 아무리 그렇다 해도 지구에서 시인은 필요했다.

그런데 문제는 그가 시를 발표하지 않는다는 데에 있었다. 내 곁을 떠나갔지만 어쩔 수 없이 직장에서 이따금 얼굴을 스치기 마련인 민해는 그게 무슨 시인이냐고 한 마디로 일축해버렸다. 사실 나도 그의 시를 보고 싶었다. 그의 시구는 능히 나를 전류처럼 감전시킬 것 같았고, 만약 그 전류를 체험하고 나면 내 머릿속의 뿌연 불순물, 생각지도 않는 순간에 게릴라처럼 쳐들어오는 그 창피했던 잔상들이 모두 불타 없어질 것 같았다.

　지금 그는 산에 올라가 있다. 높지 않은 산, 단조로운 등산로로 올라갔다. 등산화나 스틱이 없어도 그만인 그 산을 굳이 그걸 챙겨 갔다. 내가 이제 제발 세상에 시를 좀 내놓으라고 졸라댈 때 그는 웃기만 했다. 워낙 평범하지 않은 얼굴이라 웃음기를 띠어봤자 그 진의가 무언지 알아채기도 어렵지만, 하여튼 그는 며칠을 작정하고 올라갔다. '시를 발표하는 순간, 단 솥에서 김이 솟구치듯 모든 것이 허공으로 날아가, 내 골수를 이루던 그 언어들이 사라지면 나도 사라질 것만 같아.' 하던 말을 접고, 육신을 띄워 신선처럼 나는 대신, 시어를 바람처럼 띄워 그게 닿는 내 귀를 통해 머릿속 침전물이 불태워지기를, 나는 낮은 산봉우리를 바라보며 고대한다.

　그러면서 나는 그가 벗어놓은 운동화를 신고, 빗금 쳐진 도시의 횡단보도를 시간에 쫓기며 지금 횡단하고 있다.

전영학

영남대학교 문학상 단편소설 당선, 충청일보 신춘문예 단편소설 당선
공무원문예대전과 한국교육신문 문예공모 입선
소설집 『파과』, 장편소설 『을의 노래』, 에세이집 『솔뜰에서 커피 한 잔』
010-5468-0191, ayou704@hanmail.net
28604 충북 청주시 흥덕구 신율로 86번길 20

쿠르즈호

이 귀 란

생각만 해도 설렌다. 사흘째 잠을 못 자 눈이 충혈돼 있다.

여행은 생각만으로도 충분히 행복하다. 내 인생의 가장 소중한 것들을 챙기고, 그리고 없어서는 안 되는 귀한 사람들과 모두 함께 여행을, 그것도 세상에서 가장 멋지고 황홀한 쿠르즈 여행이라니 마치 꿈만 같다. 지난 봄 수학여행을 못 가게 완강하게 말린 아버지가 미안하다며 만들어준 완전 멋진 이벤트이다.

드디어, 우리는 출발을 했다. 나는 꿈꾸듯 배에 올랐다. 여기는 또 다른 지구이다. 내 눈길 속에 엄마, 아빠, 그리고 가장 친한 친구 선영이와 남자친구까지, 나는 엄마 아빠의 눈길이 머무는 곳에서 남자친구의 손을 잡고 선상을 한 바퀴 둘러보기로 하였다. 어마어마하다. 2만 4천 톤급 아파트 한 동만 한 크기이다. 나는 우선 크기에 압도되었지만, 그 위상만큼이나 설렌다. 선상으로 오르는 길목에서 우리를 맞아주는 멋진 하모니는 꿈속인양 아름답고 황홀하다. 우리는 차에서 내려 걸어 오르기로 했다. 세상에서 가장 몸집이 커다란 사람들이 들려주는 음악은 듣는 사람 역시 가장 행복한 사람이 되었다. 특히, 풍채가 우람한 유럽 아저씨가 부는 트럼펫 소리는 나를 충분히 황홀경에 빠트려주었다. 기대되는 여행이다.

이 배를 타고 지구를 한 바퀴 도는 거다. 그리고 세상에서 가장 아름다운 섬 몇 군데를 골라 그곳에 내려서 며칠간의 지상 여행을 한 후에 다시 크루즈로 올라 선상에서의 행복을 이어나가는 거다.

엄마와 아빠, 그리고 지난 수요일 만난 지 200일 기념 파티를 한 남자친구 준과 초등학교 시절부터 단짝인 친구 선영이, 모두가 함께여서 완전한 행복이다. 이제 나는 순간마다 스마트폰에 담을거고 마음껏 해피를 누릴 거다.

더구나 내가 가장 좋아하는 인피니트 화보집과 그들의 노래가 들어있는, 누구에게 언제라도 공감할 수 있는 스마트폰이 내 손에 들려있고, 언제나 내 모습을 볼 수 있는 거울 앱도 깔려 있다. 오색보석으로 수 놓인 머리빗, 그리고 누구에게도 보여준 적 없는 손바닥만 한 나만의 비밀 노트가 내가 아끼는 핸드백 속에 가지런히 들어있다. 이 노트는 준을 위하여 준비했다. 한 손에 쥐어지는 작고 예쁜 노트는 한 면은 내가, 다른 면은 준이 기록하기를, 그래서 우리만의 비밀 노트를 기록하고 싶어서 일부러 마련한 거다. 지금 내 기분은 눈앞에 펼쳐진 끝없는 하늘색이다. 푸른 바다와 같이 언제나 맑음이다.

드디어 부산에서 배를 타고 출항을 한 지. 이틀이 지났다. 나의 준은 아름답게 흘러내린 턱선과 쌍커풀 없는 얄팍한 눈, 보석같이 빛나는 눈동자, 백옥같은 치아 등, 한 군데도 보정하지 않은 전체적인 그의 모습은 보고만 있어도 마음이 설렌다. 이렇게 멋진 남자와 오대양 육대주를 여행하며 함께 먹고, 한 공간에서 24시간을 호흡할 수 있다니, 이건 완전히 꿈이다. 그런데 준은 지성미까지 갖추고 있어 부모님도 완전 만족하신다. 저쪽 난간에 미끈한 다리를 길게 늘여 기대어 서서 엄마, 아빠, 그리고 친구인 선영이에게 무어라 말을 하기에 다가가 무슨 말을 하나 들었더니, 처음 우리가 이 크루즈를 승선할 때 들려주던 밴드의 음악을 설명해주고 있었다. 나는 기분이 아주 흐뭇하다.

더 이상의 만족은 내 생에 없을 거다. 요만큼만, 꼭 오늘만큼만 생이 계속된다면 나는 이 완전한 행복을 기억 창고에 고이 보관하여 두고두고 꺼내 느낄 예정이다. 살다가 힘들고 지칠 때 공부가 안돼서 짜증 날 때마다 나는 오늘을 기억하며 위안을 찾을 것이다. 나에게 주어진 특별한 환경, 늘 나를 만족시켜 주시는 부모님, 편안한 친구, 멋진 남친, 더 바랄 게 없다. 그래서 나는 이 여행이 끝나고 다시 부산에 내리게 되면 틈나는 대로 불우이웃들을 도우며 살아가리라 마음먹었다.

1인용 객실인 내 방으로 가는 길은 엘리베이터를 타야 한다. 신기하다. 나는 엄마 아빠의 시선을 등으로 받으며 선영이와 준과 함께 엘리베이터 앞에 섰다. 문이 열리고 첫걸음을 떼는 순간 발이 허공을 딛는 느낌이 들어 헛디뎠다. 무릎이 굽혀지고 몸이 준이 쪽으로 몰리자 준이가 와락 잡아 세워주었다. 크루즈호는 고요하고, 요동이 없는데 왜 이럴까? 살짝 두려운 마음이 들었지만 뭐, 지난 사흘 잠을 못 자서 그럴 수도 있는 일이다 생각하며 기분전환 하려고 고개를 돌려 바다를 바라보았다. 찰나의 순간, 눈앞에 파란 바다가 핏빛이 되고 맑았던 하늘이 먹빛으로 물들었다 사라지는 걸 보았다. 뭐지? 빈혈인가, 의아하면서도 아마 약간의 긴장감 때문이겠다 싶어 서둘러 객실로 들어왔다. 시간이 꽤 지났으므로 우리는 내일 아침 만나기로 하고 각자 방으로 들어가 쉬기로 했다.

내 방으로 들어와 문을 닫고 닫은 문에 그대로 기대어 섰다. 뭐였지? 조금 전 스치던 핏빛 바다, 먹빛 하늘이 거슬린다. 나는 내 가슴에 손을 대고 토닥토닥 나를 위로했다. 괜찮아, 아마 내가 피곤해서, 너무 긴장해서 그러는 거야. 스스로를 위로했다. 마음이 따뜻해졌다. 그리고 나는 깊이 모를 나락으로 빠져 잠이 들었다. 얼마나 잤을까? 누군가 격하게 흔드는 손길에 눈을 떴다.

아빠가 근심스러운 표정으로 나를 내려다보고 계셨다.

"보라야, 정신 좀 차려봐라. 웬 아이가 그렇게 헛소리를 지르며 잠을 자냐, 응?"

밤은 깊었고, 모두들 피곤해서 깊은 잠에 빠져들었다고 한다. 우리 일행은 기대감에 며칠 동안 잠을 이루지 못하다 피로가 밀려 다들 정신없이 잠을 잤다고 한다. 일찍 잠이 깬 준이 복도를 지나다 내가 지르는 소리에 놀라 아버지를 깨웠다고 한다. 모두들 근심스런 표정으로 나만을 내려다 보고 있는 것이다.

"보라야, 어디 아프니? 너무 피곤했나, 왜 그러니? 무슨 애가 그렇게 자면서 박박 소리를 지르냐? 놀랐잖아."

순간 나는 부끄러웠다. 보여서는 안 되는 장면을 들킨 것처럼 얼굴이 화끈 달아올랐다. 근심스런 얼굴로 병원으로 가 보아야 하지 않겠느냐는 말에 아빠는 좀 더 두고 보자고 말리셨다.

생각해보니 알 수 없는 무수한 손길이 자꾸 괴롭혔던 것 같다.

나는 얼쑹덜쑹했던 꿈 이야기를 해주었다. 그런데 이상한 건 꿈인지 생시인지 구별할 수 없을 만큼 기억이 섬뜩했다.

준이 마실 물을 주었다. 아버지는 등을 토닥여 주며 이제 실컷 잤으니 괜찮을 거라며 더 쉬게 하라고 이르고는 나가셨다. 준이마저 아버지의 뒤를 따라 나가려 하자 나는 그를 불렀다. 무서웠다. 왜인지 알 수 없지만 혼자 있기가 싫었다.

"지금 시간이 얼마나 됐어?"

"한국 시각으로 저녁 식사 시간이 끝나고 8시 30분이야. 지금 갑판 위에서는 파티가 한창이야. 나가서 맑은 공기 쐬다 보면 기분이 좋아질 거야."

나는 준이를 따라 나섰다. 기억해보니 아까 엘리베이터를 타다 발을 약간 헛디뎠던 생각이 난다. 몸이 끈적거리는데, 샤워를 하지 못해 찝찝한, 그런 느낌이 든다. 아무래도 샤워를 해야 할 것 같다.

탕! 탕! 탕!

'어?'

하는 순간 준이 갑자기 몸을 돌려 나를 감싸 안았다.

그동안 들어오던 음악 소리 외에 총소리가 간헐처럼 들려왔다. 사람들의 고함이 어수선하다. 준이는 필사적으로 나를 감싸고 다시 객실로 들어와 가장 구석지고 안전한 화장실 옆에 딸린 손바닥만 한 룸에 숨었다. 이곳은 겉에서 보면 문이 없어서 숨기에는 안성맞춤이다. 우리는 숨소리도 내지 못하고 고요히 지금의 사태가 어서 잠잠해지기를 기다렸다. 나는 눈을 동그랗게 뜨고 준을 바라보았다. 준이는 손가락으로 입술을 가리며 조용하라는 신호를 보냈다.

우당탕, 구둣발 소리가 들리고 방마다 다니며 문을 열고 닫는 소리, 철그럭 철그럭, 강한 쇠붙이가 무언가에 부딪는 소리, 무언가 부서지는 소리, 바퀴가 제멋대로 굴러가 어딘가에 부딪치는 소리, 천국만 같던 크루즈호가 순식간에 아수라장이 되었다. 바로 몇 시간 전에만 해도 완전한 행복을 누렸었는데, 순식간에 지옥의 가장귀에 달라붙어 있는 듯한 기분이 들었다.

엄마, 아빠는 어떻게 된 건가? 이게 도대체 무슨 일인가? 궁금했지만 준이는 내 입을 틀어막고 필사적으로 몸을 숨기고 있었다.

얼마나 지났을까? 우리는 총을 든 우락부락한 사람들에게 들키고야 말았다. 그 사람들은 발로 무조건 벽을 차고 총을 쏘며 여기저기 숨어 있는 사람들을 찾아냈다. 나는 온몸이 사시나무 떨리듯 떨렸다. 하나같이 술에 취해 얼굴들이 불콰하다. 어젯밤, 엘리베이터를 타려는 순간 눈앞을 스치던 핏빛 바다, 먹빛 하늘이 생각났다. 무슨 징조였을까? 말은 못하고 눈만 끔뻑이며 준이를 바라보았다. 준이의 표정은 침통했다. 우리는 그들에게 끌려가 갑판 위에 세워졌다. 갑판 위에는 수많은 사람이

밧줄로 양손을 묶인 채 부들부들 떨고 있었다. 희미하게 비추는 달빛을 도움 삼아 살펴보니 해적선이 쳐들어온 것이었다. 웹툰에서 보던 그 모습, 영락없었다.

'엄마, 아빠는? 선영이는?'

준이는 눈알만 뒤룩거릴 뿐, 절대로 입을 열지 않았다. 순간, 저쪽에서 한 무리의 사람들에게 총을 쏘자 잠자리 날개같이 아름다운 옷에, 멋진 신사복에 피가 비추고 흘러내렸다.

사람들은 아무도 말을 하지 못하고 그저 떨기만 하고 있었다. 나는 정신을 차릴 수가 없다. 내 의지와 상관이 없이 몸이 와들와들 거린다.

해적들은 해골 모양의 마크를 가슴에 달고 자신들이 해적이라는 사실을 드러냈다.

닥치는 대로 부수고 갈취하고 죽였다. 그들이 지나는 자리마다 술 냄새가 진동을 한다.

이건 분명 꿈일 거야, 아니면 영화를 보는 걸 거야. 나는 그들과 눈이 마주치지 않도록 노력하며 상황을 살폈다.

영락없이 영화에 나오는 듯한 해적 두 명이 징소리가 요란한 구둣발로 이리저리 갑판을 오가며 사람들의 낌새가 이상하거나 조금의 움직임만 있으면 가차 없이 쏘았다.

선장은 벌써 죽었는지 보이지를 않고 트럼펫을 멋지게 불던 아저씨도 무거운 몸을 난간에 기대어 서서 떨고 있었다.

수많은 사람이 이방, 저 방에서 끌려 나와 그대로 죽임을 당했다. 나는 갑판 머리 쪽에서 낭자하게 흐르는 피, 그 위로 사람들의 시신이 산더미처럼 쌓여있는 모습을 보고 머릿속으로는 계속하여 이런 생각을 하였다.

'이건 분명 꿈일 거야. 꿈에서 난 지금 한 편의 영화를 찍는 걸 거야.'

라고.

결국, 바다 위에 떠 있는 나만의 왕국만 같던 크루즈호에 500여 명의 탑승객이 해적들의 총질에 다 죽고, 남아있는 사람들은 20여 명뿐이었다. 눈동자를 이리저리 굴려 보니 엄마, 아빠, 그리고 필사적으로 나를 감싸고 있는 준이는 안전한 것 같다. 그런데 선영이, 내 가장 사랑하는 친구 선영이가 보이지 않았다. 아직 잡히지 않고 제 방에 숨어 있다면 천만다행이다. 제발 그러기를 마음으로 간절하게 빌어본다.

선영이는 언제나 내 편인 친구다. 유난히 짜증 나던 작년 겨울 수학 시간에 앞 친구의 뒤통수를 연필로 콕콕 찍자 참다못한 보람이가 소리를 꽥 지르고 누구냐, 순순히 나오라는 선생님의 말씀에 교실은 순간의 정적상태가 되었었다. 나는 늘 그렇듯 예의 그 표정으로 내숭을 떨고 있었다. 머리카락 떨어지는 소리까지 들릴 듯한 고요한 순간, 선생님은 지휘봉으로 교탁을 톡톡 친다. 한 번, 두 번, 세 번을 치고 나면 어떤 일이 일어나리라는 것을 우리는 다들 알고 있다. 드디어 선영이 일어나고 그날 맞은 종아리에 검붉은 피고름이 두 달이 넘도록 내 마음을 흔들던 친구이다. 남자친구 준과도 헤어질 뻔한 고비마다 이쪽저쪽 다니며 오해를 풀어 이제는 완전한 믿음의 친구가 되도록 도와주는 친구이다. 며칠 전에는 준과 만난 지 200일 기념 날에 선영이 함께 파티도 하고 영화도 보고 했었는데…….

나는 세상 한쪽을 잃은 것만 같다. 나도 모르게 흐흑 소리와 함께 눈물이 주르르 흘렀다. 순간 준이가 손가락으로 쿠욱 찌르자 정신을 차릴 수가 있었다. 자기의 눈을 껌뻑여 보이며 눈물 보이지 말라는 신호를 보냈다. 나는 꿀꺽 두려움을, 울음을 삼켰다.

해적들은 사정없이 배 안의 모든 것들을 갈취하였다. 이제 필요한 여자들만 데리고 가면 된다고 자기들끼리 중얼거렸다. 노랑머리 꼬마 여자

아이가 겁에 질려 딸꾹질로 이상 현상을 나타내고 드디어 울음보를 터트리자 그대로 총을 쏘았다. 옆에 서서 울고 있는 엄마의 절규 속으로도 가차 없이 총알을 쏘았다. 모두가 술에 취해 이성을 잃은 짐승들이다. 이건 지옥인 거다. 지옥의 아귀도가 이럴까, 끔찍하다. 하늘은 새카맣고 아무도 누구에게도 도움을 청할 수 없었다. 끔찍했다. 해적들은 크루즈호에 올라서자마자 전기시설을 차단하고 전화선을 모두 끊었다. 스마트폰을 모두 일제히 빼앗아 바닷속으로 던졌다. 다행스럽게도 내 스마트폰은 내 방의 침대 속으로 숨겨 놓았다.

나는 갑자기 침착해지기 시작했다. 살아남아야 한다는 생각이 내 머리를 지배하는 순간 정신을 가다듬었다. 분명 어디에선가, 어느 나라의 위성으로라도 이 상황이 감지될 것이다. 아무리 갑작스러운 상황이라 해도 이런 변화를 인지하게 될 것이고, 그러면 반드시 구하러 올 것이다. 그때까지 어떤 수단을 동원해서라도 우리는 살아남아서 다시금 나를 기다리는 행복을 누리며 살 것이다. 아니, 이미 비상 신호체계가 전달되어 구하러 오고 있는지도 모를 일이다.

나는 어서 이 상황이 끝나 주기를 바랐다. 속히 구조선이 와 주기를 마음속 깊이 기도를 하였다. 기도는 선영이가 하도 졸라서 꼭 한 번 따라가 본 교회에서 배운 적이 있다. 나에게 무조건 잘해주고 늘 내 편인 친구를 위하여 '친구초청잔치'라기에 따라가 주었었다. 마음이 편안했던 기억이 나고, 사람들이 눈을 감고 기도를 하는 모습은 이런 세계도 있는지를 알게 해주었다.

얼마나 지났을까? 지쳐서 깜빡 잠이 들었는가 보다. 고개를 끄떡이며 졸다 아차 싶어 깨어보니 해적들은 크루즈호와 해적선을 오가며 필요한 물건을 자기네 배로 옮겨 싣고 있었다. 몇몇은 자기들이 타고 온 배와 우리가 타고 온 크루즈호에 나눠 타고 감시를 하더니 자기들끼리 무슨 의

논을 하는 것 같았다. 나는 두려웠다.

불행인지 다행인지 크루즈호에 남아있는 18명 중에 내가 지명이 되었다. 해적이 50여 명, 크루즈호에 남은 승객 17명이 지켜보는 가운데 나는 갑판의 중앙으로 끌려나갔다. 손가락을 까딱까딱 나에게 나오라는 시늉을 할 때 극도의 공포가 어떤 것인지 온몸으로 체험을 하였다. 내 몸은 내 의지와 상관없이 마구잡이로 떨렸다. 나는 앞으로 나갈 수가 없었다. 그대로 주저앉을 지경이 되어 엄마 아빠와 준의 얼굴만 번갈아 보고 있었다. 그러자 2명의 해적이 철커덕 소리를 요란스럽게 내며 다가오더니 내 양팔을 잡고 끌기 시작을 하였다. 나는 두 다리를 질질 끌리며 고개를 돌려 소리를 질렀던 것 같다. 겁에 질려 소리가 목 안으로 감기기만 하였다. 엄마는 숨도 제대로 쉬지 못하는 것 같았고 아빠는 두 손으로 입을 막고 부들부들 떨고 있었다. 죽도록 자기표현을 참고 있는 듯 보였다. 준이의 눈은 토끼 눈이 되었다. 준이 그들에게 두어 발 다가서며 무어라 말을 하려 하자 준이를 둘러싼 2명의 해적이 총을 들어 쏠 자세를 취했다. 순간 아빠가 급히 손사래 치며 준이를 잡아 끌어들였다.

나는 주인공이 되었다. 아니, 살아남은 크루즈호의 대표가 되었다. 그들은 자기들끼리 키득거리더니 한 명이 내 앞으로 건들거리며 다가와 섰다. 그리고 알 듯, 모를 듯한 말로 내가 소지하고 있는 물건 중에서 10가지를 내놓으라는 것이다. 시간은 10분을 준다고 하였다. 나는 여행을 올 때 짐을 최소한으로 줄이기 위해 갈아입을 옷 이외에 준비해 온 10가지를 생각했다. 다리는 덜덜 떨리면서도 그들의 요구에 성실하게 응하지 않으면 우리 모두 죽을 것 같아 최선을 다해야 한다고 다짐했다.

나는 지금 여고 2학년, 18살이다. 이대로 죽을 수는 없는 일이다. 어떡하든 이 상황에서 살아남아야 한다. 지혜롭고 명쾌하게 지금의 문제를 풀어나가야 한다. 누구의 도움도 누구의 간섭도 용납되지 않는 그야말로 절체절명의 순간, 그 칼날 위에 서 있게 된 것이다.

　나는 그동안 그다지 어리지도 그렇다고 어른도 아니지만, 어느 만큼은 삶에 있어서 자신했었다. 처음 준이를 만났을 때 끌리던 감정, 그래서 그 애를 만나러 나갈 때면 마음을 가다듬고 가장 멋지게 꾸미고 정신을 집중하여 그 애에게 매력을 발산하기 위하여 노력했었다. 삶은 노력하는 사람의 것이니까. 하다못해 카톡으로 문자를 주고받을 때에도 글씨 하나, 이모티콘 하나에도 각별하게 선택하였었다. 순간의 노력이, 순간의 선택이 평생을 좌우한다던 아빠의 잔소리, 절실하게 기억이 난다. 그때처럼 하기로 해보았다. 죽기 아니면 까무러치기, 투기이다. 내가 알고 있는 다른 방법은 없으니까. 이렇게 마음을 먹고 내 앞에 버티고 선 그들의 요구에 성실하게 임하기로 마음먹었다.

　나는 침착하게 내 방으로 가 침대 위에 소지품을 올려놓았다. 2명이 따라와 방문 앞에 버티고 서서 나의 일거수일투족을 감시하고 섰다.

　여행 올 때 준비해 온 10가지 중에서 휴대폰을 뺀 나머지를 무엇으로 채울까 궁리를 하며 머릿속으로 정리해 보았다. 인피니트 화보집, 보석이 달린 거울, 비밀 노트, 달러, 침대 위에 널브러진 초콜릿, 그리고 무지갯빛 스타킹, 최고급 구글 선글라스, 그리고 유사시에 방어용 가스가 분출되는 만년필, 프라다 핸드백, 마지막으로 스카프를 내놓았다. 방 문 앞을 지키던 남자 중 한 사람이 저벅저벅 다가오더니 초콜릿을 들어 자기 입으로 먹어치웠다. 그리고 다시 열 가지를 채우라는 시늉을 한다. 잠시 주춤거리자, 그 사람은 미간을 찡그리며 손가락을 까딱거렸다. 나는 억울하였지만 거역할 수 없었다. 할 수 없이 손목에 차고 있던 너무도 아끼던 팔찌를 빼놓았다. 그들은 흐뭇한 미소를 짓더니 열 가지를 들고 나를 끌고 갑판 위로 올라갔다.

　해적들은 낡아빠진 가죽 지도 같은 것을 꺼내더니 거기에 하나하나 목록을 적었다. 그리고 얼굴이 온통 털로 뒤덮인 덩치가 산만한 사람이 내가 내놓은 열 가지 물건과 함께 나를 선실로 끌고 들어갔다. 선실은 배를 조종하는 키와 선장이 앉아 있었을 법한 자리, 그리고 그 벽에까지 온통 핏칠로 범벅이다. 숨이 끊어지는 마지막 순간까지 선장은 배의 키를 놓지 않은 것 같다. 꺼억, 서러움이 올라온다. 그래도 다행인 것은 그들 중 영어를 하는 사람이 있어 얼마간의 소통이 가능했다.

　그는 나를 향해 엄중한 목소리로 네가 가장 아끼는 10가지 중에 지금 당장 2가지를 고르라고 하였다. 지금 이 배는 매우 위험하니까 짐을 줄여야 살 수 있다는 것이다. 너무도 어이가 없었지만, 나의 처분만을 기다리고 있는 17명의 목숨이 나에게 달려 있다는 거다. 나는 아주 잠깐 망설였으나 이런 상황에서 인피니트의 화보집이 무슨 소용이 될까 싶어 얼른 화보집을 내주고 빛의 속도로 고민한 결과 거울을 골라 들었다. 털북숭이는 자신의 대장에게 2가지를 가지고 가더니 잠시 후 다시 와서 남아 있는 8가지 중에 또 2가지를 내놓으라고 하였다. 나는 눈을 크게 떠 그를 바라보았으나 그에게서 풍기는 포스에 질려 잠시 고민에 빠졌다. 그는 '배가 무거워 가라앉으려고 하니 짐을 줄여야 한다'고 소리를 질렀다. 참으로 어이가 없는 일이다. 나는 입술이 부르르 떨리며 자꾸만 울음이 미어져 나오려는 걸 참아냈다. 나는 고민한 결과 사람이 중요하지 물건이야 또 만들면 된다는 생각에 거울과 비밀 노트를 그에게 내주었다. 그는 빙그레 웃으며 구글 선글라스를 들어 제 머리 위로 올려 쓰고, 달러를 와락 집어 주머니에 넣고는 나가버렸다. 이제 남은 거라고는 금가루가 뿌려진 스카프와 만년필, 그리고 팔찌뿐이다.

　구글 선글라스는 신제품으로 잡스가 개발한 신인류무기나 마찬가지다. 난 그걸 구입할 때 세상을 다 가진 기분이었다. 스위치를 살짝만 누르면 인터넷이 되고, 숨어 있는 또 다른 스위치는 빛을 쏘아 상대방을 공격하는 무기도 되는 것이다. '부'가 주는 기쁨, 누릴 수 있는 첨단에 대하여 마음껏 다가갈 수 있다는 만족감에 나는 성실한 아빠에게 늘 고맙다고 했다.

잠시 후 돌아온 털북숭이는 또 2가지를 요구했다. 나는 두려웠다. 이렇게 다 빼앗아 간 후에 뭘 요구할 것인가, 머리가 터질 지경이다. 어쨌거나 최대한 시간을 끌어 어서 누군가가 구하러 와 주기만을 바랄 뿐이다. 마음속으로는 간절하게 기도를 하였다. 누구에게인지 모르지만, 지금의 이 상황을 어서 벗어나게 해 달라고, 천국에서 살다가 순간적으로 지옥의 나락으로 떨어진 기분을 누가 알까, 저 갑판 위에서 떨고 있는 사람들은 얼마나 간절하게 나의 처분을 기다릴까?

삶은 참 알 수 없는 일이다. 이런 상황에 처해지다니. 우리는 늘 순서로 순위 때문에 스트레스를 받기 마련이다. 그 스트레스는 노력 여하에 따라 달라지고 어느 만큼은 해결되는 거라지만, 그러나 이 상황은 절체절명이라는 언어 외에 무슨 말이 더 필요할까?

어느 선생님이 이런 말을 해 줬더라? 고개를 갸웃거리며 생각 중인데, 이제 해적들은 자기들끼리 키득거리더니 나를 갑판 위로 끌고 올라갔다. 나는 자꾸 딴생각을 하게 된다. 차라리 잘 된 일이다. 어차피 죽을 지도 모를 일이다. 이제 죽으면 죽으리라는 오기가 생겼다. 어디서부터 그런 마음이 드는지 알 수 없는 일이었다.

이제 17명의 사람이 지켜보는 가운데 그 뒤로는 더 많은 해적이 총을 겨눈 채로 선 갑판의 한가운데 서게 되었다. 그들은 이제 나머지 금가루가 뿌려진 스카프와 무기용 만년필, 그리고 팔찌까지 들고 가 버렸다. 아무것도 없는 상황에서 나에게 무얼 요구할지 두려웠다.

나는 이를 악물었다. 누군가가 어서 구하러 오지 않는다면 종래에는 죽게 되고 말 거라는 생각에 이르자, 용기가 생겼다. 어차피 죽을 거라면 이들을 설득해보자는 용기가 뼛속 깊은 곳으로부터 올라왔다.

나는 갑자기 입을 열게 되고 나도 모르게 갑판 위에 선 사람들을 향하여 말을 하기 시작했다. 가장 놀란 건 나 자신이고, 엄마와 아빠, 그리고 준이의 눈동자가 커졌다. 죽으면 나만 죽지 하는 심정으로 나는 혼자 여행을 온 것처럼 말하기 시작했다.

'저는 17살 소녀입니다. 지난 17년간 죽을 고비를 수도 없이 넘기며 살아왔습니다……'

이야기를 술술 시작하자 해적들도 놀라는 눈치이다. 한 사람이 철커덕거리며 총을 쏠려는 찰라, 두목격인 남자가 제어를 하였다. 그는 이거 재미있다 싶은 눈으로 팔짱을 끼고 내 이야기에 귀를 기울였다. 옆에선 사람은 열심히 손발을 거들어 통역해주었다. 난 그 사람에게 간곡하게 말하였다. "제발, 플리스, 제 이야기를 간곡하게, 잘 전해주세요."라고.

나는 어차피 저 총에 맞아 죽을지도 모른다는 생각이 더 깊어지자 할 말 다하고 죽어야겠다는 용기가 생겼다.

"저는 지난 15년간 앉은뱅이로 살다 기적적으로 수술하여 걸을 수 있게 되었습니다. 이건 인간의 힘이 아닌 무엇인지 모르지만, 알 수 없는 도움의 손길이라 말할 수 있는 기적입니다. 우리나라 코리아에서 수많은 사람의 크고 작은 성금으로 수술비를 마련하고 이제 그 남은 돈으로 여행을 하게 된 것입니다. 저는 이 여행을 통해 보고 들은 이야기를 아름다운 한 권의 책으로 엮을 예정입니다. 그래서 많은 사람에게 저의 이야기와 동시에 사진으로도 고마움의 뜻을 전할 것입니다. 그것이 저를 살려준 사람들에게 보답하는 길이니까요."

순간, 고요해졌다. 나는 어디서 그런 말이 떠올라 술술 말을 한 것인가, 스스로 놀라며 가쁜 숨을 쉬고 있었다. 사람들은 고요했다.

　얼마나 지났을까, 두 목격인 남자가 나에게 가까이 다가오기 시작을 하였다. 한걸음, 두 걸음 나를 향하여 다가오는 그의 얼굴은 점점 험상궂어지고 5발짝쯤 앞에 서더니 철커덕하고 장전을 하며 총을 겨누며 코앞으로 다가왔다. 그는 내 목젖에다 총을 대고 손가락을 당길 자세를 취했다. 나는 괜한 말을 해서 심사를 돋구었나 보다 하며 두 눈을 감았다. 그 사람은 한 손으로 내 턱을 들어 올리더니 지금 네가 한 말 중에 사진으로 남긴다 했는데, 사진은 무엇으로 찍느냐, 어서 카메라나 스마트 폰을 내놓으라며 총구로 목을 들이밀었다. 나는 총부리에 밀려 나자빠졌다. 두목은 부하들에게 자기 나라 말로 무어라 호통을 쳤다. 두 남자가 다가오더니 나를 끌고 내 방으로 들어갔다. 어서 카메라나 스마트 폰을 내놓으라는 거다.

　온몸이 진땀으로 찐득거렸다. 나는 나도 모르게 '하나님 살려 주세요.'를 속으로 간절하게 외쳤다.

　어느새 70가량 되신 중후한 인도풍의 아저씨를 끌고 내 방까지 데려오더니 내 앞에서 그대로 총을 쏘았다. 나는 기함을 할 지경이다. 생각할 여지가 없었다. 어서 내놓지 않으면 계속해서 한 사람씩 끌고 와 이렇게 죽이겠단다. 그러면서 또 한 사람이 등을 돌려 나가고 있다. 나는 나도 모르게 소리를 질렀다. "하나님 살려주세요!"라고. 그리고 침대의 귀퉁이에 떨어져 있던 스마트 폰을 꺼내 손에 들었다. 그에게 내어줄 참이다.

　나는 다시 갑판 위의 두목 앞으로 끌려갔다.

　이제는 절벽 끝에 서서 떨어지는 순간만 남은 것 같다. 어느새 햇살은 머리 위에서 찬란하게 비추고 있었다. 저 태양 빛에 내 피는 더 붉게 이 갑판 위를 물들일 것이다. 나는 두 눈을 감았다. 찰나의 순간이지만 스마트폰을 두 손에 들고 다시 한 번 간절한 마음으로 "하나님! 당신이 정말 계신다면 나를 좀 살려주세요."라고 외쳤다.

두목은 뭐라 소리치며 나를 향하여 총을 쏘았다. '아, 죽는구나. 다들 잘 있어. 모두 안녕.' 나는 쓰러졌다. 눈이 서서히 감기고 찬란했던 하늘이 핏빛으로, 그리고 서서히 회색빛으로 변하고 있었다. 모두들 안녕, 마지막 의식을 붙잡고 인사를 나눴다.

얼마나 지났을까? 몸이 흔들리고 주위가 어수선하였다. '아직은 살아 있구나. 아, 이렇게 잔인하게 서서히 죽어가는 건가?' 나는 서서히 공포를 느끼기 시작하였다, 그런데, 이상하다. 주위가 조용하다. 나의 죽음을 기다리는 건가, 부스스 몸을 일으켜 주변을 돌아보았다. 몸에서는 아무런 고통을 느낄 수 없다, 피도 흐르지 않는다. 총을 맞지 않았나 보다. 뭐지? 나는 서서히 일어섰다. 내 바로 앞에 두목이 버티고 서서 두려운 눈으로 나를 바라보고 있었다. 두목은 내 스마트폰을 들고 서 있었다. 계속 해서 뭐라고 지껄였다. 그의 말은 '알 수 없는 힘' 무언가의 알 수 없는 힘이라며 두려워하고 있는 것이다. 그러더니 손가락으로 나를 가리키며 마녀라며 소리친다.

나는 어떻게 된 일인지 정신을 차릴 수가 없었다. 이제 해적들은 돌아갔다.

그들은 나에게 마녀라고 하며 도망가다시피 해적선으로 돌아갔다.

두목이 나를 향해 총을 쏘는 찰나, 햇볕이 쪼개져 그의 눈을 찔렀고, 총알은 그대로 발사되어 두목의 바로 옆에 섰던 부하의 턱 위로 쏘게 되었다. 놀란 해적들은 우왕좌왕 거리고 두목은 두려움에 떨며 햇빛까지도 조종하는 힘을 가진 마녀라며 서둘러 사라졌다는 거다.

나는 그동안 스마트폰이 없이 살 수 있을 거라는 생각은 단 한 번도 해보지 않고 살았다. 그것만 있으면 모든 일이 해결되고 세상의 전부이니까. 그건 정보이고, 인격이며, 소리이고, 눈의 역할을 해주는 거니까. 그런데 이렇게 생명을 건져주는 진정한 무기까지 되었다.

얼마나 지났을까? 우리는 해경선에 구조되었다. 나는 지금 멍하다.

이귀란

소설집 『변방』 국제문학예술대상 수상

010-5511-4179, dlrnlfks77@naver.com

28191 충북 청주시 상당구 낭성면 호정전하울로 165-5

자동차 주차사건

김 홍 숙

"어쩌지? 차 댈 데가 없네."

"또야? 지난번에는 시민 축제일이라 치고 도대체 이 동네가 왜 그런대? 참 내 대책을 세우든지 해야지 원."

"별수 없지. 내 집 앞은 남에게 내주고 공공 주차장으로 갈 수밖에."

나는 집에서는 조금 떨어져 있는 청소년 수련관에 가서 주차를 시키고 걸어온다.

'아 참, 짐이 있었지. 그새 잊고 아내를 집 앞에다 내려주고 그냥 왔네. 할 수 없지 뭐. 내가 잠깐 짐꾼 노릇을 해야지 어쩌겠어? 늘 해오던 일인 걸. 그래도 언제까지 이럴 것인가?'

학교 앞이라 동네 분위기 괜찮겠다 싶어서 자릴 잡았었다. 그런데 알고 보니 좁은 땅에다 다가구를 지어 한 지붕에서 여러 집이 살아가려니 점점 불편해진다.

'하긴, 20년 전에는 승용차도 별로 없었지만, 이젠 전셋집 가격보다도 승용차 가격이 더 높은 차를 굴리는 젊은이들이 모여들었으니 어쩌겠어?'

이런저런 생각을 하며 대문을 들어선다.

그런데 갑자기 집 앞에서

"뭐라구? 네가 뭔데 여기다가. 뭐? 당장 빼지 못해?"

또 그 소리, 앞집의 오 영감이다. 시끄러운 것이 싫어서 지나치려다 슬쩍 보았다. 누군가 오 영감이 누군지 모르는 모양이다. 전직 세무서 직원이었던 그의 안중에는 오직 내 딸, 내 아들, 내 가족 외에 아무도 없다. 근무할 당시에도 집에 무슨 일이 없을까 전전긍긍하여 상관의 눈을 피해 가며 점심시간에는 당연히 서둘러 집에 와서 둘러보고, 아무 일 없나 하며 시간을 보내다 가거나 자녀들의 학교에도 들러 보는 일이 그의 주 업무였단다.

70 고령이지만 적당히 뚱뚱한데다 동그란 두상에 머리는 거의 없고, 대머리만 반짝거려서 동네에서는 '고바우 영감'이라고 불리며, 언젠가 신문 삽화에 나오던 그 모습을 떠올렸다. 오늘 주차된 차는 고바우 영감네와 비슷한 크기의 진회색 스타렉스가 떡 버티고 있는 게 아닌가. 작은 차도 아니고, 고바우는 당장 차에 붙어있는 번호에다 전화를 걸어 소리치고 있는 것이다.

고바우네 담 옆에 주차된 차에 대해서는 누구든 예외가 없다. 그 집 앞에는 오직 고바우의 검은 무소와 결혼 안 한 큰아들의 아반테만 있어야 한다. 그래야 동네가 조용하다. 오늘도 어떤 사람이 된통 걸렸나 보다. 하필이면 옆집을 저런 인간을 만났으니, 참 시끄럽고 불편해도 감수하고 못 들은 척 살아가자니 고해는 고해다. 더욱 고바우네 대문과 우리 집 대문이 붙어 있으니 모른 척하려 해도 신경이 쓰이는 것은 어쩔 수가 없다. 잠시 후 뒷골목 쪽에서 젊은 남자가 아기를 안고 헐레벌떡 뛰어온다.

"엊그제 이사 와서 몰랐어요. 자리가 있길래 차를 댔는데 어이가 없습니다. 골목길이 아저씨 땅은 아니잖아요?"

내뱉듯이 한 마디 쏘아붙이고 차를 빼서는 쌔앵 하고 달아난다.

"저런 저런! 싸가지 하고는, 빼라면 뺄 것이지 뭔 말이 많아! 젊은 놈이."

오 영감은 '내 땅에 감히 누가 발을 들여 놔?'라는 표정으로 뒷짐을 짓고 뚱뚱한 몸으로 들어간다. 특유의 대머리가 오늘따라 더 반짝인다.

수련관 안쪽에는 지하수도 있다. 여름에는 차갑고 시원하며 겨울에는 김이 무럭무럭 나면서 따뜻하여 모두들 단물이라며 물을 받으러 온다. 물이 좋다고 소문이 나서 시내의 많은 식당이나 찻집에서 엽차 대신 이 물로 대신한다.

물을 싣기 위해서 당연히 자동차로 오면서 아이들과 가족을 데리고 와서 넓은 광장에서 뛰어놀기도 한다. 주변에는 매실과 단풍나무, 느티나무, 살구나무 등이 있어서 봄에는 꽃을 보고 여름에는 나무 그늘 옆 벤치에 앉아 맑게 흐르는 실개천 물을 만지거나 발을 담그거나 바라보기도 한다. 저녁이 되면 주말마다 열리는 작은 음악회를 감상하며 아이들은 강아지를 따라다니며 겁 없이 뛰어논다.

그래서 이곳에 오면 모두들 행복해한다. 다만 한 사람 고바우 영감은 주차자리 때문에 골치가 아파 요즘은 더 혈압이 오르나 보다. 그것은 다름 아닌 평안시 시민을 위한 축제가 바로 코앞인 예술의 전당에서 진행되고 있기 때문이다. 부스 안에서는 온갖 화려하고 재미있는 프로그램이 사람들을 즐겁고 행복하게 해주고 있건만, 가까운 거리에 있는 우리 동네는 주차난이 더 심화되고 있다.

저녁이 되어 어슴푸레 한 골목을 들어서는데, 우리 집 모과나무 밑에 뭔가가 놓여있다. 누군가가 쇳덩이와 자동차 폐타이어를 묶어서 주차를 못 하게 하고, 그 굵은 철삿줄은 모과나무에다 단단히 묶어둔 것이다. 그러니 다른 곳에는 주차된 차들이 빼곡 하건만 우리 대문 앞에만 비어있는 것이다. 살피고 있는 내게 옆집에 사는 퇴직한 심 교장 선생님과 특수 기계 설치를 하던 한 사장이 뛰어온다.

"그거 우리가 묶어 뒀어. 이렇게 담 쪽으로 기대놓고 차를 대봐" 나는 시키는 대로 자동차를 주차 시켰다. 비어있는 자리에 주차를 시키니까 매우 홀가분하고 오늘은 뭔가 공짜를 받은 느낌이다.

"이리 두고 써봐. 한쪽에선 고바우가 제가 땅 주인인 양 행세를 하고, 한쪽에선 늙어 일 그만둔 지 언젠지도 모르는 영감탱이가 창고의 물건 꺼낸다며 아예 주차를 못 하게 지키고 있으니, 자유당 시절 좌우익도 아니고 이게 뭐여 도대체?" 심 교장 선생님이 타이어를 가리키며 말씀하신다.

"그러게 말여, 내 말이. 저녁때마다 주차도 못 하고 동네 몇 바퀴 돌다 나가는 공과장이 안 됐다며 이리해 보자고 심 교장이 낸 아이디어여. 아, 중간에 사는 사람이 샌드위치 되어 살 재간이 없잖어?"

나는 그러잖아도 속으로만 스트레스를 무척 받고 있던 참이었는데, 나 같은 사람도 알아주는 사람이 있구나 싶어서 살아갈 희망이 보였다. 얼마 동안은 주차에 별 신경 쓰지 않아도 될 듯싶다. 부모님 같이 느껴졌다. 퇴직 후에도 동네 사람들이 다들 출근하면 진종일 비어있는 동네 골목을 순회하며 방범을 서 주는 분들이 진정한 어른이구나 생각하던 참이었다.

"어떻게 그런 생각을 하셨는지……. 타이어는 어디서 구하시구요?"

"그거야 고물상 가면 널널하지. 자네가 촌으로 출근하면서 우리에게 나눠주는 푸성귀가 그거 흔한 것 아니잖어, 늙은이를 챙겨준 지 십 년이 넘었어. 늙은이는 갚을 길이 없잖어. 내 하도 우리들한테 잘해서 고민을 해봤어. 그러니 그리 알어. 몸 성히 잘 다니구."

"예 예, 고맙습니다. 별것 아닌 것을 드렸는데 이렇게."

나는 내심 안심이 되고 동네 어른이 그냥 지나칠 수도 있는 일을 이토록 깊게 상의하여 내 고민을 해결해주셨음에 용기가 났다.

녹이 벌겋게 서 있는 쇠뭉치지만, 단단히 매어 두고 타이어까지 연결했으니까 그것을 치우고 주차하기에는 쉽지 않아 보였다. 덕분에 나는 가

벼운 마음으로 출근을 하고 집 앞에서 공간에 주차를 하며 사는 것 같
이 보냈다. 그렇게 달포쯤 지났을까?

퇴근 후 주차를 하려는데 좀 달라져 보였다. 쇳덩이는 끊겨서 온데간
데없고 타이어만 한쪽에 굴러 박혀 있다. 순간, 괘씸한 생각이 들었다.
남의 것을 손을 대다니…….

'아, 그래. 고물 수집원이 끊어 갔구나. 쇳덩이가 돈 좀 될 거라고 생각
했나 보다. 어쩌겠어? 타이어나 그냥 이용해야지.'

체념하듯 혼자 중얼거리는데 갑자기 뒤에서 시끄러운 소리가 들린다.

"이 동네는 단체로 땅 전세 냈슈? 뭐 타이어만 갔다 두면 다른 차들
은 다 꺼지라구? 그거여 뭐여요? 집집마다들 치우세요. 의식깨나 있다
는 사람이……."

잠깐의 기쁨이 사라진 것도 속상한데 뒤에서 이건 뭔 소리인가 돌아
보니, 골목 안에서 전에 부녀회장 하던 사람이다. 고바우 댁은 매일 시
끄러운데 우리 집 대문 앞에는 기물을 묶어두어 타인은 주차를 못 하게
하고 있는데 괜찮을까 걱정은 했었다. 아니, 내가 이렇게 맘 편히 살아
도 되나 그런 생각도 했었다. 드디어 때가 온 것이다. 나는 그녀의 얼굴
을 보지도 않고 퍼부어댔다.

"여태 어찌 참으셨슈? 좌우에서 내놓은 타이어는 안 보인감? 엉! 주
차한 지 1분 이내에 전화해서 호통치며 내쫓듯 하는 사람에게는 찍소
리 한 번 못하고, 그 속에서 10여 년을 내 집 앞에 차도 못 대는 것이
안쓰러웠는지, 동네 어른들이 타이어 갖다 달아주신 지 얼마 되었다고
불호령인감?"

"어쨌든 한 집이라도 치우시오." 그녀는 다시 한 번 앙칼지게 쏘아붙
였다.

"감히 치우라고 지시야? 뭔데 자기네 세 사는 사람들 그 큰 승용차

만 대야 해? 봐요, 이 차, 또 이차도 아줌마네 집에 세 사는 사람 차 맞지요? 제가 여태 한 번이라도 지껄인 적 있나요? 있으면 말해 보시오."

좌우에서 주차를 막고, 심지어 명절에 온 동생에까지 새벽에 전화하여 당장 차 빼라고, 싸가지 없는 놈이라고 명절 벽두부터 욕을 해대던 것도 엊그제 일처럼 기억난다. 마침 고바우가 대문 사이로 훔쳐 보길래 들으라고 더 큰소리를 질러댔다.

"우리 집 담 옆에는 자동차를 넉 대나 댈 수 있어요. 그런데 우리 집에 사는 이들은 승용차는커녕 오토바이도 없거든요. 그래, 세금 내는 내 낡은 자동차 한 대도 못 댄단 말여? 누구 법이고 어느 나라 법이여?"

나도 열을 받아 반말로 소리 질렀다. 여태 참았던 분노가 삽시간에 끓어오르는 것 같았다. 그동안 주차하느라 심적으로 답답하고 불편했던 일들이 떠올랐다. 동네 골목 한 바퀴 돌아보고, 집도 없는 사람처럼 지하 주차장 앞이 막혀 있으면 차고에 넣는 것도 접고, 그것을 빼달라고 하는 것을 포기하고 돌아 나와서 수련관에 주차하였다. 그곳에는 밤이면 비행 행동하는 이들이 차 안을 샅샅이 뒤져놔서 맘 편히 둘 수가 없었다. 그래서 늘 부피가 크거나 말거나 무겁더라도 다 들고 와서 집에다 두어야 했다. 아침이면 다시 들고 나가야 하는 일이 얼마나 번거로운지 남들이 상상이나 하랴? 답답한 마음을 다 얘기한다는 것도 추한 느낌이 들었다.

'나도 참을 만큼 참았지, 더 이상은 안 돼'

나는 나 자신에게 다짐하듯 당당하게 행동했다. 그리고 타이어를 누가 치울세라 대문 안에 잘 모셔두고 그 자리에 자동차를 주차시켰다. 차에서 아직 내리기 전에 교장 선생님과 한 사장이 오셨다. 눈을 찡긋하며 가까이 오신다. 무슨 일이 있었나? 부녀회장이 갑자기 아무 일 없었던 듯 황망히 사라진다.

“어여, 공과장, 이리와 봐. 주차 문제로 또 시끄러웠지? 우리 집까지 들리길래 서둘러 왔어. 그 여자 이유가 있자. 수련관에서 동네 입구에 있는 몇 집을 사 들려서 그 자리에다 체험관을 짓는디야. 오늘 직원이 집집마다 가계약을 하고 원하는 가격 줄 테니 떠날 준비하라고 했디야. 그러니 몸 달지. 거동도 못 하는 시모를 두고 어딜 갈겨? 종로에서 뺨 맞고 동대문 와서 화풀이한 격이지.”

“글세, 그리 되었다네, 오래도록 살 줄 알았는데 믿을 수가 없네. 앞일을 알 수가 있어야지.”

“그~런 일이 갑자기. 참 내……. 전 그런 줄도 모르고 달아주신 쇳덩이도 없어졌는데, 그 여자가 와서 타이어를 치우라고 소리치는 바람에 그동안 참아왔던 화를 다 쏟아버렸지 뭐여요? 이를 어째 여태 잘 참고 살다가…….”

“그랬구먼, 괜찮어. 할 말 했는데 뭐, 부녀회장네는 빈 방이 하나도 없디야. 다달이 돈 백이 들어 왔다는구먼. 그런데 갑자기 이사할 생각을 하니 하늘이 노랗지, 돈도 끊기지, 병든 시모 모시고 이사도 가야지, 다 늙은 나이에 어디 가서 맴을 붙이겠어? 걱정이 돼서 잠도 못 잔다네.”

“듣고 보니 동네가 반쪽이 되겠네요. 그동안 작은 소란은 있었어도 정 들었는데……. 그리고 그 아주머니께 사과라도 해야겠네요. 얼마나 속상하면……. 아무튼, 타이어 내놓은 것이 신경에 거스렸나 봐요. 동네 일 보던 습관으로 바른 소리 하신 거지요 뭐. 짐 싸기 전에 찾아뵐게요.”

“그랴. 그러면 고맙지 뭐. 정든 동네를 뿔뿔이 흩어져 살게 하네. 집단 이주지역을 주어야지 이게 뭐야? 그러나 어쩌겠어? 나라에서 하는 일이니…….”

“그런데 공과장, 아까부터 무슨 냄새가 나지? 난 후각을 잃어서 원 참 젊은이가 잘 살펴봐.”

“아, 예.”

공과장이 허리를 구부리고 쿵쿵거린다.

언제 나왔는지 꿍꿍거리며 고바우 영감이 끼어든다.

“나라에서 무슨 일을 이리 하냐구 말여. 도시가스 설치할 때도 담당자가 개인 집을 따로따로 다니면서 계약을 하더니만, 이번에도 그 방식이네. 몇 년 후 우리가 나갈 때도 그럴 것 아녀? 단체로 계약을 해야 떠나는 이들도 한 곳에서 집단으로 살아가지. 여태 서로 잘 아니까 말여. 정부에서 소시민의 심정을 알려구 들지를 않아요. 정부나 큰 기업에서 유리한 쪽으로만 밀어붙인다니께. 그건 그렇구, 다들 들어오시오. 집 비우고 떠날 사람들도 오라고 다 연락했어요. 수육에 막걸리라도 해야 하지 않아요? 한 동네에서 20년이 넘게 산 것은 보통 인연이 아녀. 그렇잖아요?”

“언제 그런 걸 다 준비했소. 차 빼라고 소리만 치는 줄 알았더니 역시 그릇이 큰 사람이네.”

대문 안으로 들어서며 한 사장이 한마디 한다.

“어서들 오시오. 자동차 댔다가 혼난 사람은 다 오시오, 오 박사는 왕방울이여. 소리도 크고 그릇도 크잖어, 안 그런감?” 교장 선생님도 막걸리를 따르며 농담을 던진다.

“저희를 부르셨어요? 이사 갈 준비하랴, 정신이 없어서 인사도 못 드리고 갈 뻔했네요. 그동안 폐만 끼쳤습니다.”

“부족한 점 용서를 바라며 저희가 대접을 해야 도리인데 이거 염치가 없습니다.”

떠나는 이웃들이 주인과 세를 사는 이들이 몰려와서 한마디씩 건넨다.

“어서들 와요. 내가 나 혼자 잘 살자구 그런 것만은 아녀. 하도 아무렇게나 너나없이 대 놓고는 며칠씩 나타나질 않으니 그럴 수밖에, 다들 인정하지요?”

고바우 영감이 미소를 띠며 답변한다.

“옳은 말씀입니다. 이만한 곳이 없어요. 도시 한복판임에도 정서는 시골 모습을 그대로 갖고 있었지요. 요 몇 년간 수련관에서 증축으로 시끄럽기 전까지는…….”

공 과장도 따라 들어가며 지붕 위의 기와를 페인트 칠할 때도 단체로 하거나 정원의 유실수 가지치기를 집집이 다 해주시는 교장 선생님, 그들의 모습을 떠올리며 주차 문제는 다 잊은 듯 행복한 미소를 짓고 있었다.

김홍숙

농민문학 소설부문 신인상

소설집 『아버지의 땅』

010-6343-3763, sanjigi1004@hanmail.net

28471 충북 청주시 흥덕구 흥덕로 88번길 5-12

명품 아줌마와 도둑

강 순 희

공원 안의 사람들과 공원 밖의 사람들이 모두 집으로 돌아간 이른 아침, 사람들이 버리고 간 쓰레기만 뒹군다. 술 취한 사람들과 배고픈 사람들이 놓고 간 흔적이니 어떻게 하랴!

느티나무인 우리는 몸으로 거부할 수 없는 것, 쓰레기는 싫은데 가끔 우동가게 아줌마가 착한 마음이 들면 우동가게는 청소하지 않으면서도 공원의 쓰레기를 주워 쓰레기통에 넣기도 해서, 그 마음이 갸륵해서 느티나무는 우동가게 아줌마 편을 들어주는지 모르겠다. 우동가게 앞에 서 있는 느티나무인 내가 이런 말을 한다는 것이 주제에 넘치는 말인지는 모르겠으나, 아무래도 해야겠다.

아줌마들이 퇴근한 후, 허접한 우동가게 문에 달린 자물통을 바라보고 있는데, 이 집에 드나드는 고급 옷과 명품 가방을 들고 머리는 늘 미장원에서 손질을 하고 다니는 우동가게 아줌마의 친구처럼 보이는 여자가 나타난다. 그 여자는 열쇠로 자물쇠를 연다. 우동가게 안으로 들어가 불을 켜고 장미가 그려진 천으로 된 주머니에 넣어둔 돈을 꺼내어 검은 비닐봉지에 넣는다. 여유 있게 커피를 타서 마시며 고춧가루, 양파, 호박, 파, 참기름 아니 식용유까지 시장을 보듯 봉지에 담는다. 고추장까지 비닐봉지에 싸서 아무 일이 없는 듯이 들고 나와 흰색 고급 승용차 안에 넣고 느티나무인 나를 쳐다보며

"아휴, 시원해라. 어젯밤엔 그렇게 덥더니 날이 새니 시원하구나."

하고 웃으며 운전을 하며 사라진다. 이집 열쇠를 가지고 다닌다는 것

이 참 신기하다. 울화가 치밀긴 하지만, 나는 느티나무이니 직접 주인아줌마에게 전화를 걸어 이야기해줄 수도 없고, 얼굴을 마주 보며 이야기할 수가 없다. 그냥 이곳에 털어놓을 뿐이다. 날이 새고 9시가 되니 낮에 일하는 아줌마가 반바지에 흰 티셔츠를 입고 나타난다. 머리를 뒤로 묶었고 화장을 하지 않고 고급 가방을 들지는 않았지만, 이마가 튀어나오고 고운 살결에 쭈욱 빠진 다리가 늘씬하다. 텔레비전에서 본 듯한 얼굴인데, 이 집에서 부르는 이름은 심혜진이라고 한다. 갸름한 얼굴에 지적인 미소가 정말 탤런트 심혜진을 닮았다. 심혜진은 빗자루를 들고 나와 공원 바로 앞에 작은 앞뜰을 쓸며 느티나무를 쳐다본다. 내 몸이 서 있는 곳까지 비로 쓸어주는 고운 마음을 가진 아줌마니까 복을 받을 것이다. 혼자 와서 어두운 가게 안에 불을 밝히는 심혜진은 이제 내가 사랑하는 아줌마라고 부르고 싶다. 손님들이 먹고 간 자리의 흔적들을 지우느라 이마에 땀이 송골송골 맺힌다. 사연 없이 이 집에 들어온 아줌마가 어디 있으랴. 힘들지 않은 아줌마가 어디 있겠는가! 현실적으로 힘이 들어서 경제적인 도움이 되기 위해서 이 집의 문을 열고 들어오지 않았는가. 이왕에 들어왔으며 내 일처럼 성실하게 웃으면서 일을 해주기를 바라는 욕심쟁이 주인아줌마, 마음에 쏘옥 들게 일을 하는 심혜진의 잘록한 허리, 쭉 빠진 다리로 혼자 이 집 살림을 이끌어 가는 것이 안쓰럽다.

어젯밤에 이 집에서는 무슨 일이 있었을까? 많은 손님들이 우동 달라, 막걸리 달라, 김밥 달라, 아우성을 치고 부엌에서는 벌겋게 달아오른 가스 불 위에 음식들이 제 몸을 달구어서 사람의 밥이 되고 안주가 되기 위해 몸부림을 치는 시간이다. 보글보글, 부글부글, 음식들이 간을 맞추고 입맛을 맞춘다. 사람들이 먹은 음식들이 남기고 간 흔적들은 아무리 지워도 표시가 잘 나지 않는 부엌일이다. 심혜진은 이 일을 도맡아 하면서 땀을 뻘뻘 흘린다. 여기저기 식탁 밑에 휴지들이 나돌고 젓가락이 하나씩 떨어져 누워 있고 고춧가루와 우동가락이 힘없이 늘어져 있다. 사람의 입에서 나오는 것들이 이렇게 또 일을 만든다. 심혜진은 걸레를 빨아 닦다가 가끔 느티나무인 나를 쳐다보며 무슨 생각엔가 잠긴다. 주인 여자를 가장 많이 닮은 심혜진은 주인 여자처럼 쓸데없는 소리도 안 하고 나에게 말을 걸어오지도 않아 답답하지만, 주인 여자에게 이미 길들어져 있는 심혜진의 마음을 나는 읽는다.

점심시간이 되니 본격적인 더위가 시작된다.

작은 들꽃, 아니면 밥풀 꽃이던가? 잔잔하게 그려진 원피스를 입고 머리를 질끈 묶은 주인 여자가 천으로 된 가방을 들고 나타나 가게 안으로 들어간다. 들어가기 전 나에게 얼굴을 들어 쳐다보며

"느티나무야! 아줌마가 요즈음은 더워서 커피나 정종을 들고 네 앞에 와서 말을 걸어주지 못해서 미안해. 우리 이럴 때는 서로 이해하자. 나는 너의 말을 알아듣고 너는 내 말을 알아듣는다는 것이 얼마나 다행한 일이야. 소통을 이룬다는 것, 느티나무와 나랑은 하루아침에 이런 대화가 이루어지는 것이 아니지, 그 많은 밤과 낮을 지내면서 서로 가슴을 열었잖니? 그래서 나는 좋아. 세상 사람들보다 너랑 이야기를 나눌 수 있다는 것을 사람들이 알면 나에게 미쳤다 할지 모르지만, 나만의 대화 방법, 소리 없는 침묵의 대화도 될 수 있고, 혼자 소리 내어 떠들어대면 나를 정말 정신 나간 아줌마라 할지 몰라. 이렇게 둘이 있을 때만 큰 소리로 떠들지만. 사람들이 많을 때는 침묵 속에서 우리는 말할 수 있지 않니? 너는 내가 믿는 하느님도 되고, 부처도 되는 거야. 이십 년 세월을 네 앞에서 기웃거리다가 어느 날부터인가 소통이 되었지. 항상 건강하고 행복하게 우리의 사랑을 키워보자. 내가 좀 덜떨어져서 세상 사람들과 적응하지 못할 때 너에게 위안을 얻을 수 있어서 얼마나 좋은지 몰라. 아마 운명의 신이 너를 만나기 위해서 이 우동가게를 하게 했는지 몰라.

너에게 말을 하면 나는 시원해. 어젯밤에 있었던 이야기를 너와 했는데, 너는 아무에게도 떠들어 대지 않아서 얼마나 고마운지 몰라."

주인 여자는 그렇게 한참을 서서 나를 보며 손을 흔들며 말을 한다. 여자가 이곳에 처음 나올 때 느티나무인 나는 이미 이 공원에 서 있었다. 그때는 내가 아줌마 키만 했을까? 그늘을 만들지 못한 채 삐쩍 말라 비틀어져 가는 어린 느티나무였다. 이곳에 심어지기 전까지 내 존재를 몰랐고, 그저 배고픔과 외로움을 안고 살았다. 술집과 게임방이 많아 사람들의, 술과 돈에 취해 벌건 눈을 보면서 무서워 더 깊게 뿌리를 내릴 수 없어서 몸을 움츠렸다. 그리고 이곳에 불고 있는 바람에게 늘 부탁했다. 내가 자랐던 기름진 땅, 내 친구들이 많이 모여 있는 그곳으로 나를 좀 데려다 달라 응석을 부렸지만, 느티나무의 말을 들어줄 귀가 바람에게는 없었다. 그러던 어느 날, 저 집 여자가 오늘 같은 모습으로 천으로 된 가방에 낮은 신발을 신고 나타났다. 참 가련한 모습이라 해야 되나, 남루한 모습이라 할까? 저 집 문안으로 들어가기 전에 나를 쳐다보더니,

"이곳에 느티나무가 있었네. 아! 가슴이 시원하다. 내가 가는 곳마다 나무가 있어서 나는 답답하지 않아. 멀지 않아 나뭇잎이 다 떨어져서 무지 춥겠지만, 봄은 올 테니 괜찮아. 느티나무가 있어서 다행이야. 나의 쉼터가 되겠다."

혼잣말을 중얼거리며 가지고 온 앞치마를 내 앞에서 입었다. 혼자 말하는 주인 여자는 서른이 지나는 늦가을에 이곳에 왔다. 그때부터 나는 이 여자의 말을 알아들었다. 사람들의 움직임이 하도 수상해서 저 집만 응시하면서 살아온 느낌이다.

저 집 여자가 허름한 우동가게 안으로 들어간 후 심혜진이랑 심각한 이야기를 나눈다.

"언니 말도 안 돼. 돈이 이십만 원이 없어졌어."

주인 여자는 가방을 부엌이 보이는 골방에 집어던지며 남의 집 이야기를 하듯 말을 했다.

"정말 이상하다. 내가 어제 분명히 돈을 세 번이나 세어서 넣어놨거든. 우리 가게에 도깨비가 산다더니 정말 이상한 일이 일어난 것이 분명하네. 우리가 뭘 잘못해서 도깨비가 우리 돈을 훔쳐다가 착한 사람을 도와주려고 가져간 걸까?"

주인 여자는 돈이 없어졌다는데도 심각하지 않다. 심혜진이 입장에서는 자신이 문을 열고 들어온 이 집에 돈이 없어지니 미치고 환장할 노릇이 아닌가? 그런데 주인 여자가 농담처럼 말을 하니 점점 더 이상해지는 기분이다.

"언니! 이 집에도 감시카메라 달아보든지 해. 아무래도 이상해. 내가 알고 있는 언니는 그렇게 정신 나간 언니가 아니라고. 언니! 이 현실을 받아들여 봐. 우동 한 그릇 팔아봤자 다 남아도 사천 원이야. 인건비, 재료비, 가게세, 전기세, 물세, 카드값, 이런 것 하나도 안 나가도 사천 원이라고. 이런데 이렇게 돈이 없어지니 이상한 일이야."

주인 여자는 컵에 물을 받아 벌컥벌컥 마시며,

"좋은 수가 있다. 감시카메라 작동 중이라는 글이 새겨져 있는 판을 사다가 달자. 그러면 돈 훔치는 도깨비들이 무서워서 도망을 갈 거야. 네가 내일 출근할 때 문방구에서 사와."

주인 여자는 말을 하며 부엌으로 들어가 앞치마를 입었다. 사람들은 하나, 둘 사천 원짜리 우동을 먹으러 우동가게로 들어온다. 심혜진과 주인 여자는 아무 일도 없는 듯이 손님을 받고 음식을 만들어준다.

점심을 먹으러 오는 사람들은 직장인으로 아침을 든든하게 먹지 못하고 일을 하다가 허기진 배를 안고 이 집을 찾는다. 월급을 타는 사람들이라 많은 돈을 점심값으로 써도 안 된다는 사실을 주인 여자는 알고 있어서 밤보다 음식량을 듬뿍 준다. 배가 고파서 왔다가 배가 불러서 나가는 착한 도깨비가 사는 집의 팬이 되어버린 느티나무는 이 집에서 일어나는 크고 작은 이야기를 이렇게 털어놓을 수 있으니, 느티나무인 내가 감시카메라 역할을 하고 있다는 생각에 웃음이 나온다.

오후 두 시쯤 되면 주인 여자는 밀가루 음식이 아닌, 보리밥을 무쇠솥에 안치고 된장찌개를 바글바글 끓인다. 가게를 하면서 짬을 내어 농사를 짓는 이웃 사람들이 호박, 고추, 가지, 오이들을 싸들고 온다. 돈을 받고 팔지 않는 밥상이 이 시간부터 이어진다. 이웃인 '더짝' 주인이 약간 살이 찐 호박과 금방 찐 옥수수를 검은 봉지에 싸다 주며 농사지은 것이니 먹으라 한다. 주인 여자는 고마워서 어쩔 줄을 모른다. 돈이 문제가 아니라 마음이 고마워서 눈물이 날 것 같다 하면서, 호박에 새우젓을 넣고 볶으며 된장찌개에 풋고추와 호박, 감자를 넣고 끓인다. 화장실 가는 길에 손수 담가놓은 항아리의 된장 냄새가 구수하다. 느티나무가 사람들의 밥 내음에 젖어 입맛을 다시는 것을 옆에 서 있는 느티나무들과 단풍나무가 보며 웃는다. 다음 생에 태어나면 저 집에 가서 우동이나 끓이란다. 정말 그럴 수 있을까? 이 집 주인 여자가 늘 나를 부러워하며 말을 걸어오는 것을 보면 보통 인연이 아니라는 생각을 한다. 고단하지만 걸어다니는 저 여자의 삶이 나와 다를 뿐, 틀린 것이 아니라서 한 번쯤은 사람이 되어 돌아다니는 꿈을 꾸어 본다.

"휴우! 재미있겠다. 그러면 나는 여자로 태어날까, 남자로 태어날까?"

고민 안 해도 되는 일이다. 이미 저 여자가 되는 꿈을 꾸었으니, 나는 분명 키가 큰 저 여자가 되어 앞치마가 세상에서 제일 잘 어울릴 것이다. 그리고 가슴에 숨어 있는 사랑이야기를 할 것이다. 세상에 큰 소리로 말을 할 수 없어서 내 말을 알아듣는 사람이 없어서 하는 말인데, 저 집 여자는 세상에 대한 사랑을 간직하고 살아간다. 느티나무 아래서 사람을 그리워하는 이야기를 직접 한 적은 없지만, 가끔 멍하니 하늘을 쳐다보며 침묵의 대화를 할 때가 있다. 커피나 정종 잔을 들고 서 있을 때가 있다……

느티나무 잎이 하루하루 색깔을 달리한다는 말을 주인 여자는 한다. 맞다. 느티나무가 그냥 잎이 나서 푸르러지고 그냥 낙엽이 되는 것이 아니다. 날마다 인간사가 다르듯 느티나무 잎도 다르다. 그 색을 눈여겨보는 이 집 아줌마를 나는 좋아할 수밖에 없다.

심혜진이 '감시 카메라 작동 중'이라는 붉은 글씨가 새겨진 플라스틱판을 문 쪽에 사람들이 잘 보이지 않는 곳에 붙이고, 돈 계산을 하는 골방 쪽에도 붙였다. 사람들은 이 쪽지를 붙였는지, 안 붙였는지 관심이 없다. 모두 선량한 도깨비들이니 이곳에 이런 글귀가 붙어있다는 사실만으로 거부감을 느낄 사람들이 많다. 제발 이 글을 도둑 아줌마가 읽어주기를 느티나무는 바랄 뿐이다.

끈끈한 바람이 분다. 땀에 절어있는 우동집 부엌 골방에 앉아 오래된 먼지 묻은 컴퓨터를 켜놓고 자판을 두드리는 주인 여자의 퀭한 눈을 속인다는 것은 잔인한 일 같다.

심혜진이 출근을 하는데, 쉬폰 치마에 검은 티셔츠를 입었다. 유난히 흰 다리가 뜨거운 햇살에 반짝인다. 늘 바지를 입는데 오늘은 꽃무늬 치마가 한들거린다. 심혜진이 가게 문을 여는데 이웃 오케이 목장 사장이

"잠깐만이요. 오늘 이른 새벽에 이 집 사장 친구 아줌마가 문을 열고 들어갔다가 검은 봉지를 들고 나와 차를 타고 갔어요. 아침 운동을 하면서 이 공원을 도는데 몇 번 본 것 같아요. 주인 친구라서 대수롭지 않게 생각했는데, 뭔가 찜찜해서 말을 해야 할 것 같아요."

심혜진은 가슴이 뛰기 시작했다. 얼굴이 달아오른다. 이 집에 출근을 하면 이상하게 금방 누군가 왔다 간 느낌을 받는다. 고춧가루며 채

소 상자가 열려있기도 하고, 군데군데 채소 이파리들이 떨어져 있기 때문이다. 무서운 생각이 들었다. 없어지는 물건값을 주인 언니는 대수롭지 않게 여기고, 본인이 돈을 잘못 세었다며 실수로 받아들이는 바보 같은 행동이 마음에 들지 않았다. 그동안 이상하게 물건값 앞뒤가 맞지 않을 때가 있었다. 주인 여자 친구를 제일 편한 사람이라 생각했는데 세상에 믿을 사람 없다더니, 등잔 밑이 이렇게 어두울 줄은 몰랐다. 심혜진은 느티나무를 쳐다본다, 통쾌한 마음이 든다. 이제 심혜진이 알았으니 도둑 아줌마를 잡기는 시간문제다. 심혜진이 부랴부랴 가게 안으로 들어가 물건값을 확인한다, 그리고 한참을 멀거니 금고 앞에 붙어있는 십자가를 본다. 왜 십자가를 붙여 놓았을까? 성지순례를 하면서 연 신부님이 사왔다는 신기한 십자가상을 돈 통 위에 붙여 놓고 우동을 끓이다가, 아니면 계산을 하다가 손님들에게 시달리다가 간간이 성호경을 주인 여자는 그었다. 주인 여자가 도둑이 누구라는 것을 알면 얼마나 실망을 할까? 심혜진은 겁이 났다. 느티나무는 팔을 벌려서 손짓을 해본다. 혜진이에게 당장 주인 여자에게 전화를 해서 이 사실을 알리라고 외친다. 하지만 심혜진은 주인 여자가 밤을 지새워 잠을 못 잤으니 지금 자고 있는 단잠을 깨울까 봐 머뭇거린다. 도둑을 잡아야 한다. 느티나무가 보고 있는 줄 모르고 어둠을 몰아내며 햇살을 가게 안으로 밀어 넣은 아침에 이 집 열쇠를 가지고 천연덕스럽게 음식재료와 돈을 훔쳐가는 도둑 아줌마를 꼭 잡아야 한다. 느티나무가 심혜진을 향해 큰소리로 외치지만, 사람의 목소리가 아니니 답답할 수밖에 없다. 그렇지만 주인 여자가 일어나기만 하면 모든 것이 밝혀질 것이니 안심이 된다.

이 폭염 중에 우동가게 이야기를 잠시 접어두고 하늘을 향해 팔을 벌려야겠다. 비 한 방울이 떨어지지 않는 하늘, 새벽이슬이 내리지 못하게 이 거리는 전깃불과 사람들의 아우성으로 새벽을 연다. 한가하게 아침이슬을 받아먹을 여유 없이 야시장에서 살아가는 느티나무는 소란스럽고 시끄럽지만, 사람의 말을 알아들을 수 있으니 행복한 일이 아닌가.

나뭇잎이 바람에 흔들린다. 어디선가 바람이 불어와 햇살은 뜨겁지만 끈적거리는 땀이 덜 나온다. 이 집 주인은 소매와 목이 조금 패인 청색 원피스를 입고 장미 꽃무늬가 그려진 양산을 쓰고 손에는 경향 신문을 들고 가게 앞에 서서 또 느티나무를 쳐다본다. 주인 여자가 느티나무에게 손을 흔들며 웃는다. 저 안에 들어가면 오늘은 분명 속 시원한 일이 있으니 안심이다. 이 집을 지켜온 감시 카메라도 허울뿐인 개살구인데, 그래도 이 집 걱정을 제일 많이 해온 느티나무 마음이 잘 전달되어 이웃가게 오케이 목장 사장을 통해서 도둑을 잡게 되었다고 폼을 잡고 자랑을 하고 싶다. 공원에 흩어져 누워있던 쓰레기들은 청소하는 아저씨가 말끔히 청소를 해서 개운하다. 주인 여자는 나를 보고 손을 흔들며 가게 안으로 들어온다. 약속이나 한 것처럼 도둑 아줌마가 주인아줌마를 따라 들어간다. 심혜진은 도둑 아줌마를 보자마자 굳은 얼굴로 입을 내민다. 점심시간 손님을 받은 후 우동집 지인들을 위한 착한 밥상을 마련한다. 돼지고기 김치찜과 호박 나물과 가지나물, 그리고 고추와 쌈장을 준비한다. 도둑 아줌마는 심혜진의 기분을 알아차리지 못한 채 밥을 먹으려고 손을 씻는다. 주인 여자 지인들이 오늘은 오지 않는다. 착한 밥상에는 주인 여자 지인들이 와서 돈과 상관없는 구름 같은 이야기를 해야 밥맛이 나는 이상한 식탁이다. 허기진 인생, 문학에게 밥을 먹다. 유승준 작가의 글이 잘 어울리는 이 집에 런던 올림픽 중계로 지인들이 찾아오지 않아 김치찜이 한 솥인데, 여유가 있어서인지 여자는 더 짝 가게에 한 사발을 퍼가지고 갖다 주러 갔다. 화장실을 가는 길에 고양이들이 몰려와 더 덥게 더 좁은 길을 만들고 있다. 에어컨을 빵빵하게 틀어놓아 부엌문을 닫은 후부터 고양이는 이 집 여자랑 해야 할 이야기를 하지 못해 병이 날 정도다. 도둑을 맞은 후 덥다는 이유로 착한 심혜진은 고양이 밥을 주지 않는다. 고양이 밥을 잘 주면 딸을 시집 잘 보낸다는 이야기를 주인 여자가 몇 번을 해주었는지 모른다. 심혜진은 그 말이 처음에는 정말인 줄 알았다. 주인 여자의 친구 엄마가 들고양이 밥을 잘 주어 딸 친구가 시집을 잘 갔다는 것이다. 심혜진에게 고양이 밥을 잘 주어 어디 우리네 딸들도 시집을 잘 보내보자는 웃지 못할 엉뚱한 이야기를 몇 번이나 해서 슬깃하지 않다. 화장실 가는 길 문만 열면 고양이들이 우글거린다. 담 너머에서 폴짝 뛰어 내려와 심혜진 발밑으로 떨어질 때면 간이 떨어질 것만 같다. 뜨거운 햇살이 심혜진의 다리에 뽀얗게 앉아 빛난다. 이렇게 더운 날에 빛이 나는 것은 심혜진의 쭉 뻗은 다리라 생각이 들어서 아침에 출근할 때마다 다리 곡선이 드러나는 짧은 반바지를 찾아 입는다. 이렇게 찬란하게 심혜진의 다리가 빛나고 있다는 것을 주인 여자는 잘 모른다. 그저 허허 웃어대며 자신이 입고 온 꽃무늬 원피스며 치마를 나풀거리며 심혜진의 다리는 칭찬하지 않는다. 그저 얼굴이 곱다는 이야기만 한다. 심혜진의 맵시 이야기를 하지 않는 주인 여자는 아마 본인이 자신이 없어서 그러는 것인지 모른다. 심혜진의 청춘이 이렇게 이곳에서 땀과 눈물과 함께 익어가고 있다는 사실을 모르는 야속한 주인 여자다.

오늘따라 유난히 웃어 대는 도둑 아줌마가 김치찌개를 갖다 주고 온 언니 옆에서 떠날 생각을 하지 않는다. 심혜진은 커피를 한 잔 타서 느티나무가 보이는 비닐로 된 창가에 앉았다. 가슴이 답답한 것은 느티나무와 심혜진이다. 도둑이 들어서 손해는 누가 보는데, 주인 여자는 저렇게 도둑 아줌마와 앉아서 노닥거리고 있으니 한심한 일이다. 느티나무는 심혜진을 보며 조금만 기다리면 시원한 진실이 밝혀지리라는 말을 했다. 주인 여자가 밥을 먹고, 커피를 마시고, 수다를 떨어서 배가 부르면서 졸리는 시간이다. 그냥 말없이 골방으로 들어가 누워버린다. 심혜진은 낮에 남은 음식물 중에서 돌 냄비 우동에 들어간 새우를 건져서 고양이에게 주러 뒤뜰로 나간다. 어쩜 나도 너처럼 전생에 이 집에서 들고양이로 살았는지 모르겠다. 딸을 시집 잘 보내기 위해 너희들에게 밥을 주는 것이 아니라, 안 주면 마음이 편하지 않으니까 밥을 주는 거야. 제발 담에서 나에게 뛰어내리지만 말아다오. 이런 말을 고양이에게 하면서 담 밑에 누워 있는 고양이를 불러서 밥을 주고 부엌문을 열고 들어오니 도둑 아줌마가 멋진 가방을 메고 가게 안에서 나가버렸다.

"제기랄, 도둑고양이가 바로 저 아줌마야. 정말 웃겨. 남의 돈을 훔치고도 마음에 찔리는 것 없이 이 집을 저렇게 드나들다니."

심혜진은 골방에 누워 있는 주인 언니 잠을 깰까 봐 혼자 중얼거렸다. 주인 여자가 곤하게 단잠을 자고 있고 잠시 고요가 흐른다. 잠든 언니를 깨우면 안 된다는 생각에 심혜진은 주인 언니의 잠이 깨기를 기다리며 설거지를 한다. 시간이 흐를수록 심혜진은 도둑 아줌마가 무섭다는 생각이 들었다. 오케이 목장 사장이 문을 열고 몰래 들어온다는 기가 막힌 이야기를 했다가 도둑 아줌마가 숨겨진 발톱이라도 내밀며 도둑고양이가 되어 담에서 뛰어 내려와 덮칠 것 같은 위기감이 느껴졌다. 천방지축으로 이야기를 하는 주인 여자가 말을 잘못하면 심혜진이 아주 난감해진다는 사실이 무섭게 다가왔다. 고개를 흔들어본다. 느티나무는 이런 심혜진이 의리가 없는 비굴한 사람이라는 생각을 한다.

주인 여자가 잠을 자다가 갑자기 헝겊으로 된 가방에 손을 넣어 뒤적이다가 편지봉투를 꺼내 심혜진에게 내민다.

"오늘이 월급날이야, 8월 5일. 잊지 않으려고 애썼다. 더운데 수고했다. 언니가 세 번 세어 봤는데 한 번 더 세어 봐. 아마 맞을 거야."

심혜진은 본인 월급날이라서 기분이 좋았다. 언제나 이 날은 피로가 가시는 박카스 한 병을 마시는 기분이다. 속상하고 힘들어도 월급날이 있어서 좋다. 주인 여자가 한 가지 좋은 점은 월급날을 잘 기억한다는 것이다. 심혜진은 만 원짜리 지폐를 빠르게 세었다. 그런데 고개를 갸웃거리며

"언니! 돈이 모자라. 오십만 원이 비어. 언니가 잘못 센 것 아니야? 여기 봐. 돈뭉치가 작아.

심혜진은 허탈한 모습으로 돈을 세다가 주인 언니 앞으로 가서 돈 봉투와 함께 돈을 내밀었다. 주인 여자는 잠을 자다가 일어나 부스스한 얼굴로 풀었던 머리를 다시 묶으며

"그럴 리가 없는데. 출근하기 전까지 세었어. 이상한 일이다. 그럴 리가 없어."

주인 여자는 갑자기 얼굴이 빨개지면서 돈 가방을 만지작거린다. 느티나무는 이런 사실까지 알고 있었지만, 말을 해도 알아듣지 못하는 주인 여자가 답답해서 아무 말도 하고 싶지 않았다. 무더위가 얼굴을 짓누르니 이파리가 늘어지고, 주인 여자가 밖을 쳐다보지 않으니 잠시 이곳의 이야기가 재미없어졌다. 주인 여자는 가방을 다시 뒤지며 이상한 일이라고 외친다. 김치찌개를 더짝 가게에 퍼다 줄 때 심혜진은 화장실에 갔고, 도둑 아줌마는 이 집에 혼자 있었다. 그녀의 고급 샤넬 가방 안으로 돈이 들어갔다는 사실을 느티나무가 졸리는 눈으로 보고 있었지만, 어떻게 전달할 방법이 없었다. 주인 여자는 한참 동안 말이 없었다. 심혜진은 자신이 의심을 받을지 모른다는 상황에 놓여 있다는 것을 알았지만, 주인 여자가 그럴 얄팍한 사람이 아니라는 사실도 안다.

"언니! 그동안 우리 가게에 물건값이 없어질 때마다 언니 잘못이라고 생각했던 것이 잘못이야. 언니가 그렇게 바보인 줄 알아. 왜 그런 생각을 했어. 도둑이 있다는 것을 알아야지. 등잔 밑이 어둡다고 우리 집의 열

쇠를 가지고 다니는 사람이 있어. 그 사람이 누구인지 알아?”

주인 여자는 심혜진이의 입을 가렸다.

그리고 아무 말도 하지 않고 새마을금고에 가서 돈을 찾아 심혜진이 월급을 주고 정종 한 잔을 들고 느티나무에게로 갔다. 주인 여자는 이런 사실을 알고 있다는 표정이다. 멀거니 느티나무를 쳐다본다. 멋쩍다. 주인 여자의 얼굴을 보니 괜히 짠한 생각이 들어 죽을힘을 다해 손을 흔들어본다. 오후의 뜨거운 열을 뿜어내는 햇살은 느티나무 아래 앉아 뜨거운 정종을 마시는 주인 여자의 마음을 뜨겁게 달구고 있다.

“어떻게 하나, 느티나무야? 나는 세상이 무서워. 정말 무섭다. 이럴 때 나는 절망한다. 성경이 엄마가 이럴 줄 몰랐어. 남편이 죽었으니 불쌍해서 나에게 다가오는 것을 뿌리치지 않았더니 이런 일이 일어났어. 어떻게 해, 무서워서? 얼마 전에 나에게도 오케이 목장 사장님이 성경이 엄마가 우리 집 열쇠를 가지고 다니면서 우리가 퇴근하고 나면 무엇을 훔쳐 간다는 이야기를 했어. 그런데 그것이 믿어지지 않았어. 내 눈으로 보지 않았으니까. 그런데 우리 집 돈은 늘 없어졌어. 처음에는 집 나간 남편이 먹을 것이 없어서 혹시 우리 집에 들어와 훔쳐 가지 않았을까? 그렇다면 모르는 체 눈을 감아야지. 이런 너그러운 마음을 가졌다. 그런데 이것은 너무 무서운 일이야. 성경이 엄마가 어떻게 우리 열쇠를 훔쳤을까? 어떻게 성경이 엄마를 보지? 성경 엄마에게 내가 부도나고 할 일이 없어서, 세상에 나와 산다는 것이 무서워서 한때 동업으로 이 가게를 해보자는 말을 한 적이 있어. 그때 성경이 엄마는 이렇게 힘든 일을 할 수가 없다며 거절했지. 그리고 호프집을 했어. 그러다가 어떤 사업가를 만나 재미나게 연애를 한다면서, 나에게 그렇게 고지식하게 자식을 위해 희생할 필요가 없다며, 우리 아이들을 대학 보낼 준비를 하지 말고 공장에서 돈을 벌라고 하면서 내 인생을 살라고 했어. 비록 중소기업을 하던 우리 남편이 부도가 나서 나와 자식을 놔두고 어디론가 숨어버렸지만, 그렇게까지 나를 실망시켰던 사람은 아니야. 좋아서 만났고 사랑하다가 지쳐서, 힘들어서 잠시 방황을 한 거야. 그런데 성경 엄마는 늘 나에게 가정을 버리라고 부추기기 시작했어. 어떤 남자가 있으니 소개해준다는 말을 하고, 본인이 남자 사귀는 이야기를 했어. 늘 카드를 가지고 다니면서 성경 엄마의 모든 욕구를 카드가 채워주니 신랑보다 좋은 거라 했어. 사실 늘 그 소리를 듣다 보니 가끔은 그런 성경 엄마가 가진 카드가 부럽기도 했지. 어떻게 하면 저런 요술방망이 같은 카드를 가지고 다닐 수 있을까? 나도 저런 카드 하나면 만사형통이 되지 않을까? 신은 요즈음 요술방망이 카드를 만들어놓고 돈 나와라 뚝딱, 금 나와라 뚝딱, 옷 나와라 뚝딱, 가방 나와라 뚝딱, 하면 되는 건가 봐. 나도 사실은 옷을 좋아하는 여자거든. 어려서부터 옷 욕심이 많아서 아버지가 언니 옷을 하나 사주면 내 것도 사달라고 아버지를 못살게 굴었지. 그래서 언니 옷보다 내 옷이 항상 많았어. 느낌이 있는 옷이 좋다며 꽃이 예술처럼 그려진 원피스나 자연스런 무늬의 블라우스를 좋아해서 성경 엄마의 카드를 늘 부러워했어. 가끔 성경 엄마가 우동 끓이는 나에게 서울백화점에 나에게 어울리는 옷이 있으니 사다 준다는 말을 했어. 그리고 직접 사 와서 나의 소비를 부추기기도 했어. 기비 메이커였는데 비싼 옷이어서 마음에 들어 하나를 사고 나면 또 사고 싶은 욕망이 있었다. 이렇게 하면 안 되지, 늘 후회하면서 성경 엄마의 부추김이 아니라 내 안에 숨어있는 욕심이 나타나기 시작했어. 그리고 아이들을 고등학교만 졸업시키겠다는 성경 엄마가 옳지 않다는 생각이 들었지. 중학교만 졸업시킨 성경이가 아이들 옷 파는 가게에서 일을 하다가 겨울에 얼음판에 미끄러져서 넘어졌는데 발목이 깨져서 수술을 하게 되었다. 아르바이트로 근무하던 주인에게 모든 책임을 넘기려고 나를 데리고 근로 복지회관까지 가서 따졌지만 본인 부주의로 돌아갔지. 아픈 성경이가 다리 수술을 하던 날, 갑자기 찾아와 성경이 병문안을 가자고 하더군. 따라가 보니 수술 후 무슨 주사를 맞으면 고통이 덜해지는데, 그 주사 값이 십오만 원인데 그 주사 값이 없어서 못 맞는다고 안타까워하기에 내가 그냥 대 주었지. 성경의 울음소리는 나를 기다리고 있었다는 듯이 멈추었고, 그 뒷날 성경 엄마는 버버리에서 지갑을 오십만 원 주었다며, 웃으며 나에게 자랑했을 때 내가 당한 느낌을 받았어. 우리 가게에서 항상 예쁘게 입고 멋있는 남자들에게 친절하고 주방 아줌마에게 고생한다면서 박카스를 사주던 성경 엄마를 싫어할 이유도, 좋아할 이유도 분명하지 않지만, 우리 가게에 오니까 습관처럼 가족처럼 우리와 함께 살아가고 있었지. 그런데 우리 집에서 서울에서 사온 기비 옷이 없어졌다. 그 안개꽃이 그려진 원피스, 성당에 갈 때만 입으려고 걸어놓았는데 없어져 버린 거야. 너무 기가 막혔지. 참 내가 비밀창고에 넣어둔 돈도 몽땅 없어졌다. 그것도 우리 남편이 나에게 미안해서 가만히 집에 들어와 훔쳐갔다고 생각을 했지. 그렇다면 눈감아 주자. 오죽하면 그 돈을 훔쳐갔을까? 그런데 이제와 생각해 보니 경비아저씨가 또 그런 말을 했어. 사모님 친구가 우리 집을 들락거린다는 말을 했는데, 곧이듣고 싶지 않았어. 왜 그랬을까? 우리 집 열쇠를 어떻게 알았을까? 나는 집 열쇠를 우유 주머니에 넣고 다녀서 내가 우동가게에 나와 있는 시간이면 가능한 일이야. 갈수록 세상이 무서워진다. 어떻게 나를 그림자처럼 따라다니면서 도둑질을 하는 걸까? 마음 같아서는 '이 도둑년아! 네가 어떻게 그럴 수 있어? 그동안 훔쳐간 돈, 옷, 물건 모두 내놔. 정말 내 금도 없어졌어. 시집올 때 해온 이불 안의 금붙이들이 몽땅 없어졌다. 이럴 수가! 바로 너야. 천사의 얼굴로 악마처럼 사는 너야.' 큰소리로 따지고 싶지만, 가슴이 떨리고 답답할 뿐이구나.

느티나무야, 모든 것이 혼란스럽다. 남편 사업이 망해서 두 아이를 책임지기 위해 열심히 우동만 끓이면 되는 줄 알았는데 그것이 아니었어. 내 옆에 검은 그림자, 도둑고양이가 나를 따라다니는 줄 몰랐어. 어떻게 해야 할지 모르겠어. 더운데다 두려운 마음으로 뜨거운 정종을 마셨더니 현실에 적응할 수 있는 능력이 떨어졌어. 너무 더워서 빨리 가게 안에 들어가 선풍기 바람, 아니 에어컨 바람을 쐐야겠다. 느티나무야, 미안해. 내가 서둘다가 잘못을 저지르지 않는 지혜로운 사람이 되게 도와줘. 이곳에 와서 너랑 이야기하는 시간이 요즈음 많지 않아서 이런 일이 일어난 거야."

주인 여자가 우동가게로 들어갈 때 습관처럼 나를 뒤돌아 쳐다보는데 정종 잔을 든 여자는 오늘은 나를 쳐다보지 않는다. 구겨진 청원피스를 입은 여자의 뒷모습이 너무 슬퍼서 누가 뭐래도 끝까지 저 여자를 지켜 주어야겠다는 생각이 들었다.

녹녹하지 않은 삶을 사는 심혜진과 주인 여자는 느티나무가 보이는 쪽에 앉아 이야기하면서 커피를 마신다. 그리고 산더미 같은 배추를 절인다. 도둑을 맞지 말든가, 배추를 절이지 말고 김치를 사 먹든지 하지, 왜 이토록 어려운 일만 골라 가면서 살아가는지 모르겠다.

심혜진과 주인 여자는 서로 말을 맞추어 이제부터 물건값을 가게 안에 두지 말고 밖에 있는 소금 항아리 속에 묻어놓기로 했다. 도둑고양이들은 고기를 좋아하지 돈을 탐하지는 않을 것이니, 이제부터 조심을 하자고 마음을 모았다. 철물점에 가서 열쇠를 새로 샀고, 집에 있는 열쇠를 새로 바꾸었다. 이쯤 되면 제아무리 영특한 도둑 아줌마 할지라도 움직일 수 없을 것이다. 그리고 그 도둑 아줌마가 오면 조금은 냉정하게 대하기로 했다. 서서히 우동집에서 사라지는 그림자로 만들기로 작정한 것이다.

심혜진은 화장실을 가면서 쭉 뻗은 다리로 고양이들을 걸어차며 말을 한다.

"야, 이놈들아! 이제부터 우리 집을 기웃거리다가 가시오부시를 훔쳐 먹으면 가만두지 않을 거야. 너희들이 우동 국물 내는 가시오부시를 훔쳐 먹는 줄 알고 이제 고무통 속에 꼭꼭 숨겨 놓거든. 이제부터 우리 집에 도둑이 들거든 할퀴어버려라. 몇백만 원짜리 명품가방을 할퀴어서 흠을 내버리는 거야. 내가 그토록 부러워했던 명품 아줌마가 오면 못 오게 하라고. 그래야 밥을 줄 거야. 이 집에서 밥을 얻어먹으려면 밥값을 해야지."

도둑고양이는 알아들었다는 듯이 가만히 꼬리를 뒤로 꼬아 허리를 펴고 앉아 눈을 맞추며 있다. 이 집 고양이들은 다섯 마리가 한 가족을 이루는 듯했다. 엄마로 보이는 황금색이 진한 고양이는 가끔 주인 여자 앞에 꼬리를 틀어 가부좌 모양을 하고 앉아있다. 사람들은 밥을 달라는 신호를 보낸다고 하지만, 밥을 먹고도 한참 동안, 아니 두세 시간을 그런 모습으로 앉아 뒷문으로 우동집 안을 들여다본다. 그래서 에어컨을 틀었는데도 뒷문을 열어놓곤 한다.

전기료가 많이 나올 것을 알면서도 셈을 하기 싫어하는 주인 여자는 뒷문과 앞문을 열어놓기를 좋아한다. 뒷문으로는 고양이가 이 집을 들여다보며 무슨 이야기를 하고 싶어 하고, 앞문으로는 느티나무가 이 집을 들여다보며 이 집에서 있었던 이야기를 끌어가고 있으니, 이렇게 어설프고 재미나는 소설이 또 있을까? 주인 여자가 심혜진에게 말조심하라고 당부한 것은 이 말이 밖으로 나가면 모두들 주인 여자에게도 문제가 있다고 말할 것이기 때문이다. 이럴 때는 조금 내숭 같기도 하다. 밖에서 욕먹을까 봐 쉬쉬하는 것은 정의감이 부족한 것이다. 비겁하다는 생각이 들지만, 원래 성격이 그렇게 용기 있는 사람 같지 않으니 어쩔 수 없다. 본인이 터득해 갈 수밖에 없다. 생각 같아서는 독하게 마음먹고 도둑 아줌마를 불러서 혼찌검을 내고 싶은 것이 느티나무의 마음이다.

비가 좀 왔으면 좋겠다. 장맛비가 온 후 이렇게 건조한 날이 계속되니 물이 먹고 싶다. 비 내리는 하늘을 보고 싶다. 주인 여자가 배추를 절이고 절인 배추처럼 지쳐서 골방에 누워 있는데 명품아줌마가 나타났다. 이번에는 연보라색 마로 된 원피스를 입고 구찌 가방을 들었다. 이렇게 더운 날 붉은 꽃무늬가 있는 겐조 머플러를 했다.

"피곤한가 보다. 아휴 짠해라. 어젯밤도 힘들었겠다. 아니, 배추를 저렇게 산더미처럼 절이면 나를 부르지 그랬어. 내가 도와줄 텐데. 허리 아프지? 내가 좀 주물러 줄까?"

밀반죽을 하고 있던 심혜진은 새침한 얼굴로 도둑 아줌마를 쳐다본다. 잠을 자던 주인 여자가 갑자기 벌떡 일어나더니

"싫어. 나를 만지지 마. 빨리 나가. 이제 우리 집에 오지 마. 이 집은 너 같은 사람이 오는 집이 아니야. 조용히 나가. 이제 끝이야. 내가 다 알고 있다고"

버럭 소리를 질렀다.

도둑 아줌마는 깜짝 놀라 얼굴을 붉히며 슬금슬금 뒷걸음을 치며 우동집 문을 빠져나가며 말을 했다.

"어머! 꿈을 꾸었나 봐. 일이 힘들어서 가위에 눌렸나? 왜 저러지? 심혜진아! 언니를 그대로 놔둬. 잠을 푸욱 자야겠어."

심혜진은 입을 쭈욱 내밀며 밀반죽을 하기 위해 소금이 소복이 담겨 있는 양푼을 들고 나갔다. 고급 승용차를 타고 골목을 급하게 빠져나가는 도둑 아줌마를 보며 소금을 뿌렸다. 느티나무는 큰소리로 외친다.

"주인아줌마가 용기 있는 아줌마야. 멋져요. 이제부터 절대로 도둑맞는 일은 없을 거야. 열쇠를 복사할 기회를 주지 않을 테니까."

뒷문 밖에 꼬리를 틀고 앉아 있던 도둑고양이가 느티나무를 보고 웃고 있다.

강순희

충북여성문학상

소설집 『행복한 우동가게 첫 번째 이야기』, 『백합편지』, 『행복한 우동가게 두 번째 이야기』

010-2319-1052, kang5704@hanmail.net

27330 충북 충주시 연수동 4길 10, 행복한 우동가게

판타레이

김 승 일

"우선 부품부터 마련해야겠어."

한 손으로 능숙하게 핸들을 돌리던 데릭이 통화 품질을 의식해서인지 이어폰과 연결된 마이크를 만지작거렸다.

"될 수 있으면 왼쪽 팔과 허파가 괜찮을 거야. 가능하다면 간이나 심장 쪽도 좋고."

비좁은 자동차 안에서 작지만, 공간을 가르는 날카로운 목소리가 울려 퍼졌다.

"그럼 자금이 더 필요해."

데릭은 사이드미러를 통해 방금 지나친 선인장을 유심히 살펴보면서 말했다.

자동차 속도를 올릴수록 저 먼 사막 지평선 끝에 걸쳐있는 작은 물체가 점차 확대되었다. 풀 한 포기, 산등성이 하나 없는 평평한 사막 위에 존재하는 모든 것들은 지상과 하늘을 연결한 고리처럼 보인다. 저 멀리 점착성 짙은 그것은 태양을 따라 조금씩 움직이면서 언제나 지평선 근처 위에 떠 있는 듯이 보였는데, 가까이 가면 갈수록 교회 첨탑 위에 꽂혀있는 피뢰침처럼 보였고, 언뜻 뽀족한 가시가 돋아난 고슴도치가 웅크리고 있는 것처럼도 보였다. 그러나 그렇게 머릿속으로 상상하고 있던 찰라, 그 미스터리한 존재가 인간에 의해 의도적으로 탄생된 거대한 구조물이라는 사실을 인지하게 된다면, 그제야 이 모든 망상과 생각들이 자신의 무지로부터 비롯되었다는 현실을 깨닫게 된다. 바로 저 거대한 구조물은 사막 한가운데 우뚝 솟은 문명화된 도시였다.

황량한 벌판 위에 펼쳐진 최첨단 도시는 바짝 다가설수록 고대 유적의 상징물인 오벨리스크처럼 다가왔다. 문득 메마른 사막에 홀로 남겨진 푸른 빛깔 오아시스처럼 생각되는 것이, 어떻게 이토록 척박한 지대 위에 찬란한 도시를 남겼을까 하는 의문이 스쳤다. 일부러 의도한 것인가 아니면 고대 이집트의 도시들처럼 시간을 유추할 수 없을 정도로 오래되어 사막화된 것일까? 적어도 저 도시의 근간을 이루는 빌딩들은 족히 백 층은 넘으리라…….

"내 이럴 줄 알고 200만 크레디트 전송해놓았지."

뜻밖의 대답에 데릭은 탄성을 지를 뻔했다. 돈 몇 푼에 벌벌 떨었던 그가 시키지도 않은 짓을 하다니 지나가던 개가 웃을 노릇이다.

"200만은 너무 과한 것 아니야?"

말로는 위로하는 척했지만, 데릭의 입가에선 엷은 미소가 번져나갔다.

"별것 아니야. 자네 수고비도 포함되어 있고, 또 나중에 필요 이상으로 부품이 소모될지 모르니까. 이쯤은 내겐 아주 우스운 일이지."

간드러진 웃음소리와 함께, 이 정도로의 선심에 기뻐하는 자체가 처량하다는 듯한 어투가 데릭의 귓가에 조소처럼 들려왔다.

"좋아, 그럼. 잘 쓰겠어."

데릭은 그제야 겸손의 중요성을 깨달았는지 입가에 머금었던 웃음기를 싹 가셔냈다.

"그건 그렇고 나 대신 제인에게 안부나 전해줘." 데릭이 애써 화제를 돌렸다.

"걱정 마. 그녀는 아무것도 모를 테니. 아마 지금쯤 곤히 잠들어 있을 걸? 그리고 몇 시간 후에는 언제나 그래 왔듯 너와의 평범한 일상은 다시금 시작될 거야."

내 여인의 앞날을 장담하는 것은 놀라울 일이다. 갑자기 지난날이 생각났다. 한 달 전쯤이었지. 나 몰래 둘이 만나 즐거워했던 일. 무슨 얘기를 나눴을까? 혹시 지금 이 상황을 예견하고 있었던 것은 아니었을까? 왠지 모를 의구심이 봄날 아지랑이처럼 피어올랐다.

차 안에서 몇 마디 나누지 않았지만, 어느새 데릭을 태운 자동차는 단숨에 도시를 향해 달려왔다. 코앞에는 수 킬로미터의 깊은 협곡이 펼쳐져 있었고, 그 협곡을 잇는 다리를 건너자마자 찬란한 문명이 시작되게 된다. 무시무시한 속도로 달리는 자동차가 도시로 들어가는 다리에 다다르자 창공 위를 날렵한 제트기가 엄청난 굉음을 내며 도시 경계면 위로 유유히 사라져 갔다.

다리를 건너면서부터 시속 300Km를 넘나들던 속도를 서서히 줄였다. 그러자 자동차 뒤꽁무니로부터 연기처럼 피어오르던 모래 먼지는 더 피어오르지 않고 대신에 매캐한 회색빛 매연이 도시로 들어오는 고독한 이방인을 반겼다.

데릭을 태운 자동차는 개선문처럼 꾸며진 화려한 입구를 통해 도시 안으로 들어가면서 금속 물질이 가득한 지면 위를 낮게 떠올랐다.

"공항."

짧은 데릭의 말에 자동차 앞유리로부터 주위의 사물이 투과하는 투명한 홀로그램 창이 켜졌다. 그러면서 그 창으로부터 정갈한 유니폼을 입은, 예리한 시선을 가진 묘령의 여인이 나타났다.

"웜우드 시티에 오신 것을 환영합니다. 3번 섹터를 통해 17번 게이트로 진입하십시오. 공항까지의 소요시간은 약 12분입니다."

도도하게 생긴 여인은 이 말만을 남긴 채 사라져 갔고, 화려한 내비게이션 지도가 그녀를 대신했다.

자동차는 손수 운전할 필요가 없었다. 도시를 관장하는 센서로부터 제어되는지 신호에 따라 정지했다가 출발했다가를 반복하며 안정적으로 움직였다. 간혹 차창 밖으로 똑같은 패턴으로 움직이는 자동차가 보였지만, 안에 누가 타고 있는지 또 어디로 향하는지는 알 수 없었다. 아무리 둘러봐도 긴 차량들의 행렬만 보일 뿐, 주위를 배회하는 사람은 그림자조차 찾아볼 수 없었다. 어떻게 보면 이곳은 아주 오래전 문명의 이기심으로 폐허가 된, 유령이 떠도는 도시와 같았다.

그렇게 생명체의 움직임이라곤 전혀 찾아볼 수 없는 도시를 10여 분쯤 가로질렀을 것이다. 거대 유리 돔에 싸인 공원 모퉁이를 돌자 빌딩 숲 건너편으로부터 세련된 디자인으로 치장된 '17'이라고 써진 숫자가 눈에 들어왔다.

17번 게이트 앞에 당도하자 데릭을 태운 자동차는 지면 위로 내려앉았다. 그리고 어서 내리라는 신호처럼 자동차 문이 저절로 열렸다.

차에서 내린 데릭은 이곳이 아주 익숙한 것처럼 행동했다. 그는 시선과 발걸음을 분산시키지 않고 곧장 건물 외벽에 나 있는 수많은 입구 중 하나를 택해 들어갔다.

길게 뻗은 공항 건물은 주변 고층빌딩에 비해 상대적으로 낮았다. 하지만 차지하고 있는 면적으로 치면 빌딩 몇 개를 합쳐 놓은 상당한 규모였다. 문을 열고 들어가 보니 안은 완벽한 신세계였다. 건물 밖은 인기척 하나 없었으나 안에서는 현재 흥미로운 게임이 진행 중이라는 듯, 막상 문을 열고 들어가 보니 수많은 사람들이 몰려있었다.

거대한 쇼핑몰처럼 꾸며진 안에는 다양한 인종들이 북새통을 이루고 있었다. 특히 최첨단 패션으로 한껏 멋을 낸 여인들의 모습이 퍽 인상적이었다. 여인들 손에 이끌려 나온 아이들은 저마다의 최신식 장난감을 갖고 놀고 있었는데, 성인 남성들은 너나 할 것 없이 허리 벨트에 연결된 가는 호스를 물고 있었다. 그들이 물고 있는 그것은 일종의 담배인 듯싶었지만, 입에서는 연기조차 피어오르지 않았다.

광장같이 넓은 실내 중심은 텅 비어있는 반면 공항 건물 벽 쪽으로는 간단한 음식 등을 파는 상점들이 밀집해 있었다. 건물 외벽 쪽에 밀집한 상점들은 서로 구별하는 특별한 칸막이가 없었으며, 몇몇 곳은 밖에서 안을 볼 수 없게 차단벽으로 가려져 있었다. 인파의 물결은 그런 외곽 쪽으로부터 소용돌이치며 파장의 잔해처럼 천천히 움직이고 있었다.

수많은 사람 사이로 데릭이 발걸음을 멈춘 곳은 인적이 뜸한 비교적 후미진 곳이었다. 눈앞에는 커다란 상자와 같은 것이 덩그러니 놓여있는 것이, 그것은 내부로부터 새어나오는 빛조차 감지할 수 없는 차단벽으로 가려진 상점이었다.

서로 밀집해 있는 여느 상점과 동떨어진 상점에서는 무엇을 판다는 문구조차 없었다. 더군다나 어디가 입구인지 분간하기 어려웠고, 심지어 옆에는 쓰레기통이나 청소도구들까지 쌓여있어 행여 쓸모 있다면 잡다한 물품들을 보관해놓는 창고처럼 보였다.

데릭은 일말의 망설임 없이 상점 귀퉁이로 다가가 소지하고 있었던 카드를 꽂았다. 그러자 직사각형 문 형태가 생기더니 어느새 굳게 잠겼던 문이 스르륵 열렸다.

상점 안으로 들어가자마자 활짝 열렸던 문은 재빨리 닫혔다. 그런데 이렇듯 순식간에 사라진 이유에는 그만한 특별함이 있어서였다.

특징 하나 없이 밋밋했던 상점 외부와 달리 안에는 놀라운 것들이 가득했다. 처음 보면 정육점에 들어선 것과 같은, 천장 위에 치렁치렁 매달린 고깃덩어리들이 보인다. 그러나 환한 조명 아래 상품처럼 내 걸린 그것들이 식육 가능한 고기가 아니라 인간의 신체조직과 유사하다는 것을 눈치채는 순간, 엄청난 충격과 공포에 휩싸인다. 금방이라도 핏물이 뚝

뚝 떨어지지 않을까 싶을 정도로 어떻게 해서 이렇게 부패하지 않고 있는지는 의아할 정도였다. 보기 좋게 마련된 유리 진열장 안에는 사람 손가락 발가락 혹은 귀와 코, 이빨 등으로 세분화되었고, 농밀한 저장액 안에 담긴 눈알들은 죽은 물고기들처럼 둥둥 떠다녔다.

흉측한 눈알 뒤에는 긴 신경조직이 뱀 꼬리처럼 늘어져 흐느적거리고 있었다. 또한, 아직 피가 흥건한 심장은 기계적인 장치에 의해 이렇게도 존재할 수 있다는 듯이 쿵쾅거렸다. 게다가 그 옆으로는 요목조목 훑어보고 비교해보며 사가라는 듯 가격표까지 내걸려있으니, 이곳은 마치 오래전 인류의 야만적인 역사 속에서 자취를 감춘, 일부러 식인 풍습을 재현해낸 인육 시장이 아닌가 싶었다.

"어서 오세요."

그 놀라움을 만끽할 사이도 없이 어디선가 뚱뚱한 체구의 중년 남자가 다가왔다.

우습게도 그의 얼굴 반쪽은 금속성 기계로 되어있었다. 어차피 영원하지 못할 사람의 신체를 갈구하는 것은 쓸모없다는 편견처럼, 인간의 신체를 파는 상점에서 진정한 모순을 말해 내듯이.

"무엇을 찾고 계십니까. 손님?"

목소리만 들으면 영락없는 기업 최고의 경영자 같은 중후한 느낌이었다. 어쩌면 이는 반쯤 기계화된 성대의 영향 때문인지 모른다.

"왼쪽 팔과 허파요. 그리고 20대 초반의 건강한 남성의 간과 심장이 각각 하나씩 필요합니다."

"원하시는 것은 여기 다 있습니다."

그가 말하면서 테이블에 있던 버튼을 누르자 카운터 뒤에 가려졌던 진열장이 좌우로 갈라졌다.

환한 조명 때문에 부분적으로 잘려진 신체들은 더욱 혐오스러웠다. 그리고 그와 동시에 옆에 있던 작은 모니터에서 신체를 기증한 이들의 동영상이 나타났다. 여기서 특이한 점은 신체 기증자 모두가 자신의 신체가 이렇듯 조각조각 분해되어 팔리고 있는지를 아는지 모르는지 카메라에 찍히는 그 순간만큼 환하게 웃고 있다는 것이었다.

"그런데 허파는 양쪽 다 필요한 겁니까?"

"아니. 왼쪽만요."

데릭의 말에 수완 좋은 장사꾼이 늘 그러듯 목소리를 부드럽게 대했다.

"양쪽 다 구입하시면 제시된 가격에서 15% 할인해드리겠습니다. 특별 서비스로 말입니다."

입가에 온화한 미소까지 띠면서 말했지만, 그의 그런 모습이 더욱 섬뜩하게 느껴졌다.

"그렇게까지는 필요 없습니다."

데릭이 딱 잘라 말하자 상점 주인의 아양은 정점에 다다랐다.

"오늘 첫 손님이니까 그렇게 해드린다는 말입니다. 손님이 오늘 첫 마수걸이란 말이죠. 그래서 조금 더 깎아 드리겠습니다. 아예 절반 가격으로 해 드리죠. 남는 것 하나 없이 내 드리겠다는 것입니다. 그것도 보증 기간까지 완비한, 특A급으로 말입니다."

상점 주인은 이렇게 말하면서 한마디 더 귀띔했다.

"이것들은 오늘 새벽에 들여온 것이랍니다. 축출한 지 6시간도 안 된, 정말이지 무엇 하나 나무랄 데 없는 싱싱한 것들이죠."

그는 신선함을 강조하기 위해 진열된 다리 일부분을 손가락으로 콕 눌러 보였다. 그러자 진짜 살아있는 피부처럼 금세 들어간 부분이 탄력적으로 되돌아왔다.

흥정의 묘미를 알고 있는 데릭은 터무니없는 가격으로 선전하는 상점 주인의 말에 살짝 웃음 지었다. 그리고는 이내 못 이긴 척하는 표정으로 말했다.

"그렇다면 허파는 양쪽 다 주십시오. 지금 제시한 절반 가격에다가 특A급으로 말이죠."

데릭이 승낙의 표시로 안주머니에 있던 카드를 내밀자 주인이 비장하게 받아 들었다. 그리고 손님의 마음이 바뀌지 않기를 바라듯이 서둘러 결제했다.

주인은 카드 단말기 옆에 있던 모니터를 한참 동안 주시하다가 조금 흥미롭다는 투로 말을 뱉었다.

"데릭 씨는 보안 1등급이로군요. 게다가 거래내역도 상당하고요. 이 정도 급수에 거래 건수라면 저희가 보유하고 있는 신체 어떤 부분도 다 제공됩니다. 물론 방금 말한 가격에다 특별 옵션까지 얹혀서 말입니다."

"옵션요?"

데릭은 창자와 연결된 위장이 꿈틀대는 것을 흥미롭게 바라보다가 은근히 풍겨오는 내장 비린내에 코를 벌름거렸다.

"그럼요. 심장과 간, 콩팥 같은 일부 중요장기를 제외한 다른 장기들은 모두 서비스 품목이랍니다. 손님 같은 특별한 분들께는 말입니다."

"옵션 같은 것은 필요 없습니다."

데릭은 흉측하게 내걸린 내장들에 진절머리가 난다는 표정으로 시선을 딴 곳으로 돌리면서 말했다. "상태가 최상이면 그것으로 족하답니다. 거기에다 이처럼 가격까지 저렴하다면야……."

"물론 손님께는 최상품만 제공됩니다. 그것이 이 바닥에서 일종의 룰이죠. 그러니 품질에 대해서는 염려 딱 놓으십시오. 저희와 견줄 곳은 주위에 단 한 곳도 없으니까요."

그는 여전히 모니터에서 눈을 떼지 않으면서 터치식으로 작동되는 모니터의 이곳저곳을 만지작거렸다.

상점 주인은 한참 동안 그러한 행동을 반복하다가 느닷없이 물었다.

"그런데 행선지는 어디입니까?"

갑작스러운 상점 주인의 질문에 데릭은 표정을 굳혔다. 그러자 상점 주인은 하던 일을 잠시 멈추고 데릭의 눈치를 살피면서 조심스럽게 대했다.

"아시다시피 신체 구입자의 행선지를 파악하여 정부에 보고해야 하는 것이 저희 판매자의 의무입니다. 그렇게 하지 않으면 엄청난 불이익과 함께, 가게 문을 닫을 정도로의 막중한 처벌을 받게 되지요. 하지만 원치 않으신다면, 제가 알아서 잘 처리할 수도 있답니다."

상점 주인은 곁에서 누군가가 지켜보고 있지 않을까 하는 모양새로 두리번거리더니 한 손으로 입을 가리고는 데릭에게 속삭이듯이 말을 건넸다.

"능력 있는 분 같으시니 소정의 대가만 지불해주신다면 말입니다. 거래내역 없이 약간의 현금만 융통해주신다면,"

상점 주인의 말이 끝나기도 전에 데릭이 대답했다.

"제타 구역이요. 제타 57차원으로 갈 예정입니다."

"세상에나 57차원이라니!"

간사했던 주인장의 표정이 확 바뀌면서, 얼굴 반쪽에 달린 기계 눈이 붉은빛으로 반짝였다. 데릭은 그의 눈빛이 날카로워졌다는 생각에 불안해했다. 놀라움이 가득한 눈빛이라기보다 섬뜩할 정도로의 차가운 눈빛이었기 때문이다.

상점 주인은 살이 붙어있는 남은 반쪽 뺨을 한 손으로 잠시 어루만지다가 다시금 물었다.

"57차원에 간다는 말이 사실입니까?"

"예." 데릭은 말과 동시에 완전한 긍정의 표시로 눈을 길게 깜박여 보였다.

"이런, 이런. 57차원을 가는 사람들 중에 성해서 돌아온 사람 하나 못 봤습니다. 그런데 그것도 제타 구역이라니……."

상점 주인은 일부러 그러는지 데릭과의 시선을 피하면서 말끝을 흐렸다.

"그래서 이 물품들이 필요한 거죠."

데릭이 미끼를 문 고기처럼 재빨리 대답했다.

"그래요?"

잠시 물러났던 그가 솔깃한 자세를 취했다.

"그래도 뇌를 다치면 아무 소용없답니다."

그는 이렇게 말해놓고선 반응을 살피듯이 다시 능청스럽게 판매서류를 작성하기 시작했다.

"더군다나 57차원 같은 곳에서 아예 빠져나오지 못한다면 영혼도 나오지 못할 끔찍한 그런 곳에서 인생 끝났다고 봐야죠."

그의 타이핑 치는 소리가 적막을 깨뜨리는 육중한 시곗바늘 소리처럼 들려왔다.

"꼭 그곳에 갔다 온 사람 같이 말을 하는군요."

데릭은 시큰둥하게 응수하면서 테이블 위에 있던 인체 두개골을 바라보았다. 그런데 이상하게도 카운터 테이블 위에 장식품처럼 놓여있던 두개골이 데릭을 향해 비웃는 것처럼 느껴졌다.

상점에서 나올 때는 양손에 크기가 다른 두 개의 가방이 들려있었다. 작은 가방에는 심장과 허파를 담았을 테고, 큰 가방에는 데릭의 것과 필적하는 손발이 있으리라.

일반적으로 도시를 빠져나가려 할 때는 드넓은 공항 활주로의 대형항 공기를 이용하기 마련이다. 하지만 데릭이 가는 방향은 일반적인 그들과 달랐다. 그가 향하는 곳은 공항 내부의 지하층, 그것도 공항 여느 곳과 달리 중무장한 경비들이 입구를 지키고 서 있는 곳이었다.

데릭의 최고 보안등급은 거칠 것이 없었다. 보안 1등급 바코드가 찍힌 신분증을 내미니 거수경례까지 할 정도로 그의 신분은 확고해 보였다. 그렇게 이중 삼중으로 경비를 서고 있는 지하 1, 2층을 지나 지하 3층에 다다르자, 지니고 있던 신분증만으로는 통과를 불허했다. 그곳에서는 지문 검색과 더불어 안구 스캔까지 거쳐야 했기 때문이다.

최종 검색대를 통과하니 안에는 출국 심사대가 놓여있었다. 사방이 꽉 막힌 이곳 지하에서 무엇을 타고 빠져나갈지는 모르겠지만, 널찍한 실내에 개설된 심사대는 10곳이 넘었다. 주위를 둘러봐도 심사받으려는 사람은 달랑 데릭 혼자였다.

데릭은 들고 있던 가방 하며 주머니 안의 소지품을 검색대 위에 올려놓았다. 그리곤 손안에 쏙 들어갈 만한 작은 원형의 CD를 단말기 안에 꽂고는 침착한 마음으로 심사대 앞에 섰다.

"데릭 씨는 아서 그룹 소속이시군요."

터질 듯한 볼과 부풀어 오를 대로 부풀어 오른 풍만한 체형. 뱃살과 유방이 구분되지 않는 심각한 비만의 여성이 가냘픈 목소리로 말했다.

"네." 심사의 의미를 잘 알고 있는 데릭이 간단하게 대답했다.

"경력도 참 화려하시네요."

그녀는 짧은 손가락으로 펜을 돌리면서 한참 동안 화면을 주시했다.

"3년 전에는 특수부대 소속으로 차원침투에 관여했고, 그전에는 화성 연합국 소속으로 칼리스토 전투에 참전하셨네요?"

모니터를 보면서 말하는 그녀의 입술은 왠지 모르게 거대한 얼굴에 비해 턱없이 작아 보였다.

"네. 그렇습니다."

"아서 그룹을 위해서 정확히 어떤 일을 하고 계십니까?"

여인의 물음에 데릭은 잠시 멈칫했다.

"그것은 기밀입니다."

데릭의 말에 여인은 빈정 상했다는 표정을 지어 보였다.

"여기는 출국 심사대입니다. 제가 수긍할 수 있는 대답을 듣지 않는 이상, 당신의 출국을 불허할 수도 있답니다."

초롱초롱한 빛을 내고 있는 여인의 눈망울이 마치 토끼 탈을 쓴 거대 살덩어리처럼 여겨지는 순간이었다.

"제 임무는 정부의 승인 하에 벌어집니다. 그러한 측면으로 정부에서도 기밀로 취급되는 사안이고요."

"그래요?"

여인의 반문에 데릭은 대답 대신 고개를 끄덕여 보였다.

"뭐, 아서 그룹이 현 정부의 비호를 받고 있다는 사실은 익히 들어 알고 있습니다."

여인은 지지 않겠다는 듯이 말을 받았다.

"그러나 정부에 해를 끼치는 어떤 사적인 행위가 있지 않을까 해서 묻는 것입니다. 아서 그룹을 포함한 당신들이 말하는 공공 부분에서 혹시 불법적인 행위가 있지 않은지 말입니다."

"예를 들면요?" 말하는 데릭의 한쪽 눈썹이 실룩거렸다.

"가령 자원을 빼돌리든지, 원시 행성 역사를 완전히 바꿔 놓든지 하는 일들이겠죠."

여인이 표독스럽게 대꾸했다.

데릭은 바로 대답하지 않고 허공을 쳐다보았다. 감정을 추스르듯이 말이다. 마침내 큰 한숨을 내쉬면서 여인의 두 눈을 지그시 응시했다.

"물론 임무를 수행하다 보면 예기치 못한 일에 직면하는 경우가 생깁
니다. 그로 인한 어떠한 불법적인 행위에."

"그러니까 그 임무란 것이 어떤 것인지 설명해 보라니까요?"

얄밉게도 그녀는 한층 톤을 높여 데릭의 말을 끊었다.

이에 데릭은 흥분하지 않고 하던 말을 차분히 이었다.

"임무를 수행하다 보면 어떠한 불법적인 행위에 내몰릴 수도 있답니
다. 하지만 그 어떤 상황이더라도 맡은 임무에 관해 한마디도 해줄 수
없는 게 저의 입장이랍니다. 게다가 이 시점에 당신께 보고할 의무도 없
는 것이고요."

데릭의 심각한 반응과 함께 원하는 답변을 듣지 못하자 여인은 이를
예상했다는 듯이 그 오동통한 손으로 작은 입술을 가리며 낄낄거렸다.

"호기심이 과했다면 이쯤에서 사과드리겠습니다. 이것도 보안유지능력
테스트의 일부분이라 생각하면 좋을 겁니다. 사실 전 이 부분을 테스트
해보라고 정부 관계자로부터 미리 부탁을 받았답니다. 그리고 현시점 부
로 당신은 보기 좋게 통과한 것이고요. 호호호."

그녀의 호들갑스런 태도에 데릭이 미간을 찌푸려 보였지만, 여인은 관
심 없다는 듯이 자신의 할 말을 계속 이어나갔다.

"아서 그룹을 존중하겠습니다. 하지만 검증되지 않은 소수 차원으로
의 여행은 아무래도 위험해 보입니다. 평행우주 중에서 소수차원, 특히
57차원에서의 사고는 다반사이지요. 지금까지 보유한 데이터가 이를 잘
설명하고 있으니까요. 그래도 당신이 그곳에 파견된다는 것은 그만큼 이
유가 있어서겠지요. 데릭 씨, 당신을 과소평가한다는 말이 아닙니다. 아
서 그룹과 당신의 능력을 존중한다는 말입니다. 그곳에 가서도 부디
아무 탈 없이 건강하길 기원하겠습니다. 그럼 즐거운 여행이 되세요."

여인이 말을 마치자마자 여권과 같은 CD가 자동으로 튀어나왔다. 그

리고 출국을 허가하겠다는 의미인지 보안 출입구 정면으로부터 붉은색 등이 푸른색으로 바뀌었다.

심사대를 거쳐서 좁은 통로로 내려가니 후덥지근한 바람과 습한 공기가 코를 찔렀다. 계단 아래로 연결된 문을 열어젖히자 지상에 있던 공항 광장같이 넓은 지하공간이 나타났다. 하지만 제아무리 크고 넓은 지하공간이라도 창공을 훨훨 나는 우주선 따위가 있을 리 만무하다. 기껏해야 땅속 터널을 달리는 지하철이 전부라 생각될 법하나, 실상은 그 어떠한 운송수단도 보이지 않고 원형의 고리와 같은 커다란 장식품 몇 개만이 덩그러니 놓여 있을 뿐이었다.

지상건물 6층 높이로의 지하 출국장에는 사방을 한눈에 훑어볼 수 있게 천장 부근에 관제탑이 돌출되었다. 그리고 그 밑으로는 벽을 향해 뚫려있는 여러 방들이 다닥다닥 붙어있었다.

지하 정 중앙 원형의 고리가 있는 곳에서 외곽 벽에 속하는 지하 방까지는 상당한 거리였다. 그렇기에 중앙에 우뚝 솟은 원형 고리에서부터 이따금 강렬한 불빛이 번쩍이고 있었지만, 그 먼 곳에서 무슨 일이 벌어지고 있는지 알 수 없었다. 너무나 강렬한 빛에 일종의 용접작업에 의한 불꽃이란 생각이 스쳤으나, 단순히 용접작업을 한다고 보기엔 차원이 달랐다.

출국장 어디를 둘러보아도 유니폼을 입은 공항 관리자들 일색이었다. 그중에는 일반 의복을 걸친 데릭과 같은 차원여행을 떠나려는 민간인 여행객들이 드문드문 섞여 있었는데, 그런 여행객들은 한결같게 실내에 울려 퍼지는 스피커폰 지시대로 움직였다.

"지금 오신 여행객은 2번 대기실로 가십시오."

벽에 반사되어 쩌렁쩌렁하게 울려 퍼지는 스피커 방송이 데릭의 나갈 방향을 안내해주었다.

데릭은 안내 방송과 더불어 바닥에서 반짝이는 화살표 표시등을 따라 움직였다. 방송에서는 어느 지점에서는 천천히 걸으라든지, 또 어떤 곳에서는 발걸음을 멈추고 가방을 내려놓으라든지 하는 일거수일투족을 감시하는 듯한 멘트를 날렸다.

넓은 출국장을 귀퉁이를 따라 걸으니 금세 환한 불빛이 새어나오는 대기실이 보였다. 안에는 대여섯 명의 여행객들이 편안한 자세로 의자에 앉아 있었으며, 그중 한 명이 먼저 데릭을 알아보았다.

"어이 데릭!"

훤칠한 키에 준수한 외모로의 동양인이 데릭을 향해 손 흔들었다. 떡 벌어진 어깨를 소유한 그는 코 또한 타고난 팔다리처럼 유난히 크고 길어 보였다.

데릭도 그를 단박에 알아보고는 크게 소리쳤다.

"준철!"

데릭은 준철이라 불리는 그를 반갑게 맞이하며 위아래로 훑어보았다. 그러면서 장난기 섞인 미소로,

"자넨 아직도 소령인가?"

라며 한마디 더 해냈다.

이런 데릭의 말에 준철은 뒤로 웃어젖혔다.

"하하. 갈수록 경쟁이 심해지지. 요즘은 무공훈장쯤은 몇 개 따야 안락한 미래를 내다볼 수 있다네." 그는 자신의 처지를 조금 멋쩍어하면서도 호탕하게 말했다. 그러면서 담배를 꺼내 들어 어디서 구했을지 모를 구형 지퍼 라이터를 이용해 불을 붙였다. 라이터에는 번갯불이 꽂힌 해골 마크가 멋지게 새겨져 있었다.

"그런데 자네와의 만남은 3년 전에 벌어진 24차원 베이징 전투 이후

로 처음이지?"

준철이라 불리는 그의 몸은 얼룩무늬 군복과 같은 특수한 재질의 갑옷으로 감싸 있었다. 더군다나 어깨 부근에는 라이터에 있던 동일한 해골 마크와 함께 군대식 계급장까지 붙어있어, 누가 보아도 한눈에 군인이라는 것을 알 수 있었다.

"그래! 그때 우리가 살아남은 것은 정말 기적이었지!"

감탄사를 연발하던 데릭은 한쪽 눈을 찡긋해 보였다.

"자넨 제대하고 민간업체로 갔다는 말을 들었는데?"

그는 한껏 들여 마신 담배 연기를 길게 내뿜으며 말했다.

"아서 그룹이야."

"그 유명한 아서 그룹에 자네가 갔다는 사실이 놀랍지도 않군. 지금도 그렇겠지만, 그때의 자네 능력은 출중했으니까."

준철은 말을 마치면서 니코틴이 섞인 침을 바닥에 한 움큼 뱉어냈다.

"제대하면 아서 그룹으로 오게나. 나와 함께 일을 하세. 길은 내가 잘 닦아 놓았으니."

데릭이 겸손한 투로 말했다.

"말만 들어도 눈물 나게 고맙군." 눈가에 웃음을 머금은 준철이 말했다.

"그런데 이번엔 어디로 출정하려나?"

"17차원 델타지구."

"음. 소수차원이로군. 17차원이라면 블랙홀이 넘쳐나 금방이라도 붕괴될 차원 아닌가."

"도망자를 쫓아야 해. 고액의 현상금까지 내건 흉악범이지. 녀석이 그곳에서 다른 차원으로 빌붙기라도 한다면 큰일이야."

준철은 심각한 표정으로 담배 연기를 깊숙이 빨아들였다.

"조심하게. 그런 부류는 차원 변형에다가 곧잘 시간 왜곡까지 일으켜 놓지. 놈이 그런 곳에서 간신히 피어난 문명을 파괴하지 않으면 다행이야."

"아마 놈은 어디 원시 문명을 찾아가 독재자 노릇이나 하고 있을 테지. 그런 험준한 곳에서 피어난 문명을 등에 업고 극악무도한 폭력을 일삼으면서 말이야. 그건 그렇고 자넨 어딜 가려나?"

"제타지구 57차원."

이런 데릭의 대답에 준철은 흠칫 놀라워했다.

"만만치 않은 곳이로군. 민간업체에서 그런 곳도 손을 뻗는다는 이야기가 사실이군. 물론 자원 때문이겠지?"

"내가 맡는 일 대부분이 그렇지."

데릭은 자신이 맡은 임무를 말해주기가 애매한 듯 얼버무리며 준철과의 시선을 피했다. 그러자 눈치 빠른 준철이 다른 화두를 던져냈다.

"그래도 범법자하고 목숨을 내걸고 싸워야 하는 일이 아니라 다행이야."

이런 준철의 말에 데릭은 다소 냉소 섞인 투로 답했다.

"내 일이 생각처럼 단순치 않아. 위험은 어디에도 산재해 있지."

"그렇겠지. 인생사는 매한가지니까." 준철은 그만의 특유의 웃음을 날렸다.

그때였다. 날카로운 스피커 방송이 적막한 실내에 울려 퍼졌다.

"제타 57차원으로 가시려는 여행객은 지금 즉시 중앙 탑승구로 나와 주십시오."

데릭은 황급히 가방을 챙겨 들면서 안주머니로부터 회사 로고가(타원형 세 개가 기하학적으로 교차한) 선명한 명함 한 장을 꺼내 들었다.

"반가웠네. 몸조심하게나. 그리고 제대하면 이리로 꼭 연락해. 진심이야."

데릭은 명함을 건네주면서 그와의 짧은 만남을 아쉬워했다.

대기실을 빠져나온 데릭은 제법 빠른 걸음으로 지하 광장 중앙에 세워진 원형 고리로 향했다. 드넓은 지하 광장 정중앙의 원형 고리는 총 5개로, 일종의 신을 향해 예배 올리는 제단처럼 오각형 꼭짓점 형태로 위치해 있었고, 각각의 원형 고리에서 밝은 빛이 날 때마다 그 얇은 고리로부터 어스름한 그림자들이 아른거렸다.

그런데 그것이 착각일까. 한사람이 원형 고리 안으로 들어가면 마치 쌍둥이 형제처럼 똑같이 생긴 다른 한 사람이 나타났다. 그리고 어떤 고리에서는 두 쌍둥이를 넘어선 세쌍둥이, 네쌍둥이들의 모습이 보여, 여럿인 그들은 자연적인 쌍둥이 형제라기보다 생명공학 기술로 재현된 복제인간이 아닐까 하는 의심을 들게 했다.

아니나 다를까, 바로 건너편에 있던 원형 고리로부터 그 앞에서 서 있던 이와 똑같은 사람이 나타났다. 하지만 그는 한쪽 팔이 잘려나간 모습을 하고 있었다. 그는 고리로부터 나오자마자 쇼크 상태에 빠져버렸고, 곧바로 주변에 대기하고 있던 구급요원들에 의해 응급 처치가 이루어졌다.

그런 특이한 광경을 살펴볼 정황도 없이 어디선가 공항관계자가 불쑥 나와 데릭에게 말 걸어왔다.

"안내해 드린 물품은 갖고 오셨습니까?"

갑작스런 질문에 데릭은 당황한 기색이었다.

"허파는 여분으로 하나 더 구입했습니다. 마찬가지로 팔다리도요."

"남는 것은 저희가 보관해드립니다. 하지만 유통기간이 지나면 자동 폐기된다는 것을 양해해 주십시오."

"알겠습니다."

데릭은 말과 동시에 신체가 담긴 두 개의 가방을 내밀었다.

"지금 시각은 우리가 현재 살고 있는 차원 행성 기준으로 오전 7시 15분입니다. 이 여행은 시간 여행이 아니라 차원 이동입니다. 따라서 당신이 가게 될 평행 우주에서의 시간 또한 변함없게 됩니다. 말하자면 평행 우주 어디를 도착하든 당신이 존재하게 될 시공간은 현재의 우주란 의미입니다. 다만 다른 차원 안에 존재해 있을 사물들의 외형적인 변화만이 감지될 뿐이죠."

공항 관계자는 잠시 뜸들이며 자신이 들고 있던 클립보드 내용을 체크하면서 하던 말을 계속했다.

"그리고 소지할 수 있는 품목은 도착할 행성 문명에 위배되지 않는 물품들입니다. 특히나 최첨단 인명 살상 무기의 반출은 엄격하게 규제하고 있습니다. 또한, 차원 문명에 맞지 않는 각종 첨단 장비들도 제안하고요. 그럼 딱히 신고할 물품이 있습니까?"

데릭이 손목에 찬 시계를 풀면서 말했다.

"저희 회사 측에서 제공한 장비랍니다."

"아. K301이로군요."

공항 관계자는 데릭으로부터 손목시계를 받아들었다. 그리곤 손에 아주 익숙한 물건처럼 조작해 보였다.

"이 장비는 정부로부터 허가된 것입니다. 외형적으론 특별한 이상이 없고요."

그는 손목시계의 여기저기를 요목조목 살펴보면서 한 부분을 만지작거렸다. 그러자 갑자기 현재 위치를 표시한 홀로그램 영상이 눈앞에 펼쳐졌다.

"잘 작동됩니다. 어떠한 이상도 오류도 없어 보입니다. 그럼 이것 말고 달리 신고할 것 있습니까?”

“없습니다.”

이에 공항 관계자는 서둘러 시계를 건네주면서 마지막 다짐을 받아내겠다는 듯이 말하기 시작했다.

“차원 여행 중에서 발생하는 책임은 전적으로 여행자 개인에게 있다는 것을 알려드립니다. 앞으로 벌어질 어떠한 상황이든, 현 정부와는 무관하다는 말이지요. 그러니 그곳에 가서서는 부디 스스로 조심하는 것이 좋을 겁니다.”

그의 말에 데릭은 불편한 심기를 애써 감추지 않고 이마에 주름을 한껏 만들어놓으면서 말했다.

“얘기 들으니 괜한 걱정이 드는군요.”

데릭의 반응에 그가 살짝 웃음 지어 보였다.

“기분 상했다면 죄송합니다. 전 할 일을 다 했을 뿐이랍니다.”

“잘 알고 있습니다.”

데릭은 말하면서 덤덤한 표정을 지어 보였다.

그때였다. 데릭의 손목에 찬 시계에서 삑삑거리는 알람 소리가 났다.

‘지금 오려나 보군.’

데릭이 중얼거리기가 무섭게 윙하는 기계 진동음이 나면서 데릭의 눈 앞에 있던 원형 고리에서 순간적으로 빛이 번쩍였다.

윙윙거리는 소음은 점점 심해져 갔지만, 원형의 고리가 변형되거나 어떻게 되지는 않았다. 그저 고리 안쪽으로부터 그리 밝지 않은 요상한 물질이 안개처럼 희미하게 퍼져 나오면서 액상의 투명한 막이 형성될 뿐이었다.

막은 흡사 물과 같은 액체처럼 보였으나, 원형 고리는 곧추세워진 형태라 진짜 물이었다면 중력에 의해 바닥으로 흘러내렸을 것이다. 그러나 실상은 그렇지 않았기에 액상 형태로 출렁거리고 있는 물질은 진정한 물이 아니었다.

희박한 빛을 품은 요상한 막은 잔잔한 호수가 옅은 바람결에 물결치듯이 살며시 일어났다 잠잠해지기를 반복했다. 때때로 그 안에서부터 강렬한 빛이 소리 없는 새벽에 떠오르는 태양처럼 주변을 빛으로 물들였다가 흩어지기도 하고, 때론 격렬하게 타오르는 불꽃처럼 순식간에 환한 빛을 뿜어내며 심연 속으로 사라지기도 했다. 그렇지만 고리 안에 형성된 막이 투명한 물처럼 보인다 하여 반대편이 투과된다거나 미스터리한 그 안이 훤히 비춰지진 않았다. 양면의 거울처럼 보이는 것이라곤 금속 빛 찬란한 원형 고리 테두리와 계속해서 묘한 빛을 발해내며 파도처럼 일렁이는 표면뿐이었다.

그렇게 신비로운 광경을 지켜보는 것도 잠시였다. 어느 순간 원형 고리 안에서 형성된 엷은 막이 가스를 내포한 기포처럼 서서히 부풀어 오르더니, 그 안에서 정체를 알 수 없는 그림자가 아른거렸다.

기포는 어느 한계선까지 부풀어 올랐다가 급속도로 가라앉으면서 막 안에 있던 검은 그림자를 감싸 안았다. 덕분에 정체를 알 수 없었던 검은 형상이 드러났는데, 불분명했던 곡선이 또렷해졌고, 위아래를 분간할 수 있을 정도로 선명해졌으며, 흐릿했던 전체적인 윤곽이 확연해졌다.

가만히 보니 그것은 사람이었다. 마법과 같이 그 얇은 원형 고리로부터 사람이 나타난 것이었다. 그렇게 막 안에서 돌연히 나타난 사람은 잠시도 가만있지 않았다. 그는 물에 빠져 허우적거리는 사람처럼, 어쩌면 이때다 싶었다는 듯 알을 깨고 나오려는 새 생명처럼 발버둥 치면서 막에서 벗어나려 애를 썼다. 그리고 그런 그의 가상한 노력 때문인지 고무풍선처럼 늘어나던 타이트한 막은 더 이상 그를 가둬두질 못하고 '퍽' 소리를 내며 좌우로 갈라섰다.

한없이 늘어날 것처럼 늘어나던 막이 터지자마자 그는 앞으로 손을 내밀었다. 눈앞에 뭐가 있나 더듬으며 침착하게 발을 내디뎠었고 서서히 몸을 움직여 머리를 원형 고리 경계면 밖으로 내밀었다.

걸림 막이 없어졌으면 움직임이 쉬워져야 마땅할 것이다. 그러나 막 안에 있던 빛을 머금은 물질들이 그의 탈출을 아쉬워하듯, 마치 발목을 잡아채는 끈적끈적한 끈끈이와 같이 그의 온몸에 착 달라붙었다. 하지만 그가 원형 고리로부터 완전히 벗어나자 신기하게도 금단의 구역을 넘을 수 없는 형상기억합금마냥 제자리를 찾아 원형 고리 안으로 되돌아갔다.

처음에는 빛나는 물질 때문에 그가 어떤 모습을 하고 있는지 눈여겨볼 수 없었다. 그러나 막으로부터 완전히 분리되자 가려진 얼굴을 구분할 수 있게 되었다.

원형 고리로부터 나타난 사람은 데릭과 똑같은 모습을 하고 있었다. 어느 쪽이 진짜 데릭인지 분간하기 어려울 정도로, 심지어 손등에 새겨진 문신까지 똑같았다. 다른 점이 있다면 왼쪽 팔다리에 붕대를 감을 정도로 심한 상처를 입었다는 것이었다. 상처를 동여맨 붕대에는 채 마르지 않은 붉은 피가 흥건했다.

"내가 시간 맞춰 오긴 온 모양이군."

원형 고리로부터 나온 또 다른 데릭은 숨을 헐떡였다.

"무슨 일이지?"

원형 고리 밖에 있던 데릭이 자신의 모습과 똑같은 데릭을 눈여겨보면서 말했다.

"잘라낼 정도는 아니야."

상처투성이인 그가 퉁명스럽게 대꾸했다.

"은정이는?"

"그녀는 안전해."

"네가 이 정도인데 그녀는 괜찮을 거라고?"

"내가 너처럼 여자 하나 간수 못 하는 얼간인 줄 알아?"

그가 거칠게 굴었다.

"그래서 이 꼴이로군."

이 말에 그는 반사적으로 쓱 쳐다보더니, 비아냥거림을 더 이상 참을 수 없다는 듯이 토로하기 시작했다.

"그동안 많이 변했군. 혹시 이 현상이 시련의 아픔 때문은 아니겠지? 하지만 그딴 일로 비로소 네가 어른이 되었다면 이제부터 너와의 질긴 인연은 끊겠어."

그의 격한 말투에 데릭은 바지 주머니에 손을 깊숙이 찔러 넣으며 말수위를 조절하려 노력했다.

"헛소리는 그만두시지! 어서 다친 팔다리나 치료해. 팔팔한 새것으로 준비했으니 이참에 갈아치우는 것도 좋을 거야."

그러나 이런 데릭의 노력에도 불구하고 그의 톡 쏘는 말투는 변함없었다.

"이깟 상처로 새로 교체해? 정말 어처구니가 없군. 그건 그렇고 갖고 오라는 폐는 가지고 왔나? 그곳의 산성농도는 우리의 폐를 심하게 망가트리지."

"걱정 마. 20대 초반의 싱싱한 폐로 선별해 왔으니."

데릭은 자신이 가져온 가방을 눈짓으로 가리켰다.

"별일이군. 언젠가 13차원의 데릭도 이렇듯 선심 쓰듯이 굴면서 큰일을 저질렀던데, 너도 그런 식이라면 미리 거절하겠어. 네가 본래 여기 8차원에 있던 좀생이 데릭이라면 말이야."

“너의 단점은 너무 말이 많다는 거야.”

데릭이 고개를 절레절레 흔들면서 일방적으로 손짓하자 옆에 대기하고 있던 구급요원들이 들것을 들고 상처 입은 데릭을 향해 달려들었다.

요원들은 상처 입은 데릭을 일단 들것 위에 눕히고 칭칭 동여맨 붕대를 가위로 잘라냈다. 그리고 부상 정도를 파악하기 위한 작은 검진 도구를 이용해 깊숙이 베인 상처를 들춰냈다.

“참. 그곳에 도착하거든 은정에게 스카프나 한 장 사다 줘.”

그는 검진 과정에서 있을 고통에도 아랑곳하지 않고 말 걸었다.

“고작 스카프 한 장? 적어도 화려한 드레스에 멋진 식사쯤은 대접해야 하지 않겠어?”

“그러니까 너의 연예는 항상 그렇다는 말이야.”

그는 검진의 고통 때문인지 잠시 ‘끙’하는 신음소리를 내며 말을 이었다.

“은정이는 내가 너보다 잘 알아. 그리고 이참에 충고 하나 해주지. 나중에 크게 실망하지 않으려면 그런 식으로 바라게 만들면 안 돼.”

“과연 그럴까?”

데릭이 어깨를 으쓱해 보였다.

“내친 김에 하나 더 알려주지. 나만이 알고 있는 그녀의 은밀한 비밀에 대해.”

그는 경계의 눈총으로 데릭을 주시했다.

“그것은 사양하겠어.”

데릭이 가볍게 말을 받았다.

“하하, 왜 이러시나.”

그는 과장된 표정을 하고 크게 웃어 보였다.

“나는 너고 너는 나야. 아무리 너와 내가 다른 차원에서 각자 존재해도 우린 하나에서 파생된 시간의 파편들일 뿐이지."

"다른 면도 많겠지."

데릭이 무미건조하게 말했다.

"그보단 공통된 면이 더 많아. 똑같은 모습에, 비슷한 생각을 하고, 거의 같은 취미에다 같은 직업을 가지고 말이지. 다른 점이 하나 있다면 각기 다른 시공간 안에서 외모와 성격이 각기 다른 여자를 공유하고 있다는 것이겠지."

그의 말에 데릭은 끓어오르는 분노를 참아내며 참을성 있게 대꾸했다.

"이것 봐 57차원의 데릭. 우린 생김새만 같아 보이는 것이지 각자 좋아하는 대상이나 원초적인 생각은 달라. 타고난 천성 또한 상반되고 말이야. 그래서 넌 그저 나의 또 다른 자아라는 거야. 한편으로 해보고 싶었으나, 실행하지 못한, 죽도록 닮고 싶지 않은 내 내면에 감추어진 마초적인 자아란 말이지."

너무나도 단호함에 그는 잠시 말하기를 주저했다.

"그럼 너와 나 중에 도대체 누가 오리지널인가?"

말하는 그의 입술이 험하게 일그러지고 있었다.

"그리고 그게 그것 아닌가? 한 번쯤은 나와 같은 성격에, 나와 같은 삶을 꿈꾸고, 내가 하는 짓을 해보고 싶다는 것. 그런 생각을 공유하고 있으니 네가 나고 내가 바로 너겠지."

그의 말투에서 한기가 느껴졌다.

"아니지. 아니야."

데릭은 세차게 고개를 흔들어 댔다.

"내가 이 자리에서 단정 짓겠는데, 57차원에서 행한 너의 저질스런 행위들은 내 시공간에서는 그저 내 단편적인 꿈일 따름이고, 내 변태적인 이상일 뿐이야."

“말이 정말 우습군.”

그는 기가 차다는 표정을 지어냈다.

“어느 정도 공감은 하겠지만 부끄러워 실행은 못 하겠다? 그런데 나만큼이나 엉큼한 생각을 갖고 있는 네가 이곳에서는 만인의 도덕군자라?”

“여기서 도덕이나 윤리를 따지자는 말은 아니지.”

데릭이 멋쩍어하자 그는 광기 어린 얼굴로 눈알을 번득였다.

“헛소리 좀 작작하시지 8차원의 데릭! 내가 행했던 일은 너의 시공간에서 네가 단지 선택하지 못했던 일이지 결코 네가 못할 일은 아니야.”

그의 목소리는 어느새 신경질적으로 변해있었다.

“관두자고. 이러다가 싸움나겠어.” 데릭이 표정을 굳히면서 말했다.

“분명히 말하지만, 너와 나는 생각부터가 근본적으로 달라. 그러니 이곳에서의 제인에게는 내 방식대로 신경 써줘. 제인이 하는 짓이 어째 이곳 보스와의 관계가 의심되는 상황이니까.”

말하는 데릭의 정지된 검은 눈동자엔 왠지 모를 불안감이 서려 있었다.

“그녀가 바람이라도 피웠나?”

“확실한 증거는 없어. 심증일 뿐이지.”

“이로써 증명되었군. 네가 나하고 다르다는 말이.”

비꼬는 말투에 그동안 점잖던 데릭이 버럭 화를 냈다.

“이곳에서 넌 뭐 별다르리라 생각해?”

“걱정 마. 내가 모두 원래대로 돌려놓을 테니.”

그는 이 순간을 즐기듯이 말했다.

“섣부른 판단은 그만두시지! 언젠가 너의 그 자만이 너를 파멸의 길로 인도할 거야.”

데릭의 독설에 그가 또 한 번 웃음을 터뜨렸다.

“거기 가서 네 걱정이나 해. 은정에게는 제발 내 방식대로 대해주고 말이야."

이때였다. 부상 정도를 완전히 파악한 구급요원이 둘의 대화에 끼어들었다.

"자. 이제 처치실로 이동하겠습니다. 안정을 취해야 하니 마취 가스를 주입하도록 하겠습니다." 요원은 말하면서 의료함 안에 담겨있던 마스크를 집어들었다.

크게 상처 입은 데릭이 무슨 할 말이 남았는지 기다리라는 제스처를 취해 보였으나 구급 요원은 막무가내였다. 머리와 팔다리가 움직일 수 없도록 가죽 벨트로 고정시키면서 그의 입에 작은 수면 가스통을 단 마스크를 갖다 댔다.

"이봐, 가서 부디 몸조심해!"

마스크가 거추장스럽다는 듯이 데릭에게 소리쳤다. 하지만 마취 가스 때문인지 그의 두 눈은 힘을 잃어가고 있었다.

그는 가물가물해져 가는 눈을 뒤로하고 사력을 다해 입을 우물거렸다.

"내가 너라면 저 불확실하고 위험한 세상 속에서 확신이 서는 단 한 가지만은 꼭 지키겠어."

마스크에 가로막힌 그의 둔탁한 목소리가 왠지 모르게 간절하게 들려왔다.

"제인이나 은정이, 그녀들이 바로……."

그는 말을 잇지 못하고 곯아떨어졌다. 데릭은 잠자는 인형처럼 변해버린 그런 그의 모습을 측은하게 바라보았다.

잠에 완전히 취한 그가 들것에 의해 옮겨지자 원형 고리 곁에서 장치를 조작하고 있던 엔지니어가 다가왔다.

"가실 준비는 되었나요?"

"예. 언제든지."

데릭이 그동안 아무 일도 없었다는 듯이 옷매무새를 가다듬으면서 말했다.

"그럼 크게 심호흡하시고 안전선 근처에 서십시오."

그의 지시에 따라 심호흡을 크게 한 데릭은 노란 선이 그어진 원형 고리 앞으로 바짝 다가섰다.

"운행 도중에는 절대 숨 쉬면 안 됩니다."

"네."

데릭의 상태를 확인한 엔지니어는 고글을 쓰며 제어 장치를 만지기 시작했다.

작동스위치를 누르자 원형 고리는 57차원의 데릭이 처음 나온 상태와 같아졌다. 순간적으로 강렬한 빛을 내뿜으면서 윙윙거리는 소리와 함께 요상한 빛을 머금은 액상 물질이 퍼져 나왔다.

"자. 신호하시면 들어가세요."

엔지니어는 손으로 사인하면서 카운트다운을 했다.

"5, 4, 3, 2, 1"

데릭이 원형 고리 안으로 발을 내디디자 잔잔한 물에 파문이 일어나듯이 일렁였다. 데릭은 이에 상관하지 않고 머리를 안으로 집어넣었다.

안은 꽉 막혔던 지하공간과 달리 시야가 탁 트인 세상이었다. 처음에는 무수한 반딧불이가 사방으로 날아다니는 착각에 빠져들었으나, 그 빛이 자신의 의지에 의해 불규칙적으로 움직이는 생명체가 아니라는 사실을 깨닫게 되는 것은 그리 멀지 않아서였다.

무리를 지어 떠돌던 작은 입자들은 데릭의 주위를 맴돌다가 점차 확대되었다. 반딧불처럼 작았던 입자들이 커지면서 행성 주위를 맴도는 위성 식으로 궤도 운동을 하기 시작했다. 그러한 빛은 데릭의 주위를 공전하면서 전구처럼 불 밝히는 듯했는데, 실상은 텅 빈 공간 스스로 빛을 내는 것이었기에 그 빛이 뿜어져 나오는 미지의 공간은 전혀 다른 시공간체처럼 여겨졌다.

여기서 어떤 일이 벌어질지 예측할 시간은 전혀 없었다. 그것이 우연인지 아니면 기술적으로 의도된 것인지 그중 하나가 떨어져 나와 갑자기 데릭을 순식간에 빨아들였기 때문이다.

그렇게 데릭이 새롭게 당도한 곳은 눈부시게 밝던 겉모습과 달리 어둠만이 존재하는 새까만 세상이었다. 얼마나 어둡던지 한 치 앞은 물론 자신의 팔다리가 어디에 붙어있는지 모를 정도였다. 그래서 그런지 자신이 현재 움직이지 않는지, 혹은 움직인다면 어디로 향하는지 알 수 없는 노릇이었다. 온몸이 깃털처럼 가벼워지고 시간의 감각마저 사라져버려, 숨이 차다거나 힘 든다는 생각은 들지 않았다. 그렇듯 방향 감각과 시각적 사유가 사라진 그 안에선 오로지 상념만이 길 잃은 양 떼가 되어 그의 머릿속을 휘젓고 다닐 따름이었다.

아무것도 보이지 않기에 생각이 현실이 되는 것이고 상상이 현재이자 미래로 탈바꿈해 버린다. 어둠이 지배하는 그런 곳에선 망상이 실존하는 현실이 되는 것으로, 예컨대 지금 닥친 불확실한 상황이 무의미하도록 상념은 꿈인지 생시인지 모르게 공허에 찌들인 불쾌한 괴물이 되어 불거져 나왔다.

일반적으로 상념은 미래에 대한 불안보다 이미 일어난 과거에 치우치기 마련이다. 데릭은 이 어둡고 탁한 곳에서부터 밝은 문명 세계로 나갈 일종의 탈출구로 환영을 만들어내기 시작했다. 그리하여 어렸을 적 부모와 함께했던 소중한 추억에서부터, 성인이 된 지금 시점까지 마음속 깊숙이 잠재되었던 기억의 조각들을 영화 속 필름처럼 펼쳐 놓았다.

그중에서 특별난 것이 있다면 타성에 젖었던 기억들일 것이다. 자신의 의지와 상관없이 무기력하기 그지없게 맞이한 사건들이 그것을 잊어버리려는 자아와 충돌하여 엄청난 광기의 발현처럼 독특한 악몽으로 변이하여 뛰쳐나왔다.

데릭은 군인이 되어 본인의 의지와 상관없이 전투에 참가해 겪었던 가장 끔찍했던 기억들을 잊으려 노력했다. 훈련받은 대로 나쁜 기억들을 자제하고 좋은 추억만을 기억하려 애를 썼다. 그래서 그의 인생의 파노라마에서 가장 좋았던 장면들, 특히나 8차원의 여인 제인과의 아름답고 소중한 기억들을 곱씹어 보았다.

고도로 집중하니 어느새 잡다한 영상들은 사라져버리고 여신처럼 매혹적인 제인의 모습이 나타났다. 그녀와의 첫 만남에서부터 즐거웠던 일, 슬펐던 일, 그리고 최근에 심려 끼쳤던 모든 일들까지 말이다.

이 순간만큼 맡은 임무는 아무런 의미가 없는 듯했다. 오로지 제인과 관련된 기억만이 전부였다. 데릭은 남성적인 본능을 이용해 제인과 행해졌던 과거의 육감적인 사건들에 집착했다. 그러나 이 관능적인 영상들마저 추억으로 묻을 수밖에 없다는 생각이 지배적으로 들었을 때, 어느덧 제인과의 황홀했던 장면들은 사그라지고 57차원에서 만날 미래의 은정이 모습이 스스럼없이 떠올랐다.

데릭은 은정이라는 새로운 여인을 만날 수 있다는 격렬하게 타오르는 재회의 욕망에 이끌려가는 기분을 버릴 수가 없었다. 더군다나 그녀를 향한 욕정 가득한 상상이란……. 은정이의 이상야릇한 몸짓이 머릿속을 잠식하자 무한한 욕망을 기억하고 있는 영혼처럼 데릭의 몸이 두둥실 떠올랐다. 그리고 그 자극적인 느낌과 적나라한 상상이 원동력이 된 듯, 때마침 절박한 어둠 속에서 한 줄기 빛이 데릭을 향해 쏟아져 내렸다.

앞으로 여인 은정이와의 만남을 상상하니 가슴이 막 두근거렸다. 그리고 그렇게 생각하니 이제껏 편안했던 숨이 가빠왔다.

급한 마음으로 태양처럼 타오르는 빛의 근원을 향해 팔을 길게 뻗은 순간이었을 것이다. 빛을 투과하여 저 멀리서 아른거리는 형체를 잡으려 하면 할수록 감각적으로 몸이 앞으로 나가는 것이 느껴졌고, 어느 지점 에서부터인가 팽팽한 막이 가로막고 있음이 감지되었다.

고무줄처럼 탄력적이었던 막은 관성에 의해 밀고 나가려는 데릭의 앞 길을 버티지 못하였다. 한없이 늘어날 것만 같던 막은 한계점에 다다르 자 팽팽한 비닐 찢어지듯 어느 순간 '툭'하고 터져버렸고, 호흡이 트임과 동시에 숨 쉴 공기가 폐 안 깊숙이 들어왔다.

한층 선명해진 세상과 함께 신선한 중력감이 느껴졌지만, 공기는 비 교적 탁했다. 주위를 둘러보니 총에 맞은 수많은 시체들이 널브러져 있 었고, 태양이 두 개인 검붉은 하늘과 이상한 생김새로의 식물들이 만발 한 들판이 보였다.

낯선 이곳에 살아 숨 쉬고 있는 사람은 단 한 사람뿐이었다.

그는 긴 장총을 들고 얼굴을 알아볼 수 없도록 방독면으로 보이는 두 꺼운 투구를 쓰고 있었다. 혹시나 그가 57차원의 원형 고리를 지키는 정부 요원이 아닐까 하는 생각이 스쳤을 때, 정체를 알 수 없던 그가 자 진해서 방독면을 뒤로 벗어젖혔다.

여러 선들이 복잡하게 얽히고설킨 흉측한 방독면 사이로 나오는 찰 랑거리는 긴 머릿결, 그리고 오뚝한 콧날과 매혹적인 입술. 군더더기 하 나 없는 곡선의 탄력적인 몸매에 돋아난 봉긋한 가슴이 데릭의 지친 눈 길을 사로잡았다.

"어서 와요. 데릭."

미지의 이성에 대한 간절한 바람이 실현된 듯 바로 눈앞에 강인한 여 전사 풍의 은정이가 웃음 짓고 서 있었다.

김승일

전주대학교 졸업

단편소설 『타임로드』, 『J_공화국』 외

017-423-4609, debroglie@hanmail.net

27385 충북 충주시 충인 6길 9

붉은 오솔길

이 항 복

2016년 4월 16일.

가엾은 혼백들이 서럽게 떠도는 푸른 바다는 아무 일도 없었다는 듯 늙은 나비처럼 한가롭게 너울댔다. 햇살이 망울망울 부서져 내리는 꿈실대는 갈맷빛 바다 위로 고기 비늘 같은 수천수만 개의 햇빛 조각들이 파닥였다. 살갑고 부드러운 4월의 남풍 한 무더기가 비탄에 절고 전 마른 얼굴을 어루만지고 지나갔다.

방파제 양편엔 온통 노란 천으로 이어져 있다. 난간에 매어진 수많은 노란 리본들이 바람에 펄럭였다. 난간 아래 '기억의 벽'에는 수천 개의 그리움이 눈물짓고 있다. '엄마 눈물 모아 / 하늘에 있는 엄마 딸 / 서우 마음에 닿아서 / 꿈에라도 한 번 / 와줬으면 좋겠어 / 눈 감는 그날까지 / 널 잊지 않을게……'라고 쓰여 있는 애끓는 슬픔이 있는가 하면, '사랑하는 우리 딸 민지야! 꿈에서라도 보고 싶다. 엄마가 한번 안아주고 싶다.'라는 간절한 그리움도 있다. '4.16 / 그리고 엄마는 물고기가 되었습니다 / 헤엄칠 줄도 모릅니다 / 지느러미도 없습니다 / 다만 귓속에서 가슴에서 / 끊임없이 물살이 입니다 / 엄마가 어딜 가든 / 그곳은 엄마를 기다리던 / 아이가 있는 깊은 바닷속이 됩니다.'라는 가슴 저린 엄마의 한도 있다. 빨간 등대에는 샛노란 리본이 커다랗게 새겨져 있고, 등대 앞에는 '하늘나라 우체통'이 울고 서 있다.

은호야, 그동안 잘 있었느냐?

네가 이 할애비 곁을 떠난 지도 벌써 2년이 되었구나. 지난해 1주기를 맞아 이곳 팽목항을 찾았을 때는 유가족들과 여객선을 타고 사고 현장을 방문한 뒤, 며칠 묵으며 너와 조용히 대화를 나눌 생각이었다. 그런데 모든 언론사들이 중계차를 동원해 실시간 보도를 하면서 북새통을 이루었다. 또한 기독교, 천주교, 불교 종교단체들과 예술단체의 추모행사가 연일 진행돼 어수선한 분위기 속에서 격식대로 합동분향소에서 향을 피워 꽂았을 뿐, 너와 깊은 대화도 나누지 못하고 이틀 만에 집으로 돌아왔다. 하지만 2주기를 맞은 오늘은 오전에 진도군 범군민 대책위원회의 간단한 참배행사만 있었을 뿐, 비교적 한산한 분위기여서 이곳에 며칠 묵으며 지난 2년 동안 겪은 일들을 네게 차근차근 털어놓으려 한다.

그저께는 아빠와 함께 네가 있는 영장사엘 다녀왔다. 심사를 털어놓고 너를 두고 돌아서는 산 그림자 붉은 저녁, 차마 걸음을 떼지 못하고 망설일라치면 편히 가시라, 네 뜻을 전하듯 바람이 보챘다. 언제나 그렇듯 너를 보고 오면 답답하고 불안한 마음이 진정되곤 했다. 아빠와 엄마는 화장(火葬)한 유골을 선산에 매장하자는 할애비를 설득해 납골당에 안치했다. 추후 할애비가 죽게 되면 너의 유골을 할애비 곁에 묻어 달라고 유언할 생각이다.

아빠와 엄마는 너의 영가(靈駕)가 있는 영장사를 매주 단 한 번도 빠짐없이 찾아가고 있다. 할애비는 네가 떠난 뒤 갑자기 기력이 쇠하여 한 달에 한 번 정도 아빠와 동행하여 너를 만나고 왔다.

＊

세월호 침몰과 함께 네가 우리 곁을 떠난 뒤부터 할애비나 아빠, 엄마는 제정신이 아니었다. 실감이 나지 않았다. 믿기지 않았다. 믿을 수가 없었다. 초점 잃은 두 눈은 멍하니 바다만 응시할 뿐이었다. 아빠는 수시로 열리는 유가족대책위원회 회의에 참석했고, 정치인이나 정부 관계자가 오면 끓어오르는 분노를 토로하곤 했다.

참으로 이해할 수가 없었다. 지금 이 시대에 전 국민이 보고 있는 가운데 침몰하는 여객선 안에서 너희들이 죽어갔다는 사실이……. 정부는 죽어가는 너희들을 위해 무엇을 했는지? 해양경찰은 왜 선체로 들어가 너희들을 구조하지 않았는지? 침몰되는 30분, 구명조끼를 입고 모두 바다로 뛰어내리라고 방송만 했더라도 너희들 모두가 구조됐을 거라고 믿는다. 선장과 선원들이 제일 먼저 탈출하지 않고 너희들을 구했더라면 절반 이상은 구했을 것이다. '가만히 있으라'는 방송을 듣고 너희들은 구조될 거라고 굳게 믿고 지시에 따랐다. 참으로 기막힌 일이었다. 304명의 승객들이 배 안에서 서서히 죽어가는 데도 그냥 보고만 있는 정부와 공무원들……. 여객선이 60도나 기울어져 침몰하고 있는데도 승객들에게 퇴선 명령을 내리지 않고 가장 먼저 배를 버리고 구조선에 올라탄 선장과 승무원들……. 국가가 얼마나 부패하고 썩었나를 여실히 보여주는 참사였다. 할애비 마음은 깊은 계곡과도 같은 분노 속으로 빨려 들어갔다. 끓어오르는 분노에 온몸이 사시나무 떨듯 떨렸다.

사고 직후, 아빠는 유가족대책위원회 임원으로 참여했다. 대책위원회는 활발히 활동했다. 수시로 대국민 호소문을 발표하고 촛불 기도회를 개최했다. 청와대 항의시위를 하고 추모공원 및 위령탑 건립을 요구했다. 일부 시민단체들로 구성된 전국대책위원회는 연일 반정부 집회를 열고 시위를 주도하는가 하면 정부에 세월호특별법 제정을 촉구했다.

할애비는 아무것도 할 수가 없었다. 매일 밤낮을 방파제에 앉아 하염없이 바다만 바라볼 뿐이었다. 너울거리는 바다는 어느새 할애비를 깊은 바닷속으로 데려갔다. 침몰된 배 안에서 선실 창문을 두드리며 울부짖는 너를 보고 문을 열려고 아무리 애를 써도 열리지 않는 문을 잡고 몸부림치다 정신을 차리곤 했다. 바다를 응시하고 있노라면 금방이라도 네가 바다 저쪽에서 헤엄쳐 올 것만 같았다. 그래서 방파제를 떠날 수가 없었다. 한기가 느껴지는 밤에도 모포를 뒤집어쓰고 너를 기다렸다. 잠도 이룰 수 없었다. 팽목항에 도착한 첫날은 경황이 없어 느끼지 못했는데, 이튿날부터 수시로 가슴이 답답하고 심한 통증에 앉아 있는 것조차 고통스러웠다. 그래도 네가 살아 있을 거라는 믿음의 끈만은 놓지 않았다.

엄마는 실어증에 걸린 양 말을 잃고 울기만 했다. 물처럼 풀린 두 눈에서는 끝없이 눈물이 흘러내렸다. 식사도 하지 않고 잠도 자지 못했다. 침몰 5일째 되는 날, 엄마는 의식을 잃고 병원으로 긴급 후송됐다. 그동안 식음을 전폐하고 잠도 이루지 못했으니 몸이 어찌 견딜 수 있었겠느냐. 응급실에서 이틀간 링거를 맞고 수면을 취한 뒤 팽목항으로 돌아왔다.

그런 와중에 팽목항과 유가족들의 임시숙소였던 진도 실내체육관에서 못 볼꼴들도 많이 목격했다. 유가족들 사이에 묻혀 유언비어로 유가족들의 분노를 부채질하고, 유가족이라며 언론 인터뷰를 자청해 국민들을 상대로 거짓을 증언하던 신원을 알 수 없는 사람들을 보고 경악했다. 게다가 그들의 거짓을 앵무새처럼 보도하는 언론들을 보면서 어쩌다 이 나라가 이 지경까지 왔는가 한탄했다. 하지만 대부분의 유가족들은 너희들의 죽음을 헛되지 않게 하기 위해 경황없이 분주한 나날을 보냈다.

*

은호야!

다행히도 인천에서 할애비와 살고 있던 할머니는 너의 죽음을 인식하지 못했다. 너도 알다시피 치매로 분별력을 잃은 상태였기 때문에 굳이 말해주지 않았다. 차라리 치매로 고통에서 벗어난 할머니가 부럽기까지 했다. 팽목항에서 하염없이 바다만 원망하다 네 시신을 찾고 난 뒤 거의 한 달 만에 집으로 돌아오니 할머니가 눈을 부라리며 다가와 말하더구나. '나 배고파. 밥 줘.' 할애비가 해오던 수발을 네 큰고모에게 부탁했지만, 몹시 힘겨워했다. 끼니는 그런대로 넘어갔으나 상태가 심해져 소리를 지르거나 대소변을 가리지 못할 때는 감당하지 못하고 연신 할애비에게 전화를 했었다.

헌데 이상한 일이었다. 가족도, 세상도 기억에서 다 지워버린 할머니가 어느 날부터 너를 찾았다. 안산에서 학교에 잘 다니고 있다고 말해도 막무가내로 데려오라고 떼를 썼다. 날이 갈수록 할머니의 얼굴은 급격하게 야위어 갔고, 눈동자는 점점 초점을 잃어갔다. 허나 무엇이 그리 한이 맺혔는지 구원을 청하듯 희미해진 눈동자는 더욱 빛을 내며 번쩍였다. 간혹 나타나던 치매 증상도 빈번해졌고, 몸도 많이 피폐해져 갔다. 어느 땐, 할애비조차 전혀 알아보지 못했다. 할애비를 보고 네 이름을 부르며 얼굴을 쓰다듬기도 했다.

그러던 어느 날, 할애비가 마트에 갔다가 돌아오니 우리 동 앞에 한 무리의 주민들이 웅성거리고 있었다. 경찰순찰차와 119구급대를 보고 사고가 났음을 알았다. 불안한 직감으로 화단 쪽으로 다가간 할애비는 그 자리에 털썩 주저앉고 말았다. 할머니였다. 머리 주변에는 피가 홍건하게 고여 있었다.

은호야.

할머니의 삶이 참으로 애젖하구나. 할머니는 일생을 사랑으로 헌신했다. 1967년 할애비가 대학을 졸업하던 해 결혼하여 1남 3녀를 낳았다. 할머니는 50년을 할애비 내조와 네 아빠, 고모들 교육에 인생을 바쳤다. 할애비가 신문기자로서 능력을 인정받아 편집국장의 자리까지 오른 것은 모두 할머니의 희생 때문이었다. 박봉의 기자생활에서도 비리나 촌지의 유혹을 이겨내고 청빈의 자긍심을 갖게 해준 것도, 할머니의 가난에 대한 일체의 불평이 없었기에 가능했다. 오히려 생활 전선에 뛰어들어 가족들의 생계를 책임지었다. 할머니는 아파트 상가 피아노 교습소에서 아이들을 가르치며 4남매를 키웠다. 묵묵히 가족을 위해 몸이 부서져라 헌신했으나, 단 한 번도 불평불만을 토로하지 않았다. 할애비는 할머니의 고단한 일상을 알아주지 못했다. 당연한 일이라고 생각하고 관심조차 갖지 않았다.

돌이켜 보면 할애비는 참으로 어리석은 사람이었다. 4대 장손으로 태어나 조부를 비롯 온 집안의 남다른 애정 속에서 자랐다. 지나치게 특별한 애정 속에서 자란 탓인지, 정의롭고 활달하기는 하나 부러질 것을 모르는 고지식한 사람이 되고 말았다. 타협할 줄도 몰라 많은 기회를 놓치고도 결코 개선하려 하지 않았다. 항상 타인을 먼저 생각하는 성정(性情)에 주위 사람들과는 잘 어울렸으나 가정은 돌보지 않았다. 가족에 대한 애정은 가슴 속 깊이 가득했으나, 가장으로서의 책임을 다하지 못했다. 타인의 고통을 아파하고 배려하면서도 가족의 고통을 외면하는 이율배반적인 어리석은 사람이었다. 또한, 피나는 노력을 기울이지 않아도 모든 일이 잘될 거라는 망상에 빠져 있었다.

3년 전, 할머니에게 처음 치매가 찾아왔을 때 할애비는 평생 진 빚을 갚는 일이라 생각하고 죽는 날까지 성심을 다해 돌보리라 다짐했다. 대소변을 가리지 못하고 할애비조차 알아보지 못하는가 하면, 밤새도록 집안을 돌아다니며 일을 저지르는 등 증세가 심해져 여러 번 병원에도 데려갔었다. 그러나 나이가 많아 치료 가능성이 없다는 말만 들었다. 네 아빠는 할애비를 위해 당분간만이라도 요양원에 입원시키자고 했으나 할애비는 절대 그럴 수 없다고 일축했다. 마지막까지 할머니의 손과 발이 되어 돌보는 것이, 할애비가 진 빚을 조금이라도 갚는 길이라고 생각했기 때문이다. 하지만 속상할 때도 더러 있었다. 6개월 전부터 치매가 악화된 할머니는 갑자기 난폭해지기 시작했다. 괜히 눈을 흘기며 베개를 집어 던지는가 하면, 텔레비전을 시청하고 있는 할애비의 등을 빗자루로 후려치기도 했다. 한 번은 빗자루를 들고 다가오기에 방어자세를 취하자 뜬금없이 명령했다.

"나쁜 놈! 무릎 꿇고 빌어! 어서!"

할애비는 즉시 무릎을 꿇고 새알심 비비듯 두 손바닥을 맞비비며,

"잘못했습니다. 잘못했습니다……."

반복하며 용서를 빌었다. 또한, 배가 고프다고 하여 밥상을 차려주면 독약을 탔다며 밥상을 엎어버리기 일쑤였다. 그럴 때면 환자인 줄 알면서도 화가 나 밖에 나가 한참 동안 마음을 다스리기도 했다.

은호야.

이제야 네게 고백한다만 실은 할머니와 약조가 있었다. 팽목항에서 인천 집으로 왔을 때, 할애비 또한 정상이 아니었다. 세상을 하직하기로 결심하고 하나씩 정리하기로 마음먹었다. 너에 대한 그리움을 가슴에 품고 살기엔 너무도 버거워 자신이 없었다. 돌이켜 보니 공황 상태에 빠져 있었던 것 같다. 예전과 다르게 할머니의 증상에 짜증이 나고 방관하기 일쑤였다. 모든 것이 귀찮았다. 사람을 만나기도 싫었다. 절망 속에서 온종일 죽음만 생각했다. 어느 날, 정신이 맑아진 할머니와 진지하게 대화를 나누었다. 인생이란, 본질이 슬픈 것이지만 그런대로 행복하게 산 날이 더 많은 것 같지 않으냐? 향후 우리가 행복한 삶을 더 영위할 수 없다면 이쯤에서 정리하는 것이 어떠냐? 그 순간, 할머니의 얼굴로 짧게 스쳐 지나가던 슬픔의 빛을 할애비는 지금도 잊지 못한다. 할머니는 아무 말 없이 고개를 끄덕였다. 맑고 푸른 날, 곱게 차려입고 아파트 베란

다에서 뛰어내려 함께 죽자고 약속했다. 하지만 할애비 계획은 정리를 마치고 네 증조부 산소에 가서 함께 목을 매 세상을 떠날 생각이었다. 그런데 할애비가 잠시 자리를 비운 사이 할머니가 일을 저지르고 만 것이다. 그때, 아파트 화단에 쓰러져 있는 할머니를 보는 순간 싸늘한 무엇이 온몸을 한 바퀴 스쳐 지나가는 것을 느꼈다.

할머니에겐 못된 할애비였다. 아니, 사랑이 무엇인지도 모르는 어리석은 사람이었다. 사랑은 마음만으로 이루어지지 않는다는 것을 나이가 들어서야 알았다. 진정한 사랑은 끝없이 이해하고 어루만져 주어야 하는 것임을 이제야 깨달았단다. 신은 어찌하여 최고의 가치인 아름답고 고귀한 사랑을, 사랑이 떠난 뒤에야, 죽음을 지척에 두고서야 알게 하는지 야속하구나.

*

창졸간에 연이어 너와 할머니의 상을 치른 아빠와 엄마의 건강은 말이 아니었다. 아빠는 결국 휴가를 냈던 회사를 그만두고 유가족협의회 활동에 전념했다. 유가족협의회에 대한 얘기는 정말이지 하고 싶지 않으나, 너의 죽음과 무관치 않으니 말할 수밖에 없구나.

유가족협의회와 일부 사회단체들은 2년이 지난 지금까지 하루도 빠짐없이 광화문 광장 등에서 농성을 벌이며 정부를 공격하고 있다. 아마도 정권이 바뀔 때까지 농성은 계속될 것 같구나.

참사가 일어난 지 4개월이 지났을 무렵, 유가족협의회는 수사권과 기소권이 보장된 세월호특별법을 요구하면서 목소리를 높였다. 그런데 유가족 대표라는 자가 청와대 앞에서 대통령에게 쌍욕을 퍼붓고, 행인에게 욕설을 내뱉기까지 했다. 할애비는 유가족들을 욕되게 하는 그가 못

마땅했다. 그는 광화문에서 40일간 단식 농성을 벌였는데, 이 사람은 진정성이 전혀 없는 사람이었다. 할애비는 단박에 알 수 있었다. 평생을 기자 생활을 하며 대부분의 사실은 진실과 다르다는 것을 누구보다도 잘 알고 있었다. 사실 속에 감춰진 진실을 찾으려 평생을 노력한 할애비 눈에 그는 교활하고 야비한 파렴치한이었다. 야당 정치인과 일부 사회단체들은 그를 추켜세우며 단식에 동참했다. 아빠도 7일 동안 단식 농성에 참여했다. 할애비는 그때 아빠가 이성적 판단을 못 하고 있다는 생각이 들었다.

시간이 흐르면서 사회는 흉흉했다. 온라인 추모카페에는 정부를 비판하는 악성 댓글이 난무했고, 온갖 비난이 SNS를 통해 급속도로 번져갔다. 심지어 자신이 구조잠수부라며 방송에 출연해 거짓 인터뷰를 하는 사람도 있었다.

어느 날, 아빠를 앞혀 놓고 조용히 입을 떼었다.

"유가족협의회 행태가 도를 넘었다는 생각이 드는구나."

"도를 넘었다고요?"

반문하는 아빠의 시선 속엔 차가운 분노와 원한이 서려 있었다.

"넘어도 한참을 넘었다. 협의회 임원이란 자들이 야당 국회의원과 술을 마시고 대리기사를 폭행하는 짓이 도를 넘지 않은 것이냐? 불법 시위를 하면서 경찰을 폭행하고, 경찰 차량을 파손하고, 대통령에게 입에 담지 못할 욕을 하는 짓을 간첩과 종북세력 말고 누가 이해하겠느냐?"

"그러지 않으면 이 나라는 조금도 변하지 않습니다."

아빠는 정부를 상대로 끝까지 싸우겠다고 강한 어조로 말했다.

"요구가 지나치면 국민들이 외면할 것이다. 국민들이 외면하면 너희들이 원하는 대로 되지도 않을 뿐더러 결국 다른 유가족들로부터도 외면당할 것이다."

"그럼, 그냥 보고만 있으란 말입니까? 폐선을 사다가 더 많은 승객을 태우려고 개조한 선박을 허가해준 정부입니다. 과적을 하지 말아야 하는데도 규정을 어기고 탐욕의 화물을 최대한 싣고, 무게를 맞추기 위해 절대로 건드려서는 안 되는 생명줄인 평형수를 절반이나 빼냈는데도 출항을 허가해준 정부입니다. 침몰하는 배 안에서 수백 명이 죽어가는데도 단 한 명 구조하지 못한 무능한 정부입니다. 누구의 책임입니까? 썩을 대로 썩은 정치인과 공무원들인데, 아무도 자신들 잘못이라고 생각하지 않습니다. 이게 나라입니까?"

아빠는 분노와 적대감으로 가득 찬 목소리로 말했다. 두 눈엔 수백 개의 작은 불길이 타오르는 것 같았다.

"대통령이 개선 의지를 보이지 않았느냐? 그러면 기다려야지."

"언제까지요? 지금까지 무엇이 개선됐습니까? 달라진 게 아무것도 없잖습니까?"

"이 나라의 부정과 부패가 일시에 생겨난 것이 아니듯, 일시에 없어질 수도 없는 일 아니냐? 그것이 우리의 불행한 역사다."

"용서해서는 안 됩니다. 또다시 아이들이 허망하게 죽지 않도록 하기 위해서라도 절대 용서해서는 안 됩니다."

사무친 원한과 분노가 아빠를 사로잡고 놓아주지 않는 것 같았다.

"잊지 않으면 된다……. 그건 올바른 방법이 아니다. 슬픔과 비극의 크기는 참회와 변화의 크기로 이어져야 하는데, 그러려면 잊지 않으면 되는 것이다. 그리고 기다려야 한다. 자신의 이익 추구에만 급급한 이 나라 정치인과 공무원들의 부패한 정신이 바뀌려면 오랜 시간이 걸릴 것이다."

"언제까지 기다리라는 말씀입니까? 마냥 기다려선 안 됩니다. 설령 제 목숨마저 잃더라도 결코 용서해서는 안 됩니다!"

차갑게 내뱉는 아빠에게서 섬뜩함을 느꼈다. 평생을 단 한 번도 할애비 말을 거역한 적 없는 아빠였다. 윗사람에게 예의 바르고, 사람을 대하는 태도가 온화할 뿐만 아니라, 대화할 때도 언제나 온건한 아빠였다. 하지만 언제부터인가 대화할 때의 톤이나, 상대를 바라보는 시선이나, 몸짓의 여운, 이와 같은 것들에서 타인에 대한 적대감과 냉혹함이 묻어 있었다. 마치 투사가 되어가는 것 같았다. 아빠는 할애비 말을 귓등으로 흘려버리고 적극적인 활동에 참여했다. 못내 걱정이 되어 가끔 안산을 찾아가 훈계를 하면 건성으로 대답할 뿐, 눈조차 마주치지 않았다. 아빠는 이미 분별력을 상실했다. 너의 죽음이라는 충격 속에서 거짓과 진실을 파악할 수 있는 능력을 잃었을 뿐 아니라, 그런 것에는 관심조차도 갖지 않았다. 할애비는 아빠를 더 이상 방관해서는 안 되겠다고 결심했다.

"정신 차리거라. 세상에 가장 못난 삶이 남에게 이용당하는 삶이다. 부정과 비리의 온상이 되어버린 정치인과 공무원을 옹호할 생각은 추호도 없다. 하지만 교묘하게 유가족들을 선동해 불법 시위와 집회로 국론을 분열시키려는 반국가 세력의 저의는 더욱 용납할 수 없다."

할애비는 잠시 숨을 고른 뒤 물었다.

"지금 네가 하는 행태가 정녕 은호가 원하는 것이라 생각하느냐?"

"그렇습니다. 은호도 포기하지 말라고 할 겁니다. 용서하지 말고 세상을 바꿔달라고 할 겁니다."

아빠의 목소리가 원한에 젖어 축축했다.

"그렇다. 그럴 것이다. 허지만 반정부 세력의 꼭두각시 노릇이나 하길 원하진 않을 게다."

"아시잖습니까? 유가족만의 힘으로는 아무것도 이룰 수 없다는 것을요."

아는 만큼만 보는 것이지만 참으로 답답했다.

"무엇을 이룬단 말이냐? 그들이 유가족을 위해, 그리고 국가를 위해 무엇을 도와주고 있단 말이냐? 오히려 네가 원하는 세상은 더 요원해질 것이다."

"……다른 방법이 없습니다!"

아빠는 뜻을 굽히지 않겠다는 듯 할애비에게서 고개를 돌렸다.

"왜 그리도 말귀를 못 알아듣느냐?"

할애비는 격한 감정에 목소리를 높였다.

"더 이상 두고 볼 수가 없구나. 유가족협의회 당장 직책을 내놓고 일체 발을 끊거라!"

할애비는 쐐기를 박듯 강경한 어조로 잘라 말했다. 이미 세상을 떠나기로 작정한 마당에 더 이상 같잖은 꼴을 보고 있을 할애비가 아니란 것을 누구보다도 잘 알고 있을 아빠였다.

얼마 후, 아빠는 유가족협의회 직책을 내려놓고 집안에 틀어박혀 멍하니 허공만 응시할 뿐이었다. 말없이 창밖을 내다보는 표정은 얼이 나간 사람 같았다.

수면제를 발견한 것도 그 무렵이었다. 갑자기 네가 보고 싶어 안산으로 갔다. 네 방에서 흔적이라도 더듬지 않고서는 견딜 수가 없었다. 집에는 아무도 없었다. 화장실에 갔다가 무심코 수납장을 열었는데 영양제 약병이 눈에 들어오더구나. 뚜껑을 열어보니 수면제가 가득했다. 순간, 가슴이 덜컥 내려앉더구나. 단순한 불면 때문에 처방받은 것이 아니라는 생각이 머리를 스쳤다. 오랫동안 모은 듯했다. 이러다가 아빠마저도 잘못되지는 않을까, 하는 생각이 들었다. 심호흡을 하여 마음을 가라앉힌 다음 전화를 걸었다. 안부 전화인양 평상시 어조로 당부했다. 무리하지 말고 건강에 유의하라고. 이후, 아빠가 저어되어 간혹 전화로 안부를 물었다.

얼마 후, 아빠, 엄마에게 조용히 권했다.

"해외여행을 다녀오너라. 너희들에게 주는 내 마지막 선물이 될지도 모르겠구나."

비행기 티켓을 꺼내 놓자, 아빠와 엄마는 아무 말 없이 할애비를 쳐다보았다.

"유럽, 열흘 일정이다."

여행만이 아빠, 엄마를 치유할 수 있는 방법이라고 생각했다. 할애비의 강권에 아빠와 엄마는 유럽여행을 떠났다.

2016년 4월 17일.

황금빛 햇살과 바다, 이 모든 것들은 살아 있는데…….

끝없이 펼쳐진 수평선과 푸른 바다를 보고 있노라니, 이른 봄 너와 둘이서 여행했던 일명 동백섬이라 불리는 거제도 지심도가 생각나는구나.

작은 섬에는 온통 우람한 동백나무들이 붉은 꽃을 피운 채 울창한 숲을 이루고 있었지. 햇빛을 받은 무수한 잎새들이 진주알처럼 하얗게 빛나고 있었다. 나무 그늘에 가려 빛이 차단당한 좁은 오솔길에는 떨어진 동백꽃들이 온통 빠알갛게 널브러져 있었다. 나무에도, 오솔길에도 핏빛 꽃송이들이 화사한 빛을 뽐내고 있었다. 할애비가 독백하듯 중얼거렸지. 꽃은 시들어야 지는 법이거늘, 동백은 어찌하여 이토록 활짝 핀 채 지고 마는지……. 슬픈 운명을 타고났기에 이토록 붉고 아름다운가보다고.

붉은 오솔길…….

떨어진 꽃마저 핏빛으로 땅을 적시던 붉은 오솔길…….

동백 꽃잎이 눈 속 깊이 비수처럼 꽂혔다. 당시 오솔길에 무수히 떨어져 있던 붉은 동백꽃들이 할애비 뇌리에 각인되었던 까닭이, 오랜 시간 눈에 밟혔던 까닭이 이런 고통의 예지였단 말이냐?

은호야!

네가 태어났을 때, 할애비는 이 세상 모든 것을 얻은 기분이었다. 죽어도 여한이 없다고 만나는 사람들에게 자랑했다. 4개월이 되었을 때, 돌 틈에서 돋아나는 청초한 민들레 새순처럼 너의 잇몸에서 솟아오르는 하이얀 아랫니가 어찌 그리도 신비스러웠는지……. 너의 표정, 너의 행동 하나하나가 할애비에겐 기쁨이고 행복이었다. 어디에서건 너의 얼굴이 떠오르면 소리 없이 웃었다.

은호야!

기억하고 있지? 할애비와 함께 한 여행……. 할애비는 일곱 살 된 너를 데리고 전국여행을 떠났지. 너와 3개월 동안 전국 일주를 한 기억이 지금도 생생하구나. 전국의 명승지, 사찰, 포구, 섬, 둘레길 등을 여행하며 너와의 추억을 쌓았지.

할애비가 어린 너를 데리고 전국여행을 한 것은 나름대로 목적이 있었단다. 당시 퇴직을 하고 몇 해가 지났지만, 건강에 이상이 없었기에 서둘렀단다. 좀 더 시간이 지나면 혹여 기력이 쇠하여 기회를 놓칠까 걱정되어 어린 너를 데리고 여행을 떠난 거란다. 할애비는 네가 의식하지 못하더라도 여행의 의미를 깨닫게 해주고 싶었다. 할애비와의 여행을 계기로 훗날 살아가면서 많은 여행을 통해 너 자신과 다른 사람들을 만나며 그들의 삶을 이해하고 사랑하길 바랐다, 여행을 거듭하다 보면 정녕 언젠가는 사람과 자연을 사랑하고, 영혼을 살찌우게 되리라 확신했단다. 아름답고 장엄한 자연 속에서 자연에 귀 기울이고, 자연을 관찰하고, 자연을 인격처럼 대하고, 자연을 존중하며, 영혼의 맑고 고귀함에 힘쓰길 기원했다. 자연의 위대함과 경외심으로 인간은 자연의 한 부분이라는 것을 잊지 않고 느낄 수 있기를 소망했다. 그런 속에서 자연을 관찰하는 법과 자연에 대한 기쁨을 느끼는 법을 차츰차츰 터득하길 바랐다. 그러다 보면 인간 삶 속에 숨어 있는 깊고 고귀한 법칙과 의미를 깨달을 거라 믿었다.

할애비가 네게 너무 많은 것을 소망했는지도 모른다. 헌데, 너는 할애비를 실망시키지 않더구나. 중학교 때부터 매년 방학이 되면 친구들과 여행을 떠났다. 장소, 일정, 경비, 준비물, 중점적으로 보아야 할 사항 등을 꼼꼼히 정리하여 친구들에게 알리고 설명해주더구나. 너는 관광지를 비롯 해수욕장, 사찰, 박물관 등을 여행하며 친구들과의 추억을 쌓아나갔다. 친구들과의 일상 속에서도 그 어떤 다채롭고 즐거운 너의 세계만을 보고 있었던 것 같았다.

너와 함께 했던 산행도 생각나는구나. 전국여행을 하며 네 번의 산행을 했던 것으로 기억한다. 당시 네가 너무 어렸기 때문에 높은 명산들을 오르진 못했지만, 다소 낮은 산들을 택해 너와 함께 걸었지. 조령산 자연 휴양림에서 숙박하며 문경새재 과거길을 걸을 때, 넌 조금도 힘든 기색 없이 왕복 8㎞의 산길을 걸었다. 밝은 표정으로 산행하는 너를 보면서 할애비는 기도했다. 우리 손자가 산을 닮았으면 좋겠다고…….

젊은 날, 할애비는 간혹 명산을 찾았다. 등산을 하면서 잠시나마라도 산을 닮기를 기원했다. 산은 인간들에게 참으로 많은 가르침을 준다. 모든 것을 수용하는 아늑한 포용력, 푸르름이 넘치는 열정의 의지, 흰 눈에 덮인 육중한 침묵……, 그런 산을 닮기를 바랐다. 그러면서 조금씩 성장하는 너를 보며 간혹 네게서 산을 보는 듯했다. 비록 할애비 혼자만의 착각이었는지는 모르지만 얼마나 흐뭇하고 기뻤는지 모른다.

할애비는 결코 네가 특출하게 뛰어난 사람이길 바라진 않았다. 완벽한 모도리는 더욱 원치 않았다. 한평생 살아보니 인간은 어느 정도 결정

지어진 운명의 지배를 받더구나. 사람을 만나고 관계를 맺으면서 살아가는 동안 겪는 기쁨과 슬픔, 성공과 절망 등은 자신의 의지와는 상관없이 어느 정도는 운명의 틀에서 결정되더구나. 때문에 지극히 평범한 삶을 살지라도 과욕과 집착에서 벗어나 너만의 멋진 삶을 영위하길 바랐다. 너만은 세상을 살아가는 동안 성공을 위해 살지 않기를 바랐다. 잘못된 삶을 살지 않으면, 그것이 곧 성공이니까.

은호야!

너는 이 할애비의 전부였다. 그런 네가 거짓말처럼 한순간 할애비 곁을 떠날 줄이야. 너를 얼마나 사랑했는데…….

＊

할애비의 지난 2년은 망아(忘我)와 망연(茫然)의 시간이었다. 오로지 집안에 틀어박혀 멍하니 창밖을 내다보거나, 손전화 속 너의 사진을 들여다보며 미어지는 앙가슴을 두드리는 일뿐이었다. 날카로워 보이는 맑고 깊은 눈, 뭉툭한 코, 꽃잎처럼 붉고 두툼한 입술, 부드러운 턱선, 할애비를 닮은 잘생긴 귀……. 가만히 너를 보고 있노라면 금방이라도 '할아버지!' 하고 부를 것 같아, 어느새 눈물이 두 볼을 타고 주르르 흘러내렸다. 또한, 너의 환영에 사로잡혀 고통스러웠다. 불현듯 학교를 파하고 현관문을 들어서며 '다녀왔습니다!' 하고 소리치는 너의 모습에 푸르르 몸을 떨었다. 소파에 앉아 텔레비전을 시청하다가 곁에 있는 너를 보고 흠칫 놀라기도 하고, 불쑥 할애비 방문을 열고 들어오는 너를 보고 벌떡 일어나곤 했다. 바닷물이 가득 찬 암흑 같은 선실에서 탈출하려고 몸부림치는 네가 선명하게 떠올라 치를 떨었다. 그러다 정신이 돌아오면 전신에 힘이 빠져 모든 감각을 잃어버리는 공황 상태에서 헤어나오지 못했다. 모든 의욕을 상실한 채 불안한 나날을 보냈다. 음식을 입에 대기도 싫었고, 잠이 오지 않아 뜬눈으로 온밤을 하얗게 새우는 날이 많았다. 힘이 없어 자리에 누우면 젖은 풀솜처럼 무거워진 천근 몸을 일으키지 못했다. 사람을 만나는 것이 싫어 온종일 방안에만 틀어박혀 있었다. 살아있다는 것이 괴로웠고, 아무 의미도 없었다. 언제 어떻게 죽을까 만을 궁리했다. 시도 때도 없이 네 생각에 눈물을 흘렸다. 네가 가엾어 가슴이 미어지고 금방 숨이 멎을 듯 답답했다. 절망을 치유하기 위해서는 그 절망을 정면으로 마주할 용기가 있어야 했지만, 할애비에겐 그럴 용기가 없었다. 아니 용기조차 필요치 않았다.

1주년 때 팽목항을 다녀온 뒤 마지막으로 너와의 추억을 되짚어 보기로 했다. 너와 여행했던 곳이 떠오르면 무작정 떠났다. 그곳에서 너와의 지난날을 회억하면서 추억의 자국들을 아로새겼다. 이른 봄, 20년 전 너와 함께 걷던 섬진강 매화꽃길도 다시 걸었다. 예전처럼 매화꽃 향기가 강바람을 타고 흘러다녔다. 지천으로 날리는 매화꽃이 서럽더구나. 하얀 매화꽃 이파리들이 푸른 강물에 날리는 꽃길에서 홍옥같이 붉게 물든 어린 네 뺨이 떠올라 눈시울을 적셨다. 봄바람에 헤적이는 강물을 바라보면서, 네 손을 잡고 감상에 젖어 읊었던 어느 시인의 시 구절을 떠올렸다. 그러다 섬진강 가에 앉아 '푸른 댓잎에 베인 사랑처럼, 강물에 지는 매화꽃 꽃잎처럼, 물 깊이 서럽게 울기도' 했다.

할애비는 너와의 추억을 밟으며 떠돌다 집에 돌아오면, 일기장, 사진첩, 서적 등을 하나하나 정리해나갔다.

그 무렵, 영규 할머니에게서 전화가 왔다. 보상심의위원회에서 보상 신청을 하라는데 뭔 말인지 대체 알 수 없으니 도와줄 수 있겠냐는 거였다. 그 할머니는 세월호 참사 직후부터 방파제에 치마를 흡싸고 앉아 등을 구부리고 소리죽여 우는가 하면, 하염없이 바다만 바라보고 있던 할머니였다. 저이도 손자를 잃었구나, 라고 한눈에 알아볼 수 있었다. 그런데 1주년 때 다른 유가족들은 모두 안산과 인천에서 거행한 합동추모행사에 참석했는데 팽목항에서 다시 만나게 된 것이다. 어찌하여 행사에 참석하지 않고 팽목항으로 왔느냐고 묻자, 대통령을 욕하고 천하게 악다구니하는 꼴이 보기 싫어 조용히 손자를 만나러 왔다는 거였다. 안색이 창백하고 두 눈 가득 슬픔이 배어있는 그 할머니는 삶의 허망함을 토파하더구나.

할머니는 손자와 둘이 살았단다. 이름이 민영규라고 했다. 네 이름을 듣자 영규 친구라고 펄쩍 뛰었다. 영규에게서 네 얘기를 많이 들었고, 한번은 집으로 놀러 온 너를 본 적도 있다고 했다.

영규 할머니도 참으로 기구한 운명이더구나. 젊은 날, 회사원이었던 남편과 딸, 셋이서 단란한 생활을 하고 있었는데, 딸이 초등학교 5학년 때 남편이 교통사고로 사망했다는구나. 이후 초등학교 앞에서 문방구를 운영하며 어린 딸과 부족함 없이 행복하게 살았다. 밝고 바르게 자라는 딸을 보며 행복을 느꼈다. 딸은 대학을 졸업하고 은행에 취직했다. 출근한 지 6개월여가 지났을 때, 갑자기 회사 근처에 방을 얻겠다고 했다. 거리가 멀어 출퇴근하기가 너무나 힘들다는 이유였다. 이해가 되지 않았다. 설령 엄마가 권유하더라도 엄마를 홀로 두고 어딜 가느냐고 손사래를 칠 딸이었다. 누차 설득했으나 딸은 뜻을 굽히지 않았다. 업무가 과중해 야근을 하고 밤 12시가 되어서야 귀가하는 날이 허다했기에 이해하자고 마음먹었다. 휴일에도 집에 다녀가지 않는 딸이 야속하여 전화를 하면 바쁘다면서 짧은 통화로 마감했다. 서운한 마음에 눈물이 났지만 어차피 결혼하면 보낼 자식 아닌가, 하며 속상함을 달랬다. 다시 6개월이 지났을 때였다. 딸에게서 전화가 왔다. 말문을 열지 못하고 머뭇거리는 딸에게 불안한 마음으로 무슨 일이 있느냐고 다그쳤다. 한참 만에 입을 뗀 딸의 입에서는 ‘엄마, 나 애기 낳았어…….’라는 한 마디였다. 상상조차 못 했던 뜻밖의 말에 그 자리에 주저앉고 말았다.

“그게 무슨 소리야? 다시 말해봐.”

“애기…….”

배신감이 가슴을 때렸다. 용서가 되지 않았다.

“난 인정 못 한다. 난……, 난 그런 딸 둔 적 없다. 다시는 전화도 하지 마!”

매몰차게 전화를 끊었으나 마음이 편치 않았다. 하지만 용서할 수가 없었다. 저를 어떻게 키웠는데……. 아빠 몫까지 부족함 없이 키운 딸이었다. 배신감에 치를 떨었다. 다시는 보지 않겠다고 몇 번이고 다짐했다.

2개월쯤 지났을 때, 낯선 남자에게서 전화가 왔다.

“어머님, 이렇게 전화 드려 죄송합니다.”

“누구……?”

“예주가…… 많이 아파요……. 저 좀 살려주십시오.”

“…….”

“지금 찾아뵙겠습니다. 죄송합니다.”

얼마 후, 찾아온 사위의 손에는 갓난아기가 들려 있었다. 딸은 임신 사실을 알고부터 조금씩 우울증이 시작됐단다. 아들을 낳은 뒤 증세는 더 악화됐다. 시댁에서도 인정하지 않았다. 조산원에서 온종일 방문을 굳게 걸어잠그고 아무도 들어오지 못하게 했다. 회진도 거부했다. 식사도 거부했다. 조산원에서는 산모의 건강을 체크할 수 없어 매우 불안해했다. 딸은 아기 아빠가 퇴근을 하고 오면 그제서야 방문을 열었다. 사위는 출근하지 않을 수도 없는 실정이었다. 세를 들어 신혼방을 꾸렸으나 딸의 병은 나아질 기미가 보이지 않았다. 오히려 더 심해진 듯 아기마저 거부했다. 아기를 쳐다보지도 않고 팽개쳤다. 아무리 울어도 젖을 줄 생각을 하지 않고 외면했다. 사위는 애원했다. 당분간만 아기를 맡아 주시면, 무슨 수를 써서라도 예주의 병을 치유한 뒤 아기를 데리러 오겠다고 했다.

3개월이 지났을까. 다급한 사위의 전화를 받고 병원으로 갔다. 딸이 화장실에서 목을 맸다는 것이었다. 딸은 싸늘한 시신으로 영안실에 누워 있었다. 화장을 하고 납골당에 안치했다. 사위가 아기를 데려가겠다는 것을 그냥 돌려보냈다. 앞길이 구만리 같은 어린 사위의 인생을 막을 수는 없었다. 그렇게 18년을 키운 손자가 영규라더구나.

영규 할머니는 딸의 병이 그리 심각했는지 전혀 눈치채지 못했다. 자신이 알았더라면 딸이 그렇게까지 되지는 않았을 거라며, 자신의 무지가 어린 딸을 죽음에 이르게 했다는 죄책감에 평생 죄인처럼 살고 있단다. 할머니 넋두리엔 응어리진 회한과 슬픔이 눅진하게 묻어 있었다. 그러나 그것이 어찌 할머니 잘못이겠니? 정신질환이란 설령 인식했다고 해서, 애정과 보호로 감싸 안는다고 해서 치유되는 것이 아니란다. 우울증 환자에게 필요한 것은 어머니와 주위 사람들의 보호나 온정이 아니라, 절망을 이겨내겠다는 환자 자신의 강력한 의지뿐이다.

할애비는 그 깊은 늪에서 할머니를 꺼내줘야겠다고 생각했다. 이후, 보상 문제 등 요청이 있을 때마다 영규 할머니를 도와주었다. 가끔 할머니 집 근처에서 함께 식사를 하고 돌아오기도 했다. 한 번은 할머니가 말하더구나. 팽목항에서 할애비를 보았을 때 가슴이 철렁 내려앉았다고. 눈빛이나 표정, 행동거지가 죽기 전의 딸의 모습과 너무도 흡사하다고 느꼈단다. 저러다 큰일 나겠다 싶어 우정 전화를 했다는구나. 아마도 할애비 얼굴이 죽은 색으로 칙칙하게 보였나 보다.

*

은호야!

영규 할머니에게서 네 이야기를 듣고 목구멍을 타고 오르는 울음을 가까스로 삼켰다. 영규에게 수시로 돈을 뺏고 괴롭히는 반 친구들이 있었는데, 한 번은 네가 제지를 하자 싸움이 벌어졌다고 하더구나. 세 명의 아이들과 심한 싸움이 벌어져 수업이 중단되고 학교가 비상이 걸릴 정도였다더구나. 세 명 중 한 학생은 코뼈가 골절돼 병원으로 후송됐고, 너도 많이 다쳤다고 했다. 하지만 그날 이후 영규는 더 이상 괴롭힘을 당하지 않았단다. 할머니는 영규에게서 그 말을 듣고 너를 집으로 데려오라고 부탁했다. 내색하지 않고 네게 맛있는 음식을 대접하고 싶었단다. 할머니의 말이 할애비 가슴을 또 한 번 찔렀다.

그 말을 듣자 가슴 아팠던 그 날의 기억이 떠올랐다. 1학년 때였던 것 같다. 네가 잘 지내는지 궁금하여 아빠 집을 방문한 일요일, 할애비는 너의 얼굴을 보고 얼마나 화가 났는지 모른다. 왼쪽 눈 주위엔 시퍼렇게 멍이 들어 있었고, 찢어진 입언저리는 딱지가 붙어 있었다. 할애비가 놀라서 왜 그랬느냐고 물었을 때, 너는 아무것도 아니라면서 피식 웃기만 했다.

"이렇게 다쳤는데 아무것도 아니라니? 싸웠느냐? 어떤 놈이냐?"

할애비가 다그치자,

"체육 시간에 다쳤어요. 걱정하지 않으셔도 돼요."

하면서 할애비를 껴안고 등을 토닥여 주었다.

"다음부턴 조심할게요, 할아버지."

더 이상 추궁하진 않았다만 당시 할애비는 화를 참느라 힘들었다. 화가 나서 다그치던 할애비에게 씨익 웃어 보이던 네 얼굴이 선하게 떠오르는구나. 너는 거짓말하는 자신이 우스워서 웃을 만큼, 어떤 경우에도 할애비가 걱정하지 않도록 노력했다.

은호야.

할애비는 너와의 대화가 세상 무엇보다도 즐거웠다. 네가 수학여행을 떠나기 사흘 전인 일요일, 용돈을 주기 위해 안산엘 갔었지. 다행히도 너는 아빠와 함께 집에 있었다.

"은호야, 그래 대학에 진학하면 뭘 전공할지는 생각해 봤니?"

아직 2학년인 네가 벌써 삶의 방향을 정했으리라고는 생각하지 않았지만, 대화를 나누고 싶어 불쑥 뱉은 질문이었다. 그러자 네가 말했지.

"IT를 전공할 겁니다."

"IT도 여러 분야일 텐데?"

"그건 대학 가서 결정해도 돼요. 지금은 없는 새로운 직업을 갖고 싶어요. 새로운 분야는 엄청 많이 생길 테니까요."

"그래, 할애비는 모른다. 할애비는 혁신기술과 정보기술 시대를 살지 않았기 때문에 IT 발전이 어떻게 될지 상상조차 할 수 없구나. 헌데, 새로운 분야를 개척하려면 엄청난 노력이 필요할 텐데?"

"노력해야죠. 지금의 휴대폰이나 텔레비전, 자동차, 모든 것이 앞으로는 그 기능이나 디자인 등이 모두 다 달라질 겁니다. 열심히 해서 한 분야라도 앞서 가고 싶어요."

"너 혼자 힘으로 가능하겠니?"

"친구들과 팀을 이뤄 창업을 한 뒤, 구체적이고 전문적인 분야를 택해 새로운 분야를 개척할 거예요. 그래서 돈도 많이 벌고 가난한 사람들에게 기부도 많이 할 겁니다."

"그래, 장하다. 우리 손자가 최고다."

너희 시대는 다를 것이다. 할애비는 예상조차 못 하지만 향후 IT나 생명과학은 분명 잠재 가능성이 큰 분야들이 많이 나올 것이고, 또한 엄청난 속도로 발전해 나갈 것이다. 하지만 한 가지만은 꼭 부탁하고 싶었다. 네가 꿈을 이루더라도 명예나 권력만은 추구하지 않기를 바랐다. 설령 타인들이 너를 실패자라고 말하더라도 명예나 지위, 권력, 부자가 되는 삶을 추구하지 않기를 바랐다. 그래서 너의 학교 성적에 민감하지 않았고, 지극히 평범한 인물됨에도 낙망(落望)하지 않았다. 할애비는 그날, 또 고리타분한 훈계를 했지.

"그래, 할애비는 우리 손자가 뜻을 이룰 거라고 믿는다. 헌데 꼭 잊지 말아야 할 것이 있단다. 옛 성현들은 인간으로 태어나 누군가를 위해 조금이라도 도움이 되는 삶을 사는 것이 가장 가치 있는 삶이라고 했다. 인류나 국민을 유익하게 하는 것만이 가치 있는 삶이 아니다. 각자 자신의 처지와 능력에 따라서 어느 한 사람에게라도 도움을 주었다면 그 또한 가치 있는 삶인 것이다. 부모, 형제 등 가까운 가족만이라도 그들을 도와주고, 그들을 기쁘게 하기 위해 능력을 아끼지 않는 것도 세상에 기여한 것으로써 훌륭한 삶이 되는 것이다. 자고로 부모를 위해 노력한 효자효부가 있고, 형제를 자기 몸보다도 더 아끼는 우애지극한 사람도 있다. 이들은 모두 훌륭한 삶을 산 사람들이다. 이런 것을 알기 위해 공부를 하는 것이다. 사람답게 사는 도리를 배우기 위해 학문이 필요한 거란다. 그래서 예로부터 학문을 인생의 최대사라고 하는 거란다. 내 말 알겠지?"

"네, 할아버지. 명심할게요. 자신 있으니까 걱정 마시고 오래오래 사세요."

할애비를 바라보는 네 눈빛엔 자신감과 애정이 가득했다. 지금도 네 목소리가 잡힐 듯 생생하구나. 너와의 대화는 언제나 할애비를 기분 좋게 했다. 네 주장의 저변에는 늘 사람과 세상에 대한 배려가 깔려 있어 따뜻한 무엇인가를 느끼게 했고, 신념에 차있어 할애비를 기쁘게 했다.

생각이 웅숭깊지는 않아도 평생을 한탄한 세대 간 단절을 너에게선 볼 수 없었다. 오히려 너는 단절을 이어주는 희망의 끈이었다. 또한, 이다음에 사회생활을 하면서 수없이 많은 반목과 갈등을 겪으며 상처를 받겠지만, 전혀 걱정하지 않았다. 너는 세상을 잘 헤쳐나가리라 믿어 의심치 않았다. 타인이든, 세상이든 이익을 전제로 한 타협은 절대 성사되지 않지만, 신념의 대립은 대화로 얼마든지 풀 수 있기 때문이었다. 그날, 할애비를 바라보던 깊고 정감 어린 너의 눈빛을 죽는 날까지 머릿속에서 지울 수가 없구나. 생때같고 씨억씨억하던 그런 너를 다시는 볼 수 없다니…….

✻

대화를 나눈 3일 후, 수학여행을 떠난 다음 날 오전 아빠로부터 전화를 받았다. 네가 탄 여객선이 진도 앞바다에서 침몰하고 있다고.

청천벽력이었다. 순간, 눈앞이 흐려지면서 아무것도 보이지 않았다. 전신이 얼어붙고 숨이 멎는 것 같았다. 도저히 믿어지지가 않았다. 현기증에 그 자리에 털썩 주저앉고 말았다. 머리를 가눌 수가 없었고, 눈앞의 사물들이 여러 겹으로 흐릿하게 보였다. 정신을 가다듬으려 애쓸 때, 때마침 지나가는 택시를 보고 얼른 잡아탔다. 진도 팽목항으로 가자고 했다. 택시가 고속도로에 접어들면서 정신을 추슬렀다. 소리가 차단된 창밖 풍경들은 아무 일도 없다는 듯 평화로워 보였다. 살면서 할애비가 놀랄 일은 없었다. 어린 시절 6·25전쟁을 겪었다. 피난길에 전투기의 난사로 순식간에 수백 명이 그 자리서 즉사하는 광경도 목격했다. 형체를 알아볼 수 없는 참혹한 시신을 밟고 달리기도 했다. 4 19혁명과 5·16혁명으로 세상이 바뀌는 것도 보았다. 대학 졸업 후 기자생활을 하면서 수없이 많은 크고 작은 사건들을 직접 취재하며 살아왔다. 격동의 시대를 몸소 체험했기에 세상 어떠한 사건도 할애비를 놀라게 하진 못했다. 그런데 그토록 충격을 받을 줄이야. 애간장이 숯처럼 타들어 갔다. 택시 안에서 내비게이션을 통해 생방송을 시청하며 할애비는 네가 무사하기만을 기도했다.

팽목항에 도착하니 연락을 받고 달려온 가족들과 경찰, 공무원, 기자들로 북새통을 이루고 있었다. 사고 현장이 보이지는 않았지만, 여객선은 이미 완전 침몰됐다고 했다. 구조자 명단에 네 이름이 없었다. 가족들은 임시숙소에서 사고 현장을 생중계하고 있는 텔레비전만 뚫어지라 바라보고 있었다. 방송은 침몰되는 순간을 반복해서 보여주었다. 저 배 안에 네가 있는데, 저 배 안에 네가 있는데……. 할애비는 발만 동동 구를 뿐이었다.

어떻게 하루가 흘렀는지 모른다. 밤이 되어 방파제로 나갔다. 바람이 몹시 찼다. 밤바다를 향해 수없이 네 이름을 불렀다. 조금만 버티거라. 버텨야 한다. 살아 있어야 한다. 곧 너희들을 구해줄 것이다. 할애비는 아무것도 할 수 없다는 무력함에 미칠 것만 같았다. 차라리 바다에 뛰어들어 너를 구해내고 싶었다.

막막한 기다림에 안절부절 목매었으나 기적은 일어나지 않았다. 하루, 이틀……, 시신만 발견될 뿐이었다.

은호야!

세월호가 침몰한 지 1주일 만에 너를 만났다. 퉁퉁 불어터진 시신은 애타게 기다리던 너의 모습이 아니었다. 아빠, 엄마의 눅눅한 눈동자가 맥없이 풀리더니, 이내 질린 두 볼 위로 눈물을 쏟아냈다. 엄마는 백납처럼 핏기 하나 없는 차가운 너를 끌어안고 오열했다. 너의 주검 앞에서 할애비는 아무것도 할 수가 없었다. 정말 아무것도 할 수 없었다. 아무엇도…….

그 날 밤, 엄마가 손전화를 보여주었다. 4월 16일 오전 9시 36분, 네가 보낸 카톡이었다.

'엄마 사랑해.'

'그래, 엄마도…….'

'아빠한테도 전해줘.'

'알았어…….'

'할아버지께도.'

'무슨 소리야, 그게…….'

심한 동계에 명치끝이 아려왔다. 에인 가슴을 움켜쥐고 허청허청 어두운 방파제로 걸어갔다. 끝없이 밀려오는 파도가 방파제를 때렸다. 할애비는 그 자리에 주저앉아 기어이 목울대까지 치고 올라와 있던 울음을 터트리고 말았다. 너와 함께 했던 지난 여러 날들이 걷잡을 수 없는 눈물로 흘러내렸다. 왜, 네가 죽어야 했는지 이해할 수 없어 덫에 걸린 들짐승처럼 소리 내어 울었다. 동백꽃처럼 떨어진 네 짧은 생이 불쌍해 엉머구리처럼 울었다. 결별의 인사조차 못 하고 떠난 네가 가엾어 목놓아 통곡했다. 오래도록 옻 빛 바다에 시선을 못 박고 *끄억끄억* 메마른 울음을 토했다.

밤바람이 매서웠다. 너희들의 원혼이 절규하듯 칼바람도 울었다. 너희들 원혼이 몸부림치듯 밤바다도 요동쳤다. 은호야, 할애비에게 오래오래 살라고 하지 않았느냐? 헌데 어찌 너 먼저 가느냐? 네가 없는 삶이 할애비에게 어떨지 생각지도 않고, 할애비를 버리고 먼저 간단 말이냐? 이제 마음을 어디에 두고 살 수 있을지, 서러운 마음 한이 없구나.

오랫동안 먹물처럼 시커먼 밤바다를 응시했다. 할애비 가슴으로 너와 함께 했던 시간들이 황황히 지나갔다. 그 날 밤, 수없이 많은 상념에 쌓여 온밤을 헤매었다. 곰곰 생각에 젖어 통밤을 새웠다. 더 이상 시린 목숨을 연명할 까닭이 없었다. 희망이 없는 삶은 의미가 없는 삶이기에 이쯤에서 삶의 끈을 놓아야겠다고 아퀴를 지었다.

은호야, 너는 도저히 이해하지 못하겠지만, 아니 네 아빠조차도 절대 이해하지 못하겠지만, 할애비에겐 이 세상 그 무엇과도 바꿀 수 없는 아주 중요한 가치가 있단다. 그것은 대를 잇는 것이다. 대를 끊는 중죄를 짓고 어찌 목숨을 연명한단 말이냐? 죽어 무슨 낯으로 조상들을 뵐 수 있단 말이냐? 조선 시대 최고의 학자이자 사상가인 우암 송시열은, 중죄를 지으면 몇 대가 흐르든 언젠가는 반드시 대가 끊긴다고 했다. 임금에게 미신을 믿지 말라고 직언을 서슴지 않았고, 자식들에게 미신을 믿지 말라고 유언까지 했던 대학자의 가언(嘉言)이었다. 큰 죄를 지으면 당대에 그 죄를 피할지언정 반드시 그 후손이 대가를 받을 것이며, 하늘이 내리는 최고의 형벌은 대를 끊게 한다는 뜻일 게다.

할애비는 네가 떠나기 이전엔 죽음에 대해 깊이 천착(穿鑿)해 본 적이 없었다. 단지 머지않아 내게도 죽음이 올 것이고, 자식들에게 폐를 끼치지 않고 조용하고 깔끔하게 이승을 떠나고 싶다는 각오와 바람만 갖고 있었다. 그러나 네 주검을 맞이한 이후 죽음에 대해 수없이 생각해 보았다. 죽음은 인간 실존의 한계임에는 틀림없다. 피하려야 피할 수 없는 운명적 상황이고, 벗어나려 해야 벗어날 수 없는 절대적인 상황이다. 때문에 사람들은 말한다. 죽음을 진지하고 숙연하게 받아들여야 한다고. 하지만 이 세상 어떤 말도 할애비에겐 위안이 되지 못했다. 온 마음으로 사랑한 사람이 영원히 떠난다는 것은, 게다가 예고 없이 갑자기 떠난다는 것은 너무도 괴롭고 슬픈 일이다.

그러나 지금은 아니다. 너는 할애비 곁을 떠나지 않았다. 죽음의 본질이 결국 잊혀지는 것이라면, 너는 죽었으나 죽은 것이 아니다. 할애비는 알았다. 진정한 사랑은 죽음으로도 사라지지 않는다는 것을……. 결코 죽음으로도 갈라지지 않으며, 서로의 마음속에 영원히 살고 있다는 것을……. 죽음이 너의 영혼과 육신을 빼앗아 갔지만, 살아 있을 때의 사랑과 마음까지는 가져가지 못했다. 할애비 눈에 항상 있고 할애비 가슴에 늘 살아 있어, 함께 눈을 뜨고 함께 숨을 쉬는 한 너는 죽은 것이 아니다. 진정한 사랑은, 사랑한 시간이 아니라 사랑의 기억이라고 자위한다. 이 할애비가 너를 기억하는 동안 너는 뜨거운 생명으로 할애비 곁에 있는 것이다. 할애비는 숨이 붙어 있는 한 너를 잊지 않을 것이다. 아니, 잊지 못한다.

2016년 4월 18일.

"어르신, 언제까지 계실 건가요?"

아침 식사를 하고 민박집을 나서는데 주인이 묻더구나.

"글쎄, 별일 없으면 내일 아침에 올라갈 예정이오."

이렇게 대답했지만 너를 두고 떠나기가 못내 아쉽구나. 네가 서운해 할 것 같아 발걸음이 떨어지지 않는구나. 하지만 내일부터 할 일이 많아 어쩔 수 없이 가야 할 것 같구나.

나의 손자, 은호야!

햇살 눈 부신 푸르른 날 갈매기 날거든, 보고 싶은 할애비가 찾아온 줄 알거라. 꾸욱꾸욱 애절히 울거든 사무쳐 못 잊는 할애비의 애가(哀歌)인 줄 알거라. 네 원혼 위를 맴돌거든 잠시나마 날개 속에 들어 석별의 눈물 닦으려무나.

은호야!

아무래도 말을 해야겠구나. 정말이지 이 말만은 하지 않으려고 몇 번이나 다짐했건만 털어놓아야 할 것 같구나. 괴로움에 몸부림칠 네 원혼이 불쌍해 차마 꺼내지 못할 말이지만, 네게 숨기는 것이 죄스러워 말을 해야겠다.

아빠와 엄마가 1주년이 지나고 유럽여행을 다녀온 이후 건강이 좋아진 것 같아 할애비는 내심 다행스럽게 생각하고, 너와의 추억을 더듬고 있었다. 하지만 5월부터 심한 무더위가 시작됐고, 6월엔 전염병인 중동호흡기증후군(메르스)에 많은 사람들이 감염돼 나라가 어수선했다. 8월까지 지속되던 무더위는 9월이 되자 때아닌 대형태풍이 온 나라를 휩쓸고 지나갔다. 국민들의 복구작업이 한창 진행되던 어느 날, 급하게 아빠가 찾아왔다. 아빠로부터 엄마 얘기를 듣고 할애비는 재가 된 가슴을 또 한 번 쓸어내렸다. 팽목항에서 돌아온 뒤부터 간혹 엄마의 행동이 이상했단다. 울다 울다, 눈물이 말라버린 엄마는 미동도 하지 않고 가만히 앉아 있을 뿐이었다. 밥을 하고 세탁을 하는 등 늘 해왔던 일상을 잊은 듯 손을 놓고 앉아있는가 하면, 며칠씩 식사도 거르고 잠도 자지 않았다. 한밤중 인기척에 눈을 떠 거실로 나가면 엄마가 네 방에서 중얼거리고 있었단다. 그만 자자고 손을 끌면 은호와 조금만 더 이야기하고 갈 테니 먼저 자라면서 등을 떼밀고 웃으면서 너와 이야기를 하는 등 이상한 행동을 보였다고 했다. 충격으로 인한 미약한 우울증 증세려니 했다. 시간이 해결해 줄 거라고 생각하고 좀 더 따뜻하게 대해 주었단다. 어느 날, 유가족 행사장에서 경찰의 전화를 받았다. 지구대로 급히 달려갔더니 엄마가 담요를 걸치고 소파에 앉아 있었다. 경찰관이 말하길 주민 신고를 받고 현장에 갔더니 엄마가 어디엔가 옷을 다 벗어버리고 발가벗은 채 상가를 돌아다니며 누군가를 찾고 있었다고 했다. 엄마는 아빠도 알아보지 못하고 화난 얼굴로 쉴 새 없이 중얼거렸다. 이튿날 병원에서 진

료를 받았다. 의사는 입원을 권유했다. 차마 병원으로 보내기 싫어 약을 처방받아 돌아왔다. 아빠는 모든 활동을 중단하고 온종일 엄마를 돌보았다. 약을 복용하면서 엄마는 멍하니 앉아있거나, 잠에 취한 듯 수면 시간이 많아졌다. 간혹 학원 공부가 잘 이해되느냐고 묻기도 하고, 전혀 알아들을 수 없는 말을 진지하게 하기도 했다. 그러던 어느 날 밤, 거실에서 텔레비전을 시청하다가 엄마가 자고 있는지 보려고 안방 문을 열었더니 온몸이 피투성이가 된 채 과일칼로 입고 있는 옷을 찢고 있더란다. 침대도 온통 검붉은 피로 젖어 있었다. 달려가 칼을 뺏고 응급실로 후송했다. 다행히 깊은 상처는 없었으나 출혈이 많아 매우 위험한 상황이었다. 아빠는 응급실에 있는 엄마를 어찌했으면 좋겠냐고 물으며, 그동안 참았던 울음을 터트렸다. 보름 후, 할애비와 아빠는 상처가 아문 엄마를 정신병원에 입원시켰다. 수많은 밤을 빈 몸으로 울며 지샜는데 정신인들 온전했겠느냐. 우리는 엄마의 가슴 속에서 얼마나 깊은 바다가 요동치고 있었는지 알 수가 없었다.

은허야, 용서해다오!

하나뿐인 엄마조차 돌보지 못한 이 할애비와 아빠를 용서해다오. 죽어서도 너를 볼 면목이 없구나. 하지만 은호야, 걱정 말거라. 할애비가 약속하마. 반드시 엄마 병을 치유하고 말 테니. 조금이라도 병이 호전되면 퇴원시켜 아빠와 할애비가 계획을 세워 실행할 것이다. 인간의 질병은 의술만으로 치유할 수 있는 게 아니다. 의술로 불가능한 질병을 사랑으로 치유한 기적을 할애비는 더러 보았다. 사랑이 모든 것을 가능하게 하리라 믿는다. 병을 알면 두려울 것이 없다. 엄마의 정신질환도 사랑으로 정성을 다한다면 언젠가는 반드시 치유되리라 믿는다. 너를 잃고, 할머니를 잃고, 네 엄마마저 잃을 순 없다. 절대 안 된다. 은호야, 분명히 약속하마. 반드시 엄마의 건강을 되찾을 테니 걱정 말거라.

*

은호야!

이제부턴 할애비와 아빠의 삶을 지켜봐다오. 할애비는 인천의 아파트를 정리하고 안산으로 이사를 했단다. 아빠 집으로 들어간 것이 아니고 작은 연립주택에 세를 들었다. 평생을 끌어안고 다니던 짐들은 모두 정리했다. 소중한 귀중품인 양 품고 있던 네 증조부의 유물인 1천여 권의 고서들은 종중에 기증했고, 할애비의 2천여 권 도서는 북카페를 운영하는 지인의 딸에게 주었단다.

은호야.

지난 2년 동안 할애비는 한시도 너를 잊은 적이 없다. 창문에 내려앉은 아침 햇살을 보고도 눈시울이 뜨거웠다. 따사한 햇살에 해맑은 화초를 바라보아도 눈시울이 아렸다. 열어놓은 창문 사이로 살그머니 들어온 바람이 살랑대도 가슴이 저렸다. 무심히 날리는 흰머리의 가슬거림에도 콧등이 시렸다. 창밖 핏빛 노을을 바라보노라면 가슴이 먹먹했다. 온종일 그리움에 눈시울을 적셨다. 세상을 떠날 생각뿐이었다. 매일 밤, 이대로 잠든 채 세상을 하직하면 얼마나 좋을까, 하고 생각했다. 아침에 눈을 뜨면 기진(氣盡)한 육신을 일으켜 나무토막처럼 또 하루를 보내며 무의미한 생활을 반복했다. 사무친 그리움을 세상 무엇으로도 달랠 수 없었다. 세상을 떠남에 아무런 미련도 없었다.

그런데 한 달 전인 3월 초, 편지 한 통을 받았다. 발신인 난에는 '세친사모'라고 적혀 있었다. '세월호 친구를 사랑하는 모임'이라는 생존한 네 친구들이 보낸 편지였다. 친구들은 전원 지난달 대학에 진학했는데, 유명을 달리한 너희들에 대한 죄책감에 모임을 갖고 논의를 했더구나. 열띤 토론을 벌인 내용은 심각한 사회문제로 대두된 급증하는 유가족들의 사망문제였다. 언론 보도에 의하면 2년이라는 짧은 기간 동안 유가족 중 38명이 사망했다. 그중 13명은 자살로 목숨을 끊었고, 25명은 심장마비 등 질병으로 숨졌다. 친구들은 이러한 사실을 매우 심각하게 받아들이고 자신들이 앞장서서 이를 막아야 한다고 결의했다. 우선 유가족 개개인들에게 편지로 호소하고, 이어 조를 나누어 정기적으로 일일이 찾아뵙기로 결정했다. 자신들도 정신적 외상(트라우마)에 시달리고 있음에도 말이다. 네 친구들이 보낸 서신 내용은 대략 이러했다.

은호 할아버님께.

상심하여 의욕마저 잃고 계실 할아버님께 우선 편지로나마 위로의 말씀을 드립니다.

2년이 흘렀지만 지금도 통한에 사무쳐 눈물짓고 계실 할아버님 심정을 저희들이 어찌 헤아릴 수 있겠습니까?

하지만 은호를 잊지 말아 주십시오.

은호는 언제나 친구들을 기쁘게 해주던 멋진 친구였습니다.

공부도 잘했지만 운동 또한 뛰어난 친구였습니다.

축구 등 운동 시합이 있으면 모든 종목에서 항상 반대표로 뽑혔습니다.

체육 시간을 무척 좋아했던 은호는 가끔 '이다음에 내가 돈 많이 벌면 10층짜리 대형 스포츠센터를 지어 동문회에 기증할 테니, 우리 정기적으로 만나서 시합도 하고 팀도 만들자. 그리고 언제든 애기들 데리고 와서 족구, 농구, 수영, 스쿼시, 헬스 등 니들 하고 싶은 대로 마음대로 해라. 알았지?'라고 농담을 해 저희들을 웃기기도 했습니다.

이제 와 생각하니 농담만은 아니었던 것 같습니다.

농담이든, 진담이든 은호의 말 속엔 대부분이 친구들을 배려하고, 남을 위해 도움을 주려는 말이었습니다.

이번에 저희들이 모여 친구들과의 추억을 하나하나 이야기하던 중에, 책이 삐져나오는 해진 가방을 메고 다니는 생활이 어려운 반 친구에게, 은호가 아무도 몰래 메이커 가방을 선물한 사실도 알았습니다.

은호는 언제나 친구들에게 도움이 되려고 노력한 정말 좋은 친구였습니다.

할아버님, 그런 은호를 실망시키지 말아주십시오.

은호가 늘 자랑스럽게 생각하던 할아버님이 잘못되신다면 얼마나 슬퍼하겠습니까?

만약 할아버님께서 잘못되셨다는 소식을 은호가 하늘나라에서 접한다면 그 슬픔을 어찌 견디겠습니까?

그러니 제발 은호가 하늘나라에서 두 번씩 통곡하지 않도록 엎드려 눈물로 호소합니다.

저희들에겐 단 하나 절실한 소원이 있습니다.

그것은 할아버님께서 건강하게 오래오래 사셨으면 하는 겁니다.

할아버님께서는 누구보다도 강하신 분으로 알고 있습니다.

툭툭 털고 일어나셔서 여생을 은호를 위해 무엇을 할까를 생각해주십시오.

은호가 무엇을 원하는지 잊지 마셨으면 합니다.

이제 저희들이 은호가 되겠습니다.

저희들 손이 필요하다면 언제든 주저치 않고 달려가겠습니다.

할아버님, 힘내세요!

조만간 찾아뵙겠습니다.

- 손자들 일동

은호야!

네 친구들의 편지는 할애비 가슴에 엷은 물결을 일으켰다. 마치 할애비 마음을 꿰뚫고 있는 것 같더구나. 편지를 받고 여러 날을 곰곰이 생각해 보았다. 너와의 추억을 더듬으면서도 계속 그 생각만 했다. 우리 은호가 지금의 할애비를 보면 뭐라 할까? 정녕, 네가 원하는 것은 무엇일까? 지혜로운 고대 이집트인들의 죽음관에 따르면 너는 최고의 삶을 살았다. 비록 짧은 생이었지만 인생에서 기쁨을 찾으려 했고, 주위 사람들을 기쁘게 해준 삶이었다. 아무도 가르쳐주지 않았지만 네 삶의 가장 중요한 원칙은 타인을 위한 배려였다. 은호야, 그런 너를 어찌 사랑하지 않을 수 있었겠느냐. 할애비는 너를 생각하며 스스로에게 물었다. 한평생을 살면서 단 한 번이라도 누군가에게 기쁨이 되었었냐고. 그러자 스스러움과 함께 세상을 차단한 가슴 속 견고한 절망과 원한의 콘크리트벽이 쩌어억, 금이 가는 소리가 들렸다.

얼마 후, 아빠를 만났다. 아빠도 편지를 받았더구나. 아빠는 이미 준비하고 있는 일이 있었다. 보상금 전액과 아빠의 퇴직금으로 재단 설립을 추진하고 있다. 네가 여행을 좋아했기 때문에 청소년여행재단을 설립해 무료로 운영하겠다고 했다. 너를 잊지 않기 위해 '은호청소년여행재단'이라는 명의로 등록 신청을 해놓은 상태이다. 전국 고등학교에서 추천받은 일정한 수의 고교생들을 대상으로 문화탐방, 테마여행을 실시하고, 방학 때에는 캠핑, 템플스테이, 농촌체험 등 다양한 체험여행을 계획하고 있더구나. 모두 무료로 운영할 예정이며, 내년부터 실행하겠다고 했다. 아빠는 좀 더 많은 사람들과 기업들의 동참을 위해 매우 분주한 나날을 보내고 있단다. 전적으로 공감하고 격려해주었다. 은호가 참으로 자랑스러워할 거라고 칭찬을 아끼지 않았다. 실로 오랜만에 영생이 잎을 씹은 듯 속이 타악 틔어오더구나.

은호야!

할애비도 자랑을 해야겠다. 이곳에 오기 이틀 전 너의 학교 앞 상가건물 중 70평 남짓한 3층 체육관을 계약하고 왔다. 네 후배들을 위해 무료 탁구장을 운영할 계획이다. 상호는 물론 '은호무료탁구장'이다. 네 후배들이 학교를 파하고 탁구를 하며 스트레스도 풀고 체력도 증진한다면 무엇을 더 바라겠느냐. 힘든 노동이 요구되지도 않고 많은 경비도 필요치 않아 노쇠한 할애비가 운영하기에는 안성맞춤이라는 생각이다. 너를 위해 보내는 시간이 많을수록 너로 인한 슬픔은 줄어들 거라고 생각한다. 영규 할머니도 적극적으로 도와주겠다고 약조했다.

은호야,

한 가지 네게 고백을 해야겠구나. 할애비는 이미 영규 할머니와 합쳤단다. 벌써 한 달이 되었다. 영규 할머니와는 서로 무간(無間)하여 거리낌이 없다. 연민의 감정이 일어서만은 아니다. 서로의 아픔을 치유해주고, 텅 빈 마음을 채워주는 좋은 친구처럼 지내고 있다. 그래서 이곳 팽목항에도 같이 왔단다. 할머니께 인사드리렴. 그리고 너의 친구 영규에게도 전해주거라.

영규 할머니는 언제나 부드러운 표정으로, 마음의 소리에 귀를 기울이고 있는 듯한 얼굴이란다. 가진 것은 없지만, 예의 바르고 이해 타산적이 아니어서 어린 시절 좋은 성장 과정을 느끼게 했다. 또한, 겸손하게 경의마저 품고 이야기하는 것을 보면 전아한 사람임을 짐작게 했다. 다만 못마땅하게 생각하는 것은 좋고 싫음을 내색하지 않고, 자신의 주장을 표현하지 않는 거란다. 한결같이 할애비 의사를 존중하고 여일하게 할애비 의견에 따르는 태도이다. 마치 흐르는 강물에 떠밀려가듯 삶을 운명의 강물에 맡기고 조용히 떠내려가는 사람 같단다. 강물을 거슬러 오르는 행위 자체가 무의미하다는 듯이. 어쩌면 한평생 살아오며 굳어진, 아니 깨우친 인생철학이라고 느껴진다. 아니면, 세상 모든 끈을 놓은 망아(忘我)의 상태인 듯하다.

*

　은호야!

　바다가 붉게 우는 저녁이다. 석양은 숨 고르듯 잠시 수평선에 발 담그고 버티더니 이내 바닷속으로 사라졌다. 한 줄기 짙고 붉은 놀이 수평선에 이어져 있다. 이우는 핏빛 놀이 어찌 이리도 붉으냐? 외꽃 핀 할애비 얼굴이 노을에 젖어 붉게 물드는 것 같구나. 할애비는 시든 노년의 삶이 조금도 지루하지 않았다. 퇴직을 하고 15년여를 젊은 날 읽지 못한 독서를 마음대로 할 수 있어서 좋았다. 무엇보다도 신념에 찬 네가 있기에 굴할 것 없이 당당했다. 하얀 억새밭 머리에 고랑 깊게 패인 노안(老顔)이지만, 열정에 찬 네가 있기에 부러울 게 없었다. 시대에 뒤떨어진 골방 늙은이일지언정, 시대를 선도하고픈 의욕에 찬 네가 있기에 세상 두려울 게 없었다. 꽃 한 송이 줄 곳 없는 메마른 가슴이지만, 명징한 호수의 마음을 지닌 네가 있기에 따뜻하고 편안했다. 네가 자라는 모습을 바라보는 것만으로도 더없는 즐거움이었다. 그런 과분한 즐거움을 준 삶에 고맙고 송구스러워, 늙는다는 것에 억지 부리지 않고 누구에게도 겸손하려 머리를 낮췄다. 그런 네가 한순간 할애비 곁을 떠났다. 그리고 다시는 영영 볼 수 없게 되었다.

　은호야!

　저승에 가서까지 할애비가 염려되더냐? 노년의 새로운 삶이 인생의 마지막 책무라는 것을 네가 깨우쳐 주다니……. 그래, 할애비는 다시 삶의 목표를 찾았고, 무엇을 해야 할지를 알게 되었다. 고통과 절망을 행복과 희망으로 승화시켜준 네게 고맙다는 말을 전한다. 어느 누가 이렇게 일찍 세상을 떠난 너의 삶을 무의미하다고 말할 수 있겠느냐? 아빠와 할애비의 여생을 비옥한 시간들로 멋지게 바꿔놓은 너의 삶을 어찌 덧없다 하겠느냐?

은호야, 걱정 말거라. 이제 더 이상 가슴치고 눈물 훔치는 약한 모습은 보이지 않으마……

실로 오랜만에 삶의 열정을 느낀다.

할애비는 이제부터 너에 대한 슬픔, 너에 대한 그리움을 너의 친구들과 후배들에게 조금이나마 즐거움을 주며 살고자 한다. 네가 세상에 기여했을 혜택의 일부분이라도 할애비가 대신할 수 있어 기쁘게 생각한다.

은호야!

너로 인해 인간은 불완전한 존재임을 새삼 깨달았다. 인간은, 스스로는 완성될 수도, 깨달을 수도 없는 존재인 것 같다. 성불도, 해탈도, 자득(自得)도 반드시 다른 존재와의 관계 속에서 이루어지는 것 같다. 인간뿐 아니라 이 세상 모든 생명은 스스로는 완성될 수 없는 듯하다. 한 송이 꽃도 벌, 나비, 바람으로 인해 암술과 수술이 만나 꽃을 피우듯, 인간도 자신의 결핍(缺乏)을 다른 존재에 의해 채우고, 변화하는 것임을 너로 인해 깨달았다. 한때 할애비가 너를 위한 바람이었듯, 너도 할애비를 위한 나비였음을 절절한 마음으로 반추한다.

사랑하는 나의 손자, 은호야!

부끄럽게도 쇠잔(衰殘)한 육신이 되어서야, 가족과 지인에 국한됐던 편협한 애정이 사회와 사람에 대한 인간애로 확대됐고, 인간으로서의 무지함을 자각하는 한편 참다운 지혜를 추구하는 철학적 삶에 눈을 떴다. 이것이 네가 할애비에게 준 최고의 선물이다.

나의 손자, 은호야!

할애비도 어느덧 일흔여섯 해를 살았구나. 죽음을 지척에 두고서야 참으로 많은 것을 깨닫는구나. 이 모든 것이 이승에서 할애비와 손자로 만나, 핀 듯 지는 동백처럼 잠깐 피었다 떠난 네가 이 할애비에게 준 소중한 선물이란다.

가족이라는 이름으로 함께 했던 은호야!

아빠, 엄마의 아들로, 할애비의 손자로 함께 살았던 은호야!

할애비는 윤회를 믿는다. 너와 언제, 어디서, 어떤 인연이 되어 다시 만나게 될지는 모르지만, 그때까지 좋은 곳에서 편안히 잘 지내거라.

아아, 사랑하는 나의 손자, 은호야!…….

이항복

충청일보 신춘문예 소설 당선, 1994년 계간 문단 신인상 소설 당선

장편소설 『사랑의 조건』, 소설집 『배냇소』

010-7279-1234, a77779999@hanmail.net

28780 충북 청주시 상당구 용암동 월평로 243 부영A 105-506

세탁소 여자

김 미 정

사람의 관계란 알 수 없다. 아무리 친하고 관계가 돈독했어도 어떤 오해나 상처로 다시는 보지 않기도 한다. 이별 후 가끔, 가슴에 미미한 통증으로 아려올 때가 없진 않지만 그런대로 삶에는 별 지장이 없다.

내가 네게 어떻게 해줬는데, 세상에 어쩌면……. 괘씸한 생각마저 든다. 그러다가도 살몃 아스라한 그리움이 일며 분명 아쉬움이 없진 않다.

부모형제나 일가친척이라면 집안의 경조사나 행사가 끈이 되어 아주 안 보고 살기는 쉽지 않다. 하지만 남과는 가위로 종이를 슥, 자르듯 관계를 끊고 살아갈 수도 있는 일이다.

어떤 옷을 입어야 조금 더 젊고 근사해 보일까. 하얀 옷장을 열고 잠시 생각에 잠긴다. 몇 가지 옷을 거울 앞에서 이리저리 코디를 해보다 결국, 꽃무늬 민소매 원피스에 하얀 재킷을 입는다.

나는 서둘러 아파트 정문 앞으로 간다. 오래전에 헤어진 연인을 만나듯 얼핏 설레는 마음과 슬쩍 불편한 마음이 뒤엉켜 발걸음조차 허둥거린다.

어제 오후 가을 햇살이 황금색 들판에 쏟아질 때였다. 그녀로부터 걸려온 전화에 나는 마른침부터 삼켰다. 12년 만에 점심을 함께하자는 소리었다. 물론 간간이 박 여사를 통해 표피적인 소식은 듣곤 했다.

아파트 정문 앞에 하얀 승용차가 서 있다. 그녀는 운전대에 앉아서 차 문을 조금 열어놓고 나를 보자 웃으며 손을 흔든다.

조수석에 앉아 안전벨트를 매며 잘 지냈어, 내 인사말에 그럼 잘 지내지. 그녀의 억양에서 뭔가 꼼수를 느낀다. 아니, 이건 어쩌면 내 피해의식이나 못된 상상일 수 있다. 그녀는 자식 얘기를 하면서 은근히 단계를 높여가며 자랑하는 걸 나는 감지한다. 그녀와 나 사이에 보이지 않는 가느다란 실이 팽팽하게 당겨지는 느낌이다.

그녀의 하얀 승용차는 청주를 벗어나 낭성 쪽으로 달리고 있다.

"한정식이 어떨까? '마중'이란 식당이 있는데 그냥 먹을 만해."

그러지 뭐, 했지만 먹는 게 중요한 게 아니다. 12년이란 시공을 뛰어넘어 어떤 대화를 할지. 나는 난감해진다. 차창 밖으로 스치는 풍경을 보며 색채를 통해 가을이 시나브로 깊어가고 있는 걸 느낀다.

황금색 들판에 바람이 불자, 벼들이 가르마를 타듯 바람이 지나가는 자리에 오롯이 길을 낸다. 나이 탓일까? 간혹 시간의 속도감에 오소소 소름이 돋을 때가 있다.

'마중'이란 간판이 보인다. 식당 옆에는 제법 강물처럼 느껴지는 깊은 냇물이 유유히 흐르고 있다. 청주를 조금만 벗어나도 이런 운치 있는 곳이 있다니.

차들이 식당 주차장에 빼곡히 차 있어 한 귀퉁이에 간신히 주차를 했다. 홀 안으로 들어서자 그녀는 넓은 창가에 먼저 자리를 잡는다.

그녀가 메뉴판을 살펴볼 때, 나는 같은 걸로 할 게, 말하며 통유리로 된 창을 통해 숲을 본다. 숲 속의 나무들이 형형색색으로 물들어 가고 있다. 언뜻 창에 비친, 단아하게 검정 원피스를 입은 그녀의 실루엣을 느낀다. 왜 그랬을까? 불현듯 알 수 없는 그녀를 나는 정면으로 빤히 바라본다.

어려울 때마다 자신의 옆에 항상 있어주었고, 도움을 주어 죽을 때까지 은혜를 잊지 못한다고 내게 말했던 그녀. 문득, 박 여사가 생각난다. 여자 셋이 모이면 접시가 깨진다는 말이 슬그머니 떠오른다. 박 여사와 함께 셋이서 몇 년 친하게 지낸 적이 있다.

박 여사가 하는 다단계에 그녀가 발을 들여 놓으며 그들은 더 가까워졌다. 생필품을 쓰면서 돈을 버는 일이라며, 좋은 상품을 생산자와 소비자가 직거래하는 거라 했다. 안 하는 사람들이 세상 정보를 선뜻 따라가지 못하는, 우둔한 사람처럼 느껴지도록 마냥 침이 마르도록 설득했다.

서울에선 학교 선생들도 사표 내고 이 사업에 이미 뛰어든 사람이 많아. 그 얘기에 내가 콧방귀를 뀌었던가.

그 후 그들은 나를 은근히 왕따시켰다. 셋이서 만나는 일이 어찌 된 일인지 없어졌다. 그녀는 박 여사와 친해지면서 나를 점점 멀리했다.

박 여사가 말했다. 최 여사는 나와 이야기 하다 보면 이해되지 않을 때가 적지 않았다고……. 특히 대학모임이나 작가, 문학 이야기를 할 때, 모멸감마저 느꼈다고……. 박 여사가 내게 전해주는 얘기를 들었을 때 내 얼굴에 열이 확 올라왔다. 눈치 없이, 푼수처럼 굴다니……. 그녀에게 해당하지 않는 얘길 왜 난 지껄였을까. 후회스러웠다. 그저 내게 일어난 정황을 스스럼없는 그녀에게 말했을 뿐인데. 그런 말들이 그녀에게 상처가 됐다니……. 미안한 생각도 잠깐 들었다. 그런데 그런 일 때문이란 거야? 그래도 내게 그럴 수 없지. 박 여사의 이야기를 듣고 나니 그녀가 더 괘씸했다.

내 앞에서 고개를 끄덕이며 이해해주는 척은 왜 한 건지. 그렇게 그녀와 서서히 관계가 멀어졌다.

그녀를 알게 된 건 22년 전이었다.

네 다방이란 게 뻔했다. 다방 문을 밀고 들어서자 여가수가 부르는 축축한 노래가 실내에 흐르고, 한쪽 테이블에서는 남자 손님 몇 명이 TV에서 중계하는 권투 시합을 보며 열을 올리고 있다. 그 옆에서 짧은 스커트를 입은 종업원이 껌을 짝짝, 씹으면서 간간이 말부조를 하고 있다.

거리가 보이는 창가에 그녀가 동그마니 앉아 있다. 자리에 앉아 어디가 많이 아팠냐는 말에, 커피를 참 좋아하는데, 심장이 약해져서……. 그녀가 말끝을 흐렸다.

그녀는 율무차가 담긴 까만 찻잔을 만지작거렸다. 찻잔을 잡은 그녀의 손이 바르르 떨린다. 도저히 용서가 안 돼서……. 그리고 나도, 내 인생을 다시 살아야 할 것 같아요. 그녀는 자신이 결혼하게 된 일이며, 세 아이를 두고 강릉에 가 있던 일을 얘기했다.

그녀는 스무 살에 남편을 만났다. 친척뻘 되는 아저씨는 양복점을 하고 있었고 아주머니는 양장점을 운영하고 있었다. 중학교를 졸업하자마자 그녀는 아주머니 밑에서 시다로 양장 일을 배웠다. 일찍 아버지를 여의고, 개가한 어머니를 따라가지 않고 취업을 선택했다.

양복점과 양장점은 한 블록 도로 건너편에 위치하고 있었다. 양복점에서 일하던 청년은 조그맣고 새침한 그녀를 좋아했고, 착한 성격인 청년이 그리 밉상도 아니었다. 늘 허기지고 외로웠던 그녀는 그의 구애에 완강하지 못했다. 일을 눈치챈 아주머니는 혼사를 서둘렀고 그녀는 그렇게 스무 살에 시집을 갔다.

그녀는 결혼하면서 알뜰히 살림하며 아이들 교육에 집착했다. 소녀 적에 작가가 되는 게 꿈이었다. 공부도 꽤 잘했었다. 한 달에 한 번 서점에 가서 소설책을 샀고, 신문을 꼬박꼬박 읽었으며 신문에 나온 한자와 영어를 공책에 꼼꼼히 써 가며 외웠다. 자기 치장에는 도무지 신경 쓰지 않았다. 오로지 돈을 모아 살림방을 따로 얻는 것이 그 당시 세탁소 여자의 꿈이었다.

육거리 시장이 파시쯤 되면 팔고 남은 채소, 생선은 아주 헐값에 떨이 된다. 그 시간에 종종걸음을 쳐 시장을 봐 왔다. 채소 가게 앞에 떨어진 무, 이파리까지 알뜰히 주워 모아 삶아서 햇빛에 말려 시래기를 만들었 다. 만두나 빵 장사 하는 이들이 팔다 남거나, 또 유통기한이 지난 것을 거저 얻어다 다시 뜨겁게 쪄서 아이들 간식으로 먹이곤 했다. 그런 억척 스런 생활력으로 그 집 살림살이가 날로 불어 갔다.

얼굴도 모르는 사람이라면 이리 괴롭진 않을 텐데, 차라리 술집 여자 라면……. 그녀는 어금니를 앙다물었다.

부부가 함께 참석했던 계 모임에서 어떤 여자가 과부가 되면서 성신 이 아빠와 스캔들이 일어났다고 말했다. 아니, 그리 착해 보이는 사람 이? 내가 의아해서 물었을 때 그녀는 조소를 띠며 말했다. 착해 보여요? 임신 5개월이었을 때, 부부 싸움하다가 내 배를 발로 찼던 인간이에요.

다 식어버린 커피를 마시니 가슴이 울렁거렸다. 그녀는 까실한 입술 을 살짝 깨물었다. 그리고 물을 마신 후, 죽을 때까지 용서할 수 없어요.

다방에서 그녀와 이야기를 나눈 며칠 후, 외출하는 세탁소 여자가 보 였다. 늘 운동화나 슬리퍼를 신고 뛰어다니는 모습이 아니었다. 그녀는 뒤로 묶었던 긴 생머리를 단발로 짧게 잘랐다. 그녀는 남색 재킷과 흰색 스커트로 차려입고 또각또각 하이힐을 신고 걸어갔다.

오후 햇살이 그녀의 구두에 비스듬히 반사되어 반짝, 빛이 났다.

시부모님이 운영하던 슈퍼마켓을 남에게 넘기면서 우리는 분가를 했 다. 세탁소집도 가게에서 버스로 한 정거장쯤 되는 거리에 살림집으로 단독 전셋집을 얻었다.

속셈학원을 운영하고 있을 때, 그녀가 학원으로 찾아왔다.

도저히 세탁소에서 나오는 수입만으론 이제 중고생이 된 아이들을 가르치기 벅차다며 걱정했다. 그 집 형편을 누구보다 잘 알고 있던 나는 중학생인 두 아이를 요즘 말하는 재능봉사를 하기로 했다. 그 아이들이 공짜로 학원에 다녀도 원장으로서 손해 될 게 없었다. 성격이 밝고 공부도 상위권인 아이들은 으레 친구를 대롱대롱 달고 왔다.

그녀가 고맙다는 인사치레로 저녁 식사를 할 때, 평소답지 않게 왠지 들떠 있었다. 몇 년간 세탁소를 들락거리던 단골손님이 어떤 사업에 그녀에게 동업을 권유했다고 했다. 세탁소에서 남편의 잔일만 도와주고 살림만 하던 사람이 뭘 할 수 있겠냐며 도저히 자신이 없다고 했다. 하지만 야무지고 눈치가 빠른 그녀가 못할 게 뭐 있겠냐며 나는 부추겼다. 그 당시 나이가 삼십 대 중반을 넘어섰을 때였다. 최선을 다한다면 불가능이 없다고 생각할 때였다. 하나님의 형상대로 창조된 인간에게 무한한 능력이 존재한다고 믿고 있었다. 비록 실패한다 해도 그 과정에서 배울만한 가치는 있는 충분하다고 여겼다.

그녀가 사업에 뛰어들면서 서로 바빠 만날 수 없었다. 그녀는 전셋집에서 용암동에 32평 아파트로 이사했다. 언제부터인지 그녀와 가끔 하는 식사도 칼국수에서 한정식집이나 고급 레스토랑으로 변해 있었다.

어느 날, 레스토랑에서 스테이크를 썰며 그녀에게 말했다.

최 여사, 혼자만 떼 돈 벌지 말고 같이 좀 잘 살아 보자구. 이번 한 건만 하면 이제 손을 떼야겠어. 한 건이란 말이 내 귀에 낯설고 불편하게 스쳐 갔다.

도대체 무슨 사업을 하는 거냐고 자꾸 채근하는 내게 그녀는 마지못해 대충 말해주었다. 급히 경매 나온 건물을 사무실 직원들이 공동으로 사서 최고가로 치솟을 때 되팔아 돈을 번다고 말했다. 대전 중앙시장에 있는 5층 건물도 샀어. 이미 등기도 끝냈고. 그렇게 말하는 그녀의 표정이 금세 당당하게 비춰졌다. 아니, 밤새 두드리면 돈이 쏟아지는 도깨비 방망이를 지닌 것도 아니고, 그런 능력이 내 상식으론 신기하기만 했다. 어련히 최 여사가 알아서 하겠어? 하지만 무슨 일이든 순리를 벗어나선 안 된다고 생각해. 순간, 나를 바라보는 그녀의 눈빛이 흔들렸다.

세탁소 여자일 때, 집 안팎을 쓸고 닦으며 날마다 행주를 하얗게 삶아 널던 여자. 가난했지만 맑은 눈을 지녔던, 그 시절의 눈빛이 아니었다.

지난 시절을 잠시 떠올리며 상념에 빠졌을 때 전화벨이 울렸다. 그때만 해도 지금처럼 누구나 핸드폰을 사용하던 때가 아니었다.

아, 예 사장님. 점심은 벌써 친구와 먹고 커피 마시고 있어요. 평소보다 한 옥타브가 올라간 목소리로 까르르 웃으면서 그녀는 무전기만 한 휴대폰을 바투 대고 통화했다. 전화를 받는 그녀를 잠시 눈여겨보면서 많이 세련되고 예뻐진 것을 새삼 느꼈다.

세상에 속일 수 없는 세 가지가 있지 않은가. 기침, 가난, 그리고 사랑. 아무리 시침을 떼도 어디서든 묻어나오기 마련이다. 그 당시 그녀는 진 사장에 대해 많은 이야기를 했다. 그들의 관계에 대해 더 자세히 듣게 된 건 가을이 깊어질 무렵이었다.

가끔·가던 레스토랑에서 저녁을 먹은 후였다. 우리도 와인 한 잔 할까? 그녀가 와인을 시키자 앳된 웨이터가 와서 즐거운 시간 되십시오, 하며 공손히 인사하고 돌아갔다.

그녀는 연거푸 석 잔을 마시더니 투명한 와인 잔을 매만졌다. 빈 잔에 핏빛 와인을 다시 따라 주었을 때 뜬금없이 그녀는 말했다. 준-영 엄마, 이젠 돈도 벌 만큼 벌었는데⋯⋯. 근데 내 마음은 왜 이리 지옥일까. 너무나 괴로워. 누구에겐가 말하지 않곤 미쳐 버릴 것 같아서⋯⋯. 누구를 사랑한다는 게 이런, 이런 고통일 줄은⋯⋯. 진 사장은 내게 은인이야. 우물 안 개구리였던 내게 새로운 세상을 보여 주었고, 어릴 때부터 상처투성이인 나를 감싸 안아 준 사람이야. 여자로서 행복이 무엇인지 깨닫게 해준 사람이고……. 그녀의 말에 숨이 탁 막힌 나는 남아있던 와인을 급히 마셔 버렸다. 발그레진 그녀의 얼굴이 할로겐 조명 아래 더욱 농염한 여인으로 비춰졌다.

서울에서 일을 끝내고 밤늦게 청주로 내려온 날, 진 사장은 내가 뒤처리한 일이 정말 잘 됐다며, 참 똑똑한 최 여사라며 고맙다고 그랬지. 직원 모두 기분 좋게 회식을 하고 뿔뿔이 흩어졌어. 만취한 진 사장을 내 차에 태우고 집으로 모셔다 드리는 중이었어. 그때만 해도 나, 술 한 잔 못하는 숙맥이었던 거, 자기도 잘 알잖아.

그는 속이 울렁거린다고 차를 세우라 했어. 자정이 넘은 무심천 둑길은 깜깜해서 앞이 보이지 않았어. 이래선 절대로 안 된다고 생각하면서 나를 안는 그를 떼밀지 못했어. 나도, 나도 모르겠어, 정말…….

나는 그녀의 이야기를 듣다가 길게 숨을 들이켰다. 마음은 참된 것을 좇지만, 육체는 어느새 죄에 쉽게 빠져들기에 인간은 곤고하지 않은가.

그냥 아무것도 모르고 어린 나이에 세 아이를 낳았어. 남편이 뭐랬는 줄 알아? 목석 같다고 늘 투덜댔지. 근데 내 몸은, 목석이 아니었어…….

그들은 무역에도 손을 대기 시작했다. 그녀는 중국이나 베트남까지 가게 되었다. 마침내 그 분야에서 그녀는 인정을 받았다. 그렇게 되기까지 진 사장의 배려가 없었다면 그건 불가능한 일이었다.

처음 공동 투자로 사업을 시작했을 때 진 사장의 도움은 펌프질을 하기 위해 처음에 붓는 마중물이었다.

그런 고백을 들은 지 한동안 그녀에게 소식이 없었다. 몇 번 집으로 전화를 했었다. 그때마다 엄마, 대만에 있대요. 소식을 전해주는 딸의 말을 들어도 이상한 기분이 들었다. 아무래도 심상치 않았다. 언제가 그녀

가 준 명함이 떠올랐다. 나는 서랍을 뒤져 겨우 찾아낸 사무실 번호로
전화를 걸었다. 예상대로 결번이었다.

소식이 끊긴 지 석 달 만에 그녀의 남편이 내게 전화를 했다. 짐작대로
그녀는 수감 중이었다. 죄명은 지능적인 조직적 부동산 사기사건. 지방
신문에까지 한쪽 면에 차지할 정도로 기사가 났었다고 했다.

처음에 구속되었을 때 직원으로서 아무것도 모르고 사장이 시키는 대
로 했을 뿐이라고 했다면 그녀는 조사만 받고 쉽게 풀려 날 수 있었다.
곧 나올 줄 알고 수감된 사실을 알리지 않았다고 했다. 그래서 외국에
있다고 본의 아니게 거짓말을 하게 된 거라며 그녀의 남편은 자초지종
을 얘기했다.

조사과정에서 그녀는 괘씸죄까지 적용되었다. 무지해서 몰랐다고 발
뺌을 하면 세 아이가 있는 엄마로서 정상 참작이 될 수 있었다. 그러나
조사를 받던 직원들이 모두 진 사장에게 죄를 떠넘기기에 급급한 상황
에서, 그녀는 그가 중형만은 모면하도록 그의 방패막이 되 주었다. 그게
그에 대한 은혜인지 사랑인지 잘 모르겠지만, 아무튼 그녀는 중형을 면
하게 어렵게 되었다.

자기를 인정해주고 이해해주는 사람을 위해 가족보다 더 소중한 가치
로 여길 수 있는지 나로선 혼란스러웠다.

그녀가 단칸 셋방에서 시작해 아파트와 건물을 샀을 때, 잉크가 소리
없이 종이에 스며들 듯 나도 물질에 대한 욕망이 한껏 부풀어 올랐다. 그
녀처럼 몇 층짜리 건물이 하나쯤 있어야 한다고 남편을 들볶기도 했다.

극구 말리지 못하고 아니, 어쩌면 부추기는 면이 없지 않았을까. 나는
죄책감에 가슴이 먹먹해 잠을 이룰 수 없었다. 남편이 깨지 않도록 잠자리
에서 살그머니 일어나 옥상으로 올라갔다. 옥상에서 내려다본 사방이 어
스레한 새벽이었다. 검푸른 하늘에 떠 있는 새벽 별을 무연히 바라보았다.

송충이는 솔잎을 먹고 살아야 하는 겨. 아, 쏘옥 빼입고 열불 나게 자가용 끌고 다니더니만 원……. 진정서에 도장을 찍어 주며 동네 사람들은 한 마디씩 던졌다. 그러게, 뱁새가 황새 쫓아가면 성치 못하는 뱁여…….

전에 세탁소 하던 동네로 찾아갔더니, 쌀가게 아저씨도 철물점 아줌마도 도대체 이게 무슨 일이랴. 그렇게 바지런하고 살림만 하던 여자가…… 돈이, 사람을 변하게 하는 겨. 돈이 웬수랑께.

나는 한 달 동안 진정서를 갖고 다니며 교회에서나 어떤 모임이든 체면 불고하고 서명을 받아냈다. 어떤 이는 죄를 지었으면 당연히 대가를 치러야지, 하다가도 하여튼 아이들이 안됐다며 동정했다.

질겅질겅 껌을 씹으며 밤색 무스탕을 입은 여자가 내 옆에 털썩 주저앉았다. 보라색 마스카라로 속눈썹을 바짝 올린 여자와 눈이 마주쳤다. 나는 짐짓 웃으며 눈인사를 했다. 그러자 그 여자는 허물없이 말했다. 아들이 들어와 있는데……. 무슨 일루요? 많이 수척해졌지요?

그러자 그 아줌마는 두 손을 넓적한 자기 얼굴보다 더 크게 벌리며 얼굴이 이만해졌던데. 아직 미결수라 좁은 감방에서 하는 일 없이 먹고 잠만 자니까 살만 더 퉁퉁하게 쪘더라고. 이놈의 자식이 엄마 죽겠으니까 빨리 좀 꺼내 달라도 징징 울더라고요. 무스탕은 계속 떠들었다. 우리 아이는 그 애들이 폭력조직인 줄도 모르고 며칠 따라다녔는데 여기 들어와 있어요. 다른 애들은 판결받고 저쪽 미평고등하교로 갔는데 훈련 받느라고 얼굴이 쏙 빠졌더라고.

언어 순화 차원에서 소년원이 미평고등학교로 바꾸어 부른다는 걸 그때 알았다. 문민정부 시절의 그나마 공적이랄까. 밤색 무스탕은 엄마 말 안 듣고 못된 친구들과 싸돌아다니더니 이렇게 속을 썩인다며 푸념을 늘어놓았다.

그때 1166번, 부르는 소리에 나는 여자 교도소 정문 앞으로 갔다. 두 번째 와보니 육중하게만 보이던 철문이 그리 높아 보이지 않았다. 처음 보다는 조금 여유롭게 좁은 면회실로 들어갔다. 작은 어깨를 움츠리고 시린 손을 비비면서 그녀가 바로 들어왔다. 아니, 저번에는 창살이 없었는데. 우리 사이에 가로놓인 창살을 만지면서 그녀가 더 멀리 있는 것처럼 느껴졌다. 그날 당황해서 아마 못 보았을 거야. 날씨가 굉장히 추운데 왔어. 미안한 듯 미소 짓는 그녀를 보니 명치끝이 뻐근해 왔다. 까칠한 노란 얼굴에 커트 머리가 더벅머리처럼 부스스했다.

더 안타까운 건 비굴해진 그녀의 눈빛이었다. 쇠락해 가는 인간의 초췌한 모습이 내 눈에 맺혀졌다. 애들이 걱정이 돼. 큰 아이가 대학 시험 공부는 잘하고 있는지. 3학년인 막내가 마음이 여려서 걱정이야. 인문계 고등학교나 제대로 들어갈지…….

나는 뻔한 말을 할 수밖에 없었다. 다른 걱정은 하지 말고 건강이나 잘 챙기다 나와야지.

면회를 마치고 집으로 돌아왔을 때 우편함에서 그녀가 미리 보낸 편지가 있었다. 짧은 면회 시간에 다하지 못한 이야기가 편지에 쓰여 있었다. 진 사장 비리에 대한 사실 진술과 인간적 정리(情理) 사이에서 얼마나 고통스러운지, 군데군데 얼룩져 있는 글자를 보면서 인간적 고뇌를 깊이 느낄 수 있었다.

나는 오디오 시디롬에 CD를 밀어 넣고 볼륨을 크게 올렸다. 소파에 깊숙이 앉아 충혈된 눈을 감았다.

비발디 사계 중 '겨울' 2악장인 거친 바람들의 전쟁이 가슴으로 서걱서걱 울렸다.

올겨울은 유난히 길고 추웠다.

접견실을 들어서며 일주일 전을 떠올렸다. 세 번째 면회를 갔을 때 그냥 돌아와야 했다. 미결수는 하루에 한 번만 면회가 된다는 걸 몰랐다. 이미 가족이나 친척들이 먼저 면회를 하면 다른 사람은 허탕 칠 수밖에 없다. 미리 그녀의 남편에게 전화를 했던 건데, 답답한 그에게 짜증이 났다. 그녀가 수감 생활을 하게 된 것도 그녀 탓만은 아닐 터였다.

그런 생각을 하고 있을 때 접견실에 그녀가 들어왔다. 십 년은 늙어버린 모습으로 그녀가 창살 가까이 다가왔다. 육 개월의 영어의 몸, 오죽하랴. 어디 아프지는 않아? 수척해진 그녀의 얼굴을 보니 입술이 갈라지고 표면에는 허연 각질이 일었다. 까칠한 입술을 벌려서 그녀는 벙긋, 웃었다.

남편한테는 말을 할 수 없었어. 발이 다 썩어들어가서…… 약을 신청해야 하는데……. 나는 마른 침을 꿀꺽 삼켰다. 아, 몰랐었다. 감방이 따듯하리라 생각지 않았지만, 발이 얼어 썩어 가다니…….

창살 사이에 놓인 이곳과 저곳. 그곳으로 나를 밀어 넣어보았다. 그녀와 내가 다를 게 무엇인가. 40년이 넘은 세월에 잊을 수 없는 내 허물, 기억되지도 않는 작은 잘못들. 요행히 제도에 걸리지 않았고 단지 세상에 드러나지 않았을 뿐이다.

어느새 무심천 가 벗나무가 꽃망울을 터뜨리기 시작했다. 옷가게 진열장에는 올봄에 유행하는 올리브그린 색의 옷들이 여인들의 눈길을 머물게 했다. 벚꽃 소식과 더불어 2심 재판소식이 들렸다.

많은 사람들이 진정서에 동의해준 덕분으로 그녀는 일 년 집행유예를 선고받았다.

그 날 밤, 그녀는 일곱 시에 출감했다. 도와주신 분들에게 정말 감사한다면서 그녀의 남편은 전화로 일일이 인사했다.

그녀를 바로 만날 수 없었다. 8개월 수감 생활을 하는 동안 쇠약해진 심신을 먼저 추슬렀다.

출감한 지 열흘 후, 우리는 무심천 도로변에 있는 찻집에서 만났다.

창 넓은 창가에 앉아 무심천을 내려다보고 있는 그녀. 황달이 와서 얼굴과 손이 노랗다. 다시 가다듬은 단정한 커트 머리에 밝은 오렌지 색 립스틱이 상큼해 보였다.

……고마웠어, 은혜 잊지 않을 게. 세상을 원망도 했었는데 주위에 많은 사람들이 도움을 주었어. 근데…… 내가 일구어 논 재산, 모든 게 다 날아가 버렸어. 또 사람들 시선이 너무 두려워. 우선 바깥으로만 나오면 살 것 같았는데……. 다시 예전처럼 살아갈 수 있을까, 자신이 없네. 그녀의 눈에서 방울방울 눈물이 흘렀다.

성신이 엄마, 저 벚꽃 좀 봐! 나는 무심천 가에 하얗게 만발한 벚꽃을 가리켰다.

지난 유난히 추웠던 겨울, 미평으로 면회 갈 때 메마른 나무에서 전혀 꽃이 필 것 같지 않았지. 매서운 바람을 채찍처럼 맞으며 외로이 서 있던 나무, 봄이 오니까 저렇게 하얀 꽃을 피우잖아……. 우리 삶도 마찬가지잖아. 자연을 보면 이제 느껴져. 자연을 통해 보여주시는 신의 섭리를…….

그녀는 고개를 힘없이 주억거리며 흐드러지게 핀 벚꽃을 물끄러미 바라보았다.

우리는 찻집에서 나와 무심천 길을 잠시 거닐었다. 나무 아래 벤치에 앉았을 때, 꽃향기를 묻힌 부드러운 바람이 얼굴에 나붓나붓 불어왔다. 올려다본 나뭇가지 사이로 색종이만 한 푸른 하늘이 보였다.

찻집에 들어서기 전, 흰 상여 같던 벚꽃이 어느새 칸타빌레가 되어 물결쳤다. 꽃잎들이 일제히 작은 입을 벌려 방긋방긋 웃으며 합창을 하는 게 아닌가. 나는 놀라며 고개를 돌려 그녀를 쳐다보았다. 그녀의 얼굴에 나무 그림자가 끊임없이 아른댔다. 나무 그림자 때문에 그녀가 계속해서 현란하게 표정을 바꾸는 것만 같았다. 그녀는 교묘한 생각을 하며 소리 없이 웃고 있는 것 같기도 했다. 나무 그림자 때문에 그녀의 얼굴에서 퍼져 나오는 모자이크 같은 파문에 일순 어지러웠다.

이 년 후 그녀는 또 고난을 겪었다. 고3이던 막내아들이 모두 잠든 틈에 엄마 차를 몰래 끌다가 그만 전봇대를 들이받았다. 브레이크를 밟는다는 것이 운전면허도 없는 아이가 당황해 액셀을 밟는 바람에 그 아이는 그 자리에서 숨졌다.

영안실에서 넋이 빠져 있는 그녀. 해맑게 웃고 있는 아이의 영정을 약간 비낀 채 오도카니 앉아 있다. 그녀의 몸피가 새털처럼 가벼워 나비가 밀어도 픽, 쓰러질 기세다.

아이를 잃은 상황에 연락도 할 수 없었다. 그러다 그녀는 이혼을 했다. 그녀의 남편도 세탁소를 접고 다른 지방으로 떠나버렸다.

출감 후 진 사장과 그녀의 관계를 알게 되면서 부부간의 갈등이 심했다. 결국, 아이를 잃자 모든 비난이 그녀에게 쏟아졌다. 그때 그들이 지친 절망 속에서 찾은 길은 오직 헤어지는 길밖에 없었다는 얘기를 들었다. 쓸쓸하고 가슴이 아파왔다. 그녀는 돈 한 푼 없이 빈 거리로 쫓겨나는 신세가 됐다.

우리 집에 빈방이 있어 며칠 머물렀지만 계속 있을 수 없는 노릇이었다. 그녀에게 도움을 줄 수 없는 내 처지가 착잡하기만 했다.

식당 한켠에는 작은 여자애가 인형을 갖고 혼자 속살거리며 앉아 있

다. 식당 안은 사람들이 제법 있는데도 조용한 편이다. 반찬이 꽤 정갈
하다.

"여기 마중은 주인이 직접 농사 진 유기농 곡식과 채소만 쓴대."

나는 고개를 끄덕이며

"담백하면서 맛이 깊고 괜찮은데……"

이것도 먹어 봐. 그녀가 내 앞으로 접시를 밀어놓는다. 식사를 할 동안
묻고 싶은 말을 서로 선뜻 내비치지 못한다. 그저 입안에서 맴돌 뿐……
창밖에는 황금색 가을빛이 쏟아지고 있다.

후식으로 나온 수정과를 조금씩 마시며 금테 안경 속에서 빛나는 그
녀의 눈동자를 가만히 바라본다. 서로 마음속 얘기를 끌어올리지 못하
는 건 너무 오랜 시간이 흘러서일까.

그녀가 계산대로 먼저 가 가방에서 신용카드를 내민다. 신용카드를 보
자, 불현듯 뇌리를 뭔가 탁 스쳐 간다. 신용카드……

이혼 후 그녀가 경제적으로 어려울 때 돈을 빌려 준 적이 있다. 그녀
는 돈을 갚지 못하자 자신의 카드를 내밀었다. 마침 아버님 칠순 때 쓸
돈이었는데 카드로 쓰면 되겠다, 싶었다. 그녀는 미안한 표정으로 아
직 어려우니 3개월 할부로 써줄래, 말했다. 별 상관없는 일이라 그러
마, 했다. 그런데 남편이 그 카드로 그만 일시불로 결재하고 말았다. 그
런 남편을 나는 책망했지만 손님들께 인사하랴, 정신이 없어 깜박했다
고 했다. 나로선 어쩔 수 없는 일이었다. 정 어려우면 카드 막을 때 또
도와줄게……

무리하게 원룸 건물을 짓고 나니 IMF가 터졌다. 대출금리가 26%까지
오르자 남편은 힘들 때 카드로 막아냈다.

2002년 카드 대란이 일어났고 얼마 지나지 않아 원룸 건물을 매매했
다. 빚을 청산하면서 내 카드와 남편 카드를 가위로 다 잘라버렸다. 신

용카드만 봐도 날아간 원룸 건물이 눈에 아른거리며 가슴에서 불이 타다닥, 타올랐다.

그쯤이었던 것 같다. 곰곰이 생각해보니…… 그녀가 내게 카드를 한번 막아 달라 했을 때, 나는 신경질적으로 카드란 카드는 다 없애버렸어! 잔뜩 짜증이 묻은 말투로 투덜댔던 것 같다. 그 후 멀어졌던 것이다. 이제 생각해 보니, 그 생각이 왜 이제야 날까. 각박한 상황일 때 사소한 일이 상대에게는 더 큰 상처로 무너질 수도 있는데…….

나는 그녀와 함께 식당에서 나와 잠시 걸었다. 강처럼 깊이 흐르는 냇물을 바라본다. 그때 미안했다고 얘기할까. 하지만 하고 싶은 말은 심연 속으로 점점 빠져든다.

숲에서 갑자기 바람이 쏴아아 몰려온다. 나뭇잎 몇 개가 팔랑팔랑 곡선을 길게 그으며 흐르는 냇물에 떨어진다. 낙엽이 물결에 따라 이리저리 춤추며 떠내려간다. 춤추던 낙엽들은 금세 아득히 멀어지며 보이지 않는다.

그래, 시간도 흘러가면 다시 오지 않는다.

김미정

크리스찬 문학 단편소설부문 신인상 수상

소설집 『오래된 비밀』

010-5492-3722, kmj4571@hanmail.net

28793 청주시 서원구 1순환로 1137번길 130 주공A 322동 105호

사기막골

오 계 자

태어날 때 이미 꼬인 줄을 목에 걸고 태어났다. 나는 망집아이다. 아무렇게나 살아도 된다. 나를 태어나게 한 인간들 골탕이라도 먹여야지. 착하게 살려고 맘만 먹으면 목이 조이잖아. 그렇게 부모를 참 많이도 원망했다. 원망이란 내가 나를 야금야금 갉아 먹는 꼴이라는 걸 어찌 알았으랴.

초등학교 4학년 어느 날, 깜박했던 도시락을 들고 온 어머니 앞에 도시락을 패대기친 적이 있다. 창피하게 학교에는 왜 오느냐가 이유였다. 그런 망나니를 빵이라도 사 먹으라고 천 원짜리 지폐 한 장을 주머니에 찔러준다. 거부했더니 내 앞에 던져놓고 가셨다. 운동장에 패대기친 도시락을 주어 들고 돌아선 그분, 얼마나 우셨을까, 얼마나 명치끝이 짜르르 울렸을까. 그날, 그 지폐는 바람이 가져갔다.

아침이면 호칭도 없이 잇바디 사이로 빠져나오느라 여러 갈래 찢어진 소리로

"돈 줘."

"얼마?"

"150원."

이것이 하루의 대화 전부였다. 준비물 없는 날은 아예 대화란 없다.

6학년쯤부터는 같이 죽고 싶었다. 어머니도 나도 이 세상에서 사람 대접받기는 틀린 삶, 더 길게 힘들어할 필요 없이 그만 끝내고 싶었다. 실천은 못 했지만, 불혹을 넘기고도 가끔은 그 생각이 잘못된 생각이 아니라고 오히려 현명한 생각이었음을 느낀 적이 있다. 지금 생각하면 작은 시골 마을이라서 내 출생 명찰이 더 높게 매달려 있었던 것 같다. 나는 주홍글씨 여인처럼 지울 수 없는 명찰인 줄 알았다.

중학교 때다. 서울에서 그 인간이 왔다. 버성기어 질대로 버성겨진 상판대기 서먹해서 책가방만 던져놓고 뒷산 자드락길에 죄 없는 돌부리만 걷어차며 올라갔다. 숲이라도 있으면 이 벌거숭이 된 저주받은 지질가지 하나 숨길 수 있을 텐데 이놈의 동네는 그런 것도 없다. 바위 뒤에 벌러덩 누웠다. 별난 갈매기 몇 마리가 갯내를 데불고 예까지 와서 끼룩끼룩 약을 올린다. 저놈들도 말 안 듣고 이탈한 문제아들이다. 일어났다가 누웠다가 욕설을 퍼붓고 안절부절못했다. 갯기에 절은 바람이 이내를 풀어놓은 후에 일어났다. 일어나니 바지락국 냄새가 발걸음을 재촉한다. 아직도 나를 기다리고 있다. 다시 돌아서는데 부른다. 엉거주춤 돌아선 채 멈췄다.

"승찬아, 이리 오너라. 이리 와서 내 말 들어라. 현재 너에게 주어진 환경이나 출생에 대한 불평과 원망, 저항은 너 자신의 가치를 점점 수렁에 밀어 넣고 너만 힘 든다. 네가 잘할 수 있는 것이 무엇인지 어떻게 해서 너의 존재 가치를 높일 것인지 찾고 노력해라. 네 존재 가치는 네가 만들어라. 그것을 깨달으면 당당하게 자부심을 가질 수 있다. 나는 너를 안다. 알기 때문에 믿는다. 좋은 머리, 좋은 기질을 타고났다. 정신연령이 너무 높아 걱정이지만 내가 밀어줄게 공부만 해라. 사내는 큰물에서 놀아야 한다. 어차피 대학은 서울로 가야 하니까 고등학교를 서울로 진학해라.”

하숙을 시켜준단다. 이럴 수가! 구세주와 같았다. 내 몸에 흐르는 피, 그 인간의 씨가 맞긴 맞나 보다.

그날부터 나는 죽어라 공부만 했다. 존재가치 따위 때문이 아니다. 이쪽과 저쪽 모두 벗어날 수 있는 길은 오직 서울로의 진학이다. 희망을 안고 정말 학교 외엔 두문불출 공부만 했다. 이때가 내 일생 중 가장 신나는 시기였다. 희망과 행복감도 처음 맛보았다. 어머니는 나보다 더 신이 났다. 나 때문에 무꾸리질도 꽤나 많이 하셨나 보다. 어딜 가서 물어도 큰 인물이 된다고 했단다. 그렇게 소년 시절을 보냈다.

청년기가 되면서는 아주 의뭉스럽게 그럴듯한 이유를 접두 또는 접미어로 갖다 붙였다. 세상의 눈으로 궤도를 벗어난 행위들은 거의 나를 낳은 분들의 몫으로 돌렸다. 유자광처럼 장대한 재목이 태어날 몸을 잘못 만나 평생을 목이 조이며 살 것이 가마득했다. 더러는 까짓 운명, 운명이란 내 힘으로 물리치고 새롭게 만들면 되는 거라고 객기를 부리면서 열심히 살려고 맘먹은 적도 있다. 좌절이 구렁이처럼 온몸을 칭칭 감아도 용케 잘 벗어나기도 했다. 원래 강단지지 못한 내가 그냥 본능으로 일어났다. 사실 일어났다기보다는 ‘될 대로 되라’ 하고 맥 놓고 있으면 가라앉지 않고 살아나 있더라는 표현이 옳을 것 같다. 수백, 수천 년 세월에 켜켜이 쌓여 요지부동으로 판짜기 되어있는 세습, 사회적 현실을 감히 누가 깨부수랴. 그 세습으로 인해 씌워진 굴레가 창피해서 운명을 거부했고, 삶이 하도 짜증스러워서 운명이라고 주저앉아버리기도 했다.

내가 평범하지 않은 특별한 존재라고 착각하고 우주 어느 별에서 큰 죄를 짓고 형벌 받기 위해 쫓겨난 것일까? 아니면 동화 속의 왕자처럼 마녀의 주술에 걸려 있는 것인가, 어린아이 같은 상상을 하곤 했다. 하도 드팀새 없이 기분 나쁜 인생이라서 차라리 그 상상이 사실이기를 바라면서 환상 속에서 사는 것이 더 좋았다. 운명이다. 아니다. 이리저리 떠밀어내고 객기를 부리지만 결국 삼장법사 손바닥의 손오공 꼴이다.

　뚜렷한 목적의식도 없이 우리나라 최고라는 서울대 인문계에 수석으로 입학을 했다. 이데올로기가 어쩌구 하다가 쇠창살 속에서 잠도 자보고 국민을 너무 무시하는 지도층의 처사에 울분을 터뜨리다가 몇 번의 용트림과 회오리도 있었지만, 용케 졸업장은 군산의 명물처럼 모셔져 있다. 무엇보다 문제는 나와의 싸움, 지독하고 격렬한 싸움이었다. 평범함을 거부하고 그 인간이 주선한 취직자리들을 모두 도리질했다. 저 위를 바라보며 급한 성공만 꿈이라고 움켜쥐고서 대단한 사업이 내 체면에 어울리는 것처럼 착각 속에 똬리 틀고 앉았다.
　가슴에서는 가끔 이건 아니라는 것을 느끼지만, 아귀들이 점령한 대뇌에서는 엉뚱한 쪽으로 지시를 한다. 무슨 철학가, 사상가라도 된 것처럼 폼을 잡지만 그야말로 비승비속이었다. 어쩌면 그 인간에 대한 반항, 복수, 뭐 그런 것인지도 모른다. ‘나로 인해 속 좀 썩혀 봐라’ 그런 거. 이기적임을 비난하면서 스스로 이기적인 인간으로 살아가는 자신이 싫다면서도, 관념으로 굳어버린 뒤틀린 사고방식에 맡겨 둔다. 용기가 없음인가? 내 구석에 은근히 그 인간이 사업체라도 하나 주리라는 기대감이 숨어있었는지도 모른다. 그 인간의 말도 틀린 말은 아니다. 군산에 내려가서 한바탕 난리가 났단다. 자식에게 달라는 대로 다 주고 무조건 감싸기만 해서 머리 좋은 아들 반거충이 만들어 폐인 되었다나 뭐라나 이젠 모르겠단다.
　전진하고 생산해야 할 내 청년기의 혼탁한 불협화음은 시작도 끝도 없는 광활한 황무지였다.

이 꼴을 생산한 죄로 허술하지만, 식당이라 이름을 붙여 칼 도마 소리를 내게 해준 그 인간에 대한 반항은 하루 종일 남의 밥 시중드는 어머니에게로 다 쏠았다. 더럽다, 더럽다 하면서도 푼푼이 뜯어가는 더 치사한 인간이 취직은 죄다 치사하다며 사업을 꿈꾸는 바람든 무였다. 그 바람 속에 암세포가 자리 잡았단다.

살고 싶다. 살고 싶다면서 내 입꼬리는 삐딱하게 올라가며 비웃는다. 살아야 하는 이유가 분명한 생명이 아니라는 걸 안다. 그래서 지금의 내 꼴을 본능이라고 핑계 삼는다. 이런 삶은 나 하나의 고통으로 끝나는 것이 아니라 나 때문에, 나를 알게 된 죄로 함께 괴로움을 겪어야 하는 주위를 살펴보면 산다는 것 자체가 죄일 수도 있다. 우선 사랑이란 올가미에 걸려든 정원이를 보면 '내가 무슨 짓을 하고 있는가' 자신이 참 잔인하게 느껴지기도 한다. 그래도 살고 싶다. 살고 싶다기보다 죽기가 싫다.

한 남자에게 몸을 맡길 때, 자신과 태어날 아이의 미래를 조금이라도, 아주 조금이라도 생각해 봤을까. 아닌 것 같다. 자식에게 평생 벗어날 수 없는 아픈 줄을 목에 걸어주는 무책임하고 이기적인 인간이 어찌 부모라 할 수 있나. 그 굴레에 평생을 조이며 살아갈 자식을 눈곱만큼이라도 생각했다면 무책임을 넘어 죄 많은 부모가 되지는 않으리라. 한 여인을 품을 때, 그 인간의 가슴 속에는 무엇이 있었을까. 사랑? 단순 쾌락? 하필이면 더럽게도 대책 없는 행위에 씨가 된 나.

45년 동안 황사 먼지보다 더 혼탁한 세상의 인간 먼지를 감당하느라고 드잡이 치고 있는 나에게 무엇이 모자라서 이번에는 '암'이냐. 우주의 형벌을 다 끌어안고서야 끝을 보는구나. 이제 길은 없다.

"간암입니다."

"늦었나요? 몇 기인가요?"

"네, 좀……."

몇 기라고 꼬집어 말하기가 좀 애매하지만 거의 말기로 본단다. 검사 결과를 듣자마자 내가 쉬는 숨길을 꽉 막아버리고 바늘구멍 하나 뚫어 놓았다. 나의 생(生)과 사(死)가 저 손에 든 종이 한 장에 기호가 되어 숨 죽이고 있다. 눈을 감았다. 삶과 죽음의 경계를 형광 빛이 푸르름하게 얼비친다. 내 질축한 삶이 빛은커녕 이끼도 벗어보지 못한 채 그냥 막을 내리는구나. 이가 갈린다. 어디 가서 빌까. 병원 바깥으로 뛰어 나왔다. 날 좀 건져주오, 귀신의 손아귀에 잡힌 날 좀 구해주오, 끈끈이 늪에 빠져 허우적이는 날 좀 구해주오. 태양마저도 이 서러움을 포용은커녕 강렬한 빛으로 나를 태워 버리려고 한다. 눈에서 마지막 혼신을 다한 진액이 흐른다.

한 번쯤 내게도 평화를 줌직도 하건만……. 기가 막힌다는 말을 많이 들어 봤어도 정말 이렇게 기가 딱 막혀 본 사람이 얼마나 될까. 우두망찰 땅을 친들 무슨 소용일가만 그래도 몸부림이 난다. 이런 방법으로 사형이냐.

수채에 패대기쳐서 죽인다는 자리게질 사형보다 나을 것도 없지 않은가. 목에 동아줄을 감아서 돌담에 머리를 부딪게 해서 죽인다는 석형, 삶아서 죽인다는 육장, 사지를 따로 묶어서 말에 매어 찢어 죽인다는 거열 사형법보다는 젖은 한지를 얼굴에 덮어씌워서 숨을 못 쉬게 해서 죽이는 도모지 사형법이 조금은 나으려나. 이 모든 사형 방법은 수치와 고통이 길지 않으니 암 형벌보다는 낫지 싶다. 마지막 떠나는 방법마저 내게는 최악을 주다니, 오 하늘이시여! 이렇게 저주받은 영혼은 더 이상 인간으로 태어나게 하지 마소서! 소멸, 소멸시켜 주소서.

허여멀건 하게 잘도 생겼다. 교양, 권위, 여유로움까지 지니고 거들먹거리는 모양새가 가질 것 다 가진 자임을 한눈에 짐작했는데 창조주란다. 피부가 반지르르 한 것이 잘 먹은 티가 난다. 조물주가 저 모양이니 잘못 태어난 인생들의 고통을 알 리가 만무지. 누릴 것 다 누리고 폼 잡는 꼴이 군림하는 행위에 익숙해 있다. 저렇게 거들먹거릴 동안 내가 당한 수모와 아픔들, 보상받을 생각 없었다. 보복할 생각도 없었다. 숙명인 줄 알았다. 헌데 저 꼴을 보자 숙명이 아니야, 당하고 있어, 저놈에게 당하고 있는 거야. 속이 뒤집어진다.

"나는 암 말기래, 이대로 죽어야 한데, 알아? 세상에 떠밀려 나와서 한 번도 사람 대접받아본 적이 없는데 암까지 던져 주냐! 너도 한 번만 당해 봐!"

물어뜯고, 발로 밟고, 찢어버리고. 끄덩이 잡아 뽑으며 온갖 패악을 다 쏟았다. 정원이가 말리는 바람에 눈을 뜨고 보니 베게 하나를 온통 물어뜯고 찢어놓았다.

"오빠는 참 꿈도 요란하게 꾸는구랴."

정원이에게 차마 창조주에게 쏟은 자신의 행패를 말 못했다.

그래, 포기할 게, 떠날 게, 다 좋은데 너무 심한 고통은 피해줘라. 내 이렇게 두 손 모아 빈다.

40야 40일 홍수처럼 싹 씻어 내리든가, 곧 닥칠 것만 같은 새로운 빙하기라도 어서 닥쳤으면 좋겠다. 싹 얼어붙어 버리고 새로운 원시인이 세상을 만든다면 그때는 삶의 가장 으뜸으로 무엇을 신성시할까? 씨앗? 책임감? 도덕?

정원아, 인제 그만 정신 차려라. 애써도 소용없다. 가거라. 너만 생각하면 명치끝이 아프다. 어쩌다가 이 나쁜 놈, 더럽게 재수 없는 놈을 사랑하게 되었냐. 딱한 것.

　암세포를 죽인다는 차가버섯 가루로 하루에도 몇 번씩 차를 타 주는 정원이, 다 소용없다며 발악을 하고 소리치는 나, 8개월간의 아수라 속에서 정원이 몰래 사기막골을 찾고 있다. 수억, 수백억짜리 청자 백자도 깨지면 장 뚝배기 조각과 다름없는 사금파리일 뿐이다. 사금파리, 시체. 내 사금파리는 어느 골짜기에 버려질까, 내 사금파리가 뉠 골짜기를 사기막골이라 이름 붙이고 지금 찾고 있다. 서울시 버스 노선을 다 펴 놓고 종점을 찾는다. 종점에서 가장 가깝고 이왕이면 양지바르고, 좌청룡 우백호는 아니라도 우리 정원이가 나 생각날 때면 아주 가끔이라도 찾을 수 있는, 겨울이라도 따뜻한 햇살만 잘 들면 된다. 어떤 방법으로 가서 누울까. 이만큼이라도 내 힘으로 움직일 때, 정원이 몰래 가서 누워 있으면 제일 먼저 나를 찾는 생명이 무엇일까? 개미? 독수리? 나는 뱀이 싫으니까 뱀이 없는 겨울을 택해야겠다. 벌레들에게 뜯기는 고통보다는 얼어서 죽는 것이 나을까. 팔다리에 남아 있는 근육을 만져 본다. 봄이 되면 개미도 뜯어 먹고 온갖 이름 모를 벌레들, 나처럼 세상에 태어나 한 번도 제 이름으로 기쁨을 가져본 적이 없는 미물들에게 이 살점을 주는구나. 그래 이것도 베풂이라고 생각하자. 평소 베풀 줄 모르고 살았으니까. 육신이라도 나눠주자.

　하룻밤 자고 나면 또 생각이 바뀐다. 억울하다. 이대로 떠나기에는 진짜 허무하다. 나 죽고 나서 화장하면 맺힌 한이 하도 많아서 돌덩이가 나올 것 같다. 원죄? 그 타고난 나의 원죄가 얼마나 사악한 것이면 이런 삶이 주어졌을까. 차라리 업 사상이 철저하게 세뇌된 인도 땅에서 수드라(Sudras 노예계급)로 태어났다면 내 탓이로다, 전 세상에서 지은 업을 지금 받고 있도다. 선하게 잘 살아서 다음 세를 기약이나 할 게 아닌가.

무심코 뉴스를 보다가 TV를 꺼버렸다. 인간 차별 전시장 같아서다.

청문회 광경을 볼 때마다 퍼붓는 내 욕설은 뒤집히는 속 가라앉히는 처방이었다. 사글세도 감당 못 하는 시선들 앞에서 위장 전입으로 으스대고, 자식들 국방의무 면제해줄 정도는 되어야 좋은 아비임을 뽐낸다. 그 정도는 되어야 장관 자리 추천받는 꼴 앞에서 무진장 초라해지는 생명들. 허수아비 만들어 인간의 탈 입혀서 즐비하게 세워놓고 군림하는 병정놀이다.

나는 없다. 나는 내가 아니다. 자포자기? 아니 그것보다 내 속에 아주 못된 아귀들이 똬리 틀고 있다. 악의보다는 이기주의 아귀들이 나를 조절하고 있다.

나를 생산함이 떳떳지 못해 늘 맘 한구석에 나를 향한 미안함과 안쓰러움을 안고 있는 것을 눈치챈 아귀들이 툭하면 그 맘 구석을 이용했다. 다른 친구들처럼 키우는 대로 자라게끔 두지 않았다. 늘 어디로 튈지 몰라 어머니가 긴장해야 하는 탁구공이 되었다. 그리고는 나에게

"세상에 태어나길 그렇게 태어났으니 어쩌랴. 우주 속의 인간이라는 거대한 조직에서 필요에 의해 만들어진 존재가 아니잖아, 너는."

이렇게 설득한다.

어쩌다가 덤보다 못한 애물로 태어났다. 나도 나를 모르겠는데 누군들 나를 알 수 있으랴. 위장에서 음식을 소화하지 못해 체한 것처럼 폐에서 공기를 소화 못 해 체한 듯 가슴이 얼멍얼멍하고 불편하다.

무제한 설치고 싶다. 무제한.
무제한 휘젓고 싶다. 무제한.

걷다 보니 예까지 왔다.

길 건너 서울교대가 보인다. 노랗게 삭고 있는 나무 이파리들은 세인들이 내뿜는 한숨에 절여진 것 같다. 그래도 함께 어우러져 같이 멍이 들고 있다. 운동장 한쪽에 책 보따리들을 모아두고 배드민턴도 하고 족구도 하는 걸 보니 중간고사가 끝났나 보다. 잘들 어울린다. 내 어머니도 교대를 권했었다. 틈새마다 바람으로 채워진 나는 초라하게 선생질이나 하며 사느냐고 반발했다. 세상은 나를 두고 문제아라 한다. 맞는 말인지도 모른다. 어우러진 나무들만도 못해서 함께 할 줄 모른다. 어울림이라고 하는가. 어울림을 안 했다. 내 수준에 맞는 대상이 없었다. 고차원의 내 사고(思考)를 저들은 '사이코'(psycho)라고 했다. 어느 쪽이 멍청이인지 모르겠다.

서초동 주택가 벽돌담에 기대서서 머리를 들어 본다. 온통 질서 정연하게 쌓아 올린 작은 적벽돌에 의해 2층집이 되고 3층집이 되어있다. 어지럽다. 아찔하다. 한 장 한 장 질서에 묶여 쌓인 벽돌들, 조직의 한 개체가 아닌 내가 얼마나 자유로운가. 조직 속의 중요한 인생들이야말로 자신은 없지 않은가. 그렇다.

질서에 묶인 벽돌들을 보자 가슴에 검은 연기로 꽉 찬 듯 답답하고 매워 숨이 막힌다. 필요에 의해 만들어져서 그 필요조건에서 어긋나면 집이 무너지듯 조직이 무너지는 것이구나. 어깨가 얼마나 무거울까. 나는 못한다. 그렇게는 못 산다. 다행이로다. 멋대로 살아도 무너질 조직의 개체가 아님이 다행이로다. 자유 속에서 자유를 갈망하며 살아온 바보. 재벌가의 2세들처럼 원격조정 없고, 종가의 종손처럼 얽매이지 않음이 얼마나 홀가분한가.

나는 나다. 길게 숨을 들이마셨다가 천천히 내놓으면서 하늘을 본다.

소년 시절 한때는 자유로운 구름이 되고 싶어 했다. 동해가 보고 싶어도 바람이 서쪽으로 가면 서해로 가야 하는 구름이 나보다 더 자유가 없음을 몰랐다.

누가 내 출생을 비난했던가? 누가 나더러 첩의 자식이라고 놀리기라도 했던가? 나다. 내가 나를 비난하고 내가 나를 학대하며 어긋물린 인생이라며 핑계 삼아 멋대로 살았다.

나를 옭아매고 존재 가치를 실추시킨 것은 세상이 아닌 바로 나, 나라고 벽돌마다 입을 벌리고 와글와글 떠들며 나를 비웃는다. 등줄기에 써늘한 소름이 훑어내린다. 머리에서도 목덜미로 써늘한 전율이 스믈스믈 흘러내린다. 온몸이 텅 빈다.

나는 나다.

눈에 보이지도 않는 너, 침략객인 너, 하찮은 놈에게 내 모든 것을 몽땅 빼앗길 수는 없지. 절대 손을 들 수가 없어, 자존심 상해서라도 못 죽겠다. 창피해서 못 죽겠다. 이놈아! 나를 정복하겠다고? 어차피 내가 살아야 네놈도 산다는 사실을 네놈이 알 리가 없지. 네놈에게 정복당해 죽느니 차라리 살란다, 이놈아.

이생이사(二生二死)라, 이생(二生)의 길을 두고 너만 살겠다고 이사(二死)의 길로 간다? 분하고 억울하고 창피하다. 자존심이란? 과연 어느 길이 진정한 자존심인가.

아무리 힘들어도 상서로운 기운(氣韻)은 마당 쓸 듯 쓸어내고, 부스럼 하나 떼어내듯 너를 떼어내고 말 것이다.

동사무소로, 고향과 강남 성모병원으로 쫓아다니기 시작했다. 우선 생활보호 대상자로 해놓고 병원을 방문했다. 8개월간의 포기 상태에서도 전이가 되지 않고 그 상태 그대로란다. 담당 교수도 이해가 안 된다고 날 보고 종교인이냐고 묻는다. 옆에서 정원이가 차가버섯 효과라며 좋아한다. 담당 교수도 차가버섯의 효과를 인정한단다. 작은 희망이라도 걸고 수술을 하겠다니까 작지 않은 희망이란다. 나도 좋아야 하는데 뛸 듯이 기쁘지 않다. 모든 인연들에게 너무 많은 맘의 빚이 있기 때문이다. 그 인간에게도 어머니에게도 말하지 않을 거야. 살아난 다음 세상의 눈으로 잘살고 있다고 보여질 때, 말하리라.

한쪽 구석에는 아직 아귀들이 조금 남아 있어서 최후의 발악을 한다. 생명을 연장해준다고 삶이 달라지기라도 하는가, 아니면 지금까지의 억울함 다 엇셈이 되느냐고 시위를 한다.

"아냐, 억울하지 않아, 맘빚 때문이지, 부모님과 여러 인연들에게 진 맘빚을 두고는 저승도 이승도 내가 설 자리는 없어."

경허 스님께서는 '밤길에 흰 것은 밟지 마라. 돌 아니면 물이다.' 하셨다는데 그동안 나는 흰 것만 밟으며 예까지 온 별종이었다. 그동안 내게 낀 모든 이끼는 어머니 탓으로 몰았지만, 마음 한 자락이 밟히긴 했다. 사실 웬수 같은 이 자식도 양심은 있어서 죄스러움이 전혀 없진 않았다. 수술을 하고 살아남는 것이 어머니를 위하는 것일까, 골칫덩이 아들 이대로 떠나버리는 것이 어머니에게 도움이 될까. 양쪽이 다 아닌 것 같다.

일 처리 다 해놓고 지금 마음이 주춤하는 것은 지은 빚이 너무 많아 가슴을 누르기 때문이다. 어찌 다 갚을 고, 어찌해야 할고. 속도 모르고 옆에서는 몸부터 추서고 나면 둘이서 굶어 죽기야 하겠느냐며 입원 준비에 바쁘다.

빙빙 돌았다. CD판처럼 돌고 있는데 수많은 입들, 립스틱을 발갛게 칠한 입, 시퍼렇게 썩은 입들이 나를 향해

"내놔, 내놓으란 말이야, 내놔."

왕왕거리고 삿대질을 하며 다가온다. 기어드는 목소리로 계속 잘못했다고 비는 내 꼴, 심장이 터질 지경에 누가 이마를 때리며 눈을 뜨란다. 눈을 떴다. 눈은 떴지만 속은 속대로 돌고 몸은 몸대로 빙빙 돌고 있다. 보인다. 정원이가 보이고 시퍼렇게 입을 가리고 눈만 빼죽이 내놓은 간호사도 보인다.

네 시간을 몸은 맡겨두고 영혼은 어딘가에 다녀온 것 같다.

회복이 되고 다시 내 자리로 돌아갈 때, 그때는 무엇으로 시간을 바꿀 것인가, 내 앞에 쌓이고 쌓였던 시간들, 헛되이 소비해 버린 시간들이 우주공간 떠다니며 얼마나 나를 원망할까. 질서에 묶인 존재들 못지않게 어깨가 무지근하다. 좋아서 손을 잡고 있던 정원이가

"수술 잘 된 거래 오빠."

그렇게도 좋아? 난 바윗덩이 짊어진 것 같은데. 손을 확 뿌리쳤다.

"오빠, 내일 걱정 내일 하고 오늘 기쁨 오늘 기뻐하자. 그 지경에서도 오빠를 이렇게 살려 놓을 때는 하느님도 길을 주시겠지. 아니 분명 길은 있어. 좋은 생각과 희망을 가져야 회복도 빠르잖아, 몸은 마음을 따라오고 마음은 몸을 따라간다고 오빠가 말했잖아 몸이야 이제 병원에 맡겼지만, 마음은 오빠가 조절해야지."

말은 나오지 않고 다시 정원이 손을 꼭 잡아줬다. 너를 내게 보낸 것은 큰 은혜로구나. 내가 한 가지 복은 있구나. 그래 정원아 사랑한다. 지금부터 제2의 삶은 내 너를 진실로 사랑할 거야. 어떤 사랑이어야 하는지 알았으니까. 묶어놓은 정관 풀어서 너의 소원인 너를 닮은 예쁜 딸도 낳자. 정원이가 가물가물 멀어지고 있다. 간호사가 가슴을 톡톡 때리며 자면 안 된다고 정신을 차리고 가래를 열심히 뱉어내란다. 그래야

지, 그래야지 하면서 자꾸만 졸린다. 속이 울렁거린다. 헛구역질이 난다. 정원이도 간호사도 가물거린다. 이마를 찰싹찰싹 때린다. 그러지 말라고 말도 못하겠다. 손이 움직여지지 않는다. 자고 싶다. 자고 싶다. 그냥 좀 내버려 둬라.

좀 잤나 보다.

콧줄, 옆구리에 진물 받아내는 줄, 소변 줄 등 줄줄이 줄에 의존하고 있는 내 꼴이 탯줄에 의존하고 생명을 잇던 태아를 떠올린다. 탯줄에서 벗어 난 그날부터 고달픈 혼란의 길이요, 나를 잃은 길이었다.

찾을 것이다. 찾아야지.

사람은 누구나 자기의 색깔과 모양이 있는 법, 나는 아예 모든 제자리를 팽개쳤다. 갖추어야 할 것을 갖추지 못했으니 빈 것이고 비었으니 휑하니 바람이 들락거렸다.

이 생명줄을 떼어내고 새로 태어나면 늦었지만, 나의 빈자리들 채워야 한다. 내 색깔, 본디 내 모양을 찾아서 내가 내 길을 갈 것이다. 눈 뜨고 나를 경영하리라.

용한 의원은 용케도 혈(穴)을 짚어 침을 놓고, 명(名) 풍수는 땅의 정기가 모인 혈(穴)의 자리를 용케도 찾아낸다. 그러나 우리 인생의 혈(穴)은 누구에게 의뢰해서 찾는 것이 아니다. 스스로 자신의 정신으로 찾아서 경영해야 한다. 내가 내 정신으로 살지 않았기에 나의 혈(穴)을 찾으려고 맘도 먹지 않았다. 우선 내 정신의 눈부터 떠야 할 것이다. 자기 경영이란 숨을 쉬는 것처럼 당연하고 쉼이 없어야 하는 것을 네 번이나 강산이 변해서야 뉘우친다. 통탄할 일이로다. 청맹과니로 살아온 지난 시간들 아깝다. 정말 아깝다.

언젠가 단호박을 하나 사 와서 쪼개다가 섬뜩했다. 구더기가 소복하게 한 덩이가 되어 꼬물거리고 있어서다. 며칠을 두고 눈에 밟혔고 그때마다 여운이 길었다. 탄생의 의문보다는, 내가 쪼개지 않았어도 허물을 벗고 날개를 달 수 있었을까 하는 갱생의 의문이 더 컸다. 그런데 알고 보니 그 허물허물한 것들이 때가 되면 제법 단단한 호박 껍질을 뚫고 나와서 날개를 달고 만단다. 하물며……

사기막골, 어쩌다가 실수로 혀끝만 조금 깨물어도 자지러지는데 오장육부가 살아 있고 오감이 살아 있는 육신이 골짜기에 누워서 온갖 벌레들에게 뜯길 생각하면 진저리가 쳐진다. 상상만으로도 온몸이 뒤틀리고 벌레 씹은 듯 징그럽다. 사기막골 생각만 하면 못할 것이 없을 것 같다. 가렵고, 따갑고, 깨물리고, 찢어지는 아픔까지 징글징글한 짓을 내가 결심했다. 그 결심이 대단히 영웅적인 결심인 줄 알았다. 복수라 생각했다. 씨를 뿌린 자, 거두어서 나를 낳은 자, 나를 경멸한 세상을 향한 복수. 그렇게 고통을 겪으며 떠난다고 달라질 것 없을 것임을, 시간은 지우개임을 몰랐다. 다 지워지고 나면 '나'라는 존재의 흔적도 함께 지워진다는 이치를 몰랐다. 골빈 놈, 구석구석 빈 곳마다 바람을 지니고 살았으니 앉으나 서나 바람은 고요하지 않았다. 바람을 지니고 산 지난날들, 주위 인연들 생각하면 무렴해서 낯이 뜨겁다.

뫼비우스의 띠 같은 삶의 길을 걷더라도 암흑지대는 뛰어서 빨리 지나고 밝은 길 평화의 길에서는 베풀고 즐기면서 천천히 가는 요령을 몰랐다. 우매하게도 평생을 어두운 길에 주저앉아서 한탄만 했다.

병실 창밖 동산에 환자들과 보호자들이 천천히 산책을 한다. 아주 천천히. 참 평화롭다. 남편을 위해서 아내를 위해서 보호하고 다독이는 모습들이 부럽다. 인간의 갈피에 출렁이는 서러운 시름들은 해거름 숲 사이로 비치는 햇살이 다 씻어주고 다 보듬어 준다. 아름답다. 편안하다. 내가 사랑한 만큼 너도 나를 사랑해야 한다는 조건이 없다. 가족이다. 무조건 보듬고 포용하는 사랑, 통장이 얇아도 저들은 진솔하게 사랑하고 환자복을 입고서도 여유롭게 세상 맑은 공기를 마신다.

둥지는 하얗고 미루나무를 닮은 저 나무는 자작도 아닌 것 같은데 무슨 나무일까, 추워 보인다. 여럿이 한 울안에 살면서 따로따로 자기 하늘만 찾아 솟는다. 이웃을 향해 손을 내밀지 않는다. 고개도 돌리지 않는다.

저랬다. 모든 것이 시답잖고 모두가 시시했다. 가진 자는 여유롭게 골프장이나 다니고 못 가진 자는 저항만이 인정받는 세상인 줄 알았다. 오히려 가진 자는 더 가지려는 욕망에 휘둘려서 여유가 아닌 여유로운 척 찬바람이 이는 것을.

원하는 대학에 척 들어간 것 외에는 그 누구의 말도 들어본 적이 없는 놈이다. 지금 생각하면 그 인간이 나를 많이 걱정한 것은 사실이다. 그것도 모르고 대학에 들어가자마자 나를 수렁에 빠지게 한 것은 진실의 허망함이었다. 아, 진실의 허망함이여! 하면서 괴로워했다. 아버지의 진실은 그대로 진실인 것을. 회복실에서 나올 때 아버지가 잡은 손이 따뜻했다. 아직도 그 여운이 남아있다. 정원이가 연락을 했었나 보다.

낯 간지럽게 효도하겠다는 말은 못해도 속죄한 몸에 빨랫줄에 걸린 때 묻지 않은 옷으로 갈아입고 삼생(三生)보다 질긴 모자 인연 매듭 풀어 눈물 없는 길 열어 드리리다.

내 사금파리를 쌓으려 했던 사기막골은 예쁘게 포장해서 가슴 다락에 얹어놓고 힘들 때마다 꺼내어 보면서 정신이 번쩍 들게 하는 지표

로 삼겠다. 아버지, 어머니가 살아계심이 얼마나 다행이며 감사한지 모
르겠다.

　중학교 때 아버지가 하신 말씀 이제야 알 것 같다. 자각은 곧 자긍이
라는 것.

오계자

새한국문인 수필 신인상, 동양일보 소설 신인상

수필집 『목마른 두레박』, 『생각의 궤적』, 소설집 『첩부』

010-8992-4567, okj0609@hanmail.net

28939 충북 보은군 보은읍 어암길 19-5

마 디

이 종 태

    실내는 찬 기운으로 가득하다. 보이는 것은 온통 은색의 스테인리스뿐이다. 조명은 밝았지만 스테인리스에 반사된 빛은 얼음처럼 차갑다. 해가 갈수록 각종 시설이 좋아지고 있지만 느낌만은 어쩔 수 없다. 음습한 공기와 퀴퀴한 냄새, 지하층 특유의 분위기는 늘 한결같다. 앞서 들어온 남자 직원들이 커다란 서랍 하나를 끄집어낸다. 그리고 그 속에 누워있는 시신을 꺼내 이동 침대에 옮겨 놓는다. 오늘 내가 맡아야 할 고객이다. 그는 하얀 시트에 덮인 채 얼굴만 드러내 놓고 있다.

“잘 부탁합니다.”

    건장한 남자 직원 하나가 마스크를 벗고 형식적인 인사말을 남긴다. 그들 일행이 무표정하게 방을 나설 때까지 난 아무런 대답도 하지 못한다. 내 입은 마스크 속에서 벌어진 채 그대로 멈춰있다. 직원들은 자기들끼리 무슨 말인가를 주고받으며 계단을 올라간다. 지하층에서 지상으로 향하는 계단이다. 그들의 소곤거리는 소리가 멀어지면서 둔탁한 발자국 울림도 서서히 사라진다. 그때까지도 시신의 얼굴에 고정된 시선을 거둬들일 수가 없다. 당신은 이곳에 있어야 할 사람이 아니었다. 장단에 맞춰 청중들을 신명 나게 만들어야 할 사람이 아니던가.

    그동안 수없이 많은 만남이 있었다. 수명을 다한 노인뿐 아니라 젊은이, 어린이, 심지어 피부색이 전혀 다른 외국인들도 있었다. 그들은 모두 내 고객이었다. 그리고 내 손을 거치면서 아름다운 모습으로 바뀌었다. 가벼운 마음으로 마지막 인사를 전할 수도 있었다. 하지만 당신을 이런 곳에서 다시 만날 줄은 몰랐다. 예상치 못한 만남은 언제나 난감한 일이다. 더구나 이런 모습이라면 너무도 당혹스럽다. 병원 측에서 건네준 의뢰서를 살필 때부터 혹시나 하는 마음은 있었다. 권태기라는 이름 때문이었다. 다른 곳에서 다른 일로 만났다면 당신은 나를 알아볼 수 있었을까. 아마, 알아보지 못하고 스쳐 지나갔을 것이다. 나 역시 이름을 확인하지 않았다면 처음부터 알아보지 못했을 테니까. 어쨌든 당신은 먼저 이곳에 들어왔다. 그리고 지금까지 이곳에서 나를 기다리고 있었던 셈이다.

"시작할까요?"

나는 아무것도 듣지 못한 것처럼 미동도 하지 않는다.

"어디 불편하세요?"

지난번에는 사체 앞에서도 찬바람이 돌만큼 이성적이었다. 여유롭게 농담도 주고받았다. 그랬던 내가 오늘은 달라 보였던지 후배가 다시 묻는다.

"별일 아냐, 바로 시작해."

나는 잠시 망설이다 단호하게 말한다. 장갑을 착용하고 양쪽 귀에 걸려있는 마스크 고리도 다시 한 번 확인을 한다. 후배는 메이크업 박스를 번쩍 들어서 카트 위에 올려놓는다. 그리고 금속 재질로 된 박스의 덮개 부분을 양쪽으로 벌린다. 안쪽의 3단으로 된 작은 함들도 좌우로 끌어내 펼친다. 양쪽으로 펼쳐진 계단 모양이다. 총 여섯 개로 이루어진 함 속에는 각종 재료나 도구들로 가득하다. 스킨이나 로션 같은 화장품부터 브러쉬, 눈썹 가위, 손톱용 니퍼까지 골고루 갖춰져 있다.

시트를 완전히 걷어낸다. 순간, 허공에 떠오른 하얀 천이 날개처럼 펄럭이다 곧바로 내려앉는다. 당신은 하늘 높이 꿈의 날개를 펼치려고 했다.

하지만 그것은 말 그대로 꿈일 뿐이었다. 당신은 몇 번의 날갯짓 만에 곧바로 내려앉고 말았다. 꿈은 깨지고 부서져 버렸다. 그리고 이곳에 잠든 모습으로 누워있다. 금방이라도 눈을 뜨고 일어날 것만 같다. 무감각한 내 눈동자에 당신의 얼굴이 찍힌 순간, 나는 당신이 누군지 바로 알 수 있었다. 만지면 검은색이 묻어날 것 같은 까만 머릿결, 오뚝한 콧날과 눈가의 잔주름, 그리고 도톰한 입술. 눈동자가 커지며 벌어진 입을 다물 수 없었다. 뒷걸음질을 치며 이곳을 벗어나고 싶었다. 하지만 난 그럴 수 없었다. 그때 나는 착각에 빠져들었다. 당신의 감긴 두 눈 속으로 내 모습도 빨려 들어간 것이 아닌가. 내 얼굴을 기억해 내기 위해 애를 쓰는 것은 아닌가. 그러나 모두 스쳐 가는 환상일 뿐이다.

"상의는 벗겨야 하니까 나를 좀 도와줘."

후배에게 도움을 청한다. 두 사람 모두 마스크를 쓰고 있지만, 소통에는 큰 문제가 없다. 후배는 생각보다 말귀를 잘 알아듣는다. 부드러운 잠옷 차림인 것이 다행이다. 더구나 상의는 속옷도 입지 않았다. 가벼운 차림이 아니었다면 여자 둘의 힘으론 어려웠을 것이다. 몸은 밤새 냉장시설 속에서 돌처럼 굳어버렸다. 나는 잠옷의 단추를 하나씩 풀어낸다. 네 개의 단추가 모두 풀어지고 당신의 가슴이 드러난다. 상처는 물론이고 점하나 없이 깨끗하다.

"언니, 이 사람 사인이 뭐래요?" 후배도 드러난 가슴을 보니 궁금해진 모양이다.

"글쎄, 수면제 과다복용이던데."

나는 무관심한 표정으로 서류의 내용을 알려준다.

후배는 양쪽 어깨를 들었다 내리기를 반복한다. 그 사이 내 손에 잡힌 상의가 당신의 몸을 빠져나온다. 바지를 벗기는 일은 특별한 경우를 빼고는 필요치 않다. 특별한 경우란 가족들이 전신관리를 부탁했을 때이다. 망자에 대한 정서 때문인지 아직까지 그런 부탁을 한 가족은 없었다. 사실 간단한 얼굴 화장만을 생각한다면 상의도 벗길 필요가 없다. 그러나 턱 아래쪽과 목덜미 부분의 색조를 같게 하려면 불편한 점이 있다. 차라리 상의를 벗겨 내고 하는 편이 훨씬 수월하다. 후배가 디지털 카메라를 들고 셔터를 누르기 시작한다. 사진을 찍는 이유는 전 과정을 기록하겠다는 의미였다. 한편으론 학교로 돌아갔을 때 담당 교수님을 위한 제출용이기도 하다. 카메라는 메이크업을 시작하기 전 시신의 모습을 다양한 각도에서 잡는다. 앞모습은 물론이고 옆모습과 뒷모습까지 렌즈 속에 담겨진다.

"근데 이건 뭐죠?"

뒷모습 촬영을 끝낸 후배가 궁금증을 드러낸다. 그녀가 가리킨 곳은 등의 한가운데였다. 가로와 세로의 정 중앙에 손바닥만 한 크기의 붉은 반점이 있다. 엉덩이도 아니고 등이라니 신기한 일이다. 조금 전에는 왜 못 봤을까. 자세히 살펴보니 그건 반점이 아니라 세월의 흔적이 남아있는 굳은살이다. 당신이 남겨놓은 세월의 흔적은 그것뿐이 아니었다. 왼쪽 손바닥에도 있었고, 오른손에도 사선으로 굳은살이 박여있었다. 후배는 궁금할 것이다. 등이나 손바닥에 굳은살이 박여있으니, 이 사람의 직업이 무엇이었는지 나름대로 생각에 잠길 것이다. 그렇지만 어떤 식으로도 설명을 할 수가 없다.

나는 당신의 마지막 얼굴화장을 시작한다. 먼저 빗을 들고 머리카락을 가지런하게 빗어 넘긴다. 피부에는 핏기가 전혀 없다. 하지만 얼굴 표정은 의외로 편안해 보인다. 클렌징 크림으로 피부를 깨끗이 닦아낸다. 이마부터 귀, 코, 목덜미까지 혹시라도 남아있을지 모르는 불순물을 모두 제거한다. 아무리 아름다운 집이라도 기초가 튼튼하지 못하면 무너지고 내려앉기 마련이다. 메이크업도 마찬가지다. 기본이 잘되어 있지 않으면 그 아름다움은 사상누각이 되기 쉽다. 아름다운 피부표현은 유지하기 어렵다. 처음 이 일을 시작했을 때 한동안 울렁증 때문에 시달려야 했다. 포르말린과 부패과정의 퀴퀴한 냄새, 핏기라곤 찾아볼 수 없는 살가죽, 가끔 마주치는 참혹하게 죽어간 붉은 흔적들 때문이었다. 이제 3년 차, 내 몸에는 어느 정도 내성이 생긴 것 같다.

장갑을 벗고 스킨 병을 꺼내 든다. 스킨을 쏟아내 고객의 안면에 골고루 묻히고 가볍게 두드려준다. 후배는 내 행동을 보고 몹시 놀란 표정이다. 맨손으로 죽은 자의 얼굴에 화장품을 바른다는 것은 생각하지 못한 것 같다.

"얇은 고무장갑도 있는데 꼭 맨손으로 해야 하나요?"

후배는 불안한 마음을 숨기지 않는다. 막상 닥치고 보니 덜컥 겁이 나는 모양이다. 하지만 아무리 얇은 것이라 해도 고무장갑을 끼고 화장을 하는 사람은 없다. 죽은 사람이라도 마찬가지다. 산 사람과 다르게 생각해선 안 된다. 더구나 그들은 마지막 화장이 아닌가. 오히려 산 사람보다 더 신경을 써야 한다. 후배는 스킨, 로션, 에센스로 이어지는 과정을 끝까지 견디지 못한다. 스킨을 몇 번 바르다가 욱- 하는 소리와 함께 밖으로 뛰쳐나간다.

방안에는 나 혼자뿐이다. 후배마저 밖으로 나간 지금 다시 이 방에 들어올 사람은 없다. 가족이나 친척이 있을 법도 한데 한 명도 보이지 않는다. 나와 같은 일을 하는 다른 팀도 없다. 지하층에 위치한 이 방에는 산 사람 하나에 모두 죽은 자들로 채워져 있다. 창문이 전혀 없는 것은 아니지만 두꺼운 커튼이 외부의 빛을 모두 차단해 버렸다. 사방으로 꽉 막힌 벽과 스테인리스로 조립된 이동용 침대 몇 개만이 간격을 맞춰 늘어서 있을 뿐이다. 그리고 조그만 카트와 한쪽 구석에 간이 수도시설이 갖추어 있다.

얼굴 마스크의 고리를 한쪽 귀에서 떼어낸다. 그리고 망자에게 얼굴을 확인시키려는 듯 허리를 반쯤 구부리며 다가선다. 마스크가 한쪽 귀에 매달린 채 시계추처럼 흔들린다. 후— 소리를 내며 내 입에서 나온 더운 숨결이 시신의 차가운 얼굴에 가닿는다. 순간 뜨거웠던 숨결이 떠올라 얼굴이 화끈 달아오르는 듯하다. 나는 구부렸던 허리를 펴고 작은 목소리로 중얼거린다.

"권태기, 당신 이름이 권태기라 했지요."

가늘게 떨리는 내 목소리는 스테인리스 침대에 빠르게 반사된 다음 귓가에서 예리한 파장으로 진동한다.

며칠 전이었다. 그날은 전국적으로 눈발이 날리고 있었다. 봄의 길목에서 내리는 뒤늦은 눈발이었다. 특히 강원 지역엔 봄눈치고 폭설을 떠올릴 만큼 많은 눈이 내리고 있었다. 서울지역의 눈은 곧바로 멈췄지만, 강원 산간지역은 다음날까지 연 이틀을 쉬지 않고 내렸다. 지금쯤 강원도의 산들은 눈 속에 파묻혀 있을 것이다. 당신은 한적한 겨울 바다가 그립다고 했다. 그래서 강릉 앞바다를 향해 눈 덮인 영동 고속도로를 달리고 싶어 했다. 눈 덮인 겨울 산과 그 속에 숨어있는 새싹들, 그리고 투명한 햇살을 가르는 드라이브를 당신은 지금도 생각하고 있을까. 마음을 진정시키기 위해 침을 삼키는 소리가 몸속에서 공명처럼 메아리친다.

냉장상태로 하룻밤을 보냈지만 시신의 피부는 생각보다 온순했다. 아무것도 거부하지 않았다. 스킨과 로션을 남김없이 모두 흡수했다. 후배는 그때까지도 모습을 드러내지 않는다. 내가 에센스 영양 크림까지 모두 바르고 난 뒤에야 다시 모습을 드러낸다. 그녀는 들어오면서 곧바로 카메라부터 집어든다. 아직도 심리적 안정을 찾지 못한 것인지 셔터를 누를 때마다 플래시 불빛이 번쩍인다. 그때마다 하얀 불빛이 당신의 몸을 구석구석 찾아다닌다. 그날 밤 클럽에서의 요란한 조명도 당신을 따라다니며 빛을 터트렸다.

　내가 당신을 만난 것은 목요일 밤이었다. 그날은 단칸방에서 쓸쓸히 숨진 필리핀 남자의 메이크업이 있던 날이었다. 그는 코리안 드림을 꿈꾸며 이 땅을 밟은 외국인 노동자였다. 하지만 그의 꿈은 현실이 되지 못했다. 그의 주검마저도 주변의 무관심 속에 한참이 지나서 발견되었다. 지금까지의 그 어떤 만남보다 어렵고 힘든 메이크업이었다. 몸의 부패는 상당히 진척되어 있었다. 얼굴도 알아보기 어려울 정도로 일그러진 상태였다. 인간의 모습을 연상시키기가 어려울 정도로 참혹한 형상이었다.

　불행한 일을 당한 외국인 노동자들의 메이크업은 성당에서 연락이 온다. 외국인노동자 대책협의회에서 성당 측에 의뢰를 하기 때문이다. 성당에서 부탁을 해오면 다른 곳을 미루더라도 주저 없이 승낙을 한다. 죽음이 정해진 것은 아니니까 일정한 주기는 없다. 다만 무연고 외국인 노동자에 대해서는 어떠한 대가나 보수도 받지 않는다. 그건 이 일을 처음 시작할 때부터 지켜온 내 자신과의 약속이다.

　"널 낯선 곳으로 보내고 싶지 않아."

　대학 4학년 때였다. 공직에 있는 아버지는 안정적인 직장을 원했다. 나는 계속되는 아버지의 설득을 끝까지 거부할 수 없었다. 물론 처음부터 그런 생각을 가졌던 것은 아니었다. 내 머릿속에는 늘 전공을 살린 패션디자이너가 자리 잡고 있었다. 하지만 어머니까지 가세한 설득을 끝내 뿌리치지 못했다. 아버지는 공무원 시험에 매달리는 나를 보며 만족스러워 했다. 결혼을 약속한 연규는 밤늦도록 도서관에서 함께 지냈다. 그러나 불행은 예고 없이 찾아왔다. 연규의 자동차가 사거리로 진입하고 있을 때였다. 맞은편에서 무서운 속도로 달려드는 검은 물체가 있었다. 신호가 바뀌었는데도 무리하게 달려든 좌회전 자동차였다. 순간 자동차의 보닛과 함께 내 몸도 솟아올랐다. 안전벨트를 착용하지 않은 게 문제였다. 연규는 벨트에 묶인 채 그대로 있었지만, 나는 앞유리를 다 부순 뒤에 정신을 잃었다.

사고가 남긴 흔적은 너무 컸다. 상반신의 뼈 중에 성한 곳은 거의 없었다. 치아의 절반이 날아가 버렸고 양쪽 눈도 실명 수준이었다. 오른쪽 시력만이 희미하게 남아 있었지만, 사물의 판단이 불가능할 정도였다. 더구나 내 몸은 엄마가 될 수 없는 몸으로 변해 있었다. 왜 나만 이런 고통을 겪어야 하나. 모든 것이 억울했고 원망의 대상이 되었다. 그리고 시간이 흐르면서 용서의 대상이 되었다가 마지막에 가서는 그 자체가 우스워졌다.

아버지는 자신의 욕심 때문이라며 매일 자책했다. 나는 아버지의 시선을 의도적으로 외면했다. 그때 아버지가 어렵게 꺼낸 것이 장례지도학과 입학이었다. 어떤 일이든 시작과 끝이 중요하지 않은가. 어차피 덤으로 얻은 인생이라 생각하니 거칠 것이 없었다.

일반적인 장례 절차만 따를 수도 있었다. 하지만 언제부턴가 그게 끝이 아니라는 생각이 들었다. 시신을 수세하고, 수의를 입히고, 염포로 묶는 일이 전부가 아니었다. 마지막 가는 길인데 망자를 아름답게 단장해주고 싶었다. 그래서 시작한 일이 이제는 그 분야의 전문직업인이 돼버렸다. 처음부터 시신을 고객으로 생각하며 접근했던 것은 아니었다. 특유의 냄새가 무디어지지 않는 만큼 사체와의 친밀감도 생겨나지 않았다. 의지는 결연했지만 생각처럼 몸이 따라주지 않았다. 어쩔 수 없이 방향제를 사용할 수밖에 없었다. 나는 처음부터 부드러운 여성용 향수는 사용하지 않았다. 향이 강한 남성용을 선호했다. 나에게 시신 메이크업은 직업이었고 일이었다. 간혹 심하게 훼손된 사체와 만나게 되어도 가능한 무감각해지려고 노력했다. 사체는 이동용 침대에 누워서 자신의 살아온 인생을 얘기한다고, 그들과 교감을 나누며 이야기를 들어줄 줄 알아야 한다고 교수님들은 말했지만 난 그저 눈앞의 현실만 믿으려 했다.

"네 눈에선 언제나 찬바람이 불어. 넌 왜 그렇게 차가운 거니?"

모두들 나를 보며 얼음보다 더 차가운 여자라고 했다. 그렇지만 난 오히려 그런 손가락질을 기다렸는지도 모른다.

목요일의 메이크업은 너무 힘이 들었다. 무연고 외국인노동자라는 것도 신경을 쓰이게 했지만, 무엇보다도 훼손 상태가 심각했다. 수없이 씻기고 닦아내기를 반복했지만 냄새는 어쩔 수가 없었다. 시간도 평상시보다 세 배 이상 걸려야 했다. 마무리 파우더 작업까지 모두 끝났을 때 내 몸은 녹초가 되어있었다. 가누기도 힘들 정도로 알맹이가 모두 빠져나간 느낌이었다. 그러면서도 한편으론 무언가를 채워야 한다는 강렬한 욕구가 솟아올랐다. 나는 옷을 갈아입고 지나칠 정도로 강한 향수를 온몸에 뿌렸다. 그리고 병원 근처의 대형 클럽으로 무조건 차를 몰았다. 아무리 돌덩이처럼 굳어있는 주검일지라도 장시간을 만지고 주무르다 보면 환상에 빠질 때가 있다. 얼음처럼 차가웠던 몸이 따뜻해지고, 핏기가 돌고, 나와의 교감을 느끼면서 뜨겁게 반응하고.

때로는 뜨거운 가슴으로 격렬하게 반응하는 내 몸을 느끼고 싶었다. 그럴 때마다 술집으로 달려가 독한 술을 마시며 미친듯이 춤을 추고 싶었다. 비 오듯이 땀을 흘리고 나면 처져있던 몸이 다시 생기를 찾으며 살아날 것 같았다. 그날도 그랬다. 목요일 밤인데도 클럽 내부는 젊은 직장인들로 넘쳐나고 있었다. 홀에도 댄스음악에 맞춰 몸을 흔들어대는 사람들로 북적였다. 당신도 그곳에 있었다. 정확히 말하면 그때도 당신이 먼저 그곳에 와 있었다. 당신이 독한 양주를 마시며 담배 연기를 날리고 있을 때 나는 당신의 맞은편 자리로 가 털썩 앉았다. 그리고 칵테일 화이트러시안을 한 잔 마시고 말보로를 피워 물었다.

그날은 당신의 판소리 공연이 있던 날이었다. 열세 살에 소리를 접한

이래 처음으로 춘향가를 완창하는 날이었다. 당신은 세종문화회관 대극장을 가득 메운 청중들 앞에서 신명 나게 춘향가를 시작했다. 춘향가는 몽룡이 광한루에서 춘향과 만나는 장면부터 마지막 변사또 생일잔치와 뒤풀이까지 총 여섯 개의 작은 대목으로 나누어 있었다. 첫 번째와 두 번째 대목까지 진행되는 동안 청중들은 우레와 같은 박수를 보냈다. 특히 두 번째 대목에서 천자 풀이를 하며 사랑가를 부를 때는 청중들도 따라서 어깨를 들썩이고 있었다. 고수도 얼씨구를 연발하며 흥을 돋우었다.

몽룡이 춘향을 만나서 사랑을 나누는 이 대목은 주로 중몰이 장단이었다. 서정적이면서 극적인 상황 전개가 느슨하기 때문이다. 그날 당신의 장단은 잘 맞았고 화평스런 평조도 청중들을 압도하기에 충분했다. 당신은 기획자이면서 연출자였고 무대의 주인공이었다. 공연의 시작과 진행 그리고 끝마무리까지 모두 당신을 통해서만 가능한 일이었다. 청중들은 당신의 소리에 빠져있었고, 당신은 그런 청중들을 바라보며 새로운 희망에 취해 있었다. 당신은 흥에 겨운 청중들과 하나가 되어 화창한 봄날처럼 춘향가를 이어갔다.

오냐, 춘향아 우지 마라. 원수가 원수가 아니라 양반 행실이 원수구나. …… 이 술 먹지 말고 이별허자. …… 아나, 춘향아 거울 받어라. 장부의 맑은 마음 거울 빛과 같은지라, 이걸 깊이 두었다가 날 본 듯이 내여 보아라. …… 였소, 도련님 지환 받으오. 여자의 명심불망 지환 빛과 같은 지라. 이걸 깊이 두었다가 날 본 듯이 내여 보오. …… 피차 정표한 연후의 떨어지지를 못 허고 우는 모양 사람의 눈으로 볼 수가 없네.

이 대목은 중몰이로 장단을 맞추고 슬픔이 깔려있는 계면조로 구성지게 불러야 했다. 하지만 당신의 장단은 이 대목에 들어서면서 흔들리기 시작했다. 그때까지 중몰이와 중중몰이를 섞어가며 잘 나가던 장단이었다. 중몰이로 가야 할 장단은 가장 느린 진양과 중몰이보다 더 빠른 잦은몰이가 반복되었다. 그러다가 어느 순간 당신의 장단은 휘몰이로 이어졌다. 당신은 말 그대로 휘몰아치듯 이 대목을 빠져나가고 싶었는지도 모른다. 당신 스스로 통제가 안 되고 있다는 것을 느꼈지만, 이미 제멋대로 흘러간 장단을 돌이킬 수는 없었다. 연신 북통을 두드리며 애를 쓴 고수의 덕분으로 공연은 이어졌다. 그렇지만 당신의 등줄기에서는 식은 땀이 흘러내렸다. 당신의 판소리에서, 아니 당신의 인생에서 중요한 마디 하나가 빠져나가는 순간이었다.

당신의 인생에서 첫 번째로 마디가 빠져나간 것은 2주쯤 전이었다. 당신의 일상을 이어주는 마디는 언제나 촘촘하게 잘 맞춰져 있었다. 오랜 세월을 거치며 빈틈없이 잘 정돈돼 있었다. 당신은 그렇게 살아왔으며 지금도 그렇게 살고 있다고 생각했다. 때로는 느슨한 것 같았지만 그렇다고 틈을 보인 적은 없었다. 어쩌면 조금은 빡빡하게 맞춰져 있었는지도 모른다. 삶이란 어차피 늘어져서는 존재할 수 없는 것이었다. 그렇지만 팽팽하게 긴장된 일상이란 언제 터질지 모르는 시한폭탄과도 같은 것이었다.

당신은 틈이 날 때마다 가족들과 함께 했고, 고급 음식점을 찾아다니며 외식을 즐겼다. 연습이 없는 날에는 곧장 집으로 가 아내와 와인 잔을 기울이기도 했다. 경제적인 어려움도 이젠 모두 넘어섰다. 결혼 초기의 작은 전세방을 전전하던 때와는 모든 게 달라져 있었다. 30여 년의 판소리 경력을 가진 당신은 이제 예전의 초라한 모습이 아니었다. 당신이 개설한 사설교습소는 일반인 제자들로 성황을 이루었고, 대학에선 겸임교수로 학생들을 가르쳤다. 집안은 언제나 삶의 윤기로 가득했고, 옷장 속엔 여러 벌의 한복이 깔끔한 모습으로 걸려있었다. 초등학교와 중학교에 다니는 두 딸도 학교생활에 잘 적응하고 있었다. 당신은 만족스런 일상이 자랑스러웠다. 당연히 아내도 그 행복에 동류의식을 갖고 있을 것으로 생각했다. 하지만 그건 당신 혼자만의 생각이었다.

조짐은 지난해 초겨울부터 있었다. 당신의 아내는 흘러간 시간에 대해 자주 얘기를 꺼내더니 갑자기 외출이 잦아졌다. 이제부터는 사람들도 만나고 취미생활도 즐기며 살겠다고 했다. 초등학교 동창 모임부터 딸아이의 학부모·모임까지 한 곳도 빠뜨리지 않았다. 그녀는 혀 꼬부라진 소리로 술에 취해있는 날이 많아졌다. 때론 밤늦은 시간에 들어와서 눈도 마주치지 않고 등을 돌려버렸다. 당신은 결국 사람을 사서 아내의 뒤를 밟도록 했다. 그리고 보름 전쯤 모텔로 들어가는 아내의 사진이 당신의 손에 들어왔다. 당신은 사진을 그 자리에서 구겨버렸다. 아내도 사진처럼 만들어버렸으면 속이 후련할 것 같았다. 그날 당신의 아내는 평소와 다름없이 옷장을 열고 차분하게 한복을 입혀주었다. 그리고 조용하게 입을 열었다.

"나 남자가 생겼어. 이젠 당신도 돈도 다 필요하지 않아."

톤은 낮았지만 너무도 당당한 목소리였다. 당신의 인생에서 처음으로 마디 하나가 빠져나간 것은 바로 그때였다. 그때 이미 당신의 마디들은 뒤틀리며 틈을 보이기 시작했다.

나는 번쩍이는 조명 아래서 미친듯이 춤을 추고 있었다. 디스코 음악이 나오면 허리와 엉덩이를 흔들며 사방으로 손을 찔러댔고, 테크노 음악이 나오면 양팔을 벌린 채 머리를 좌우로 흔들며 온몸을 비틀었다. 그때 당신의 시선이 나를 향해 날아왔지만 나는 알지 못했다. 잠시 음악이 멈추었을 때, 나는 다시 자리로 돌아와 맞은편에 있던 당신의 시선과 마주쳤다. 어쩌면 그건 나 혼자만의 느낌이었는지도 모른다. 하지만 나는 무엇에 홀린 것처럼 자리에서 일어나 술잔을 들고 당신에게로 향했다.

무슨 계획이 있던 것은 아니었다. 그것은 세상에 대한 원망과 분노의 다른 표현일 뿐이었다. 당신이 나를 올려다보며 잔을 들었고, 나는 당신의 공허한 눈빛을 내려다보며 유리잔을 가볍게 부딪쳐 주었다. 그때 당신은 생각했을 것이다. 이 여자의 인생에는 몇 개의 마디가 있을까. 그 마디는 잘 정돈된 채로 온전하게 남아 있을까. 당신에겐 판소리로 다져진 예민한 감각이 있었다. 판소리에서는 고저장단은 물론이고 호흡 하나까지도 민감하다. 당신은 그 본능적인 감각으로 분명하게 알아차렸을 것이다. 내 삶에서 자신과 비슷한 부분의 마디가 빠져나간 것을.

"세 곳에서 동시에 버림받아 본 적이 있어요?"

당신은 옆자리에 앉은 나를 쳐다보며 말했다.

"동시에 세 곳이라……. 나와 만나는 사람들은 고개를 돌릴 줄도 모르는데." 나는 당신을 쳐다보지도 않고 대답했다. 당신이 담배 연기를 길게 내뿜었다.

"춤추러 가실래요?" 당신은 손으로 홀을 가리키며 자리에서 일어났다. 나는 당신을 따라 함께 홀로 나가 빠른 음악에 맞춰 몸을 움직였다. 내가 몸을 움직일 때마다 향수 냄새가 코끝을 스쳐 갔다. 당신은 내 이미지에 비해 향이 너무 강하다고 생각했을 것이다. 블루스 음악으로 바뀌었을 때 나는 홀을 빠져나가려 했다. 그때 당신이 나에게 정식으로 손을 내밀었다. 나는 별 거부감 없이 당신이 내민 손바닥을 움켜잡았다. 그리고 당신과 적당한 거리를 유지한 채 리듬을 따라 움직였다. 당신도 조심스럽게 스텝을 옮겼다. 대학에서 국악을 전공할 때, 우연한 기회에 몸에 익힌 실력이므로 뛰어난 솜씨는 아니었다. 하지만 어설픈 솜씨라 할 수도 없었다. 나와는 딱 어울리는 실력이었다. 그런 당신이 나에게는 편안했다.

삶이란 빈틈없는 마디를 하나씩 맞추어 가는 것인지도 모른다. 하지만 잘 맞춰진 그 마디들이 언제 틈을 보이며 빠져나갈지는 알 수 없는 일이었다. 당신은 두려웠을 것이다. 이미 빠져나간 당신의 마디를 돌이킬 수는 없었다. 남아 있는 마디들이 언제 무너져 내릴지, 당신은 그 두려움을 이겨낼 자신이 없었을 것이다. 어차피 그렇게 될 바엔 차라리 당신의 손으로 모든 마디를 끊어서 허공에 뿌리고 싶었는지도 모른다. 공연장에선 청중들 앞에서 판소리를 망쳤고, 집에서는 아내가 당신을 떠나갔다. 믿었던 아이들마저도 그런 아내의 뒤에 붙어 있었다. 당신의 삶을 이어주던 커다란 마디 세 개가 거의 동시에 빠져나간 것이었다.

당신이 두 번째 춤을 청했을 때, 우리는 서로에 대해 자신감이 넘쳐흘렀다. 나는 조금 더 힘을 주어 당신을 감싸 안았다. 두 사람이 절반씩 투자해서 하나가 되는 것이 블루스다. 남자의 가슴과 여자의 가슴이 겹쳐지는 것. 뜨거워진 심장과 심장이 저희들끼리 먼저 만나 교감을 나누는 것. 그것은 온전히 하나로 겹쳐지기 위해 드러내놓고 벌이는 탐색전이었다. 그 순간 당신과 나는 이미 빠져나간 마디에 대해 애써 생각하지 않았다. 중요한 건 아직도 수없이 남아 있는 마디들이었다. 그 마디들을 모두 포기한다는 것은 너무 아까운 일이었다. 어떻게 다시 정리할 것이며 촘촘하게 배열할 것인가 그것이 문제였다. 하지만 당신의 손은 이미 말하고 있었다. 원피스의 벨트를 쓰다듬으며 나를 갖고 싶다고.

파운데이션을 꺼내 얼굴 안쪽에서 바깥쪽으로 가볍게 바른다. 코 옆이나 눈 밑에는 손가락으로 가볍게 두드리듯 발라줘야 한다. 그래야 밀착력이 좋아진다. 당신의 피부는 건성이나 지성을 따질 필요가 없다. 자외선 차단제도 필요가 없다. 내가 신경 쓸 일은 목 부분뿐이다. 깨끗한 느낌을 주기 위해 입술에도 살짝 발라준다.

"시신을 돌려놓을까요?"

귀밑의 목 부분을 생각해서 후배가 묻는다. 나는 말없이 고개만 끄덕인다. 후배와 나의 하나, 둘, 셋 소리에 맞춰 당신의 몸이 등을 보인다. 이 부분의 화장은 특별한 것이 없다. 턱선과 헤어라인을 따라가며 색의 경계를 없애주면 된다. 앞부분과 달리 뒷부분에는 거뭇한 시반이 조금씩 생겨나고 있다. 정중앙의 반점처럼 생긴 굳은살이 처음보다 확연히 드러난다. 시선은 차렷 자세를 하고 있는 두 팔을 따라 내려가다 손바닥에서 머문다. 양쪽 손바닥에 박혀있는 굳은살도 처음보다 선명하다. 특히 오랜 세월 북채나 장구채를 잡았던 오른 손바닥은 사선으로 굳은 자국이 뚜렷이 남아있다.

"근데 이거 반점이 아니잖아요?"

후배는 아무래도 이해하기 어려운 모양이다. 등뿐 아니라 손바닥의 일자 모양 굳은살이 의아할 것이다. 나도 직접 듣지 않았다면 절대 알 수 없는 일이었다. 세월의 흔적이 쌓여있는 당신만의 비밀을 내가 어찌 알 수 있었을까.

"맞아, 반점이 아니고 굳은살이야."

내가 무관심하게 혼자서 중얼거리고 있을 때 후배는 다시 쿡쿡거리며 웃고 있었다. 옆구리 뒤쪽에 남아있는 긁힌 자국 때문이었다. 그것은 희미했지만 손톱자국이 분명했다. 나는 순간적으로 멈칫했다. 이건 그날 함께한 절정의 순간에 내가 새겨놓은 것이 틀림없었다.

"와, 이거 좀 심하다." 후배가 다시 한마디를 거들었다. 나는 벗었던 장갑을 다시 끼고 슬그머니 뒷짐을 지면서 손톱을 감춘다.

"다시 원래대로 됐습니다." 후배가 어느새 당신의 몸을 돌려놓았다. 혼자 힘으로 돌려놓는 것을 보니 벌써 요령이 생긴 모양이다.

"어? 어, 그래."

나는 잠에서 방금 깨어난 사람처럼 대답한다. 다시 원래대로 누워있는 당신의 몸을 바라보며 메이크업 박스에서 파우더를 찾아낸다. 파우더

는 피부의 번들거림을 막아주며 보송보송하게 만들기 위한 마지막 단계
이다. 깨끗하고 투명한 피부를 원할 때는 컬러 파우더를 섞어서 사용한
다. 바이올렛은 자연스러우며 혈색 좋은 피부를, 투명 베이지는 화장을
안 한 듯 투명한 피부를 연출한다. 나는 잠시 생각에 잠겼다가 그날 밤
을 떠올리며 바이올렛을 선택한다.

당신과 나는 호텔 방으로 올라가 누가 먼저랄 것도 없이 급하게 뒤엉
켰다. 서로의 껍질을 벗겨 내며 촉촉해진 입술을 맞추었다. 그리고 지칠
때까지 서로의 몸을 탐색하며 카펫 바닥을 뒹굴었다. 그렇게 상대를 끌
어안은 채 굴리고 유린하며 끝날 것 같지 않은 밤을 보냈다. 과거와 미
래를 잘라낸 오직 그 순간만이 존재했다. 서로에게 붉은 피가 뜨겁게 돌
고 있는 사람이었고, 현실을 잊게 할 유일한 도피처였다. 내가 방을 나설
때 당신은 잠들어 있었다. 이제 당신에게 아침 인사를 건넬 사람은 없었
다. 창백한 햇살만이 창문을 막아 놓은 커튼 사이로 당신을 비추고 있
었다. 그때였을 것이다. 내가 지친 몸으로 발걸음을 옮기자 쿵 하는 소리
가 울렸다. 놀란 걸음을 멈추고 방안을 살펴봤지만, 당신과 나 둘뿐이었
다. 그것은 내 몸의 깊은 곳에서 울려오는 내부의 소리였다. 나는 곧바
로 그 울림의 정체가 무엇인지 정확히 알 수 있었다. 그건 지난밤 무의
미했던 육체의 격렬함과 지금껏 지켜온 삶의 허상들이 큰 구멍을 만들
면서 빠져나가는 소리였다.

파우더를 바르는 시간은 그리 오래 걸리지 않는다. 바이올렛 파우더
로 혈색 좋은 피부를 만드는 동안 머릿속은 온통 당신에 대한 연민으로
채워져 있다. 그날 당신의 애기를 모두 알아들었다는 듯이, 당신의 삶
을 전부 이해했다는 듯이 내 가슴속 깊은 곳에서 작은 파장이 일어난
다. 나와 아버지가 함께 느껴야 했던 절망감을 당신도 채우고 있었음을
알 것 같다. 그래서 삶의 마디가 빠져나가는 고통을 감내해야 했던 당

신을, 그리고 자신의 남은 마디를 분리해서 세상에 던져버린 당신을 이해하고 싶다.

후배가 당신에게서 벗겨 낸 잠옷을 다시 가져온다. 나는 조심스럽게 당신의 옷을 다시 입힌다. 이것이 당신을 위한 마지막 손길이다. 그날 밤에 당신의 얘기를 좀 더 들어주었더라면, 아침에 잠든 당신을 두고 먼저 나오지 않았더라면, 모든 게 내 책임인 것처럼 가슴이 아려온다. 자꾸만 눈물이 흐를 것 같아 후배에게 등을 보이고 눈을 비벼본다. 다시 한 번 당신의 넓은 가슴에 얼굴을 묻고 실컷 울어보고 싶다. 그럴 수만 있다면 살아있다는 것이, 앞으로 살아갈 일이 억울하지 않을 것 같다. 후배가 장갑을 벗어놓고 수도시설로 향한다. 하지만 나는 그 자리에서 꼼짝도 하지 않는다. 당신의 누워있는 얼굴을 처음 마주했을 때처럼 멍하니 서 있다. 후배는 벌써 수도꼭지를 돌려놓고 손을 씻는다.

"무슨 생각을 그렇게 하세요?"

후배가 손을 씻다 말고 나에게 묻는다.

"그냥 좀……."

나는 후배를 똑바로 쳐다보지 못하고 고개를 돌린다. 속마음을 들킨 것처럼 얼굴이 후끈거린다. 후배의 집안은 장의사로 이루어진 집안이다. 장남인 오빠와 그의 부인, 그리고 네 자매가 모두 장의사를 운영하고 있다. 막내인 저 후배까지 장례지도사가 된다면 부모님 빼고는 가족 모두가 장례업에 종사하는 것이다. 한마디로 장의사 패밀리라 할 수 있다. 후배는 나와 같이 있는 동안 우리 오빠의 꿈은 한국의 '앨빈 손즈'라는 말을 자주 했었다. '앨빈 손즈'는 영국에서 3대째 권위와 전통을 자랑하는 장례업체이다.

"무슨 일이든 끝마무리가 중요하잖아요. 그러니까 삶을 마무리해주는 장례업도 중요하다고 생각해요. 오빠의 손에 끌려 억지로 시작한 일이지만, 그리고 아직은 서툴지만, 앞으로 많이 노력할 겁니다."

오늘따라 후배의 모습이 더욱 아름답게 보인다.

후배의 연락을 받은 남자 직원들이 계단을 내려온다. 그들은 이동용 침대를 끌고 가서 당신을 커다란 서랍 속에 다시 넣는다. 나는 천천히 걸음을 옮기다 문득 뒤를 돌아본다. 오늘 내가 해준 메이크업이 마음에 들었을까. 당신은 다시 냉장시설로 들어가 누워있다. 하나씩 빠져나가던 당신의 인생 마디는 완전히 무너져 버렸다. 이제 빠져나가는 마디를 지켜봐야 하는 괴로움도, 벽에 기대앉아 등에 굳은살이 생길 때까지 불러온 판소리도 모두 허공 속으로 흩어져버렸다. 내일이면 당신은 장례절차에 따라 이곳을 떠날 것이다.

당신을 두고 떠나는 발걸음이 너무 무겁다. 다리가 풀려 지상으로 향하는 계단에서 몇 번이고 주저앉고 싶어진다. 하지만 난 여기서 주저앉을 수 없다. 잊으려고 애를 쓰고 있던 연규의 결혼 소식이 떠오르고, 한동안 만나지 못했던 아버지의 얼굴이 견딜 수 없이 그리워진다. 갑자기 두 눈이 시큼해지는가 싶더니 목구멍 깊숙한 곳에서 무언가 울컥 치밀고 올라온다.

"우리 집에서 인간의 시작과 끝이 다 이루어지네. 언니는 산부인과 간호사로 새로운 탄생을 맞이하고, 동생은 마지막 길을 아름답게 단장해주니 말이야."

아버지는 내가 이 일을 처음 시작하던 날 언니와 나를 나란히 앉혀놓고 말했었다. 오늘도 그 말을 들려주실까. 다리는 몹시 무거워졌지만, 마음은 허전하기만 하다. 어찌 된 일인지 속이 텅 비어버려 금방이라도 날아갈 것만 같다. 헬륨가스라도 넣어준다면 고무풍선처럼 창공을 맘껏 날아다닐 것 같은 느낌이다. 계단을 오르는 발걸음이 잠시 비틀거린다. 하지만 옆에 있는 후배는 그런 사실을 알아채지 못한다. 바로 그 순간,

허공에 뿌려놓은 당신의 마디 하나가 나에게로 다가온다. 그리고 빠져나
간 내 삶의 마디를 채워주고 있다.

이종태

동양일보 신인문학상

소설집 『아름다운 추락』, 『벌레』

010-5232-6894, mist558755@hanmail.net

27348 충북 충주시 국원대로 166 임광A 106-203

충북 청소년
소설 문학상

심사평

2015년 당선작 　「울 림」_김소연

당선소감

2016 충북 청소년 소설문학상 공모

심사평

청소년 소설문학상 공모와 시상이 네 돌을 맞았다. 단연 고등학생이 당선작으로 등장할 것이라 예감하였지만 오판이었다. 작년에는 중학생이 고등학생을 제치고 당선자가 되었다.

올해도 고등학생과 중학생의 응모작을 구별할 수 없을 정도로 수준이 향상되었다. 분량에서도 단 한 작품을 제외하고는 단편소설로서의 면모를 갖추었고 소설인지 일기인지 기행문인지 그야말로 연필 가는 데로 줄줄 분량을 채운 수필인지 응모수준에 미치지 못하는 작품이 있기는 하였지만, 올해 작품에서는 확실하게 달라진 면모가 발견되었다. 오락가락하던 소재와 줄거리 전개와 묘사도 작년과는 판이하게 달랐다. 적잖이 놀라면서도 흐뭇한 웃음이 절로 나왔다. 청소년에게 범람하는 인터넷 소설을 흉내 낸 감성과 줄거리와 묘사 모방을 경계하며 응모 소설을 하나하나 읽어나갔다. 당선으로 선정되기에 무리가 없는 소재로 그들의 내면적인 갈등과 심리를 다룬 작품도 있었다. 도무지 무엇을 말하고자 하였는가를 끄집어내기 어렵게 빡빡한 문장을 읽을 때는 거부감과 끝까지 읽어야 하는 의무감으로 망설이기도 했다. 하지만 응모자의 열정을 고려한다면 끝까지 진지하게 읽어주고 심사해주어야 함은 당연함이다.

단편소설의 수준은 소재가 놓인 상황 위에서 새로운 태도와 형식으로 스토리를 재구성하고 국면을 전환시키며 다음 단계로 빠져나가는 참신성과 상상의 힘에 의해 달라진다. 그런 면에서 일부 응모작은 소재가 모호하고 이야기를 반복하다가 끝을 맺는 경우가 있었다. 응모자가 옆에 있다면, 무엇을 쓰고자 함인가 왜 이 작품을 썼는가 하고 묻고 싶은 작품도 있었다. 소설로서 작품성을 인정받기 어렵다는 의미다.

최종심에 오른 「소공녀 탈출기」, 「나약한 양」, 「들꽃」, 「울림」을 심사위원은 면밀히 검토하였다. 「울림」에 주목하기 시작한 것은 긴 시간이 걸리지 않았다. 최종심에 오른 작품 모두가 전년에 비해 결코 낮지 않았으나, 「울림」이 군계일학으로 도드라지게 빛을 발했다.

'조용하고 친해지기 어려운 애'는 '아무것도 알려주지 않은 부모님에게 마음의 문을 단단히 잠근'다. '입을 여는 순간 울렁이는 것을 왈칵 쏟아낼까 봐서 마냥 흐느끼는 엄마의 손을 꼭 잡아주는 것밖에는 아무것도 할 수 없었다', '꼭 나풀나풀 떨어지는 모양새는 손을 흔들며 인사를ㅡ 바닥에 닿을 땐 다섯 손가락이 쫙 펴진 손바닥 두 개가 서로 반기는 듯 ㅡ고개를 떨구었다. 내 낡은 신발코가 보였고, 그 곁엔 무수히 떨어진 낙엽들이 두어 명씩 꼭 안은 채 뒹굴고 있었다' 텔레비전 속 배우가 환하게 웃으면 저절로 미간이 찌푸려지는 주인공은 백설공주 연극에서 난쟁이가 된다. 일곱 난쟁이 중에 두 번째 작은 난쟁이.

'내 행복은 내가 판단하는 거예요' 대사는 네 마디가 전부였다.

소설 전편에 흐르는 어둠과 고립과 외로움의 품으로 희망의 빛이 언뜻언뜻 비치면서 감동을 일깨우는 소설이다.

울 림

단양고등학교 김소연

유치원 때, 나의 꿈은 백설공주였다.

"엄마, 나는 백설공주가 될 거야."

"독 사과 먹고 콱 죽을 일 있어?"

보라색 머리끈으로 내 머리를 양 갈래로 땋아 묶는 엄마의 손길은 어린 나에겐 마냥 거칠었고, 빳빳하게 땋은 머리는 항상 얼얼하고 지끈지끈한 두통을 가져왔다. 머리를 묶어주고는 바로 일어나 자리를 뜨는 엄마가 앉았던 자리를 더듬으면 쥐어지는 큼지막한 거울로 내 얼굴을 비추어보고는 했었다. 거울 저편은 나와 완전히 정 반대의 사람이 사는 곳이라고 했는데. 어렴풋이 밤을 새워가며 쉽사리 잠을 자지 않는 나를 재우려 삼촌이 들려주던 이야기가 생각났다. 삼촌의 이야기는 언제나 내가 주인공이었다. 항상 행복하게 오래오래 살았답니다. 하는 뻔하고 재미없는 결말로 끝이 났지만 그 당시 매일같이 읽던 동화책의 결말은 모두 그와 같았으므로, 나는 내가 마치 책 속의 공주님이라도 된 것 같은 기분이 들었다. 매번 똑같이 끝나는 그 결말을 들으려 잠이 쏟아져도 삼촌이 들려주는 재미없는 이야기를 끝까지 듣고 잠이 들었었다. 그 무렵에 푹 빠져 읽은 동화책이 바로 백설공주였다. 마지막 페이지의 마지막 줄은 역시 내가 생각했던 문장이었다.

초등학교 5학년. 우리 반에선 학예회에 반 전체가 연극으로 참여하기로 했었다. 서로 자기가 주인공을 맡겠다며 다투는 두 여자아이의 사이로 감히 입을 열 수 없었다. 그저 창밖으로 시선을 돌려 따가운 햇볕에

스멀스멀 일렁이는 아지랑이를 멀거니 바라보다 눈을 내리깔았을 뿐이
었다. 우리 반은 다 친해요!'라고 외치는 한 아이의 뒤로 목소리 큰 몇몇
이 동조하며 웃는 것에 저절로 나오려는 비웃음을 삼켰다. 진짜로 다 친
한 줄 아는 걸까. 목구멍으로 따가운 것이 넘어갔다. 입안이 텁텁했다.
급기야 한 아이가 울음을 터뜨렸다. 들리는 소문엔 집이 꽤 잘살아 남부
럽지 않게 자랐다고 하던 아이였다. 그런 자신이 백설공주가 되지 못하
여 울음을 터뜨린 것이었다. 알림장을 덮고 연필을 필통에 집어넣었다.
그때부터도 잘 알고 있었다. 난 주인공은 되지 못한다는 걸.

"엄마, 나는 왜 이렇게 불행해?"

"뭐?"

밥을 먹다 말고 충동적으로 내뱉은 말에, 엄마의 날카로운 목소리가
급히 숙인 내 정수리를 때렸다. 그대로 수저를 내려놓고 방으로 들어가
문을 닫았다. 입맛이 없었다. 부엌부터 내 방까지의 거리가 꽤 됨에도 자
리에서 일어나 방으로 걸어가는 동안 밥상에선 엄마의 단 한마디를 끝
으로 긴 침묵이 이어졌다.

"당신 애 앞에서 무슨 말을 했기에 저런 소리가 나와!"

"왜 내 탓으로 돌려? 그냥 자기 혼자 텔레비전 보다가 배웠겠지. 아니
면 당신이 말한 거 아냐?"

문을 닫자마자 고요했던 거실에서부터 시끌시끌한 소리가 무더기로
방문을 때렸다. 한밤중 창문을 때려대는 빗방울처럼. 투둑. 투두둑. 귀
를 막고 싶었다.

"너 그런 말 한 번만 더 밥 먹다가 해봐. 상 엎을 수도 있어."

문밖으로 엄마의 작게 흐느끼는 소리가 들렸다. 그 소리가 새어 들어
올까 나는 아빠가 방에서 나서자마자 방문을 걸어 잠갔다. 나는 초등학
생이었다. 불행이라는 단어가 어째서 엄마를 슬프게 하고 아빠를 화나

게 하는 걸까. 방문을 잠갔다. 아무것도 알려주지 않는 부모님에게 마음의 문을 단단히 잠근 것도, 그 시점이었다.

"행복하다고 생각해야지."

"행복하지 않은데 어떻게 그래?"

"……넌 대체 뭐가 그렇게 마음에 안 들어?"

엄마가 울었다. 소리로만 들어왔던 흐느낌이 왈칵 파도처럼 덮쳐와 가슴 속에 무언가를 울렁거리게 했다. 나는 무릎 위에 가만히 포개어놓은 손을 꼼지락대며 입술을 달싹거렸다. 입을 여는 순간 울렁이는 것을 쏟아낼까 봐서 마냥 흐느끼는 엄마의 손을 꼭 잡아주는 것밖에는 아무것도 할 수 없었다.

왜 행복하지 않다고 생각하면 안 되는 것인지, 그때 그저 침묵으로 일관했던 까닭은 엄마의 말을 알아들었음이 아니라, 알아듣지 못하였지만 흐느끼는 엄마의 앞에서 굳이 입을 열 필요를 느끼지 못했기 때문이었다. 대체 뭐가 마음에 안 들었던 걸까.

문득 중학교 1학년 때 제비뽑기를 해서 짝이 된 친구가 선생님에게 울먹이며 자리를 바꿔달라고 떼를 쓰던 일이 떠올랐다. 애써 아무렇지 않은 척했지만 나는 가만히 있다가 봉변을 당한 꼴이었다. 나에게도 한 사람만 너 왜 가만히 있었어? 하고 다그쳐줄 사람이 있었으면 좋겠다고 생각했다. 다 털어놓을 수 있는데. 학년이 올라가며 큰 학교이다 보니 새로운 얼굴들을 매년 만나게 되었지만 그래도 그 중엔 없었다. 남들 눈에 내가 어떻게 보이는지 안다. 조용하고 친해지기 어려운 애. 굳이 나서서 그 인식을 바꾸고 싶지 않았다. 그들도 굳이 나서서 나에 대해 알고 싶어 하지 않는다.

어느새 겨울이 다가올 채비를 마친 것 같았다. 그럼에도 나풀거리며 내리는 것은 눈이 아닌 여전히 낙엽이었다. 한산한 등굣길은 밟는 곳마다 바스락거렸다. 마치 이미 땅에 몸을 뉘인 낙엽이 곧 제 위로 떨어질 또 다른 낙엽들을 나약한 목소리로 부르고 있는 듯이. 꼭 나풀나풀 떨어지는 모양새는 손을 흔들며 인사를 나누는 듯했고, 겨우 바닥에 닿을 땐 다섯 손가락이 쫙 펴진 손바닥 두 개가 맞부딪히며 서로를 반기는 듯했다. 회색 하늘이 꽤나 높았다. 잠시 시선을 옮겨 하늘을 올려다보다 눈을 찌르는 찬바람에 재빨리 고개를 숙였다. 내 낡은 신발코가 보였고, 그 곁엔 무수히 떨어진 낙엽들이 두어 명씩 꼭 안은 채 뒹굴고 있었다.

"윤소람입니다. 제가 기억력이 안 좋아서 이름을 다 못 외울 수도 있어요. 그래도 잘 부탁합니다!"

여느 때와 같이 책상에 마냥 엎드려 있다 평소보다 조금 빨리 들어오신 담임선생님의 기척에 고개만 들어 교탁을 바라보았다. 쾌활한 웃음소리. 윤소람은 서울에서 전학을 왔다며 자신을 소개했다. 어디까지나 나와는 상관없는 이야기였다. 그래도 새로운 얼굴이 올 때마다 은근히 들뜨는 것은 어쩔 수가 없었다. 혹여나 이 많은 아이들 중에 내가 눈에 띄어 친해지자 말을 걸 수도 있을 것 같아서. 그럴 리는 없겠지만, 자꾸만 기대를 하게 되는 것은 정말이지 어쩔 수가 없었다.

"안녕? 지희야."

윤소람은 비워져 있던 내 옆자리에 앉으며 내 이름을 불렀다. 출석을 부를 때마다 몇 번이고 들어왔던 이름인데도 새삼스레 가슴이 빠르게 뛰어왔다. 작은 북 여러 개가 난잡하게 두드려지는 것 같았다.

"응⋯⋯. 안녕."

"응? 뭐라고?"

이럴 줄 알았다. 지금까지 나와 대화를 나누어 본 몇 안 되는 사람들 중에 내 목소리가 작아 잘 알아듣기 힘들다며 얼른 대화를 끝내버리는 사람들이 대다수였다. 뭐라고? 라며 되묻는 사람들에게 방금 한 말을 목소리를 더 높여서 반복하기란 여간 힘든 일이 아니었다. 그마저도 못 알아들으면 더 높여야 했으니.

"미안해. 내 귀가 안 좋은가 봐."

"어…… 아냐."

내 목소리가 작은 거야. 라고 덧붙이고 싶던 것을 참았다. 그 말도 듣지 못할까 봐.

평소처럼 남들보다 조금 일찍 하교하던 길. 오늘따라 주위를 자꾸만 돌아보게 되었다. 아마 전학생과의 대화 때문인지 나는 묘하게 들떠있었다. 하늘색은 더 진한 주황색이었다. 좀 더 멀리 바라보니 몇 년 동안 걸었던 집으로 돌아가는 길인데도 찬찬히 둘러보자니 낯선 풍경이 몇 보였다. 내가 너무 평소에 고개를 숙이고 걸었나. 걸을수록 펼쳐지는 색다른 풍경에 하마터면 빙 돌아갈 뻔했다.

온통 주황빛으로 물든 밖과는 달리 집 안은 불빛 하나 새어나오지 않는 캄캄한 어둠으로 물들어 있었다. 불도 켜지 않은 채 가만히 소파에 앉아 잠을 청하던 아빠를 흔들어 깨웠다. 식탁 위에 어지럽게 널브러진 맥주 캔들을 내가 치우고픈 마음은 손톱만큼도 없었다.

"술 좀 그만 마시면 안 돼?"

"다 너랑 네 엄마 때문에 마시는 거 아니겠어?"

아무리 생각해도 이해가 가지 않았다. 엄마랑은 싸우는 모습을 몇 번 보았으니, 그렇다 넘어갈 수는 있었다. 그런데 나는 뭘 잘못했더라. 급격히 찾아든 어지러움에 식탁을 한 손으로 짚었다.

"자식이라곤 하나 있는 게 뭐 할 줄 아는 것도 없지."

고스란히 듣고 있을 것을 알면서도 늘어놓는 푸념은 너무나 지독했다. 애써 못 들은 척하며 맥주 캔들을 주워들었다. 살짝 힘을 주어도 금세 찌그러지는 맥주 캔처럼 나도 아무 말 안 하고 있지만 그런 말 한마디에 상처를 받는다는 걸 알아줬으면 좋으련만. 소파 쪽에 엎어져 있는 쓰레기통을 세우고 맥주 캔들을 한꺼번에 버렸다. 텔레비전에서는 때마침 한 배우의 인터뷰가 나오고 있었다. 화려한 배우는 웃는 얼굴도 예뻤다. 리포터의 농담 섞인 질문에 그 배우가 환하게 웃으면, 저절로 내 미간은 찌푸려졌다. 늦은 저녁 시간. 서서히 더 짙은 어둠이 살짝 열어놓은 창문 사이로 얼굴을 내밀고 몸을 비집고 들어올 즈음이었다. 텔레비전에서 흘러나오는 환한 빛과 함께 웃음소리가 좁은 거실을 메우고 있었고, 나는 창문을 닫으려 창가로 이동했다. 창문에 비친 내 얼굴엔 피곤함이 덕지덕지 붙어 있었다. 휴우- 길게 내쉰 한숨이 창문에 붙었다가 사라졌다.

"저렇게 잘하는 거 하고 살면 좋잖아."

"……"

"답답하긴."

창문을 닫았다. 조금 세게. 잠시 시선을 바닥으로 옮겼다가 다시 올리니, 창 속으로 보이는 소파는 어느새 비워져 있었다. 조금 멀리서 문을 닫는 소리가 났다. 그제야 뒤를 돌아 소파에 쓰러지듯 누웠다.

"지희야!"

"어?"

"왜 이렇게 늦게 왔어. 내가 얼마나 기다렸는데!"

또 말문이 막혀버렸다. 윤소람은 자연스럽게 여태껏 비워져 있던 내 옆자리에 앉아서 의자를 뒤로 빼 주기까지 하며 싱글벙글 웃고 있었다. 대충 어색하게 마주 웃어주며 자리에 앉았다.

"맞다. 휴대폰 번호 알려줘. 없는 건 아니지?"

"……왜?"

"친구니까."

친구라는 말은 의심스러웠다. 얼떨결에 번호를 교환하자마자 수업종이 울렸다. 나는 윤소람이 곧 나와 번호를 교환했다는 사실조차 잊을 것이라 생각했다.

"오늘은 책은 필요 없고. 각자 원하는 진로 이 종이에 적도록."

지겹다는 투정이 이어졌고, 나는 묵묵히 반장이 나눠주는 종이를 받아들었다. 새하얀 백지를 가만히 들여다보다 연필로 몇 자 적다 다시 지우고 흩뿌려진 지우개가루들을 손으로 가지고 놀았다. 그러다 벽에 붙은 시계로 눈을 돌리니, 아직 수업이 끝나려면 40분이나 남았다는 사실에 한숨이 절로 나왔다. 긴 한숨을 따라 지우개가루들이 책상 밖으로 떨어져 나갔다.

"아무것도 되고 싶은 게 없어?"

"……있는데, 안 쓸래."

"왜?"

"나한텐 전혀 안 어울리니까 비웃음당할 거야."

"안 어울리는지 어떻게 알아?"

정확한 꿈이라기엔 모호한 희망이었고, 진로라기엔 그 희망마저도 한없이 초라했다. 괜스레 신경질이 나 연필로 의미 없는 낙서들을 그리다 또다시 지워버린 자국 위로 어젯밤 텔레비전에서 환하게 웃던 여배우의 얼굴이 떠올랐다.

"왜 남들이 비웃을 걸 신경 써?"

"그냥 그렇게 되더라……."

생각보다 빨리 나온 내 대답에 적잖이 당황했는지 윤소람은 눈썹을 찡그리며 나를 골똘히 들여다보고 있었다.

"나는, 안 비웃을게."

"뭐?"

"진짜야. 아니면 나한테만 문자로 알려줘."

왜 그래야 하느냐고 묻고 싶었다. 아까 전화번호를 물어보았을 때와 같은 의심 섞인 물음이었다. 그러나 내가 그 물음을 입 밖에 내기도 전에 윤소람이 먼저 입을 열었다.

"친구니까."

"……."

"혹시 알아. 너한테 어울릴지."

괜히 남 시선 신경 써서 기죽지 마. 하고 싶은 건 해야지. 잔뜩 희망 섞인 말을 들어도 내 생각은 달라지지 않았다. 독 사과를 먹고 죽을 일 있냐는 엄마의 말을 듣고 나서는 꿈을 상상해보면서도 혹시나 그 꿈이 만화에서나 보던 말풍선으로 엄마에게 다 보일까 손을 머리 위로 올려 휘휘 젓는 바보 같은 일을 했던 것이, 아직도 가끔 버릇처럼 나왔다. 애초에 저런 말을 듣는다고 단숨에 마음이 바뀌는 사람이 얼마나 있을까. 결국, 반장이 한 명씩 종이를 걷을 때 나는 백지로 내는 수밖에 없었다. 쓰다 지운 자국만 가득한 종이를 받아 든 반장의 표정이 잠시 일그러졌다고 생각했다. 마음이 무거워졌다.

"지희. 밥 안 먹어?"

"학원 때문에……."

"그래? 그럼 나중에 같이 먹자. 아, 문자 꼭 하고!"

늦은 밤 시간까지 학교에 묶여있는 것이 싫어 석식도 거른 채 학교를 빠져나오는 게 오늘로 이 주째였다. 나는 천천히 고개를 끄덕이고 교실 뒷문에 서서 윤소람을 기다리는 아이들을 잠시 바라보다 계단을 내려갔다. 가뜩이나 무거워져 있던 마음에 발걸음마저 무거워져 한 걸음 내디딜 때마다 지쳐갔다. 집으로 돌아와 세수를 하고 거울을 쳐다보아도 이미 무거워진 것은 쉽게 씻겨 나가지가 않았다. 한숨을 내쉬고 덜 마른 수건으로 얼굴을 문지르며 방으로 향했다. 텔레비전을 보면서도 나를 흘긋 거리는 아빠의 시선이 느껴졌다. 그 시선을 무시하며 방문을 열었다. 쾅! 결코, 세게 닫으려던 것은 아니었는데 너무 크게 울린 소리에 문을 닫고도 놀라 재빨리 문고리에서 손을 놓았다. 교복을 벗어 침대 위로 던져버리고 그 위에 누웠다. 눈꺼풀을 두어 번 깜빡이다 보니 벌써 졸음이 밀려왔다.

딩동. 낯선 알림 음이 적막했던 방 안을 청량하게 울렸다. 한동안 몽롱했던 정신이 일순간에 돌아왔다. 아무렇게나 던져놓았던 휴대폰에서 미약한 불빛이 반짝이고 있었다. 몇 시간을 잔 것인지. 졸음이 다 가시지 않은 눈을 꾹 감았다 뜨며 휴대폰을 손에 쥐었다. 학교 끝났어! 짤막한 문장 뒤에 붙은 느낌표가 윤소람의 쾌활한 말투를 꼭 닮아 있어서 웃음이 나왔다. 나도 지금 학원 끝났어. 답장을 보내자마자 문자가 도착했음을 알리는 파란 불이 깜빡였다.

[말해 줄 수 있어?]

조금 주저했다. 원래 꿨던 꿈을 그대로 기억에 두고 깨는 편이 아니었지만, 방금 꿨던 꿈속 사방에선 나를 비웃는 소리만 들려왔다. 귀를 두 손으로 막아 보았지만, 현실에서도 소용없던 것이 꿈이라고 아예 막아질 리가 없었다. 망연자실해선 그대로 주저앉은 나를 막아주던 것은 윤소람이었다.

[배우.]

전송 버튼이 눈앞에 보이자 문득 망설여져 입술을 깨물었다. 그래도 잘 꾸지도 않던 꿈에서 홀로 내 편에 서 주던 사람이었던 건, 그만한 이유가 있었겠지 싶었다. 나는 꿈속에서조차 아무것도 할 수 없었던 것에 금세 침울해져 휴대폰을 던져버렸다. 방금 전엔 문자를 보내자마자 바로 답이 왔었으면서 뭘 주저하기에 이렇게 오래도록 답장이 없을까. 오 분 동안을 이불에 얼굴을 파묻고 기다렸다. 오 분이 너무나 길게 느껴졌다. 문득 교실 문을 열고 나오며 보았던 윤소람의 친구들을 떠올리고 이불 속으로 더욱 얼굴을 묻었다. 나는 뭘 기대한 걸까.

답장은 오지 않았다. 방 안으로 스며든 밤 공기가 나를 재우려 손짓하는 것 같았다. 그만큼 졸음이 밀려올 때까지 휴대폰을 바라보았다. 여전히 파란 빛 한번 깜빡이지 않았다.

다음 날 아침이 되었어도 여전했다. 사실 주말이다 보니 조금 늦게 일어나 점심이 다 되어가는 시간이었다. 처음으로 눈이 떠지자마자 휴대폰을 확인했지만 여전한 것에 실망감이 들었다. 오래 잔 탓에 뻐근한 어깨를 주무르며 거실로 나왔다. 언제나처럼 한 마디도 오가지 않는 식탁엔 세 사람이나 앉아 있는 것이 무색하게도 침묵이 이어졌다. 달그락거리는 소리와 물을 따르는 소리 외엔 정적이었다. 딩동. 혹시나 해서 부엌까지 들고 나왔던 휴대폰에서 반가운 소리가 들렸다. 그 소리를 따라 부모님의 시선이 내게로 향했다.

[나랑 같이 연극 보러 가자.]

연극이라, 초등학생 때 내 역할은 그저 잠시 우두커니 서 있는 일이 전부였던 백설공주 이후로 연극은 처음이었다. 밥그릇을 싱크대에 밀어넣고 서둘러 방으로 뛰어가 준비를 마쳤다. 현관문을 열기 직전 어디로 가면 되냐고 답장을 보낸 뒤 신발 끈을 고쳐 매었다. 방금 전까지 수만 가지 생각으로 복잡하던 머릿속은 어느새 들떠오는 기분에 뒷전으로 둔 지 오래였다.

아빠는 물론 엄마도 잘 다녀오라는 말은 하지 않았다. 익숙했다.

"내가 연극 되게 좋아하는데 때마침 잘 됐지 뭐야."

"……어제 문자 봤어?"

"당연하지. 일단 난 네가 잘할 수 있을 거라고 생각해."

이 말은 직접 만나서 해주고 싶었다고 했다. 나는 의기소침한 나를 기분 좋게 해주려는 거짓말이라는 걸 알고 있었다. 그저 어색하게 웃었다.

연극이 시작하기 직전 불 꺼진 무대를 바라보았다. 아무 소리도 들리지 않았고 여태껏 옆에서 떠들던 윤소람마저도 조용했다. 온전히 모든 불이 다 꺼지고 숨소리는 물론 침을 삼키는 것도 신경에 거슬릴까 고민될 정도로 장내는 고요했다. 작은 불빛이 켜졌을 때 오로지 그 불빛에 온 정신이 빨려 들어가는 느낌이었다. 어디까지나 내게는 색다른 경험이었다. 작고 보잘것없는 내 방에 누워 상상하던 것처럼 한 배우가 그 불빛 아래에 섰다. 연극을 보는 내내 가장 처음에 등장하였던 그 배우에게서 눈을 떼지 못했다. 내 상상은 좁은 방 안에서 금세 쪼그라들었지만, 이 넓은 공간에서 잔뜩 부풀려져 찬란하게 펼쳐지는 듯했다. 잠시였지만, 꿈을 꾸는 것 같았다.

"가장 처음에 등장했던 배우 기억나? 주연도 아니고 대사도 별로 없었는데 난 아직도 기억나."

"왜?"

"연기하는 게 행복해 보였어. 넌 안 그랬어?"

작게 고개를 끄덕였다. 왜 나한테 보여주고 싶었냐고 묻는다면 윤소람은 당연하다는 듯이 친구니까. 라고 답할 것이 뻔했다. 누더기를 걸친 배우가 모닥불을 쬐며 작게 읊조렸던 음성은 내게 웅장하게 다가와 여태껏 귓가를 맴돌고 있었다. 왜 내 행복을 남들이 판단하는 거죠? 두 볼에 길게 내린 눈물길이 선명히 보이는 듯한 착각을 불러일으킬 만하게 울음을 간신히 억누른 목소리였다. 그 장면에선 나도 모르게 숨을 죽였다. 마치 내가 저 무대 위에 서서 연기를 하는 배우를 통해 실제 그 인물이 된 것 같았다. 대사가 몇 없던 그 배우의 찰나의 장악력은 여전히 되새기려면 온몸에 전율이 일었다. 온갖 희망찬 말보다 확연하게 내게 일깨워 준 것이 많았다. 단숨에 마음이 바뀐 것은 아니었지만, 조금씩 동요하고 있었다. 심장이 뛰는 소리마저도 웅장하게 들렸다.

갈림길에서 윤소람과 헤어지고 집으로 돌아왔다. 잘 다녀왔다는 말은 하지 않았다. 익숙할 것이다.

기말고사를 쳤다. 공부를 그다지 잘하는 편은 아니었다. 성적표가 나와도 스스로에게 조금 실망을 하고 다음엔 더 잘 쳐야지. 하고 생각하면 그만이었다. 아직도 담임선생님께는 꿈이 없다고 거짓말을 했다. 현실을 직시해야 할 시기에 내 꿈은 너무나 철이 없다며 혀를 찰 것이라고 생각했다.

"엄마, 내가 어렸을 때 백설공주 되고 싶다고 했었잖아."

"백설공주? 미안. 지희야. 집 가서 얘기하자. 엄마 바빠."

집은 언제 오는데? 묻기도 전에 전화가 끊겼다. 수화기를 내려놓았다. 아직도 내가 불행하다 생각하는 것은 변함이 없었다. 그럼에도 예전 그 발언은 한낱 철없을 적에 내뱉은 말인 것처럼 아무 말 하고 있지 않았던 것은 그저 다시는 엄마의 눈물을 보기 싫었을 뿐이었다.

'대체 뭐가 그렇게 마음에 안 들어?'

나는 내가 마음에 안 들어. 고개를 들어 벽에 붙은 거울을 바라보았다. 이 저편에서 나는 행복할까.

"축제 때 반별로 뭐 하나씩은 꼭 해야 하거든? 귀찮다 하지 말고 아무거나 말해 봐."

"그냥 다른 반처럼 춤출까?"

"난 춤 안 춰."

학교 창문에 기대어 회색빛의 우중충한 하늘을 마냥 바라보다 점차 거세게 퍼부어지는 장대비에 놀란 눈을 하고 있을 때, 같은 반의 학생들은 자신들이 마치 빗방울 중 하나라도 되는 것처럼 어수선하게 떠들어대기 바빴다. 반장이 떠들지 말라는 듯이 교탁을 세게 내리쳤다. 곧이어 야유가 퍼부어졌다. 줄기차게 내리는 비처럼 여러 목소리가 섞인 소음들도 끊임없이 내렸다.

"우리 그냥 연극 한 번 해보는 게 어때?"

"연극? 어차피 주인공 말고는 잘 보이지도 않잖아."

"그래도, 주인공만 나오는 연극을 누가 보고 싶겠어?"

어느새 다들 윤소람의 말에 귀를 기울이고 있었다. 빗소리마저도 점차 고요히 내렸다. 나는 바로 옆자리에서 당당히 모든 시선들을 받아내고 있는 윤소람에게로 한 시선을 더했다. 윤소람은 꿋꿋했다. 반장은 잠시 고민하다 곧 다수결로 결정하겠다며 연극을 하고 싶은 사람은 손을 들으라고 했다. 나는 눈치를 보다 생각보다 손을 든 사람들이 많자 뒤늦게 손을 들었다. 나는 초등학생 때처럼 그냥 주는 역을 받기만 하면 되었다. 그저 우두커니 서 있거나 스쳐 지나기만 하면 되었다. 이 중 어떠한 학생도 내게 별다른 기대를 하고 있을 리가 없었다. 야자가 없어 일찍 끝나는 날이라 종이 치자마자 여기저기서 환호성이 터졌다. 나는 윤소람의 차를 얻어 탔다. 도란도란 이야기를 나누는 부녀를 쳐다보다 빠르게 지나가는 차창 밖의 풍경으로 시선을 던져버렸다.

"생각 있어?"

"뭐가?"

"연극 말이야."

"글쎄……."

"하고 싶은 역할 있으면 바로바로 하고 싶다고 말해. 공주님이신데."

어릴 적 꿈은 백설공주고 말한 이후로 윤소람은 여태까지 공주님이라며 간간이 나를 놀리고 있었다. 윤소람과는 연극을 보고 온 날 이후로 급격히 친해졌다. 친구니까. 라고 버릇처럼 하는 말에 대한 의심을 거두고 나니 진심이 보였고 그간 거짓말일 것이라 판단하였던 것이 미안해졌다.

"아무튼, 열심히 해봐."

주인공이 되고 싶었던 꿈은 접었다. 어떤 역할이 내게 주어지더라도 그 역할을 위해 어떻게든 최선을 다할 것이라고 마음이 바뀌었다. 주인공이 아니더라도 관객의 기억에 선명히 남을 수 있다는 것. 아직까지도 빗줄기 사이를 헤치고 귓가를 두드리는 모닥불을 쬐던 배우의 한 마디. 왜 내 행복을 남들이 판단하는 거죠? 나는 나에게 물었다. 그래도 여전히 남들의 시선이 무서웠기에 나는 자신 있게 답을 내지 못했다. 어느새 윤소람은 앞자리에서 운전하는 아빠에게 말을 걸며 웃고 있었다. 윤소람의 아빠는 윤소람에게 웃어주었다. 아빠가 나에게 웃어주는 것은 상상조차 할 수 없었다. 나를 무시하는 듯한 무표정이 익숙했다. 이미 너무나 익숙해져 있었다. 집이 점점 가까워졌다. 창밖으로 던져놓았던 시선을 거두었다. 아직도 비는 내리고 있었다. 내가 집 안에 들어서야 멎을 것 같았다.

"내 목소리 들려?"

"엄청 잘 들려."

"나는 잘 안 들려. 부모님 다 주무셔?"

아직 엄마는 퇴근하지 않으셨다. 아빠는 소파에 누워 눈을 감고 계셨다. 방금 전, 물을 마시러 나왔다가 잠깐 눈을 뜬 아빠와 눈이 마주쳤다. 애초에 잠을 자고 있던 것은 아닌 듯했다. 나랑은 눈을 맞추기도 싫다는 고집을 피우고 계신 것 같았다. 차가운 냉수가 마른 목구멍을 빠르게 넘어갔다. 힘겹게 삼켜내었다. 아빠는 다시 자는 척을 하고 계셨다.

"아빠……, 우리 반…… 축제……."

띄엄띄엄 힘겹게 말하다 뒷말을 쓴 약을 삼키듯 억지로 목구멍 속으로 밀어 넣었다. 아랫입술을 깨물고서 입 밖에 낼 뻔한 말을 속에서 삭이려 애를 쓰는 내 우스꽝스러운 모습을 실눈을 뜨고 보고 있을 것이면서도 아빠는 기어코 자는 척을 했다. 왜 그런 고집을 피우시는 건지. 아마 변하고 싶은 것은 나뿐이라 생각되었다. 그렇기에 쉽게 말을 꺼낼 수가 없었다. 다정한 부녀처럼 대화하는 내내 웃음꽃을 피울 수가 없었다. 그 씨앗마저 제대로 심을 자신이 없었다.

윤소람에게서 걸려온 전화를 받으니 대뜸 목소리가 잘 들리냐고 물어왔다. 나는 여보세요. 따위의 형식적인 인사말을 하려 입을 열던 것을 다물었다.

"다 주무셔."

"있지. 나는 연극 대본 쓸 거야. 예전부터 하고 싶었어."

"그래서 연극 보러 다닌 거야?"

"아니. 원래 좋아했는데 갑자기 나도 한번 만들어보고 싶더라. 내가 만든 연극에서 열심히 연기해주는 배우가 있다면 얼마나 뿌듯할까 싶고……. 그러니까 그렇게 열심히 해줄 거지?"

왜 특별히 내게 그런 것을 바라느냐고 묻고 싶었다. 답은 뻔할 것을 알고 있으면서도.

나는 헛기침을 했다. 수화기 너머에서 윤소람은 내 대답을 기다리고 있었다.

"그래. 친구니까."

축제 준비는 일사천리로 진행되었다. 그중 대부분은 엎드려 있었지만 자주 나를 흔들어 깨우는 윤소람에게서 들을 수 있었다. 윤소람은 들떠 있었다. 나도 조금은 들떴다. 연기가 하고 싶었다.

배역을 정하는 날. 나는 자연스럽게 엎드려 있었다. 추워진 날씨 탓인지 잠은 오지 않았다. 다른 생각도 품지 않았다. 멍해져 있을 수도 없었다. 나 말고도 추위를 호소하는 학생들이 더 있었다. 나는 조용히 춥다고만 읊조렸다. 그 음성을 어떻게 들은 건지 윤소람은 많이 춥냐는 말을 반복하며 내 어깨를 잡아 세웠다. 그 손길에 엎드렸던 몸을 일으킬 수밖에 없었던 나는 배역을 정하던 반장과 눈이 마주쳤고 눈살을 찌푸렸다.

"한지희. 너는 뭐 하고 싶어?"

"지희는 튀는 거 별로 안 좋아해. 그냥 무대 소품 꾸미라고 하자."

"하긴, 한지희 너 딱히 할 만한 것도 없지?"

"잠깐. 왜 니들끼리 결정해? 지희야, 너 빨리 하고 싶은 거 말해."

윤소람의 다급한 목소리가 이어졌다. 거북한 시선들이 내 주위를 배회했다. 여전히 다들 내게 별다른 기대 따위는 없었다. 그러니 하고 싶은 것이 있어도 잠자코 있어야 했다. 시선을 내렸다. 주위를 배회하던 시선들이 지희야. 한 마디에 그대로 내 팔이며 옆구리를 찔렀다. 거북했다. 나는 여기서 무슨 말을 해야 할까.

"빨리. 아무도 안 비웃어."

글쎄, 나는 겁이 났다. 아무 말도 하지 않고 있는 것이 남들을 위해 좋을 것 같았다.

수업이 끝났음을 알리는 종이 울렸다. 나는 고개를 수그린 내 정수리에 그대로 박히는 윤소람의 눈빛 때문에 쉽게 고개를 들 수가 없었다.

"우리 백설공주 할 거야. 내가 왜 백설공주로 하고 싶었는지 알아?"

실망 어린 목소리였다. 날 위해 백설공주를 택한 것임을 알고 있었다. 왜인지 아냐고 묻는다면 당연하게 답해줄 수 있었다. 우린 친구니까. 그러나 나는 자신이 없었다. 나를 위한 것보다 그저 평소처럼 묻어가는 것이 편했다. 우리 반은 다 친해요. 그 말에 딱히 동조도, 반박도 하지 않으며 속으로만 비웃고 마는 것이 내 위치였다. 나는 겁이 났다.

"남들 시선 신경 쓰지 마. 꼭 백설공주가 아니어도 되잖아. 처음부터 주인공인 사람은 없어. 너 연기하고 싶지 않아?"

흔들리는 음성이 잔잔하게 울렸다. 나는 나에게 다시 묻는다. 왜 내 행복을 남들이 판단하는 거죠? 나는 입술을 달싹였다.

난쟁이가 되었다. 한 번 더 배역을 정하던 날 나는 손을 들고 내 이름을 말했다. 숨을 몰아쉬었다. 그동안 내쉬지 못했던 숨이었다. 그제야 숨이 트였다. 여태껏 나에게 별다른 기대가 없었던 사람은 나 하나뿐이었던 것 같았다. 윤소람의 말이 맞았다. 남들 시선은 신경 쓸 필요가 없었다. 생각보다 그들은 나에게 그리 많은 신경을 쓰지 않는다. 중요한 건 나를 보는 나의 시선이었다.

“부모님한테 연극하는 건 말씀 드렸어? 이제 며칠 안 남았잖아.”

“부모님 안 오셔도 괜찮아. 엄마는 바쁘거든.”

“아빠는?”

아빠는 바쁘지 않다. 어제도 식탁 위에 널브러져 있던 맥주 캔들을 치웠다. 항상 개수는 같았다. 어제는 한 개 더 많았던 것 같기도 했다. 평소보다 한 개를 더 마신 이유가 궁금하지는 않았지만 나 때문일 것 같았다. 아빠는 나 때문에 술을 마셨다. 그런 아빠에게 감히 연극을 보러 와 달라는 말을 할 수 없었다. 더불어 나의 꿈에 대해서도 입을 열 생각이 없었다.

“아빠도. 괜찮아. 나는 익숙해.”

“익숙하다고 다 괜찮은 건 아닌데.”

주말에는 마치 약속이라도 한 것처럼 세 명이서 한 식탁에 둘러앉아 말없이 밥을 먹는 것이 익숙했고, 마냥 침대에 누워 있다 늦게 퇴근하시는 엄마가 현관문을 여는 소리가 들려서야 잠을 청하는 것이 익숙했고, 소파에 누워 계시는 아빠 대신 맥주 캔을 치우는 일이 익숙했다. 서로 관심을 두지 않는 것이 익숙했다. 익숙하다고 다 괜찮은 건 아닌데. 대답 대신 쓸쓸하게 웃었다. 휴대폰 너머로 윤소람에게 늦었으니 이만 자라고 이르는 목소리가 아득하게 들렸다. 잘 자라는 말을 끝으로 끊긴 전화가 아쉬워 한동안 휴대폰을 귀에서 떼지 못하다가 불을 끄고 누웠다. 잠이 쏟아져도 현관문 소리를 들으려 귀를 세웠다. 엄마는 평소보다 조금 늦게 퇴근하셨다. 그래서 나는 평소보다 조금 늦게 잤다.

"어제 오다가 수진이 엄마 만났는데, 너 다음 주에 축제라며?"

"……아마도 그럴걸."

"이번에도 뭐 참여 안 하나 보네. 그래도 관심이라도 가져보지그래."

관심은 아주 많이 가지고 있었다. 나는 어깨를 으쓱했다. 이번에도 축제와는 완전히 무관한 사람처럼 모른다는 표정을 지으며 밥을 입안으로 욱여넣었다.

"수진이는 백설공주 한다는데 정말 넌 아무것도 안 해?"

나는 난쟁이였다. 일곱 난쟁이 중 키가 두 번째로 작은 난쟁이. 대사는 네 마디가 전부였다. 밥을 급하게 욱여넣다. 목이 막혔다. 엄마가 내미는 물을 받아 마셨다. 언제나 우리 집 물은 이가 시릴 정도로 차가웠다. 단숨에 한 컵을 비우자 다시 익숙한 적막이 감돌았다. 익숙하다고 다 괜찮은 것은 아니었다.

"나도 참여해. 내가 하고 싶다고 했어."

아빠를 똑바로 쳐다보며 가슴 깊은 곳에서 끌어올린 말을 힘을 실어 내뱉었다. 침을 삼켰다. 또다시 억눌렀던 것이 밀려 올라왔다.

"엄마, 아빠. 나는 배우가 되고 싶어요."

텔레비전에 나오는 화려한 배우를 보고서 아빠는 저렇게 잘하는 거 하고 살면 얼마나 좋으냐고 하셨다. 내게 답을 바란 말은 아니었다. 질문이 아니라 혼잣말이었다. 그 말에 나는 손안에 든 맥주 캔처럼 구겨졌다. 아직도 여기저기 구겨졌던 자국이 선명한 나를 최대한 빳빳이 펴고 시선을 맞추었다. 나는 당당히 내 행복은 다른 사람이 판단하는 것이 아니라고 말할 수 있었다. 연기하는 것이 행복하다고 말할 수 있었다. 내 진심이었다. 나도 모르게 존댓말을 썼다. 그만큼 나는 더 이상 어리지 않고 많이 바뀌었다는 것이 전해지게 하고 싶었다.

"진심이야?"

고개를 끄덕였다. 천천히.

"……."

아무도 입을 열지 않았다. 익숙했다.

"지희. 부모님 오신다고 하셨어?"

"아니. 우리 부모님 바쁘시잖아."

무대 뒤편에서 옷을 갈아입었다. 지난주, 엄마는 평소처럼 늦게 현관문을 열고 들어오셨다. 바로 안방으로 향할 줄 알았던 엄마의 발소리가 가깝게 들렸다. 눈을 떴다. 지희야. 고단함이 묻어나는 음성이 굳게 닫힌 방문을 조심스럽게 두드렸다. 졸음이 달아났다. 좁은 방 안에서도 밤 공기는 피어오르고 이불을 꼭 쥔 손안으로 엄마의 고단함이 스며들어왔다. 지희야. 나직한 목소리가 한 번 더 문을 두드렸다. 손에 힘을 주었다. 축제 꼭 갈게. 눈을 감았다. 더 이상 문을 두드리는 나직함은 들리지 않았다. 나는 내가 너무 졸린 탓에 그만 잠이 들어버렸기 때문이라고 생각했다.

"난쟁이들 준비해!"

나를 포함한 일곱 명이 큰 커튼 뒤에 섰다. 심호흡을 했다. 숨을 들이마셔도 답답했고 내쉬어도 답답했다. 시야가 휘어지고 머리가 어지러웠다. 곧이어 발랄한 음악이 흐르고 커튼이 열렸다. 잔뜩 휘어졌던 시야가 온전히 돌아왔다. 한 발을 내디뎠다. 이 많은 관객 중 어떤 누군가는 내 한 걸음을 주의 깊게 보고 있을지도 모른다. 엄마의 나직한 음성을 듣다 잠이 들었던 날, 꿈속에서 나는 가로등을 찾고 있었다. 그리 어둡지도 않은 거리는 내내 불던 바람마저 멎은 듯 고요했다. 내 발걸음 소리가 거리를 메웠다. 그 어떤 소리보다 크게 들렸다. 그래서 빨리 걸었다. 아무도 나를 봐 주지 않는 거리는 외로웠다. 그렇게 빨리 걸어 한참을 왔는데도 그 어디에도 나를 위한 가로등은 켜져 있지 않았다. 점점 발소리를 줄였다. 가만히 선 내 머리 위로 가로등이 켜졌다. 어느새 거리는 어두워져 있었다. 은은한 가로등 불에 온몸이 젖는 느낌이 새로웠다.

"아무도 봐 주지 않아도 괜찮아요?"

머리부터 나를 적시며 가로등은 물었다. 잠시 가로등 불빛이 껌뻑였다. 꿈속에서 나는 대답했다.

"누군가는 날 봐주겠죠."

단 한 사람이라도. 나는 윤소람과 함께 보았던 연극의 조연 배우를 떠올린다.

"나는 그냥 연기를 하는 게 좋아요."

텔레비전 속 화려한 여배우의 인터뷰도 떠올려본다.

"행복할 것 같아요."

가로등 불빛이 두 번 깜빡인다.

"남들이 모두 불행하다고 한대도."

가로등 불이 꺼졌다. 거리는 완전한 어둠으로 뒤덮였다. 나는 계속 걸었다. 홀로 울리는 내 발소리를 들으며 걸었다. 다리에 힘을 주고 뛰어갔다. 아무도 봐 주지 않고 모두가 불행하다고 한대도 나는 계속 발소리를 낼 것이다.

윤소람은 연극에 참여하는 모두에게 두 손을 모으고 응원하며 지켜보겠다고 했다. 나에겐 부모님이 꼭 오셨을 거라고 말하며 어깨를 다독였다. 못 오실 거라고 고개를 내저었지만, 조금의 기대는 하고 있었다. 문 하나를 사이에 두고도 엄마의 진심이 느껴졌기 때문이었다. 그건 그만큼 내 진심도 전달이 되었다는 뜻이었다.

윤소람이 만든 연극의 백설공주는 성격이 나빴다. 자신보다 못생기고 키도 작은 난쟁이들을 부려 먹으며 정작 자신은 하루 종일 잠을 자거나 산책을 하면서 놀았다. 날이 갈수록 심해지는 횡포를 못 참은 난쟁이들이 독 사과를 먹였으나, 결국 왕자님이 나타나 공주에게 입맞춤을 하는 내용의 대본을 처음 받아들고는 조금 아리송했다. 분명 동화책과 결말이 똑같이 끝나는데도 난쟁이의 입장에선 전혀 행복하지가 않았다. 나는 내가 난쟁이라서 그렇게 느끼는 것이라고 생각했다. 어쨌든 주인공은 백설공주니까. 그러나 윤소람에게 내 생각을 전했을 때 윤소람은 고개를 갸웃하며 되물었다.

"왜 꼭 주인공이 백설공주일 거라고 생각해?"

"그럼 아냐?"

"맞아. 그런데 꼭 주인공만 행복해질 필요도 없고, 꼭 예쁘고 튀는 사람만 주인공이라는 법도 없다고 생각해. 네가 주인공이라고 생각하면 넌 주인공이야. 대사가 네 마디밖에 안 되는 게 뭐가 중요해?"

윤소람은 내게 귓속말로 넌 분명히 잘할 거라고 속삭였다. 나는 왜 나에게만 몰래 그렇게 말해주는 거냐고 물었다. 싱글벙글 웃는 윤소람의 대답은 언제나 같았다.

"친구니까!"

나는 연기를 하고 있었다. 누군가는 나를 주시하고 있을 것이라고 믿었다. 모닥불을 쬐던 배우처럼 누군가의 머릿속에 깊게 남을 수 있을 것이라 믿었다. 그리고 나는 나를 믿었다.

객석을 바라보았다. 어둔 밤하늘에 군데군데 박아놓은 별처럼 반짝이는 빛이 사방에서 깜빡이며 차례 없이 켜졌다 사그라지는 것을 반복했다. 나는 그중 한 빛에 시선을 두었다. 엄마. 그리고 아빠. 아빠는 나를 바라보셨다. 더 이상 고집을 피우시지 않았다. 나는 어쩌면 변하고 싶은 것은 나 하나뿐만이 아닐 것 같았다.

"너희들은 보나 마나 웃음거리가 될 게 뻔해. 그런데 어떻게 그런 꿈을 꿀 수 있어?"

백설공주는 난쟁이들에게 서툰 발음으로 양껏 비아냥대었다. 공주는 자신의 눈엔 한없이 초라한 난쟁이들의 꿈을 비웃고 있었다. 나는 키가 두 번째로 작은 난쟁이였다. 그리고 내 대사는 네 마디가 전부였다.

왜 내 행복을 남들이 판단하는 거죠? 나는 나에게 비로소 답한다.

"내 행복은 내가 판단하는 거예요."

처음으로 입을 열었다. 심장이 빨리 뛰었다. 기분 좋은 울림이었다.

당선소감

저에게 소설은 계기가 됩니다. 자신을 성찰하는 계기가, 새로운 것을 깨닫는 계기가. 그렇기에 소설을 아름답다고 느낍니다. 저는 제가 소설을 읽고서 많은 것을 배우고 느끼는 것처럼 누군가에게 제 생각을 전달하고 희망을 주는 글을 쓰고 싶어 작가라는 꿈을 키워왔습니다. 이 글은 수많은 꿈을 꾸고 있는, 혹은 이 글의 주인공처럼 이룰 수 없다고 낙담했던 사람들에게 전하고 싶은 이야기입니다. 남들의 시선에 주눅 들지 않고, 포기하지 않고 꿈을 향해 다가가는 일은 정말 용기 있는 일이라는 생각이 들었습니다. 저도 정말 불가능해도 그런 꿈을 간직하고 있다는 것만으로도 누구나 빛날 수 있고, 내 행복은 남들이 판단하는 것이 아니라며 항상 스스로를 다독이면서도 자신이 없었습니다. 그렇기에 이 글은 저 자신에게 해주고 싶은 말이기도 합니다. 행복은 절대 남들이 판단하는 게 아니라고. 중요한 건 자신의 마음가짐이라고. 잘할 수 있어. 잘하고 있어. 괜찮아. 저를 울컥하게 했던, 용기 내어 자신의 꿈을 떨리는 목소리로 발표했던 친구를 포함해, 각자 조금씩 다른 상황 속에서 같

은 말을 기다리는 당신들에게 말해주고 싶었습니다. 쓰는 내내 꿈을 향해 한 발짝씩 내딛는 느낌이었습니다. 한 문장 한 문장이 소중했습니다. 그만큼 애착을 가졌던 이 글이 당선되었다는 소식을 들었을 때는 말로 표현할 수 없을 만큼 기뻤고 앞으로도 글을 쓰면서 뜻깊은 기억으로 남을 것 같습니다. 누군가에게 제 글이 계기가 되었으면 좋겠습니다. 소설은 이렇게 멋있고 아름답다는 것을 다시 한 번 느낍니다. 감사합니다.

단양고등학교 김소연

2016 충북 청소년 소설문학상 공모

충북소설가협회는 1995년 1월 15일 창립되어 소설가 22명이 회원으로 활동 중이며, 1998년 소설 동인지 『조각보 만들기』를 창간호로 발간하여 2016년에는 충북소설 제19 집을 발간합니다. 충북교육감이 후원하고 충북소설가협회가 주관하는 2016 충북 청소년 소설문학상 작품을 공모합니다.

모집 부문: **단편소설로 미발표 창작물이어야 합니다.**

원고 분량: 200자 원고지 70매 내외

시상 내역: 당선 1명, 가작 2명(고등학생1, 중학생1)에게 당선패와 충북교육감 표창

응모 자격: 충청북도 소재 중·고등학교 재학생

응모 기간: 2016년 8월 1일 ~ 8월 30일까지

응모 방법: 원고는 반드시 A4용지로 출력해야 하며, 우편으로만 접수합니다.

원고 앞부분에 200자 원고지 분량을 밝혀야 합니다.

응모 시 우편봉투에 '충북 청소년 소설문학상 응모작'임을 명시하고,

연락처(전화번호, 주소)를 꼭 남겨 주십시오.

응모된 원고는 반환하지 않습니다.

접 수 처: (우) 28774 충북 청주시 상당구 중흥로 70 현대3차 A 302-1402

충북소설가협회 충북 청소년 소설문학상 공모 담당자 (김창식)

심　　사: 예심과 본심으로 나누어 충북소설가협회가 위촉한 심사위원의 심사를 거칩니다. 심사 경위는 충북소설 홈페이지(http://cafe.daum.net/chnovel)에 밝힐 예정입니다.

발　　표: 2015년 10월 20일 입상자에게 개별 통지하며, 충북소설 홈페이지(http://cafe.daum.net/chnovel)에 공고합니다. 당선작은 충북소설 동인지에 게재합니다. 당선자는 성인이 되었을 때 충북소설가협회 가입 자격을 부여합니다.

문　　의: 전화 010-4812-7793, 충북소설가협회 충북 청소년 소설문학상 담당자

편지 개통 재개

충북소설 18집_ 15人 소설 選(통권 18호)

펴 낸 날 2015년 12월 18일

지 은 이 박희팔 외 14人
발 행 처 충북소설가협회

펴 낸 이 최지숙
편집주간 이기성
편집팀장 이윤숙
기획편집 주민경, 박경진, 윤일란
표지디자인 이윤숙
책임마케팅 윤은지
펴 낸 곳 도서출판 생각나눔
출판등록 제 2008-000008호
주   소 서울시 마포구 동교로 18길 41, 한경빌딩 2층
전   화 02-325-5100
팩   스 02-325-5101
홈페이지 www.생각나눔.kr
이 메 일 webmaster@think-book.com

• 책값은 표지 뒷면에 표기되어 있습니다.
  ISBN 78-89-6489-544-3 03810

• 이 도서의 국립중앙도서관 출판 시 도서목록(CIP)은 서지정보유통지원시스템 홈페이지
  (http://seoji.nl.go.kr)와 국가자료공동목록시스템(http://www.nl.go.kr/kolisnet)에서
  이용하실 수 있습니다(CIP제어번호: CIP2015033889).

※ 이 책의 제작비 일부는 **충북문화재단 기금**을 지원 받았습니다.